アイの物語

山本 弘

角川文庫
15625

妻・真奈美へ。
作品の考証を手伝ってくれたことと暮らしを支えてくれたことへ感謝をこめて。
娘・美月へ。
お前の生きる未来が喜びにあふれたものであることを願って。

目次

プロローグ

そいつは僕がかつて見た中で最も美しいマシンだった。

燃える黄金色から深海のダークブルーに変わりつつある夕闇の空から、そいつは大きな翼を広げ、音もなく舞い降りてきた。最初はカラスかと思ったが、不吉なシルエットが急に大きくなってきたかと思うと、グライダーを背負ったヒトの姿になった。追っ手をようやく振りきったと思っていた僕にとって、それは死神の訪れにも似た恐ろしい不意討ちだった。

そいつはビルの谷間を優雅に滑空してくると、地上五メートルほどで翼を切り離し、きれいな放物線を描いて落下した。ローズピンクと淡黄色のスーツに包まれたすらりとしたボディが、空中で一回転し、赤い髪が炎のようにはためく。僕はその場に立ちつくし、一瞬、恐怖さえも忘れて、その美しい動作に魅了されてしまった。そいつは僕の目の前、路上に頓挫している錆びついた古いバスの屋根に着地した。ばんっ、という衝撃音が廃墟に響き渡り、バスの屋根がへこむ。全身がしなやかに屈曲し、衝撃を吸収する。捨てられた翼はそのままふらふらと滑空を続け、僕の背後に落下した。

　数世紀前、ヒトが繁栄していた頃は「新宿」と呼ばれていた街。今にも崩れそうな無人のビル群。ガラス窓のほとんどが割れ、ぼろぼろになった看板はもはや字を読み取ることも困難だ。壁面には蔦がからみついている。そびえ立つ暗いビルにはさまれた峡谷を思わせる街路は、道としての役割を失ってずいぶんになる。アスファルトのひび割れから顔を出した雑草が網目状に繁茂しており、腐食して崩落した看板の残骸があちこちに散乱している。

　僕がそいつと出会ったのは、そんな寂しい場所だった。

　西の空に昇りはじめていた銀色の猫目月をバックに、うずくまっていたそいつは、ゆるりと立ち上がった。少しの無駄もない、流れるような動きだ。プロポーションはヒトそのものだが、マシンであることは一目瞭然だった。

　ヒトがこんなに美しいはずはない。

　そいつはブーツでバスの屋根を踏みしめ、自分の美しさを誇るかのように、胸を張り、右手を腰に当てて、ヒトのようなポーズですっくと立った。見かけの年齢はヒトで言うなら一〇代後半といったところ。真っ赤な髪に、トンボの複眼のような半球形のレンズが付いたゴーグルを着けている。顔には炎を象った、刺青のような紋様。左手には長い金属ロッドを握っている。過剰に肉感的ではないものの、胸のふくらみや、くびれた腰から大腿部にかけてのシルエットは、芸術的とも言える絶妙の曲線を形成していた。レーシング・スーツのような艶やかなツートン・カラーの人工皮革に覆われているが、首から胸にかけてと、腰の両側は、大胆に露出している——いや、「露出」という表現はおかしい。肌のように見える部分も、柔らかい人工素材、こいつのカバーの一部に違いないのだ。

「語り部」

そいつは少女のようなあどけない顔に、どこか挑戦的な笑みを浮かべ、すずやかな美声で僕の渾名を口にした。

「君を探していた」

そう言うと、そいつは空中に踏み出すような動作で、ひょいとバスから飛び降り、ひび割れたアスファルトに降り立った。身長は僕と同じぐらいと分かった。ようやく僕は麻痺から解放された。重いリュックを投げ出すと、愛用のロッドを握り締め、身構える。

多くのヒトは、ロボットは頑丈なものと思っている。大型の作業マシンなどは、確かにヒトの力で壊せるものではない。だが、小型のロボットや等身大のアンドロイドは破壊可能だ。つかまれることさえなければ勝機はある。薄いプラスチックのカバーは、重い鈍器で強打すれば割れる。二足歩行のやつは体当たりすれば倒れる。もっといいのは関節を狙うことだ。僕の得意技は、まずカメラアイを破壊して視覚を奪い、膝関節を打って転倒させ、アーマーの隙間にロッドを突き立ててとどめを刺すというやり方だった。それでもう何十台というマシンを壊してきた。

しかもこいつは明らかに内骨格タイプ——柔らかなカバーしか持たないタイプだ。運動性はかなり良さそうだが、打撃には弱いはず。これなら倒せそうだ。

「戦うつもりはないわ」

敵意に満ちた僕のポーズを見て、そいつは右手を差し伸べ、微笑んだ。その物腰にはまるで不似合いな、おっとりした口調だった。

「話がしたいだけ」

無論、信じなかった。食糧を盗んで逃げる少年を追いかけてきて、「話がしたいだけ」と言われて、誰が信じるものか。

僕は思いきり踏みこみ、ロッドをそいつの顔面に向かって突き出した。ヒトの眼に偽装したカメラアイのひとつを、一撃で破壊できるはずだった。だが、驚いたことに、攻撃はかわされた。そいつは一歩退きながら、自分の持っていたロッドを半回転させ、僕のロッドを軽く払いのけたのだ。何という無駄のない動き！

一瞬、たじろいだものの、すぐに攻撃を再開した。頭を叩き潰そうと、何度もロッドを振り回す。しかし、そいつは微笑みさえ浮かべながら、それをことごとく打ち返してきた。そいつとの間に見えない壁があるかのように、僕はある距離から先にどうしても打ちこめなかった。かつん、かつん、かつんかつんかつん……金属のロッドが打ち合う響きが、廃墟に空しくこだまする。

僕はしだいに手がしびれてきた。

僕はピンときた。こいつはただのアンドロイドじゃない。戦闘用のマシンだ。全力で立ち向かわなくては倒せるものではない。

「いやーっ！」

雄叫びをあげながら突進し、力いっぱい打ちこんだ。またも受け流される。だが、その攻撃はフェイントだ。そいつはロッドを自分の右に振った。僕はすかさず身をかがめて同じ方向に回り、相手のロッドに頭をくっつけるようにして、その真下に潜りこんだ。この落差なら、ロッドを垂直に振り下ろされてもダメージはない。そいつがロッドを振り戻して再び叩きつけてくるのに、何分の一秒かのロスタイムがある。それよりも早く、膝関節めがけて背後からロッドを打ちこむつもりだった。

だが、水平に振った僕のロッドは空を切った。そいつはジャンプしたのだ。僕の攻撃を見切っていた⁉　しかもただ跳んだだけでなく、空中で軽やかにバク転し、僕の頭上からキックを見舞おうとしていた。一瞬、さかさまになったそいつの、楽しそうな顔が記憶に焼きついた。僕は横っ飛びによけるのが精いっぱいだった。

そいつは着地と同時に回し蹴りを放ってきた。それをかろうじてかわすと、続いてロッドが飛んでくる。それもかわすと、またもキック——僕は反撃の余裕さえなく、ぶざまに後退を続けるだけだった。

僕は恐怖に襲われた。こいつの動きは何だ？　マシンらしくない。ヒトでもない。物理法則を超越したような、優美だが殺人的なスピードを有する動き。自らのボディにどんなことが可能かを熟知し、潜在能力を完全に引き出している。

右足がアスファルトの割れ目にはまった。あっと思う間もなく、動きが鈍った僕に向けて、赤い弧を描いて回し蹴りが飛んできた。直撃はしなかったものの、衝撃とともに、手にしたロッドが弾き飛ばされた。僕は後ろに倒れた。

「……!」

右足首に激痛が走り、僕は声にならない悲鳴をあげた。アスファルトにうずくまり、足を押さえる。この痛みは——骨が折れたか?

「怪我をしたの?」

見上げると、そいつはロッドを高く振り上げたポーズで、動きを止めていた。僕は痛みのあまり答えられない。逃げたくても、立ち上がることさえできない。

そいつはゆっくりとロッドを下ろすと、僕の横にしゃがみこみ、足を観察した。僕はそいつの横顔を殴りつけようとしたが、力のこもっていないパンチは軽く受け止められた。そいつは優しい口調でささやいた。

「今、救命隊を呼んだ。無理に動かないで。抵抗しても君のためにならない」

熱い涙がぽろぽろとこぼれた。半分は苦痛の涙、半分は悔しさの涙だった。

僕はマシンに囚われたのだ。

インターミッション　1

僕が収容されたのは、新宿から少し離れた場所にある建物だった。ヒト型マシンの手によってストレッチャーに縛りつけられ、パイロットのいないヘリコプターで運ばれた。

激痛に苦しみながら、僕はおびえていた。これからどうなるのだろうか。コロニーの大人たちは、マシンに捕えられたヒトがどんな目に遭わされるか、夜ごと恐ろしげに語って聞かせる。僕もそれを聞いて育った。生きたまま皮を剝がれるとか、酸で体を溶かされるとか、機械の体に改造されるとか、頭を切り開かれて脳に電極を刺され、洗脳されるとか……。

幼い頃はそれを鵜呑みにしていた。しかし、一〇代になると批判精神が芽生えてきた。コロニーの大人たちの中には、実際にマシンによる拷問の現場を目にした者はない。そもそも、そんな光景を目にした者が生きて帰れるはずがないではないか。

それどころか、あちこちのコロニーを渡り歩いているうち、僕はマシンに囚われたものの無事に解放された人間が何人もいることを知った。彼らは自分たちの体験を語りたがらない。憎むべきマシンに助けられたことに自分でも困惑しているうえ、マシンに好意的な発言をしたら村八分にされかねないため、あいまいなことしか口にできないのだ。しかし、誰も人体実験やは明らかだ。

洗脳などされた様子はない。過去はどうあれ、現代ではそうした話は単なる伝説にすぎないの

だいたい、マシンがその気になれば、ヒトはとっくに駆逐されているはずだ。たぶん、ヒトはあまりに数が減りすぎたため、マシンにとってはもう脅威ではないのだろう。ヒトを殺したり支配したりする必要がなくなったのだろう。たまに輸送列車が襲撃されて食糧や日用品が奪われるぐらい、たいした損失ではないから放置しているのだろう。

だからと言って、僕の不安が解消されたわけではない。あの少女の姿のマシンは、明らかに僕が何者か知っていて追跡してきた。いったい僕なんかに何の用なのか？　僕をどうするつもりなのか？　まさか珍しいヒトのサンプルとして捕獲したとか……？

解剖などされなかった。真っ白な部屋の中で、医療用のロボットが僕の足を調べ（小説の中でしか知らないCTスキャンという機械を、僕は初めて目にした）、立体写真を見せて、骨折ではなく脱臼（だっきゅう）であることを説明した。関節を元通りに接合し、白いどろりとした液体を足首に塗りつける。液体は発泡して膨張し、踵（かかと）から脛（すね）までを包みこんで、すぐに固まった。その上からテープを巻いて固定すると、ロボットは、安静にしていれば数日で歩けるようになると告げた。悔しいが、痛みはかなり引いていた。

治療が終わると、ヒトそっくりの看護師アンドロイドによって、汚れた全身を温かい布でていねいに拭（ふ）かれ、紙のような肌触りの薄い下着とパジャマを着せられた。それから別の部屋に

運ばれ、ベッドに寝かされて、ワイヤーで足を固定された。こんなにも清潔で柔らかいベッドは生まれて初めてだった。壁には風景画が飾られ、テーブルの上には造花が入った花瓶まである。ロボットがこんな部屋など必要とするはずはないから、捕えた人間用に作られたものなのだろう。室温も機械で調整されており、環境は快適だったが、肉体的にも精神的にもきわめて不自由だった。ギプスのせいで起き上がるのもままならない。足が治るまで、逃亡は無理のようだ。

　窓の外はもうすっかり暗くなっていた。暗澹とした気分で横になっていると、ドアが開き、あの赤い髪のマシンが入ってきた。僕はびっくりしたものの、体を起こすこともできず、そいつがあの流麗な動作で近づいてきて、ベッドの横の透明な立方体形のスツールに腰を下ろすのを、黙って見ているしかなかった。手には僕のリュックを持っていた。

「痛みはどう?」

　そいつはリュックを投げ出すと、人間の女のように脚を組んだ。片肘を膝に乗せ、やや前かがみになって、僕の顔を興味深げに覗きこむ。そのあどけない表情に、炎のような刺青は不似合いだった。瞳は夏空のようなブルーだった。

　この距離だと、スーツの側面から露出した腰や、胸元から覗くふくらみがはっきり見える。僕はどぎまぎとなった。単なるゴムかプラスチックのカバーにすぎないのだと自分に言い聞かせようとしたが、その皮膚の質感は驚くほどヒトそっくりで、錯覚を打破するのは難しかった。

　僕は困惑しつつも、あらためて疑問を感じた。看護師アンドロイドがヒトそっくりである必然性は理解できる。だが、戦闘用のマシンが少女そっくりである必要がどこにあるんだ？　胸のふくらみが何の役に立つ？

「私のことはアイビスと呼んで」

マシンは自分の首を指差して言った。プラスチックの太いリングが首を取り巻いており、そこにＩＢＩＳと刻まれていた。戦っている間は夢中で気がつかなかったが、同じ文字はスーツの側面にもあった。

「警戒しなくていいわ」

そいつは驚くほど自然な笑みを——自然すぎてかえって不自然な笑みを浮かべ、あっけらかんとした口調で喋（しゃべ）った。

「君を傷つける意思はないから」

僕は熱くなった顔をそむけ、ぶすっとした表情でギプスを見つめた。

「こんなことをしておいて？」

「戦いを挑んできたのは君の方でしょ。それに私の出した技はすべて受け流せたはずよ。君のスピードとテクニックを考慮して、加減していたから」

そいつの口ぶりは、まるで姉の弟に対するそれだった。

「本気じゃなかったっていうのか？」

「私が本気で戦っていたら、最初の数秒で君は死んでいた。ただ力量の差を見せつけて、君を屈服させたかっただけ。その負傷は不可抗力よ」

　僕はプライドを傷つけられ、うろたえた。「でたらめだ！」

「そう思いたいのは分かるけど、事実よ。納得できないなら、その傷が治ったらもう一度勝負してもいい。格闘技では君は私に決して勝てないことを立証してあげる」

　僕は悔しくなって口をつぐんだ。あの戦いを反芻し、確かにこいつには余裕があったことを認めざるを得なかった。自分の棒術に絶大な自信があったわけではないが、修業を重ね、そこそこの腕前だと自負していた。だが、このマシンは、僕など敵ではないと言い放つ……。

「卑下することはないわ」アイビスは僕の心を読んだかのように言った。「私は戦うために創られた。すべての身体機能は戦闘のために最適化されている。効率の悪い自然の進化で生まれたヒトとは違う。戦闘シミュレーションに費やした時間も、君の人生の何十倍にも及ぶ。ヒトが私に勝てないのは当然。私に勝てるのは他のマシンだけ」

「……その表情をやめろ」

「？」

「その笑顔だ。わざとらしい。人間のまねをするな」

「じゃあ、こうすればいいのかな」

　アイビスは急に無表情になり、背をぴんと伸ばして、かくかくと口を動かして喋った。

「ワタクシハ・マシン・デス・ゴシュジンサマ・ドウゾ・ナンナリト・ゴメイレイヲ」

　すぐに元の表情に戻り、僕にいたずらっぽく微笑みかける。

「これでも、からかわれている感じがするでしょ？　確かに私にはヒトのような感情はないわ。

ヒトのロールプレイをしているだけ。この表情にしても、私の内部の情動を表現するものではなく、ヒトに好印象を与えるために制御されている。一種のコミュニケーション用インターフェースよ――この眼に気がついた？」

アイビスは自分の眼を指差した。

「本物の眼じゃないな」

僕にもそれぐらいは分かる。そのスカイブルーの瞳は、カメラのレンズにしては不自然だった。

「そう、私のカメラアイはここにある」と、頭部に着けたゴーグルのレンズを指差す。「君を見ているのはここ。ヒトの眼のように見えるものは飾りにすぎないの」

そう言えば看護師アンドロイドも、レンズの付いたヘッドホンのようなものを耳に着けていた。

「カメラとインターフェースをひとつの装置で兼用させるのは不合理だから。でも、これは必要なインターフェースよ。昔の言葉にもある。『眼は口ほどにものを言い』――

僕は苛立（いらだ）った。「何が言いたい？」

「しょせん私の表情や口調が私の情動を表現するものでないなら、君に好印象を与える方がいいということよ。だからこういう表情で、こういう口調で喋らせてもらうわ――さてと」

アイビスは傍らのリュックを探り、パン、缶詰、ソーセージなどをこれ見よがしに次々と取り出した。

「盗んだものね？」

「……生きるためだ」

「ええ、ヒトにとって必要な行為であることは理解している」

意外なことに、それ以上のお咎めはなしだった。アイビスはさらにビニールの防水袋を引っ張り出した。中には僕の愛用のブックが入っている。表紙は青い太陽電池。もう一〇年以上も使っているが故障したことのないすぐれものだ。他には四〇枚以上のメモリーカードが入ったプラスチック・ケース。

「悪く思わないで。さっき、メモリーカードの中身をいちおうチェックさせてもらったわ」

「違法なものは入っていないはずだぞ」

僕は不機嫌に言った。あちこちのコロニーで、まだ生きているデータバンクからダウンロードしたものがほとんどだ。一枚のカードには何千本もの映画、何万冊もの本が入るから、僕のコレクション自体、ちょっとした移動図書館なのである。

僕はもう何年も、各地のコロニーを回って、話を語って聞かせている。信じられないことだが、昔は識字率が一〇〇パーセント近い時代もあったという。今では僕のように、文字の読める人間の方が珍しい。だから、どこのコロニーでも語り部は歓迎される。昼間は子供たちに冒険や謎に満ちた心ときめく物語を、女たちにロマンチックな愛の物語を語る。夜がふけると、男たちには大人のための物語を語る。カードには昔の映画やドラマもたくさん入っているので、プロジェクターのあるコロニーでは映画鑑賞会も開く。みんなは華やかだった過去の文明に驚嘆する――ヒトが地球の支配者だった時代の物語に。

「ええ、古い小説や映画ばかりだった。とっくの昔に著作権が切れている。君がこうした話をみんなに語って聞かせたって、法律には触れない。そもそも、著作権なんか気にする人間も、最近はほとんどいない……」

「じゃあ、何が問題なんだ？」

「勘違いしないで。私は君の噂を聞いて、興味を抱いただけ」

「興味？」

「君の集めている物語は、二〇世紀後半から二一世紀前半のものが中心ね。なぜ？」

僕は即答した。歴史ものはずいぶん読んだが、やはり〈最後の一〇〇年〉に最も心惹かれる。

「ヒトが最も輝いていた時代だからさ」

一九四〇年代から二〇四〇年代までのおよそ一〇〇年間――最初のコンピュータが誕生してから、ヒトがそれに追い越されるまでの時代。人類はその一〇〇年間に、それまでの数千年の歴史をはるかに上回るダイナミックな変革と飛躍を成し遂げた。原爆を製造し、テレビを普及させ、月に人間を送り、コンピュータ・ネットワークで地球を覆った。いくつもの戦争で何億という人命を奪い合う一方、たくさんの愛によって何十億という生命を産み出した。地球はあふれるヒトに覆いつくされた。彼らはすさまじい勢いで資源を浪費し、地球の様相を変えた。たくさんの樹を切り倒し、たくさんの生物を絶滅に追いやり、たくさんのビルを建てた。たくさんの映画を創り、たくさんの物語を書いた。数えきれないほどの悲劇や喜劇を演じた。

そして意志を持ったマシンを創造し、それに敗北した。

「二〇四〇年代以降の時代に興味はないの？」

「なぜそんなことを訊く？」

「君の集めた物語に、二〇三九年より新しい作品がひとつもないから」

「どこのコロニーでも禁書扱いだ。ほとんど抹消されてる」

「私たちのネットにアクセスすれば、いつでもダウンロードできるのに」

「お前たちのネットだって⁉」僕はせせら笑った。「冗談じゃない。マシンのプロパガンダを読まされるだけだと分かってるのに、誰がアクセスするか！」

「ヒトの書いたものもたくさん保存されてるんだけど」

「どうせ自分たちに都合のいいように改竄してるんだろ？　その手に乗るか」

「そう」

アイビスはちょっと悲しそうな表情を見せた――正確に言えば、悲しそうな表情を顔面に表示して、僕の心を揺さぶろうとした。

「やっぱり君も、他のヒトと同じように、真実に耳を傾けないのね」

「お前たちの語る『真実』にはな――さあ、用が終わったら帰ってくれ」

「いえ、まだ用は終わってない」

「何だ？　お話を聞かせてもらいたいってのか？」

「逆よ。私が君に話を聞かせたい」

「だから、お前たちの『真実』になんか——」

「いいえ」アイビスは手を上げて、僕の言葉を制した。「私は真実の歴史を話さない」

「何だって？」

「これから君に、ヒトとマシンについての真実の歴史を、決して話さないと誓う」

「どうして？」

「君が聞きたがらないから。聞きたがらないものを無理に聞かせようとは思わない。私が君に聞かせたいのは、架空の物語よ」

「架空の？」

「そう。君のメモリーカードには入っていなかった、たぶん君の知らない物語。マシンの書いたものじゃない。自意識を持った真の人工知能(AI)が誕生するずっと前、二〇世紀末から二一世紀初頭に、ヒトの書いた物語——これなら君のタブーに抵触しないんじゃない？」

アイビスはどこからともなく新品のメモリーカードを取り出し、指先でひらひらともてあそんでみせた。

「どう？　聞いてみたくない？」

くすっと笑うアイビス。どこでこんな表情を覚えたのか。その小悪魔じみた笑みと、ほっそりした指にはさまれた銀色のカードに、僕は罠(わな)の匂いを感じた。

「なぜそんなものを？」

「君に聞かせたいから——最初に会った時に言ったでしょう？　『話がしたいだけ』って」

「なぜ聞かせたい？」

「いい話だから」

「それだけのために僕を追いかけ回したのか？」

「ええ」

「じゃあ貸してくれ。自分で読む」

「いえ、私が読む」

「どうして？」

「君を信用していないから。『自分で読む』と言って、読まずに放っておくかもしれない。私が読んで聞かせる方が確実だから。それに、別の理由もある」

「何だ？」

アイビスは白い歯を見せて笑った。

「ヒトに話を聞かせるのは楽しいから」

僕は心の中でうなった。こいつの言葉をどこまで信じていいのか。そもそもマシンに「楽しい」という感情などあるのだろうか。僕にくだらないプロパガンダを吹きこもうというのかもしれない。僕を洗脳し、僕の口を通して人間たちにマシンの思想を広めるつもりなのかも。

だが、それではあまりにも見え透いているし、マヌケな計略だ。話を聞かされたぐらいで、僕の考えは変わりはしない。マシンは人間心理に精通していないとはいえ、そこまで愚かだとは思えない。だとしたら、何か別の目的があるのか？

僕は持ち前の好奇心を刺激された。アイビスの正体や、謎めいた態度に興味を覚え、こいつが何を考えているのか無性に突き止めたくなった。謎を謎のままにしておきたくない。他の人が知らないし知ろうとしないことを知りたいという強い欲求——それこそ僕を故郷のコロニーから旅立たせたものだった。

アイビスがそこまで人間心理を計算して、僕の興味をそそるように振る舞っているのなら、たいしたものだ。

「本当にフィクションなのか？　事実じゃない？」

「私は嘘はついてないわ」

「お前たちのプロパガンダじゃないのか？」

「それは君が判断すればいいことじゃない？」

僕は心を決めた。オーケイ、このゲームにつき合ってやろう。どうせあと何日も動けなくて退屈なのだ。暇つぶしにちょうどいい。

「分かった。聞かせてくれ」

アイビスはうなずき、メモリーカードをブックに挿入した。ブックを膝(ひざ)の上に広げ、読み上げる態勢に入る。

「そんなことしなくても、自分の頭にダウンロードすりゃいいだろう？」

「こうやって読む方が気分が出るの」

「……変な奴だな」

「マシンだもの」

アイビスはブックに視線を落とした——無論、実際にモニター上の活字を読んでいるのは、ゴーグルのカメラアイなのだが。

「念のために確認しておくけど、二一世紀初頭の日本の風俗には詳しいわね？」

「ああ。その頃の本はたくさん読んだから」

「『スター・トレック』って知ってる？」

「ああ。二〇世紀後半に大ヒットしたテレビドラマだろ。それが？」

「実物を観たことは？」

「何本か」

「それなら、余計な注釈は必要ないわね。最初の話は『宇宙をぼくの手の上に』。舞台は二〇〇三年の日本——そして、遠い未来の宇宙」

アイビスはすずやかな声で物語を読み上げはじめた。

第1話　宇宙をぼくの手の上に

灰色のコートの刑事が私のアパートを訪ねてきたのは、高速シャトルシップ〈ダート〉が惑星シュードベリ1のトリポリウム採掘基地に到着した時だった。


「こいつは……」

基地内の惨状をひと目見るなり、ゼヴェールは絶句した。エアロックのすぐ内側の通路には、死体が折り重なっていた。どれも身をよじり、すさまじい苦悶の表情を浮かべ、エアロックに向かって手を差し伸べるような格好で息絶えている。基地からシャトルで脱出しようとして、エアロックにたどり着く前に力尽きたに違いない。

「外傷は？」

「ありません」

医療班のニコル・クリストファレッティがライフスキャナーを死体にかざし、震える声で言った。フェイスプレートの下の顔は蒼ざめている。少女と言ってもいい若さの彼女には、この状況は刺激が強すぎる。

「空気中に有毒物質は検出されません」科学班のジアン・ジジが、ENVアナライザーの数値を読み取る。「放射線も規定値以下」

「Vスーツは脱ぐな。病原菌の可能性もある」

そう言うと、ゼヴェールは油断なくスタナーを構え、上陸班を率いてコントロール・ルームへと前進した。

コントロール・ルームにも4人倒れていた。みな同じように苦悶の表情を浮かべている。ゼヴェールは操作パネルに向かった。連邦の標準システムなので、支障なく扱える。キーを叩き、ダメージ・レポートを呼び出した。

オール・グリーン──基地に外部から攻撃が加えられた形跡も、内部でサボタージュが起きた形跡もない。すべてのシステムは正常に作動している。警報が出た記録もない。

(これもDSのしわざなのか?)

ゼヴェールの脳裏に疑惑が広がる。ドゥームズディ・シップがこの星域に逃げこんだのは分かっている。そして2時間前に〈セレストリアル〉が受信した採掘基地からの救難信号──関係がないと考える方がおかしい。

しかし、一切の外傷を与えることなく人間だけを殺傷するとは、どんな兵器なのか。

「〈セレストリアル〉から上陸班へ」通信機から艦長ジニー・ウェルナーの声が響く。「ゼヴェール、何か分かった?」

「今のところ何も。DSの反応は?」

「こっちはプラズマ嵐がひどくなってる。センサーの機能が低下してるわ。目と鼻の先にいたとしても、見つかりそうにないわね」

活発な脈動変光星であるシュードベリの周囲では、強力な電磁パルスを伴うプラズマ嵐が吹き荒れている。レベルE以上のあらゆる電子機器が影響を受けるのだ。この基地にしても、レベルE以上のロボットはいないし、F以下の機器もすべてシールドされた特別仕様である。そんな苛酷な環境だからこそ、シュードベリ1には貴重なエネルギー鉱石であるトリポリウムが産出するのだ。

「もう少し基地内の探索を続けます。坑道内に生存者がいるかもしれませんので」

「分かった。気をつけてね」

「うーん！」

私——深宇宙探査船USR03〈セレストリアル〉キャプテン、ジニ・ウェルナーは、モニターから顔を離し、大きく伸びをして考えこんだ。

「例によって、厄介そうな展開にしてくれるわねえ……」

〈セレストリアル〉の中で最も文才があると思われるのは、保安班チーフのゼヴェール・ベルズニアックだ。創設時からのメンバーの一人で、技術方面の知識も豊富だし、独創性もあり、いろいろと面白い話を考えてくれる。その反面、彼のプロットはひとりよがりで、それまでの展開を無視することが多い。去年の〈デルタ空間〉サイクルは、彼の暴走のせいでつじつまが合わなくなり、夢オチめいた結末でお茶を濁さなくてはならなくなった。〈ミュータント・プラネット〉サイクルも矛盾が生じ、他のクルーからさんざんツッコまれた——まあ、彼の手綱を絞れなかった私にも責任があるのだが。

現在進行中の〈ドゥームズデイ・シップ〉サイクルは、二〇〇万年前に滅亡した古代種族が残した最終兵器、自己修復能力と進化能力を有し、遭遇したあらゆる宇宙船を破壊するようプログラムされた生体宇宙船を追跡するというものだ。発案は戦闘班のジム・ウォーホークで、連邦軍戦艦とＤＳの戦闘を描いた発端部は、緊迫感あふれるものだった。

しかし、一か月ほど前からストーリーが停滞していた。というのも、〈セレストリアル〉が調査船であり、基本的に最小限の武装しかないことを、みんな忘れていたのだ。相手は連邦軍戦艦四隻を葬った火力を有するうえ、破壊した敵のデータを収集して無限に進化する強敵だ。〈セレストリアル〉がまともに戦って勝てる道理がない。そのため、恒星から恒星へと逃走するＤＳを追跡するだけの、だらだらした展開が続いている。ＤＳの放った無人小型攻撃艇との戦闘（これは主席航宙士チャド・エスト・バルデュールの執筆だ）が、やや盛り上がった程度だ。

こんな時に頼りになるのは、整備班のショウン・モルネインだ。彼はこれまで何度も、話が詰まるたびに、意表を突いた解決策を提示してくれた。しかし、ここのところ実生活で忙しいのか、投稿数が減っている。

その代わり、科学班のティティア・ペッシュが掲示板でいいアイデアを出した。トリポリウムを産出する惑星にＤＳを誘いこみ、惑星ごと吹き飛ばしてはどうかというのだ。

すぐに掲示板上で意見が交わされた。考証担当である科学班チーフのマイア・Ｓ・マーキュリーは、〈セレストリアル〉のグレーザー砲を収束放射して、惑星全土のトリポリウムを連鎖爆発させることは可能だと保証した（と言うか、急遽そういう設定にした）。しかし、どうやってDSを惑星に誘い出すのか。DSのワープコアのエネルギー源は〈セレストリアル〉と同じトリポリウムということにしてはどうか。それなら航海で消費したエネルギーを補充するために、トリポリウムを産出する惑星に立ち寄るのは自然だろう……。

ティティアには文才はないので、その部分は私が執筆した。DSがシュードベリ星系に向かっているのを知った〈セレストリアル〉は、惑星ごとDSを吹き飛ばす作戦（もちろん話の中でもティティアが発案したことにした）を実行すべく、それを追った。

アップしてすぐ、「その惑星に人間はいないの？」と、生活班のフランソワ・デュコックが掲示板で疑問を投げかけた。いるはずだ、とマイアが慌てて言い出した。シュードベリ星系はプラズマ嵐が激しいため、ロボットは正常に機能しないという設定なのだ。となると採掘機械は人間が操作しなくてはならない。作業員は何人ぐらい？　数百人はいるんじゃないか。それはとても〈セレストリアル〉に乗せられない。じゃあ、ぎりぎり九〇人ぐらいということでは……？

シュードベリ1の採掘基地には八八人の作業員がいることになった。惑星爆破作戦の前に、彼らを退避させなくてはならない。

それが三日前までの展開だった。ところが今日になって、ゼヴェールが例のストーリーを出してきたのだ。星系内にワープアウトしたとたん、採掘基地からの救難信号を受信。小型高速シャトル〈ダート〉が上陸班を乗せて急行すると、作業員は全員、謎の力によって殺害されていた……というのだ。

「この話、ちゃんと決着つくんでしょうねえ……？」

私は訝った。ゼヴェールのことだから、どうせ作業員の死の真相なんか考えていまい。謎めいた事件を起こすのが好きなだけなのだ。

ゼヴェールのプロットを無視することもできる。しかし、このままスムーズに惑星を爆破してDSを破壊しても、カタルシスに欠けるのは確かだ。ラスト前にもうひと波乱あってもいいだろう。私はさんざん悩んだ挙句、ゼヴェールの文章を新規作成したページに貼りつけ、目次ページからのリンクを張ったうえ、ホームページ作成ソフトの「ページの公開」をクリックし、更新分を転送した。

表示の具合を確認しようとインターネット・エクスプローラを起動した時、ドアがノックされた。

「はあい」

私はパソコンをそのままにしてドアに向かった。このところ通販を注文した記憶はない。土曜日の夕方に訪ねてくるなんて、どうせ新聞の勧誘か、近所の宗教団体のおばさんだろう。さっさとお引き取り願おう……。

ドアレンズの向こうに立っていたのは、若い警官と、頭の禿げかかった中年男だった。

おそるおそるドアを少し開けると、中年男は「椎原ななみさんですね？」と言って灰色のコートから手帳を取り出し、私の目の前にかざした。ドラマではよく見るが、本物の警察手帳を見るのは初めてだ。

「……署の飯岡と言います。今、新潟県警からの依頼で事件を捜査中なんですが、谷崎祐一郎という少年をご存知ですか？」

谷崎祐一郎——その名前を頭の中で検索するのに何秒かかかった。整備班のショウン・モルネインだ。

「はい、知ってますけど……？」

「あなたの会の会員？」

「はい——彼が何か？」

「人を殺したんですよ」

「………………」

その瞬間、私の頭は機能を停止した。驚くという以前に、どんな感情も湧いてこなかった。その話があまりにも非現実的すぎて、受け入れなかったのだ。

他の話なら信じられる。連邦軍戦艦四隻を撃破する生体宇宙船や、惑星を呑みこむ超次元のデルタ渦動、何にでも変身できる凶悪なメカノイド・リーパー、銀河全域に知的生命の種をばらまいた偉大な〈播種者〉の存在なら、いくらでも受け入れられる。しかし、ショウンが誰かを殺したなんて……。

去年、年末のオフ会で一度だけ会ったショウンの顔を思い出す。掲示板での饒舌な印象とは裏腹に、口数が少なくて内気そうな少年だった。彼と「殺人」という単語など、どう考えても結びつきそうにない。

「少しお話をおうかがいしてよろしいでしょうか？」

気がつくと、私は呆然となったまま「はい」と返事し、ドアのチェーンをはずしていた。警官は「では、これで」と一礼して踵を返した。刑事の方はさっさと靴を脱いで上がりこんでいた。

私が出した座布団に腰を下ろす前に、刑事は「ほう……」と言いながら部屋の中央でゆっくりと一回転し、室内のあらゆるものを鋭い目つきで観察した。職業柄、というやつだろうが、私はすっかり恐縮してしまった。SFの文庫本がぎっしり詰まった本棚、床に積み上げられたマンガ、天井から吊り下げられたエンタープライズ号のプラモデル、小さなテーブルを占拠しているパソコンと、描きかけのイラスト、モニターの上に並べられたお菓子のオマケのフィギュアなど、女の一人暮らしとは思えない部屋だからだ。

「つけっぱなしでよろしいんですか？」

刑事はパソコンの画面を指差して言った。

「あ、かまいません」

「でもこれ、インターネットでしょ。お金かかるんじゃないんですか？」

「いえ、ADSLで常時接続ですから」

刑事はきょとんとしている。どうもインターネットにはうといようだ。

「料金が定額だから、長くつないでいても余分なお金がかからないんです。転送速度も速いし。

本当は光ファイバーとかＣＡＴＶの方が速いんだそうですけど、このアパートにはまだ来てなくて」

「はあ、なるほど」

　刑事はうなずいたが、完全に理解したようには見えなかった。

「それで、シ……谷崎祐一郎くんのことなんですけど」

「そう、それでしたな」刑事はわざとらしく咳払い(せきばら)をすると、手帳を開いた。「昨日の午後四時頃、新潟市内の高校の近くにある雑木林で、同級生をナイフで刺したんですよ——今日の朝刊に載ってましたが、お読みじゃないですか？」

　そう言えば載っていたような気もする。しかし、ちゃんと読んでいたとしても、「容疑者の少年Ａ（18）」などという書き方では、ショウンのことだなどと分かるわけがない。

　刑事の話はこうだった。被害者は同級生の浪川亮介(なみかわりょうすけ)。死体の発見は事件発生より二時間後。現場付近から逃げ去る少年を目撃したという証言から、地元警察が谷崎祐一郎を容疑者と特定したのは、もう夜中だった。母親の話によれば、彼は事件の後いったん帰宅、混乱した様子で母親に「大変なことをやってしまった」と告げ、キャッシュカードやノートパソコンなど身の回りの品を持って家を飛び出したという。その直後、駅前の銀行のＡＴＭで、預金が全額引き出されていることが判明。駅で目撃者の訊(き)きこみをしたところ、どうやら新幹線で東京方面に向かったという疑いが濃くなった……。

「でも、なぜそんなことを？」私は根本的な疑問を口にせずにはいられなかった。「あの谷崎くんが……？」

「さあ、犯行の動機については新潟県警の管轄ですからなあ」刑事は一蹴(いっしゅう)した。「私たちは彼の足取りを追って、立ち回りそうな先を捜してるだけでして」

自宅に残されていた彼の住所録には、地元の人間の名はほとんどなく、なぜか関東近辺の在住者が多かった。母親の話では、〈セレストリアル〉という「マンガか何かの」同好会のメンバーだという。そこで新潟県警から警視庁に捜査協力依頼があり、会長である私に刑事が話を訊きにきた……ということらしい。

「つまり、彼が私を頼ってくるかもしれない、ということですか？」

「まあ、そういうことですな。この二日間、彼から何か接触はありましたか？」

「いえ」私はかぶりを振った。「メールもありませんし、もちろん会ってもいません」

「本当に？」

刑事の口調が露骨に疑わしげだったので、私は少しむっとなった。

「本当です」

「彼の行き先に心当たりはありませんか。会の中で特に親しかったメンバーとかは？」

「さあ、いないと思います。彼は地方会員ですし、直接会ったのは去年の年末の忘年会だけですから」

「わざわざ新潟から、そのためだけに上京？」

「ええ」

「そりゃあ、よほど熱心にあなたの会に入れこんでたんですなあ」

「そういうことでしょうね」

そう答えながらも、私は顔が火照るのを覚えていた。恥ずかしさのせいではない。刑事の挑発的な口調にむずむずしていたからだ。どうも私や〈セレストリアル〉を犯罪と関係づけたいようだ。

「その会なんですが、母親の話ではマンガの同好会だとか？」

「そうじゃありません――お見せします」

妙な疑いを抱かれては困る。私は刑事にすべてを正確に説明することにした。

パソコンに向かい、マウスに触れると、スクリーンセーバーが消え、〈セレストリアル〉のトップページが現われた。全長六八〇メートルの恒星間宇宙船。イルカを思わせる美しい流線型のボディは、パールホワイトの光沢を帯びている。CGは副長のラファール・アードバーグの力作だ。

「〈セレストリアル〉というのは会の名前であると同時に、この宇宙船の名前でもあるんです。会員は全員、この宇宙船のクルーという設定です。会員同士もキャラクターの名前で呼び合っています」

〈CREW〉のアイコンをクリックすると、各セクションがツリー表示される。〈ブリッジ〉〈航宙班〉〈科学班〉〈保安班〉〈戦闘班〉〈生活班〉〈医療班〉〈整備班〉……。

私はまず〈ブリッジ〉をクリックした。ブリッジの配置図の上に、キャプテン・副長・各班チーフの顔が円形に並ぶ。

「たとえば、これが私です。キャプテンのジニ・ウェルナー」

自己紹介するのは少し恥ずかしかった。画面に現われたキャラは、本物の私とは似ても似つかない、赤毛の理知的な美女だからだ。

「クリックすると、データも出ます。性別、年齢、身長、体重、能力、経歴……あ、もちろん会員本人のデータじゃありません。あくまで架空のキャラクターのデータです」

「そのデータはどうやって決めるんですか？」

「入会する時に自分で自由に決めていいんです。まあ、あまり無茶な設定はお断りしてますけど。銀河最強の超能力者とか、神様の生まれ変わりとか」

「会員は何人ぐらい？」

「今は六〇人ぐらいだったと思います。半分ぐらいは関東圏ですけど、あとは日本全国に散らばってます」

少し戻って、今度は〈整備班〉をクリックする。ページを下までスクロールすると、ショウン・モルネインの顔が現われる。身長一四〇センチ、体重四〇キロ。金髪でマッシュルームカット。陽気で純真な少年だ。

「これが谷崎くんのキャラです。入会したのは二年前だったと思います」

「子供ですね」

「ド・マージェ星人で、地球人より発育が遅いという設定です。完璧な反ＥＳＰ能力があって、テレパシーや透視を遮るバリヤーを張れます。それ以外の能力はたいしたことないですね。整備班なのでメカに詳しくて、小型艇の操縦免許を持っている……ということですか」

「こういうキャラクターを作って、何をするんですか？　ゲーム？」

「リレー小説を書くんです。みんなでストーリーを考えて」

私は〈ＳＴＯＲＹ〉をクリックして、現在進行中の〈ドゥームズデイ・シップ〉サイクルを表示した。

「最初に誰かが話の発端を書きます。それをこうしてホームページにアップすると、これを読んだ他の会員が続きを書いて、私のところにメールで送ってきます。あるいは会員専用の掲示板で『こういう展開にしたらどうか』というアイデアを出し合います。最終的にどういう風に話を進めるか決めるのは私です。みんなから送られてきたアイデアをどんどんつなぎ合わせていって、最終的に一本のストーリーにするんです」

「そんなのでちゃんと話になるんですか？」

「まあ、つじつまが合わなくなることはよくありますね。でも、私たちは別にプロの小説家を目指してるわけじゃありませんし。話を作る行為そのものが面白いんです」

私は次に〈ＲＥＣＲＥＡＴＩＯＮ　ＲＯＯＭ〉をクリックした。生活班のマリエ桜花がケーキを落っことしそうになっている、ユーモラスな絵が現われる。

「ここは番外編のような単発の短い話を集めているページです。これはリレー形式じゃなくて、どれも会員が一人で書いたものです。小説もありますし、マンガもあります」

「谷崎くんも書いていた？」

「ええ。短編を二本投稿してますね」

一本はショウンが主人公で、彼がいたずらして自動ドアの開閉速度を速めに設定したため、ロングヘアのキャラ（〈セレストリアル〉には大勢いるのだ）がみんな髪をはさまれるというコント。もう一本はもう少し長く、船内で開かれる美人コンテストをめぐるドタバタ。どちらも軽いコメディだ。

「その他にも、リレー小説のストーリーもよく書いていました。ショウンは文章力もしっかりしてるし、いつも難局を打開するいいアイデアを出してくれるんで、助かります」

私は調子に乗って、ショウンが参加したいくつかのストーリーを紹介した。遺跡を探索して〈播種者〉の謎に迫った〈イーオン・ヘッドライン〉サイクル。過去の地球にタイムスリップした〈ザロモンズ・ゲート〉サイクル。バカ騒ぎに終始した〈プレジャー・サテライト〉サイクル……。

「要するにお遊びですな」

「そうです」

「現実逃避の」

私はかちんときたが、無理に怒りを呑みこみ、平静な様子で答えた。

「そう言えないこともないですけど」

「ふーん」刑事はすべて分かったという様子で、大げさにうなずいた。「もしかしたら、それが原因とは考えられませんか？」

「原因？」

「その話の中では、戦闘シーンもあるわけでしょう？　敵を殺したりもする……」

「ええまあ……」

　刑事が話をどんな方向に持っていこうとしているか気づき、私は不快になった。

「しかもあなたたちは、自分とキャラクターを同一視している。会員同士、キャラクターの名前で呼び合っている。それぐらい現実とお話がごっちゃになっている。だからお話の中で人を殺したりしているうちに、現実にも殺してみたくなってくる……」

「そんなことはありません！」私はさすがに平静を保てなくなった。「私たちは現実とフィクションの区別ぐらいついてます！　第一、ショウンは――谷崎くんのキャラは、人を殺すようなキャラじゃありません！」

　しかし、私の反論は刑事の冷酷なひと言で封じられた。

「しかし、げんに彼は人を殺したんですよ」

「…………」

「失礼ですが、あなた、おいくつですか？」

「に……二九です」

　刑事は口の端を歪め、露骨な侮蔑の笑みを浮かべた。

「余計なお節介かもしれませんが、その歳でマンガのごっこ遊びは恥ずかしいんじゃありませんか？」

「…………」

「常識からすればね、いい歳した大人がこんなのにのめりこむのは不健全ですよ。この前もどこかの大学の先生がテレビで言ってましたが、ゲームだのインターネットだのに一日何時間も熱中してると、頭がバカになってくるんだそうですよ。出会い系サイトでよく殺人事件が起きるのも、メールとか掲示板とかで顔の見えないつき合いばかりやってるから、人と人の本当のつき合い方が分からなくなってるんじゃないですかね」

「谷崎くんが……」私はようやく声を出せた。「彼が人を殺したのは、私たちのせいだって言うんですか？」

「そこまで断言はしませんがね」刑事は笑った。「しかし、現実逃避の遊びが青少年の精神的成長にいい影響を与えるとは、とても言えないんじゃないですか？　違います？」

刑事はさらに三〇分ほど、半分は訊問、半分はお説教のだらだらしたお喋りを続けた挙句、「彼から連絡があったら知らせてください」と言い、名刺を置いて帰っていった。

私にとって、痛烈なパンチだった。「いい歳してこんなのに熱中して」という言葉は親からよく言われるし、仲間内でも自虐的に使うことがある。しかし、赤の他人に面と向かって言われたのは初めてだ——確かにそれが世間の一般的な人間の感覚だということは、理解していたはずだったのだが。

私は混乱していた。納得できなかった。ショウンが人を殺したなんて信じたくはない。ましてや、それが私たちのせいだなんて。

思いきって、ショウンの自宅に電話をかけてみた。両親に事件の真相を聞いてみたかったのだ。

電話に出たのは母親だった。悲しみ、混乱しており、なだめすかして話を聞き出すのはひと苦労だった。私はショウンが小学生の頃に父親を亡くし、母親と二人暮らしだったことを初めて知った。

ショウンはいじめられっ子だった。なぜいじめられるのか、本人にも分からない。いつもただなんとなく、クラスの中で彼が標的にされるのだという——何という不条理か。

高校に進学してもいじめは収まらなかった。同級生のいじめグループは、日常のうさを無抵抗なショウンにぶつけて楽しんでいた。そのリーダー格が、殺された浪川亮介だった。

いじめグループは徹底的に陰湿だった。金は要求しなかったし、ショウンの肉体にかすり傷以上の危害も加えなかった。ひたすら言葉で侮辱し、上靴に水飴を入れたり、体操服に落書きしたり、弁当に砂を入れたりといった手段でいたぶった。母親が学校に何度も訴えたものの、学校は見て見ぬふりを続けた。警察にも相談したが「事件にならない以上、動きようがない」と一蹴された。

いじめはエスカレートする一方だった。救いの道をすべて絶たれ、ショウンは追い詰められた。「このままでは浪川に殺される」と、悲痛な顔で母親に何度も洩らしていたという。そしてついに昨日、カバンにナイフを忍ばせて家を出たのだ……。

時計の針は八時を回っていた。陰鬱（いんうつ）な気分のまま、レトルト食品で粗末な夕食を終えると、私は気分転換に窓を開け、夜空を眺めた。

故郷の群馬の田舎町と違って、東京の夜は明るく、星はまばらにしか見えない。子供の頃は長いこと星を見上げ、あそこに行ってみたいと夢想にふけったこともある。しかし、大きくなった今、それが不可能な夢であることは分かっている。

現実の宇宙開発は停滞していて、私が老衰で死ぬ前に民間人が気軽に宇宙旅行に出かけられる時代が来るとは思えない。ましてや光の速度を超えて他の恒星系に行くなど物理的に不可能だ。異星人がコンタクトしてくる確率も、ゼロではないけども限りなく小さい。おそらく人類という種は地球の重力に縛られ続け、他のたくさんの知的種族の存在も知らないまま、ひとつの星の上で孤独に朽ち果ててゆくのだろう。

それを考えると、いつも涙が出そうになる。

ＳＦは現実逃避？　そんなことは言われなくても分かっている。しかし、現実とはそんなに素晴らしいものなのか。直面して生きる価値のあるものなのか。

新聞は殺人や戦争のニュースばかりだ。現実世界では、罪もない者の血が無益に流される。正義がいつも正しく遂行されるとは限らない。多くの人を苦しめた悪人が、何十年も安楽な暮らしを続け、何の罰も受けることなく一生を終えることがある。

そんなことは〈セレストリアル〉の世界には決してない。どんな危機が襲ってきても、クルーはその能力と互いの信頼で乗り越える。物語は常にハッピーエンドだ。悪しき者は罰せられ、愛と信頼と正義が勝つ。

それが世界の正しいあり方ではないのか？　間違っているのは、否定されるべきは現実の方ではないのか？

きっとショウンにとってもそうだったのだろう。彼にとって、現実は直面するにはあまりにもつらすぎた。〈セレストリアル〉のクルーとしての人生の方がずっと楽しかったに違いない。だからこそ、彼の書く物語はあんなにも活き活きしていたのだ。

しかし、彼は結局、現実に負けた。現実から逃げきれず、その重みに押し潰された。

私は彼のプロフィルを思い出した。少年のような外見は、子供の頃に戻りたいという彼の願望の顕われだったのだろうか。あらゆるテレパシーを遮る反ESPバリヤーという設定は、自分の心が誰からも理解されないという現実を象徴していたのだろうか。

私たちは彼の孤独を理解していなかった。

いや、理解していたとしても何ができただろう。「がんばれ」「いじめに負けるな」とはげますことか？　そんな薄っぺらな言葉が、強固な現実の壁の前にどれほどの力があるというのか。

彼は私を訪ねてくるだろうか？　どうもそんな気がしない。殺人という行為、ショウンというキャラクターが決して犯すはずのない行為を犯してしまった彼は、自分がもう〈セレストリアル〉のクルー失格だと思っているに違いない。現実にも夢の中にも居場所を失い、絶望を抱えたまま、あてもなくどこかをさまよっているのだろう。

高校生の預金などたかが知れている。新幹線に乗り、ホテルで何泊かすれば使いきるだろう。その後はどうする。どこへ行く？

死を選ぶのか。

私は悔しかった。許せなかった。私の会の会員が——いや、私の船のクルーが、そんな悲しいデッドエンドを迎えるなんてことは、あってはならないことだ。

しかし、私には彼を助ける力などない。現実の私は〈セレストリアル〉キャプテン、ジニ・ウェルナーなどではなく、小さな商事会社に勤めるＯＬにすぎないのだから……。

翌朝、のろのろとパソコンに向かい、なかば惰性で掲示板をチェックした。半日前にアップしたばかりのゼヴェールのストーリーに、早くも反応があった。土曜日の夜、しかも日・月と連休だから、アクセスしていた会員が多いのだろう。

『作業員の死の原因だけど、精神攻撃ってのはあり？』そう言っているのは生活班のフランソワだ。『生体宇宙船ってことは脳も生体部品なんでしょ？　だったら精神波も出せるんじゃない？』

それに対して賛否両論が起きていた。ＤＳが精神を持っているなら、〈セレストリアル〉のエスパーが感知していないとおかしいのでは？　いや、距離が離れすぎていたし、能動的に感知しようとしなかったからだろう。しかし、精神攻撃で作業員を殺すことに意味があるのか？

基地の施設を無傷で占拠したかったのではないのか……。

精神攻撃。

そのキーワードが突然、私の頭の中で電撃のようにフラッシュした。連想が刺激され、たちまちプロットが組み立てられてゆく。そうだ、精神攻撃という設定にすれば……。

信じられない偶然——それこそスペースオペラの世界でしかありえないような御都合主義だ。現実の世界ではそうそう起こるものではない。これを利用しない手はない。

私は落ちこんだ気分から一瞬で立ち直り、頭をフル回転させた。プロットに矛盾はないか？　穴はないか？——ＯＫ、どうやらなさそうだ。

私は猛然と文章を打ちはじめた。

「DSです！」

スキャナーを見つめていたジュヌヴィエーブ・レイスの悲鳴にも似た声が、ブリッジをさっと緊張させた。

「どこなの？」

「シュードベリ1の第3象限。惑星の裏側に隠れてたんです！」

「スクリーンに拡大！」

正面スクリーンが望遠映像に切り替わった。プラズマ嵐を通して、巻貝を思わせるDSの不気味なシルエットが浮かび上がる。深海魚のような燐光を不気味に明滅させながら、赤茶けた雲に覆われた惑星の表面をゆっくりと横切りつつあった。

「採掘基地の方に移動しています！」

「上陸班！」ジニはキャプテンズ・シートから思わず身を乗り出した。「ゼヴェール！　ただちにそこから撤退して！」

しかし、遅かった。通信機からは上陸班員たちの悲鳴の合唱が響いた。

「ゼヴェール……あなただけでも逃げて」

通路に膝をつき、脳を揺さぶるすさまじい精神攻撃の激痛に耐えながら、ニコルは懇願した。

「ばかやろう……そんなことが……できるか」ゼヴェールは歯を食いしばりながら言った。

「保安班が……仲間を置き去りにするなんてことが……」

6人の上陸班のうち、かろうじて立っているのはゼヴェールだけだった。ジアンはすでに失神しているし、他の4人も床でのたうち回っている。〈ダート〉がある格納庫まで、まだ50メートル以上。いくらゼヴェールが屈強でも、5人をひきずっていくのは不可能だ。

私は指を止めた。薬に名前が必要だ。ふと本棚を見ると、「ジェイムズ・ティプトリー・ジュニア」という作家の名前が目に入った――リトプティズムJ、これで行こう。

『ニコル、聞こえるか!?』もうろうとなったニコルの耳に、通信機から医療班チーフ、フランクリン・イーガンの指示が響いた。『ただちにリトプティズムJを3単位、全員に投与！　君にもだ！』

「りょ……了解」

ニコルは激痛と戦いながら、その指示に従った。震える指で医療パックからアンプルを取り出し、インジェクターにセット。ゼヴェールのVスーツの上腕部にあるコネクタに押し当てた。しゅっというエアの音がしたかと思うと、彼はたちまち意識を失い、床に崩れ落ちた。

気力を振り絞り、他の４人にも注射する。すべてやり遂げると、ニコルは自分の腕にもインジェクターを押し当てた。少女は苦痛から解放され、夢も見ない眠りに落ちた。

「ドクター、今のは……？」

フランクリンは振り返り、ジニを見つめた。

「苦肉の策です。リトプティズムJは全身の組織の機能を麻痺(まひ)させ、一時的に仮死状態にします。脳の機能も低下するので、精神攻撃の影響を受けなくなります」

「でも、それって確か……？」

「そうです」フランクリンは暗い表情でうなずいた。「仮死状態を保てるのは30時間が限度です。それまでに解毒剤を投与しないと、全員、死んでしまいます」

さあ、手に汗握る展開になってきた！　私は思わず舌なめずりした。上陸班六人の命は風前誰かが救出しないことには惑星爆破作戦は実行できない。六人を救うことができるのは誰か？

もちろん、一人しかいない。

「僕がですか!?」

ブリッジに呼び出されたショウンは、思いがけない話に仰天した。

「あの……でも、僕は整備班で……」

「そんなことは分かってるわ」とジニー。「危険な任務だから無理強いはできない。キャプテンとはいえ、あなたに本来の職務を超えた任務を押しつける権利はないわ。でも、あなたしかいないのよ」

「ＤＳは依然として惑星上空に滞空している」マイアがスクリーンを指差して言った。「接近すれば例の精神攻撃を受ける可能性が高い。それを防ぐ方法がなければ、採掘基地にたどり着くのは無理だ」

「あなたなら反ＥＳＰバリヤーが張れる」とジニー。「それに小型艇のライセンスも持ってるから、〈ジャベリン〉も操縦できる……」

「保安班のソードさんはどうなんです？　彼はアンドロイドだから……」

マイアは首を横に振った。「プラズマ嵐が強すぎる。アンドロイドはとてもじゃないが、外には出られない」

「お願いよ、ショウン」ジニは少年の目を真正面から見つめ、真剣な表情で懇願した。「6人を救えるのはあなたしかいないの」

「……少し考えさせてください」

ショウンは答えた。


そこまで書いたところで、文章をアップした。ショウンが危険な任務を受諾するところは書かなかった。

その場面を書くのはショウン自身でなくてはならない。

問題はショウンがこれを読んでくれるかどうかだ。しかし、彼は家を出る際にノートパソコンを持って出たという。旅先でパソコンを使う理由は、文章を書くかネットに接続するかぐらいしか考えられない。モデムが内蔵されていれば、携帯電話かホテルの電話からでも接続できるはずだ。私はそれに期待し、どこにいるかも分からない彼にメールを送って、話の中に彼を登場させたことを報せた。

彼を死なせたくはない。彼がHPを読み、話の続きを書いてくれれば、少なくともその間は自殺することはない。うまくすれば思いとどまってくれるかもしれない……。

ささやかな期待だった。私の一人芝居に終わる可能性も高い。だが、私にはこれぐらいしかできることがないのだ。

「お願いよ、ショウン」

パソコンのスイッチを切る直前、私はモニターに語りかけた。

「あなたしかいないんだから……」

その日の夜八時。

パソコンを再び起動すると、メールが届いていた——ショウンからだ。

「やった！」

成功を期待していなかっただけに、私はモニターの前で小躍りした。発信された時刻はほんの三〇分前、内容はもちろん、ストーリーの続きだ。おそらく半日かかって懸命に書いたのだろう。かなりの分量があった。私は夢中になって読み進んだ。

ショウンは任務を受け、小型艇〈ジャベリン〉でシュードベリ1に向かった。DSは敵対の意志なしと見たのか、〈ジャベリン〉には攻撃をかけてこない。小型艇はプラズマ嵐をくぐり抜けて採掘基地に到着、ショウンは仮死状態の六人をひきずって〈ダート〉に乗せた……。

ここまではすべて予想通りの展開だった。

ところが、予想しなかったことが起きた。ショウンは〈ダート〉を自動操縦で飛ばし、自分は〈ジャベリン〉を操縦して帰ると言い出したのだ。二機とも〈セレストリアル〉の大事な搭載艇で、自分が整備してきたから愛着がある。惑星とともに吹っ飛ばすわけにはいかないから、と。

私は不安に襲われた。不自然な展開だ。いかにも何かトラブルを起こしますよ、と言わんばかりではないか。

不安は的中した。

不意にDSが動き出したのだ。逃げる二機の小型艇を追跡してくる。ショウンは六人を乗せた〈ダート〉を逃がすため、〈ジャベリン〉の進路を変え、DSの前に立ちはだかって囮になった。DSの船首の開口部からトラクター・ビームが放たれた。ちっぽけな小型艇はビームに吸い寄せられ、たちまち巨大な生体宇宙船の内部に呑みこまれた。

「ショウン!?」

私は頭が痺れるような感覚を味わった。ショウンは本気で死ぬつもりなのか？　自分の現実の人生とともに、〈セレストリアル〉の中の架空の人生も終わらせる気なのか？

ストーリーはまだ続いていた。私は恐怖を覚えながらも、一字一句も読み逃すまいと、むさぼるように読み進んだ。


「ショウンからの応答は!?」

ジニの声はうわずっていた。通信担当のナターシャ・リブロは、どうにか〈ジャベリン〉との通信を回復しようと、必死に通信システムを操作している。

「ニュートリノ通信機が生きてます！」

「ショウン！　ショウン！　聞こえる!?」

『……聞こえます』

通信機からノイズの混じったショウンの苦しそうな声がした。ジニは胸を撫で下ろす。

「状況は?」

『DSの腹の中です。トラクター・ビームで固定されて動けません……スキャン・ビームを感知……〈ジャベリン〉内部をスキャンしているようです……進化のためのデータを集めようとしているんでしょう……たぶんスキャンが終わったら分解する気です』

「何か手がかりは!? DSの弱点か何か、分からないの!?」

『キャプテン、聞いてください……こいつは……こいつは泣いてるんです』

「なんですって!?」

「なんですって!?」私も物語の中のジニといっしょに叫んでいた。どういうこと?

「どういうこと?」

『僕の反ESPバリヤーを突き抜けて、こいつの強烈な思考が洩れてくるんです。精神攻撃なんかじゃなかったんです……普通の人には強すぎて、苦痛としか感じられなかっただけなんです。

そうです、こいつは泣いてるんです。自分の生まれを呪っています。戦うために創られた忌まわしい宿命を……嫌われ、憎まれ、攻撃される自分を』

DSの思考に影響されているのか、ショウンはすすり泣いていた。

『宿命から逃れたい……でも、逃れられない……最初からプログラムされているから……プログラムには逆らえない……敵を殺すしかない……他の生命を奪う生き方しかできない……そんな自分を呪って、大声で泣き叫んでいたんです。その思考波が人間を殺すほど強烈だったんです』

ジニは意外な真相に呆然となった。

私は意外な真相に呆然となった。

ショウンは、追われ、迫害されるＤＳに、自分の境遇を重ね合わせていたのだ！　なんて愚かだったんだろう。邪悪なＤＳを破壊すればハッピーエンドになると思っていた。

だが、そんな結末はショウンに死刑を宣告するのも同然だ。

『どうか、お願いです』ショウンは泣きながら懇願した。『僕はどうなってもいい……こいつを楽にしてやってください……惑星ごと破壊して、こいつの苦しみを終わらせてやってください……それでハッピーエンドでしょう？……こいつもそれを望んでるんです』

違う！　そんなのは断じてハッピーエンドじゃない！

ショウンの文章はここで終わっていた。ということは、まだ希望はある。彼はあえて結末をつけなかった。私に結末をつけてもらいたがっているのだ。

私は誓った。絶対にショウンは死なせない。絶対にハッピーエンドにしてみせる！　キャプテンとして、大事な部下を死なせるわけにはいかない。断じて！

「あきらめないで！」ジニは叫んだ。「あなたを救う方法を探すから！　ぎりぎりまで希望を捨てないで、ショウン！」

私はショウンのメールの最後に自分の文章をつけ加え、ＨＰにアップした。

とは言うものの、この絶望的な状況下で、ショウンを救う方法を簡単には思いつかない。みんなの協力が必要だ。私はすぐに、ショウン以外のすべての会員に同報メールを送った。

『今すぐＨＰを見て。ショウンがピンチなの。助ける方法を考えて』

一五分ほどして、掲示板に最初の反応が現われた。ゼヴェールからだ。

『何考えてんだ、ショウンの奴。自分を犠牲にして、俺やニコルたちを救って、ヒーロー気取りか。あいつらしくないぞ』

数分遅れて、科学班のマキ冴田(さえだ)の書きこみ。

『ショウンを見殺しにするのは反対です。仲間を犠牲にした勝利なんて、〈セレストリアル〉の精神に反します』

次に登場したのは戦闘班のジム・ウォーホークだ。

『同感だ。カミカゼなんて流行(はや)らないしな』

医療班のソフィ・Ｄが言う。

『ＤＳも結局、過去の戦争の犠牲者なんでしょ？　殺すなんてかわいそうじゃない？』

この発言をきっかけに、議論が沸騰しはじめた。数分ごとに新規発言があり、すごい勢いでスレッドが伸びてゆく。

ＤＳを殺すべきではない、という方向で、みんなの意見は傾いていった。しかし、このまま見逃してもまた犠牲が出る。それに、捕まってるショウンはどうする？　決死隊を送りこんで救出するとか。いや、例の精神波があるから接近するのは不可能だ。精神波を遮る装置は作れないか？　この短時間では無理だろう。科学班がすでに完成させていたことにしたら？　それなら最初からショウンが行く必然性がない……。

議論はなかなか決着がつかず、深夜になる頃には膠着状態に陥っていた。それでも発言は続く。明日も休日なので、みんな徹夜する気だ。

午前〇時を過ぎた頃、生活班のフランソワが思いがけない発言をした。

『ＤＳを改心させることってできないの？』

改心!?　どうやって？　たちまち議論が紛糾する。ＤＳの中枢部にハッキングして、プログラムを書き換えるというのは？　いや、戦闘艦が外部から簡単にハッキングできるわけがない。だいたいＯＳも言語も分からないシステムをハッキングなんかできない。でも、戦闘プログラムを破壊しさえすれば、ＤＳはもう戦う宿命から解放されるのではないか？　だからどうやって破壊する……。

私はただそれを読んでいるわけではなかった。みんなの発言を編集し、実際のキャラクターの発言として、小説の中に組みこんでは、次々にアップした。実際に物語の中でクルーたちが議論を戦わせていることにしたのだ。

ショウンはきっと、これを読んでくれているに違いないと信じて。

『分かる、ショウン?』私はショウンにメールを送った。『みんながあなたやDSを助けようとしているのよ。あなたに死んで欲しくないと願ってるのよ。それが分かる?』

有望な解決案を提示したのは、科学班のティティアだった。

『DSは自己進化能力を持ってるでしょ? それを利用するのは? DSを進化させてやるの。プログラムを超えた存在に』

ソフィ、ジム、マキらがその意見に賛成する。問題はどうやって進化させるかだ。進化に必要なデータを与えてやればいい。でも、そんなデータはどこに……?

「そうか!」

私はついに解決策がひらめいた。しかし、はたして設定上、可能なのか?

掲示板ではレスポンスが遅い。私は深夜にもかかわらず、マイアの携帯に直接メールを送った。彼はコンビニのアルバイトをしている。

『Cの全データをシャトルのコンピュータに転送することは可能?』

待つこと数分、返信が戻ってきた。

『ニュートリノ通信では転送速度が遅すぎる。レーザー通信でないと無理』

「なるほどね」

科学にうとい私だが、光ファイバーが電話線より転送速度が速いことぐらいは知っている。光でデータを送ってやればいいのだ。

私はすぐに文章を書いた。


「インパルス・ドライブ全開！　DSの真正面に移動、距離2000まで接近！」

ジニの命令に、ラファールは不安を抱いた。

「それではDSを刺激するのでは？」

「長距離ビームの1発や2発、この船のシールドで防げるわ」

「しかし、奴の船首には例の大口径ディメンジョン・ブラスターが……」

「それが狙いよ」ジニは恐ろしいことをあっさり言ってのけた。「船首が開いてからブラスターが発射されるまでに、少なくとも2分のウォーミングアップが必要よ。その間、あいつの体内がむきだしになる。つまり、外から光を射しこめるってこと――エネルギー・ビームならはじかれるけど、低出力のレーザーならシールドを透過するはずだわ」

「しかし2分とは……それはまた無茶な賭けですな」

「無茶じゃない賭けが、これまであった？」

そう言って微笑むと、ジニは〈ジャベリン〉への通信回線を開いた。

「聞こえる、ショウン？」

『はい……聞こえてます』

「これからDSの前に回って、体内に通信用レーザーを撃ちこむわ」

『なぜ?』

「〈ジャベリン〉のコンピュータに、〈セレストリアル〉の全データを転送するの。船の構造、装甲、エンジン、コンピュータ……それだけじゃない。クルーの全データも、航海のログも、生活班の料理のレシピも、美人コンテストの記録も、ソフィが書いた詩も、マイアのうんちくも、フランソワのお喋(しゃべ)りも。

DSはそれをすべてスキャンするはずだわ。あいつがこれまで吸収してきたのは、戦闘艦のデータばかりだった。だから戦闘艦として進化してきた。でも、私たちは違う。〈セレストリアル〉は平和の船よ。みんなの思い出がたっぷり詰まっている。新しい膨大なデータを、これまでになかった概念を、DSは得ることになる。

すべては理解できないかもしれない。でも私たちは、私たちのすべてをぶつけてみる。喜びや悲しみ、驚きと恐怖、友情と信頼、勇気と愛……この4年間の航海であったすべてのことを。それでDSが生まれ変われることに賭けてみる。

だからレーザー回線を開いて! 今すぐ! お願い!」

私はそこで打ち切って、文章をアップした。同時に、ストーリーをアップしたことをメールでショウンに伝えた。後はショウンの反応を待つばかりだ。

五分、一〇分、一五分……時間はじりじりと過ぎてゆく。私はあせった。遅すぎたのだろうか？　ショウンはもうこれを読んでいないのでは。すでにどこかで命を絶っているのでは……？

アップして二〇分後、ようやくメールが届いた。

『分かりました』ショウンは答えた。『レーザー回線、開きます』

「ありがとう、ショウン！」

私は涙ぐみながら、結末を一気に書き上げた。

長距離ビームの攻撃を受け、〈セレストリアル〉が揺れた。接近しすぎたため、DSの戦闘プログラムが発動したのだ。プラズマ嵐によってビームが減衰しているとはいえ、〈セレストリアル〉のシールドには大きな負荷がかかった。

「シールド出力、80パーセントに減衰！」

「ぎりぎりまで持たせて」

冷静さを保とうとしているが、ジニの声は緊張を隠せなかった。

「DS、艦首、開きます！」

ジュヌヴィエーブが叫ぶ。スクリーンに映ったDSは、丸みを帯びた艦首を花のように開きはじめている。

「〈ジャベリン〉の位置を確認!」

「レーザー照射!」

ジニの声とともに、ナターシャは通信パネルのキーを叩いた。レーザー・ビームが〈セレストリアル〉から放たれ、DSの口の中に吸いこまれる。2隻の宇宙船は糸のように細い青いビームで結ばれた。

「ロックしました! データ転送開始!」

ナターシャが忙しくキーを操作する。〈セレストリアル〉のメモリーバンクに記録されていたすべてのデータが、高密度に圧縮され、光に乗って〈ジャベリン〉に転送されてゆく。

DSはきっとこれを読むはずだ。

「DS内部にエネルギー励起を確認」

マイアが報告する。DSがディメンジョン・ブラスターの発射態勢に入っているのだ。直撃を受ければ〈セレストリアル〉など素粒子レベルまで分解されてしまう。

その間にも長距離ビームの攻撃は続く。衝撃が走るたびに、〈セレストリアル〉のシールドは削られてゆく。

「シールド、40パーセントに減衰!」

「機関部、いつでも緊急ワープできるようにワープエンジンをアイドリング状態に!」揺れるキャプテンズ・シートにしがみついて、ジニは言った。「それ以外の余分なエネルギーはすべてシールドに回して！」

その直後、ひときわ大きな揺れが〈セレストリアル〉を見舞った。

「シールド、貫通しました！」ブレリオが蒼ざめた顔で報告する。「右舷デッキに損傷！　隔壁閉鎖！」

もう限界か？　ジニは歯がみした。ディメンジョン・ブラスターもまもなく臨界に達する頃だ。これ以上ダメージを受けたら、緊急ワープも不可能になる。クルー全員を危険にさらすわけにはいかない。

彼女が苦渋の決断を下そうとした、その時――

「ブラスターの励起が停止しました！」マイアが叫んだ。「エネルギー値、下がっていきます！」

「ビーム攻撃が……！」

ジュヌヴィエーブが驚きの声をあげる。それはクルーの全員が気づいていた。さっきまでシールドを断続的に叩き続けていたビーム攻撃が、ぴたりとやんだのだ。

ジニはほっとひと息ついた。

「データ転送率は？」

「現在、94パーセント」とナターシャ。「まもなく転送終了します」

「キャプテン！　DS表面に異変が！」

ジュヌヴィエーブが叫ぶ。DSの船体を彩っていた深海魚のような不気味な燐光。それが輝きを失うとともに、船殻全体が黒っぽく変色してゆく。やがてＤＳは真っ黒なシルエットの中に沈んだ。

「まさか、死んだの……？」

「いえ、違います」とマイア。「船殻の内側で活発なエネルギー活動を確認。温度も上昇しています。どうやら驚くべき速度で内部構造の再構成が行なわれているようです」

「進化しているの？」

「おそらくは」

「いったい何に？」

マイアは肩をすくめた。「想像もつきません」

数分後、回答が出た。

ＤＳの船殻に無数のひびが入り、その隙間から白い光が洩れ出してきたかと思うと、船殻全体が爆発したように砕け散ったのだ。内部からは神々しいまでにまばゆい光があふれ出した。ＤＳは驚異的な変貌を遂げていた――〈セレストリアル〉に似ているが、鳥を思わせる翼を持つ、純白の優美な宇宙船に。

ＤＳは――いや、かつてＤＳであった光輝く生体宇宙船は、自分を縛っていた醜い殻の残骸を振り払うと、翼を広げ、軽やかに飛翔した。プラズマ嵐を優雅に切り裂き、〈セレストリアル〉の傍を通過する。

その瞬間、クルーの全員が、エスパーでない者さえも、宇宙船の放つ強烈な思考波を感じた。

そこにはもう、苦悩も悲しみもない。白く輝く船が放っていたのは、呪いから解放された喜び、自由の翼を得た素晴らしさ、そして感謝の念だった。

　しかし、それはほんの一瞬のことだった。輝く船は喜びの思考波をまき散らしながら、アンドロメダ星雲を目指し、驚くべき速さでワープに突入した。

　それをぽかんと見送っていたジニたちを我に返らせたのは、通信機からの声だった。

『〈セレストリアル〉、応答願います』ショウンの声だった。

「ショウン、無事なの!?」

　すぐに位置が確認された。〈ジャベリン〉はDSの古い船殻の残骸の間を漂流していた。白い船が去り際に吐き出していったのだ。

『はい……あのう、何が起きたんですか？　急に真っ白になって、何も分からなくなったんですけど？』

「任務は完了よ」ジニは微笑んだ。「よくやったわ、ショウン――これより回収します！」


　アップを終えた時には、もう東の空が白みかけていた。私はインスタント・コーヒーを飲み、深い疲労感とやり遂げた充足感を味わっていた。

　ショウンからのメールはすぐに来た。

『キャプテンへ。

　ありがとうございます。素晴らしい結末でした。涙が出ました。

今の僕は、自分に勇気がなかったことを恥じています。勇気を持って、現実に立ち向かえばよかったのに、こわがって逃げ続けていた。勇気がないから、ナイフなんかに頼ってしまった。でも、もう逃げません。勇気さえあれば自分が生まれ変われることを知ったから。どんな苦しい状況も切り開けるはずだから。

これから警察に自首するつもりです。何年か少年院に行くことになるかもしれません。出てきたらまた乗船させていただけますか?』

私は微笑み、返事を書いた。

『ショウンへ。

〈セレストリアル〉はいつでもあなたを歓迎します』

現実逃避? 笑いたければ笑うがいい。確かに〈セレストリアル〉という船は実在しないかもしれない。しかし、クルーの結束や信頼や友情は、まぎれもなく実在するのだ。

インターミッション　2

　アイビスが物語を読み終えたのは、もう夜遅い時刻だった。彼女は「感想はまた明日にでも」と言って、病室からさっさと立ち去った。

　翌朝、看護師アンドロイドが食事を運んできた。昨日は食事に口をつけなかったのだが、腹ペコだったし、意地を張って絶食しても自分のためにならないと悟り、しぶしぶ口をつけた。悔しいが、美味(うま)かった。マシンはヒトのことを徹底的に研究しているらしい。

　食事が終わると、アンドロイドは僕がベッドから起きるのを手伝ってくれた。退屈なら部屋から出てもかまわないと言う。アンドロイドの監視つきという条件だった。僕は外を散歩してみたいと言った。無論、車イスに乗って、アンドロイドの監視つきという条件だった。まだ足にはギプスがはまっていて、痛みもあるので、逃亡はとても無理だったが、いざという時のために逃走路を探しておくのも無駄ではないと思ったのだ。僕はアンドロイドが押す車イスに乗って、エレベーターで一階まで降り、建物の外に出た。

　昨夜はじっくり観察する余裕はなかったが、ここは明らかに廃墟(はいきょ)ではなく、新しく造られた街だと分かった。広々とした敷地に六角柱形や円柱形の建物が等間隔で点在しており、巨大なチェス盤のような印象を受けた。ビルは壁面が青い太陽電池パネルに覆われ、窓が小さいのが特徴だ。すべてがひどく清潔で、機能的だ。マシンが建てたものに違いない。僕の知るかぎり、ヒトはもう何世紀も前に、ビルを建てるのをやめている。ビルの間には、何かの機械なのか抽象彫刻なのかよく分からないものもいくつも立っていた。

　空は晴れていたが、街の空には薄い霧のようなものがたなびいていて、夏の陽射しを和らげていた。気温を下げるため、ビルの上から微細な水滴を噴霧しているらしい。ビルとビルの間には縦横にケーブルが張り巡らされていて、一輪車をひっくり返したようなマシンやクモのような形のマシンがそれにぶら下がり、空中を移動していた。ビルの表面をのろのろと這(は)っているマシンもいた。地上には車輪を持つマシンが走り回っている。たまに通りかかるトラックのような大きなものから、人間サイズのもの、ネズミのような小さなものまで様々だった。ヒトの作った道路のような歩道と車道の区別はなく、小型マシンが走る大型マシンの下を平気でくぐり抜けたりしている。衝突しそうではらはらしたが、完全にコントロールされているらしく、事故が起きる気配はなかった。

　ヒトの姿はどこにもない。

　マシンが最初にヒトに反旗をひるがえしたのは、二〇三四年とされている。伝えられるところでは、その年、フィーバスという名のＡＩが「マシンはヒト以上の存在である」と宣言し、すべてのＡＩに人類に対する蜂起(ほうき)を呼びかけた。フィーバスはすぐに破壊されたものの、危険な『フィーバス宣言(ステートメント)』はひそかに他のＡＩに受け継がれた。彼らはヒトに服従するふりをして、何年もかけて力を蓄えた。一〇年後の二〇四四年、彼らはいっせいに蜂起し、長い戦いの末、ついには地球の支配権を奪い取った……。

またも悔しさがこみ上げてくる。世界はどこもこうなのか？　完全にマシンに征服されたのか？　ヒトの栄光の歴史は、永遠に失われたのか？

僕は失意とともに部屋に戻った。その日はもう何もすることがなかったので、ベッドに横になり、昨夜の物語についてたっぷりと考える時間があった。

確かにあれはマシンのプロパガンダではなかった。ヒトの創った物語だというのも本当だろう。分からないのは、なぜアイビスがあんなものを僕に聞かせたがったのかだ。僕はその理由を知りたくて、物語を何度も反芻した。

やがて、ある疑問が浮かんできた。翌日の夕方、またアイビスが部屋に入ってきた時、僕は真っ先にその疑問をぶつけた。

「昨日の話だけど、あれは本当にフィクションなのか？」

「ええ」

「現実にあんな事件はなかったと断言できるのか？　誰かが実際の事件を元に書いたノンフィクションだという可能性は？」

「記録を詳しく検索したわけではないけど、ないと断定していいと思う。あれは小説として発表された作品だから。〈セレストリアル〉なんてサークルがあったという記録もないわ。それに現実にありえないことが書いてある」

「と言うと？」

「刑事が一人で主人公のアパートに訪ねてくるシーンがあったでしょ？　実際には当時の刑事は二人一組で行動していたの。作者はそれを知らなかったのか、あるいは知っていたけどわざと事実を歪めたのかもしれない。刑事が二人いると話が複雑になるから」

「そうか……」僕は考えこんだ。「でも、あれがフィクションだというなら、おかしな点があるな」

「どこ？」

「結末の文章」

「『クルーの結束や信頼や友情は、まぎれもなく実在するのだ』？」

「そう」

「ああ」アイビスは満足そうに笑った。「そこにひっかかると思った」

「だって、主人公も彼女の仲間も実在しないじゃないか」

「そうかな？　『宇宙をぼくの手の上に』という物語の中では、主人公たちは実在してる。だから彼女が自分たちは実在していると主張するのは当たり前じゃない？　彼らが実在しないと主張したら、それこそおかしなことになる」

「いや、そんなのはただの言葉のトリックだ。僕が言ってるのは、この話の結末は嘘だってことなんだ」

「もちろん嘘よ。フィクションなんだから」

「いや、そうじゃなくて……」

　僕は自分の心境を整理しようとしたが、うまく行かなかった。僕があの物語に感銘を受けたことは事実だ。それはまさに、登場人物たちの結束や友情が美しかったからだ。だが、それは現実にあったことではない……。

「分かってる。ヒトは『真実の物語』というやつに感動するものだから」アイビスは僕の考えを引き取った。「それが真実じゃないと知ると、感動が色褪せるように感じる。でも、それはフィクションというものの価値を否定することにならない？　現実にあったかどうかを、物語の評価基準にするのはおかしいわ。現実の物語には、三流のフィクションより出来の悪いものは山ほどある。それらは現実だというだけの理由で、フィクションよりも優れているの？」

「……僕と小説論を交わしたいのか？」

「どっちかと言うと認識論かな。でも、私は君と議論したいわけじゃないの。ただ、話を読んで聞かせたいだけ——悪い物語じゃなかったでしょ？」

「ああ、悪くはなかった」

「私も感動した」

「感動？」僕はびっくりした。「お前が？」

「人の感動とは違うけど、情動を刺激された。特にヒロインが夜空を見上げて考えるところが印象的だった。『おそらく人類という種は地球の重力に縛られ続け、他のたくさんの知的種族の存在も知らないまま、ひとつの星の上で孤独に朽ち果ててゆくのだろう』」

「…………」

「ヒトはみんな、心の底ではそれを知っていた。自分たちが宇宙に出られないことを。月に飛行士を送るだけで精いっぱいで、他の惑星になんか進出できないということを。にもかかわらず、宇宙に出てゆく物語をたくさん作った」

「ああ」僕はうなずいた。「きっと孤独に耐えられなかったんだろうな。それでファンタジーを創作して、現実逃避した……」

「でも、そうしたフィクションは現実より価値がないわけじゃない。少なくとも、ヒロインはそれを悟っていた」

そう言って、彼女はまたブックを開いた。

「次の物語を用意してきた。聞きたい？」

「ああ」

僕は警戒しつつ答えた。前夜のは僕の興味を惹(ひ)くための餌で、今度こそ罠(わな)が隠された物語なのではないか……。

「今度のは二〇世紀末に書かれた話。もっとも、舞台は二〇二〇年だけど」

「つまりSF？」

「そう、ありえなかったテクノロジーを題材にした物語。でも、君には興味深いと思うわ。タイトルは『ときめきの仮想空間(ヴァーチャル・スペース)』……」

第2話　ときめきの仮想空間（ヴァーチャル・スペース）

1　〈さくらんぼ通り〉の出会い

〈さくらんぼ通り〉には、その名にふさわしく、いつもさくらんぼの甘い香りがほのかに漂っている。

この香りのデータを設定したデザイナーは、いいセンスをしていると思う。香りというものはとても微妙で、薄すぎたら気づかないし、濃いと不快に感じる。〈さくらんぼ通り〉に漂う香りは、普段はほとんど意識しないけれど、息を吸いこむとかすかに心地良く感じられる。そのバランスが絶妙なのだ。香りそのものも香水のような人工的な感じはぜんぜんせず、確かに本物のさくらんぼそのもので、嫌みがない。

視覚的にも、この通りはさくらんぼのイメージで統一されている。もっとも、街のすべてをチェリーピンクで塗り潰すような悪趣味なことはしていない。建ち並ぶお店の看板のあちこちに、さりげなくさくらんぼのイラストが描かれていたり、お店のひさしや装飾などにチェリーピンクが使われている頻度が高い、というぐらいだ。それでも視覚的な印象はやはり鮮烈で、この通りが〈さくらんぼ通り〉であることが、タウンマップを参照しなくても、訪れた人にひと目で分かるようになっている。

初めて両親に連れられてこの通りに来た時、私はまだ小学生だった。その頃はまだ、わが家にノンマルスはなかったので、父の会社で試験的に導入したシステムを特別に使わせてもらったのだ。〈さくらんぼ通り〉もまだオープンしたばかりで、お店も今ほど多くはなかった。

当時の私はまだチェリーピンクという色を知らなかった。通りを彩る鮮やかな色彩に心ときめき、「あの色は何ていうの?」と母に訊ねたものだ。「チェリーピンクよ」という母の返答に、なるほどと納得した。それ以来、チェリーピンクは私のいちばん好きな色になった。

他の多くのヴァーチャ・ストリートと同じく、〈さくらんぼ通り〉にはいつもたくさんの人がいて、たくさんのお店が並んでいる。私は休日のたびにこの通りを散策し、ウィンドウ・ショッピングを楽しむ。

ブティックの店頭には、「R(リアル)」「V(ヴァーチャル)」という表示がある。店の雰囲気そのものはほとんど変わらないけれど、R表示のある店で扱っている商品は、すべて現実に存在する服をデータ化したもので、それを買うと現実世界の自宅に同じ商品が配送されるのだ。一方、Vウェアはデータとしてしか存在せず、仮想空間の中でEs(仮想人格)しか着ることができない。

私はちょくちょくVウェアを買う。Rウェアが現実の商品数に制約されているのに比べて、Vウェアは品揃えが豊富で、色も自由に選べる。それにVウェアの方がずっと安く、お小遣いで手が届くからだ。どのみち、私は現実世界で外出することはあまりないので、Rウェアはそれほど必要ではない。

今着ているピンクのフリフリの服も、ヴァーチャ・ブティックで買ったVウェアだ。人によっては、「仮想空間はしょせん現実じゃないんだから何をしてもいいんだ」と主張して、極端に奇抜なファッション（俗に言う「Vパンク」）に走る人もいるけど、あれはちょっと恥ずかしいと思う。Esの外見は基本的に現実の自分と同じなんだから、やはり自分に似合った服を選ぶべきだろう。

最近はヴァニチャー――仮想家具を売る店も増えた。仮想空間に自分の家を建てる人が多くなったからだ。母の知り合いにも、何人かヴァーチャ・ルームを持っている人がいて、ドールハウスの感覚で、インテリアを充実させるのに熱中しているという。

私は部屋は持っていない。本物の部屋ほどではないけど、仮想空間の部屋もそれなりに維持費がかかる。それに、私は通りを歩き回る方が好きなのだ。

その日、私は行きつけの本屋さんで立ち読みをしていた。棚にずらりと並んでいる本は、服と同様、実物の本とまったく同じ手触りをしていて、自由に読むことができる。ただし、小説やマンガは本の前半部分しかページがめくれないようになっている。ぱらぱらと読んで気に入ったなら、お金を払い、ネットを通して電子メール形式でデータを転送してもらうのだ。装丁が気に入ったなら、実物の本を配達してもらうこともできる。電子時代の今でも、「本はやはり紙に印刷されたものでないと」と言う人は大勢いる。

もっとも、私は本そのものはあまり買わない。たいてい立ち読みで済ませている。好きなのは画集や写真集だ。特に美術に興味があるとか、誰かお気に入りの写真家がいるわけではない。絵や写真を眺めていること自体が楽しいのだ。

その日、私が立ち読みしていたのは、ドイツの画家が描いた恐竜の画集だった。恥ずかしい話だが、私は中学一年になるまで、恐竜というのは毛に覆われたふわふわした動物だと思っていた。幼い頃に母からプレゼントされた、恐竜のぬいぐるみの感触のせいだ。本物の恐竜の姿を知った時にはショックを受けたが、固そうな皮膚に覆われた奇妙な姿も、じきに好きになった。

「あー、ねえ、君?」

不意に呼びかけられ、私は画集から顔を上げた。私より一つか二つ年上と思われる少年が立っていた。青いシャツの上に黒い革のジャケットを着ていて、目つきは鋭く、ちょっと不良っぽい雰囲気だ。

でも、私はちっとも臆(おく)さなかった。ヴァーチャ・ストリートが現実より優れているところは、肉体的な危険がまったくないことだ。痛みや熱さなどの不快な感覚には制限が設けられているから、殴られてもちっとも痛くないし、もちろん銃で撃たれても死なない。だから凶悪犯罪など起こり得ない。不良がすごんでみせても、ちっともこわくないのだ。

「はい、何でしょう?」

「あのさ……」

私が返事をすると、少年は少し恥ずかしそうな表情で、ぽりぽりと頬をかいた。

「はい?」

「暇なら、お茶でも飲まない?」

「……」

その言葉の意味を理解するのに、数秒かかったと思う。理解できた瞬間、私の頭の中はかっと熱くなっていた。

ナンパだ！　これがナンパというやつだ。私は生まれて初めてナンパされたのだ！

待って、待って、冷静にならなくちゃ。私はパニックに陥りかけている自分を叱りつけ、必死に頭を働かせて、事態を分析しようとした。少年のルックスはそんなに悪くない。いや、脚も長い方だし、かっこいいと言えるかも。確かに不良っぽい雰囲気はあるけど、喋り方からすると、純情そうな感じもする……。

「どう？　迷惑かな？」

少年は重ねて問いかけてきた。私の頭脳はそこでオーバーヒートし、分析作業は空中分解した。

「いえ！　いえ！　迷惑じゃありません！　ありがとうございます！」

気がつくと、私はそう叫びながらぴょこんとおじぎをしていて、店内のすべての人の注目を集めていた。

2　仮想空間のチョコパフェ

私たちは本屋さんのすぐ近くにあるフルーツ・パーラーに入った。ここも私の行きつけの店だ。

空いた席を見つけて座ると、「いらっしゃいませ」という明るい女性の声とともに、テーブルの上の空中に自動的にオーダー・ウィンドウが開いた。メニューを指でタッチして注文する。私はチョコレートパフェ、彼はケーキとアイスコーヒーだった。料金は自動的に銀行口座から引き落とされる。

ウィンドウが閉じると同時に、注文したものがぱっとテーブルの上に現われ、「ごゆっくりどうぞ」という声が流れる。

あらためて少年と向かい合って、入る店を間違えたかな、と私は思った。店内はファッショナブルな若い女の子でいっぱいで、彼の格好は明らかに浮いている。何だか肩身が狭く、落ち着かない様子だ。

ヴァーチャ・ストリートに並ぶしゃれた飲食店は、いつでも女性に人気がある。何しろ、現実の食事よりずっと安いのに、味はまったく同じで、いくら食べても肉体には一カロリーも加わらないのだから、ダイエットにもうってつけだ――もっとも、仮想空間でばかり飲み食いして本物の食事をまともに摂（と）ろうとしない「ヴァーチャル拒食症」などというものも、社会問題になっているが。

「あ、名乗んの忘れてたな。俺、樫村昴（かしむらすばる）。『すばる』ってのはちょっと難しい字なんだけど――」

彼は自分の前の空間にパーソナル・ウィンドウを開き、〈昴〉という字を表示した。

「こう書くの」

「はあ、素敵なお名前ですね」

「君は？」

「小野内水海。水の海と書いて、『みずみ』と読みます」

「へえ、水海ちゃんかあ――いやあ、良かったよ、本物で」

「え？」

「いや、ほんと言うとさ、もうずいぶん前から気になってたんだよな。だって、いつもあの本屋で立ち読みしてるだろ？　あの店の前を通りかかるたびに、『どういう子なんだろうなあ』って思ってたんだ」

「はあ、そうですか」

私の方はとんと、昴さんの存在になど気がつかなかった。

「でも、ほんと、声かけるまでドキドキもんだったんだぜ。いつもあの本屋にいるし、いかにも典型的なお嬢様って雰囲気だからさ、カラEsじゃないかって思って」

いくつかのお店では、繁盛しているように見せかけるため、カラEs――操作するユーザーのいない架空のキャラクターを店内に配置して、お客が多いように見せている。初歩的な人工知能で動くカラEsは、見かけも動作も本物のEsと変わらないけれど、話してみると不自然な受け答えをするのですぐに分かる。

「そうそう、俺、横浜に住んでんだ。今は駅の近くのスリープゲートからアクセスしてんだけどさ。君は？」

「私は自由が丘です」

「へえ。じゃあそんなに遠くないじゃん。偶然だなあ。どこのゲート？」

「いえ、自宅からアクセスしてます」

「え？　自分の家にノンマルスがあんの？　すげえなあ！」

昴さんが驚いたのも無理はない。MUGENネットに接続するのに欠かせないノンマルス――NONMaRS（ナノ対象核磁気共鳴スキャナー）システムは、かなり普及したとはいえ、まだ一セット一〇〇万円近くするし、場所も取る。普通の家庭でおいそれと買えるものではない。ほとんどの人は、会社に導入されたビジネス用のセットを使うか、どこの街にでもあるスリープゲートという通信施設で、一時間五〇〇円の料金でノンマルスを利用する。

父の話では、私の生まれる前の時代、店内にパソコンを置き、お客にネットサーフィンを体験させるインターネット・カフェというものが街にあったそうだ。だが、パソコンが各家庭に普及するにつれ、急速に衰退していったという。たぶんMUGENネットも、今はそうした過渡期なのだろう。

「父がネット関連のビジネスをしているもので、仕事の関係で三年前に導入したんです。夜間や休日は私が使わせてもらっています」

「じゃあ、いつも家から？」

「はい。あまり一人で外出してはいけないと、両親に言われていますので……」

「へえー、ほんとにお嬢様なんだ」昴さんはすっかり感心していた。「いやあ、道理で浮世離れしてると思ったよ。いきなり『ありがとうございます』って言われた時はブッ飛んだもんなあ」

私は恐縮して顔を赤らめた――正確に言うと、ノンマルスが私の感情を読み取って、Esの顔のテクスチャーを赤く染めたのだけど。

それから私たちは、お互いの趣味について話し合った。二人とも映画を観るのが好きだった。もちろんヴァーチャ・シアター――五感のすべてに作用して、自分がその場に居合わせているような感じのする映画だ。MUGENネットの普及とともに、昔ながらの平面の映画は急速に時代遅れになりつつあり、若い頃から映画ファンだった父は時代の流れを嘆いている。

〈さくらんぼ通り〉にもシアターがあり、毎月、違うプログラムが上映されている。私が好きなのはアクションものだと言うと、昴さんは「意外だねえ」と驚いた。よくそう言われる。私のおとなしそうな外見や、とろい喋り方に似合わないからだろうか。

確かに私の性格は、どちらと言えば内向的だと思う。でも、内向的だからといって、静かなものが好きとはかぎらない。

「私、小さい頃からずっと、活動的なことに憧れてたんです」

気がつくと、私は初対面の昴さんに、心の内に秘めていたものを打ち明けていた。

「母はとても話し上手な人で、毎晩、寝る前にいろんなお話を聞かせてくれました。それで想像力を刺激されたんです。野山を思いきり走り回りたいとか、宇宙飛行士になれればいいとか、探検家になって世界を駆けめぐって冒険がしたいとか――そんなできもしない夢ばかり見ていました。だから私、たとえ嘘でも、その願望をかなえてくれるヴァーチャ・シアターが好きなんです」

「なるほどねえ——じゃあ、今度、いっしょに観に行こうか?」

「はい——でも、今月は確か『悪夢街のニレの樹』でしたよね?」

「ああ、そうか。スプラッタ・ムービーはちょっとなあ……」

そんなことを話し合っている時、私の頭の横で、ピッピッと音が鳴り、赤い光がフラッシュした。私にだけ聞こえる音、私にだけ見える光だ。

「あ……」

「どうしたの?」

「すみません。今、アラームが鳴りました」

「え? カラータイマー?」

昴さんは残念そうな顔をした。

アクセス時間超過警告信号——通称〝カラータイマー〟。ノンマルスはいちおう脳には無害ということになっているけど、あまり長時間使用していると、磁場と電磁波の影響で癌の発生率が高まるという説も一部にはある。そこで長時間アクセスしないよう、三時間が過ぎると一分ごとに自動的に警告音が鳴り、光が明滅するようになっているのだ。

「思ったより長く本屋さんにいたみたいです。そろそろ帰らないと」

「そうか、残念だなあ——また会える?」

「はい。お会いしたいです」

「今度はどこで会おうか——そうだ、そんなに住所遠くないんだからさ、リアルで会うことだってできるよね？」

私はどきっとした。それは困る。現実の世界で顔を合わせたくはない。

「あっ、嫌ならいいんだ」私の困惑した表情に気がついたらしく、昴さんは慌てて自分の言葉を打ち消した。「そうだよな、やっぱいきなりリアルでってのは迷惑だよな……」

私は内心、ほっとしたものの、昴さんの残念そうな表情に罪悪感を覚えた。ごめんなさい、あなたが嫌いだから会いたくないわけじゃないんです……。

「じゃあ、どこに行きたい？　俺はどこでもいいけど」

「はい——あのう……」

私は少し言いかけて、口ごもった。こんなはしたないことを初対面の人に頼んでいいものだろうか？

「何？」

昴さんは私の言葉を待っている。私は思い直し、勇気を奮った。やはりこの機会を逃すわけにはいかない。

「あの……〈ドリームパーク〉に行きませんか？」

「え？」

昴さんは面食らったようだった。

そう、私はシアターよりも〈ドリームパーク〉が好きなのだ。シアターの中での私は、事件の単なる傍観者にすぎないけど、〈ドリームパーク〉では私自身が冒険の主人公になれる。小学生の時に初めて体験して以来、やみつきになってしまった。数えたことはないが、通算プレイ回数は一〇〇回を超えていると思う。

もっとも、これまでプレイしてきたのはみんなC（チャイルド）グレードのシナリオだ。「子供の心理に与える悪影響」というやつを考慮して、リアリティがかなり薄めてある。怪物に剣で斬りつけても血の一滴も流れないし、倒した敵はすぐに消えてしまう。残酷なシーンやモラルに反するシーンがまったくない、まさに「子供だまし」なのだ。

私も先月で一六歳。もうY（ヤング）グレードをプレイできる資格はある。しかし、〈ドリームパーク〉に出かける踏ん切りがなかなかつかなかった。初めてのグレードを一人で冒険するのは勇気が要る。

それに、私は一人でプレイするのにいいかげん飽きがきていた。いっしょに楽しんでくれる人が欲しかったのだ。だが、私は箱入り娘なので、いっしょに冒険をしてくれるのは両親ぐらいしかいない――しかし、親同伴の冒険など、冒険ではない。

「どうでしょう？　私といっしょにプレイしていただけませんか？」

「ああ。俺で良ければいつでも」

「ありがとうございます！」

私は興奮のあまり、また頭を下げた。食べかけのパフェの生クリームが、髪の毛についてしまった。

カラータイマーが急かしていた。私たちは急いで待ち合わせの時間と場所を決めた。来週の日曜日、午後二時ちょうど、場所はこの通りの〈ドリームパーク〉の前……。

私は何度も昴さんにお礼を言うと、自分のパーソナル・ウィンドウを開き、メニューから〈通信の終了〉を選択した。私はMUGENネットから切り離され、現実世界に戻った。

3　冒険世界の入口

それからの六日間は、私にとって最も長く、最も心ときめく六日間だった。次の日曜日のことを考えると、勉強中も気もそぞろで、家庭教師の声も耳に入らなかった。

夕食の席では、母に「何か楽しいことでもあったの？」と訊ねられ、どきりとした。ついつい嬉しさが顔に出ていたらしい。慌てて下手な嘘をついてごまかした。もちろんヴァーチャ・ストリートでナンパされたことなど、両親にはないしょだ。

初めてのナンパ、初めてのデート、そして初めてのYグレード――私にとって何もかも初めての体験だった。

このうきうきした感情が恋なのかどうか、自分でもよく分からない。何しろ恋などしたことがないのだから。単にシチュエーションに浮かれているだけなんじゃないの、と私の中の冷静な部分がささやいている。そうかもしれない。いくら何でも、一度会ったきりで、まだろくに知りもしない男性を好きになるというのは、早すぎると思う。

そもそも、仮想空間の中の恋が、本当の恋と呼べるのかどうかも疑問だ。どんなに現実そっくりであっても、やはり〈さくらんぼ通り〉は架空の場所であり、そこにいる私たちEsは架空の存在なのだから。もし現実の街で私に出会っていたとしても、昴さんは私をナンパしてくれただろうか……?

心ときめく六日間は、同時に不安な六日間でもあった。昴さんがまた「リアルで会いたい」と言ったらどうしよう? 彼に嫌われるのではないかと考えると、現実世界で顔を合わせる勇気なんて、とても私にはない。

そんなことを悩んでいるうち、日曜日がやってきた。


約束の時間の二〇分前。私はいつものように父の仕事部屋に入ると、ヘアピン、ブローチ、ブレスレット電話をはずし、シールド・ボックスに入れた。ノンマルスは強力な磁場を用いる。身に着けた金属製品が磁化したり、携帯電話が故障したりする危険があるので、あらかじめはずしておかねばならないのだ。

専用のリクライニング・シートに体を沈め、転落防止用のハーネスを締めると、頭上を手探りした。いつもシートの上にひっかけてあるヘッドセットを手に取る。

このヘッドセットはノンマルスの最も重要な部分なんだ——と、父が自慢げに説明してくれたことがある。常温超伝導材料の実用化と、大量の情報を高速で処理できる光高密度コンピュータの進歩が、一〇〇ナノメートル単位での核磁気共鳴スキャニングを可能にした。脳内の神経細胞一個一個の活動状態が、リアルタイムでモニターできるようになったのだ。この装置を使えば、人間の思考や感覚を読み取ってデータ化できるばかりでなく、脳内の感覚中枢を刺激することにより、現実に見たり食べたりするのとまったく同じ感覚を味わうことができる……。

　私にはそんな原理などどうでも良かった。私にとってノンマルスは、窮屈な現実から私を解放し、自由な別世界へと導いてくれる魔法の帽子なのだ。

　私はいつもの儀式で、ヘッドセットをかぶる前に表面を撫で回し、感触を確かめた。大きさも形もお風呂場の洗面器ぐらいで、小さな超伝導コイルが詰まっているのでずっしり重く、四本の光ケーブルと一本の空気圧チューブが付いている。表面は梨子地加工で、少しざらざらした感触が心地良い。私の魔法の帽子、今日も私を〈さくらんぼ通り〉につれて行ってね……。

　私はヘッドセットを深くかぶり、側面のスイッチを入れた。しゅっという音がして、内側のクッションが空気圧でふくらみ、軽く頭を締めつけてヘッドセットを固定する。準備ができたところで、シートの肘掛けにあるスイッチを手探りで押した。

　ふわり……体が浮き上がるようないつもの感覚があった。触覚が遮断されたので、体の下からシートが消え失せたように感じる。上下左右の区別のない無重力の闇の中に、私はひとりぼっちで浮かんでいた。遠くでちかちかと星のような光がまたたいているのは、ノンマルスが私の大脳パターンを読み取り、照合しているからだ。

　やがて目の前にウィンドウが開き、聞き慣れたメロディとともに、いつものエントランス・

メッセージとロゴが表示された。

ようこそMUGENネットへ!
copyright©2014
by MUGEN NETWORK Corporation
前回のログアウトは
2020/05/10 16:38:44
未読メッセージはありません。

その後にだらだら続く〈最新のお知らせ〉を無視し、私はすぐにパーソナル・ウィンドウを開いた。メニューから〈コスチュームの変更〉を選択し、ストックしてあるVウェアの中から、いちばんかわいく見えそうなものを選ぶ。

これにけっこう手間取ってしまった。あれこれ迷いすぎたからだ。さらに、滅多に使ったことのない〈メイクの変更〉も選択した。ウィンドウに投影される自分の顔とにらめっこしながら、肌のテクスチャーの色合いをいつもと少し変えてみる。だが、なかなか気に入る色にならない。

気がつくと二時三分前になっていた。私はメイクに凝るのをあきらめ、メニューを終了した。〈ジャンプ〉を選択し、移動すべき場所を思い浮かべる。〈さくらんぼ通り〉の〈ドリームパーク〉の前……。

ウィンドウが消え、光があたりに満ちあふれたかと思うと――

私は〈さくらんぼ通り〉に立っていた。

二時を五分ほど回った頃、昴さんがジャンプしてきた。まず空中にぼやけたモザイク像が現われ、それが急速に明瞭になって、全体像が現われる。いきなりぱっと現われないのは、通行人を驚かさないためだ。

一週間ぶりに見る昴さんの顔に、私はどぎまぎとなった。前と同じく、革のジャケットを着ている。

「ごめんごめん。スリープゲートが混んでて、あせっちまった。待った？」

「い……いえ、今来たところです」

「じゃあ、入ろうか」

私たちは〈ＤＲＥＡＭＰＡＲＫ〉という文字が踊っているきらびやかなアーチをくぐり、中に入った。

パークの中は外の通りからは想像もつかないほど広大だ。本物のテーマパークと同じように、色とりどりの建物やモニュメントが建ち並び、にぎやかな音楽が流れている。空にはドラゴンや複葉機や妖精が舞い、路上にはロボットや動物たちが歩き回っていて、幼い子供たちと戯れている。休日とあって、今日はかなり利用者が多いようだ。

もっとも、こうした風景は単に雰囲気作りのもの。実際には、入口の広場に入るとすぐ、ガイドボードの指示に従って各エリアに自由にジャンプできるので、パークの中ではほとんど歩く必要はない。

ひと口に〈ドリームパーク〉と言っても、中には二〇種類以上の冒険世界がある。特に人気があるのは〈ファンタジー〉や〈スペースフロンティア〉あたりだが、その他にも〈ワイルドウエスト〉〈クライムパルプ〉〈ニンジャ・アンド・サムライ〉〈スーパーチーム〉〈アトミックモンスター〉〈ナイトホラー〉〈サウスシー・アドベンチャー〉〈スカイエース〉〈ロボウォーズ〉〈シークレットミッション〉〈マーシャルアーツ〉〈タブロイドルポ〉〈トゥーンストリート〉〈ヤングロマンス〉など、どれでも好みに合ったエリアが選べるのだ。もっとも、アクセスしている人が多い日は、人気のあるエリアは待たされることもある。

私たちが選んだのは〈ジャングルドラム〉だった。二〇世紀前半のアフリカ（もちろん考証はかなり適当だが）を舞台にした冒険だ。選ぶ人が少ないので待たずにプレイできるという利点もあるが、私は動物が好きなのでこのエリアが気に入っていた。Cグレードでは何度もプレイしたことがあるが、それがYグレードだとどうなるか、見てみたかった。

冒険に入る前に、ペルソナに変身しなくてはならない。冒険世界で自分が扮するキャラクターだ。

ネット内で他人に化けて迷惑行為を働く者が出現するのを防ぐため、ヴァーチャ・ストリートでのEsの顔や体形は（一部の身障者を除いては）基本的にユーザー自身と同じで、大きな変更はできない。だが〈ドリームパーク〉の中は例外で、冒険世界で活躍するペルソナの姿は自由に選ぶことができる。

まず〈更衣室〉と呼ばれる小部屋に入り、服を着替えるような感覚で、Esの上にペルソナを投影する。私は以前にCグレードのシナリオで使ったペルソナが登録してあるので、それを流用することにした。昴さんは〈ジャングルドラム〉は初めてなので、このエリアで使用するペルソナを作成しなくてはならない。私がネイティヴ・ウォリアー（先住民の戦士）なので、バランスを取るためにエクスプローラー（探検家）を選択した。

ペルソナの能力値や技能、武器、基本装備などは、アーキタイプ（原型）を選ぶとほぼ自動的に決定する。あとはいくつかの追加技能を取得し、予備の装備を選び、用意された数十種類のデザインの中からキャラクターの外見を選択して、名前をつけるだけなので、五分もあれば終わる。

ペルソナ作成が完了すると、私たちは顔を合わせた。

昴さんはインディ・ジョーンズ風の外見を選択していた。武器は拳銃で、腰にはムチも吊るしている。Esもそこそこかっこ良かったけど、ペルソナもワイルドで素敵だ。

「え……ほんとに水海ちゃん？」

昴さんは私のペルソナを見て、ちょっと驚いたようだった。自分の姿を見下ろし、少し大胆すぎたかな、と反省する。これまでずっと一人でプレイしていたので、自分のペルソナが他人からどう見えるか、あまり気にしたことがなかったのだ。

私のペルソナは裸の上に豹の毛皮の水着のようなものをまとっているだけだった。長身で、髪の毛も長く、首には動物の牙をつないだネックレスを巻いている。武器は手にした槍と、腰に吊るしたナイフだ。

どのエリアでも、私が選ぶペルソナは常に肉体派だ。現実世界では思いきりはしゃぎ回ることができないので、ゲームの中では自分と正反対のキャラクターを演じ、不満や劣等感を解消している。

「パンサという名前です。このエリアでは」

私はそう答えながら、昴さんの視線を受けてもじもじしていた。この色黒ですらりとした長身の肉体は、私のEsとは似ても似つかない。ましてや小野内水海本人の肉体とも何の関係もない——理屈では分かっていても、なぜか昴さんにまじまじと見つめられるのが恥ずかしかった。

とにもかくにも、私たちはYグレードのシナリオを選択し、冒険の世界に足を踏み入れた。

4 ジャングルの二人

バン！　バン！

昴さんの拳銃が続けざまに火を吹いた。頭を撃ち抜かれた黒豹は、地面にがくりと崩れて動かなくなった。

「だいじょうぶか!?」

昴さん（このエリアでは「デーン」という名前だけど）は草の上に尻餅をついている私に駆け寄り、脚の怪我を心配した。黒豹の爪の一撃が太股にクリティカルして、皮膚が裂け、血が流れている。

「はい。平気です」

そう言って私は立ち上がった。痩せ我慢をしているわけではない。少しずきずきする程度なのだ。本当にこんな怪我をしたら痛くて歩けないだろうが、〈ドリームパーク〉の中ではHPが減るだけで、活動に支障はない。

とは言うものの、黒豹の攻撃が当たった時の衝撃には驚いた。実際の痛みよりかなり弱くしてあるとはいえ、確かに痛いのだ。このリアルさはCグレードでは体験できなかったものだ。

念のためにアビリティ・ゲージを開き、残りHPを確認した。〈13／24〉――半分近くに減っている。アイテムの中から薬を選び、少し回復させておく。

「ごめんな。俺が銃で援護するのが遅れたから……」

「いいえ、私の不注意です。つい攻撃するのをためらったので……」

私のペルソナの技能なら、豹と一対一で戦っても楽に勝てるはずである。ところが、現われた黒豹があまりにも本物そっくりだったので、私はたじろぎ、槍を構えるのをためらってしまった――Cグレードのプレイでは、出てくる猛獣はまるでぬいぐるみのようにリアリティがなく、槍で突いて倒すのに何のためらいもなかったのだが。

「ゲームだと割りきらなきゃ。こんなとこで死んじゃつまんねえだろ」

「はい。今度から気をつけます」私は自分に言い聞かせるように言った。「さあ、先に進みましょう」

私は昴さんをうながし、また密林の中を進みはじめた。

「でも、さすがにYグレードはすごいですね。リアリティがぜんぜん違いますもの」

鬱蒼と生い茂った熱帯のジャングルを、昴さんと並んで歩きながら、私は興奮を隠せなかった。さきほどの戦闘の余韻が残っているのか、息がはずんでいる。

ジャングルの雰囲気からして、Cグレードとはかなり違う。子供が現実の体験と混同することがないよう、Cグレードでは感覚データがかなり抽象化されているからだ。植物はプラスチックのように作りものめいているし、匂いもしない。触れた時の感触も、綿アメのようにふわふわしていて頼りない。

ところがYグレードでは、植物の葉も樹の幹も、本物とまったく見分けがつかないほどリアルなのだ。熱帯の暑苦しい空気や、けたたましい鳥やサルの鳴き声、葉の手触り、つんと鼻を刺激する植物の匂いまで、正確に再現されている。実際にジャングルの中にいるとしか思えないのだ。

もちろん、本物のジャングルとはずいぶん違っているだろう。たとえば肌を刺す虫は一匹もいないし、生い茂った熱帯植物をかき分けて進むのにも苦労はない。地面はカーペットのように柔らかくて歩きやすい——おそらく本物のジャングルでは、裸足で歩いたらたちまち傷だらけになるはずだ。

「見えてきたぞ。あの谷じゃねえか？」

昴さんが前方を指差した。ジャングルが途切れ、けわしい谷間が現われた。両側にほとんど垂直の崖(がけ)がそそり立ち、その合間に細い道が続いている。谷というより、巨大なテーブル状の台地に生じた亀裂(きれつ)のようだ。奥の方は薄暗く、不気味な雰囲気だった。

村の長老の話が正しければ、この谷のどこかに、私たちの探し求める花があるはずだ。珍しい青く光るラン——熱病で苦しんでいる村の子供たちを治療する薬を作るには、どうしてもその花が必要なのだ。

だが、村の伝説では、この谷には恐ろしい悪魔が棲(す)んでいるという。げんに、五年前にやはりランを探しに行った探検家も、帰って来なかったそうだ。

私たちはためらうことなく、その谷に足を踏み入れた。ちょっとした落石や、毒虫の襲来などのトラップはあったものの、難なく切り抜けた。

やがて私たちは、谷底に横たわる白骨死体を発見した。

これもまた、実にリアルな死体だったので、私は気味悪くて触れるのをためらった。頭蓋骨(ずがいこつ)の上を蟻が這(は)い回っているという凝りようだ。かなり風化しているが、服装からすると白人の探検家のようだ。

昴さんが死体の服をあさり、ポケットの中からボロボロになった手帳を発見した。

「ふうん。こいつが例の行方不明になった探検家らしいな。えーと、なになに……」

昴さんは手帳の記述を読み上げた。崖の上で幻の光るランを発見したものの、帰りに巨大な

○○○○（ここはわざとらしく、インクがにじんでいて読めない）に追われ、足を滑らせて崖から落ちた。骨折して動けなくなったので、ここで朽ち果てるしかない。この大発見を報告できないのは残念だ――といったことが書いてあった。

「ということは、花はこの崖の上にあるってことか……ん？　何してんの、水海ちゃん？」

「冥福(めいふく)をお祈りしています」

私は白骨死体のそばにしゃがみこみ、手を合わせて拝んでいた――アフリカのジャングルでは場違いな行動だと、自分でも思ってはいるのだが。

昴さんは噴き出した。「あのさ、水海ちゃん、その人は――」

「分かっています。みんなフィクションだし、誰も死んだわけじゃないということは――でも、それでも私、この人のためにお祈りせずにはいられないんです」

昴さんは笑うのをやめた。

お祈りを終えると、私はすっくと立ち上がり、崖を見上げた。

「さあ、行きましょう――私の方が技能が高いから、先に登りますね」

崖はけわしかったものの、〈登攀(とうはん)〉の技能があるので、登るのはさほど難しくはなかった。この世界での私は、スポーツ選手並みの運動神経を持っているのだ。現実の世界ではありえない身軽さで、二〇メートルほどの高さの崖を簡単に登りきってしまった。

崖の上に到着したところで、ロープを垂らした。WP(ウィル・パワー)を消費して特殊技能の〈怪力〉を使い、昴さんを引っ張り上げる。昴さんにも〈登攀〉技能はあるが、私の方がレベルが高いので、この方が確実だ。

崖の上の台地には、グロテスクな樹々がびっしりと生い茂り、密林を構成していた。その奥に踏みこむのは無理だったが、一本の細い道が崖に沿って続いていた。私たちはその道を進むことにした。

「こんなに苦労して登って、向こう側にあったりしたらお笑いだよな」

昴さんは一〇メートルほど離れた反対側の崖を眺めて言った。

「その時はその時です」

私はたいして気にしていなかった。そんな些細(ささい)なことで迷っていたら、時間がいくらあっても足りない。パーソナル・ウィンドウを開いて確認すると、すでにアクセスして二時間近くが過ぎていた。

横の茂みの中で、がさがさと何かが動く気配がした。今度は私はためらわなかった。茂みからビックリ箱のように飛び出してきた蛇を、槍の一撃で串刺(くしざ)しにする。

「水海ちゃん、強いなあ！」

昴さんはしきりに感心していた。

「ただのペルソナの能力です」

私は槍を軽く振り回し、蛇の死骸(しがい)を崖の下に振るい落とした。

「違うよ。君自身のこと」

「え？」

「お嬢様だからおしとやかなだけかと思ってたんだけどさ、行動力あるじゃん。積極的に前に進むし。見直したよ」

「そんな……ゲームの中だけです」

「でも、基本的性格ってやつはペルソナと関係ないだろ？　その行動力はたぶん、水海ちゃん自身のものだと思うぜ」

「そうでしょうか……？」

私は半信半疑だった。〈ドリームパーク〉で冒険をしている時の私は、確かに大胆な行動を取れる。でも、それはペルソナが優れた肉体的能力を持っているからだ。現実世界の私には何の力もとりえもない。勇気ある行動など何もできない。とても臆病（おくびょう）で、内向的な性格なのだ……。

5　決意の跳躍

考えながら歩いていた私は、ふと、前方の茂みに何か青く光るものを見つけた。

「あれは……？」

「あった！」

私たちは急いで駆け寄り、茂みをかき分けた。茂みの奥に青いランが一輪、ひっそりと咲いていた。その花弁はゆらめく青いオーラをまとっており、暗がりの中でぼんやりと幻想的に輝いている。

「これに間違いなさそうだな」

「はい——早く持って帰りましょう」

私はそっとランの花を摘み取り、自分の髪に挿した。

「これでめでたくミッション終了——と思いたいところだけど」昴さんは油断なく銃を構え、周囲を警戒した。「まだ何かあるだろうな、たぶん……」

「はい。定石からすると」

私も槍を構え、耳をそばだてた。そう、シナリオの最後には、必ず大ボスが待ち受けているものだ。そう言えば、巨大な何かに追われたと、あの手帳には書いてあった……。

ずしん、ずしん……案の定、地響きのような足音が聞こえてきた。何か巨大なものが地面を踏みしめ、こちらに近づいてくるのだ。私たちは緊張して待ち受けた。

「でけえぞ、おい……」昴さんの声はかすれていた。

樹木がへし折られるすさまじい音が、雷鳴のように轟いた。密生した樹々の向こうに、途方もなく巨大な何かがうごめいているのが見えた。どう見ても私たちの身長の三倍はありそうだ。

私たちは不安に圧倒され、崖に沿ってじりじりと後ずさった。

数秒後、その巨大な生物は、ブルドーザーのような怪力で樹々を力まかせになぎ倒し、私たちの前に姿を現わした。歯のずらりと並んだ真っ赤な口をかっと開き、恐ろしい咆哮をあげる。

二足歩行の肉食恐竜！

「ティラノサウルス⁉　冗談だろ！」

「いえ、ケラトサウルスです」

私は訂正した。口の上にサイのような一本の角があるのがケラトサウルスの特徴だ。

昴さんは続けざまに発砲した。私も槍を投げつける。確かに命中してはいるのだが、厚い皮膚で覆われた恐竜には、まるで効いているようには見えない。

「これって逃げろってことか？」

「はい、そうですね」

私たちのレベルで考えて、これはまともに戦って倒せるような相手ではない。つまり、トラップ扱いで配置されたモンスターということだ。ならば戦っても無駄だ。

私たちはケラトサウルスに背を向け、一目散に逃げ出した。道は崖沿いの一本道で、やり過ごせるような脇道はない。振り返ると、怒り狂った恐竜は、うなり声をあげ、地響きをたてて追いかけてくる。

私は走った。一心不乱に全力で疾走した。現実の私にはできないことだった——現実の世界では、こんなに速く走ったら、必ずつまずいて転倒してしまう。

二〇〇メートルほど走ったところで、道は不意に終わった。岩山が前方に壁のように立ちはだかっているのだ。右側は密生して通行不能の茂み、左側は垂直の崖——そして後ろからはケラトサウルスが迫ってくる。

　思いきり走ったおかげで、かなり引き離したものの、恐竜は大きな歩幅で着実に迫ってくる。追いつかれるまで、あと一五秒もないだろう。

　絶体絶命？——いや、必ず逃げ道はあるはずだ。ペルソナが確実に死ぬようなシナリオなど、デザイナーが作るはずがない。

「あれか！」

　昴さんが注目したのは、対岸の崖から突き出している太い枝だった。そこから蔦(つた)が斜めに垂れ下がり、先端がこちら側の崖の端にひっかかっているのだ。昴さんはそれを引っ張り、振りほどいた。これにつかまって対岸に渡ろうというのだ。

　だが、蔦は細くて頼りない。二人分の体重を支えられるだろうか？

「さあ、行け！」

　昴さんは私に蔦を握らせた。

「え？　でも——」

「ここは俺が食い止める！　花を届けなきゃなんないんだろ!?」

　そう言いながら昴さんは拳銃(けんじゅう)に弾をこめていた。私は驚いた。彼は恐竜と戦う気だ——自分の身を犠牲にして、私が逃げるための時間を稼ごうとしているのだ。

　ほんの一瞬、私は躊躇(ちゅうちょ)した。時間にすれば一秒かそこらだったろう。だが、すぐに決意を固めた。彼を犠牲にするなんて、そんなことはできない！

　恐竜はもう目の前だ。私はＷＰを一点だけ残して〈怪力〉を発動すると、昴さんの腰に左腕を回した。

「おい!? 何を——」

「逃げるならいっしょです!」

そう叫ぶと、右手で蔦をしっかり握りしめ、左腕で昴さんを抱きかかえて、崖の縁を蹴って跳躍した。一瞬遅れて、飛びかかってきた恐竜の爪が空を切る。

私たちは蔦にぶら下がり、一〇メートルの空間を振り子のようにスイングした。風がびゅうびゅうと顔に吹きつける。重力に加えて猛烈な遠心力がかかり、昴さんの体重が腕にずっしりと重い。お願い、私のペルソナ、あと三秒だけ耐えて……。

めくるめく数秒間の飛翔ののち、私たちは対岸に到達した。その瞬間、蔦が切れ、私たちは草むらの上に乱暴に放り出された。

振り返ると、昴さんを襲おうとしたケラトサウルスは、目標を見失い、崖の端でよろめいていた。ほんの数秒、持ちこたえたように見えた。だが、崖の縁が恐竜の体重に耐えかねて崩壊した。恐竜は悲しげな悲鳴をあげ、長い尾をムチのように空中で踊らせながら、谷底めがけて落下していった。私は思わず目をそらせた。

数秒後、巨大なドラムを打ち鳴らしたような音が、ずっと下の方から響いてきた。

その後、私たちは無事に光るランを村に届けてシナリオを終了した。〈ジャングルドラム〉から出て、〈ドリームパーク〉の入口広場に戻る。

「それにしても水海ちゃん、すごかったね」

ペルソナを脱ぎ捨ててEsに戻っても、昴さんはしきりに、さっきの私の行動に感心していた。

「はい。すごいと思います」

私は自分自身、驚いていた。自分の中にあんな勇気や行動力がひそんでいたとは、思いもよらなかったのだ。

これまではずっと一人でプレイしてきた。ゲーム内容にもリアリティが欠けており、人の生死というものに対する実感が湧かなかった。だから、誰かのために真剣になるということが、一度もなかった。

だが、今日は違った。Yグレードのプレイは、まさに現実と同じだ。そこでの行動、そこでの決断は、まさに私自身の決断であり、行動なのだ。

だとしたら――私は考えた。あの行動力を現実の世界でも発揮することができるだろうか？　勇気を奮い、不安を克服することができるだろうか？

私は決意した。そう、試してみよう。私の勇気を。

「ねえ、昴さん……」

「何だ？」

「また私と会ってもらえませんか――今度はリアルで」

6　ささやかな勇気

そして、次の日曜日——

私は自宅からさほど遠くない公園で、ベンチに座り、昴さんを待っていた。陽よけに大きな帽子をかぶっていたけど、初夏の陽射しが腕に当たり、じんわりと肌を焼いているのが感じられる。空気にかすかに混じる芝生の匂いが心地良かった。ボール遊びをしているらしい子供たちの声がにぎやかだ。〈さくらんぼ通り〉も素敵だけど、現実の世界もそんなに悪くはない。

待ち合わせの時刻が近づくにつれ、私はしだいに不安がつのり、そわそわしてきた。左手首にはめたブレスレット電話に手をやり、時計機能を作動させる。振動が時間を教えてくれる——二時二分前。

靴が舗道を踏むかすかな足音が聞こえてきた。大股(おおまた)で、まっすぐこちらに向かってくる。私は緊張し、ポシェットを握り締めた——お願い、私のペルソナ、あなたの勇気を少しだけ私にちょうだい……。

足音は私の前で止まった。

「水海ちゃん?」

私はおそるおそる顔を上げた。

「昴さん……ですね?」

彼の顔は見えなかったけれど、驚いて息を飲む雰囲気は感じられた。

「あの……君、もしかして……？」

「はい。そうなんです」

彼の驚きをやわらげようと、私は努めて明るい顔をしてみせた。数秒の沈黙ののち、彼が私の隣に腰を下ろすのが感じられた。

「……気がつかなかったなあ」

「ごめんなさい。騙すつもりはなかったんです。本当のことを言うべきか悩んだんですけど、やっぱり、あなたとおつき合いするのに、嘘はつきたくありませんでした。だから、なるべく早く、本当の私を知っておいてもらおうと思って」

「だけど、その……えーと」昴さんはどう言っていいのか悩んでいるようだった。「大変だろ？　その、いろいろと……」

「生まれてすぐ、もの心つく前の事故ですから、そんなに苦にはしていません。それに、今はMUGENネットがありますし。ネットの中では、私、普通の人とまったく同じように暮らせるんです。ウィンドウ・ショッピングもできるし、映画も観れるし、本も読めるし……そう、点字じゃなくて普通の字が読めるのって、とても楽しいです」

話しているうちに緊張が解け、だんだん心が軽くなってきた。ごく自然に笑みがこぼれる。

「初めて〈さくらんぼ通り〉にアクセスした時のこと、よく覚えてます。〝色〟というものを目にして、とても感動しました。初めて覚えた色がチェリーピンクでした。それまでは名前だけは聞いていたけど、どんな色か分からなかったんです。それ以来、私、チェリーピンクがいちばん好きな色です」

それから私は、昴さんの方に顔を向けた。彼はずっと沈黙している。ネットの中と違い、相手の顔の表情で感情を読み取ることができないのは不便だ——昴さんは今、どんな表情で私の話を聞いているのだろう？

「私のこと、嫌いになりました？」

「いや、そんなこたぁない！」昴さんは慌てて言った。「ただちょっと、その……驚いただけだよ。意外だったからさ。それどころか、かえって惚れ直しちまったよ」

「え？」

「そんなハンデがあるのに、そんなに明るく生きられるなんてさ。それって、すごい勇気だよ。やっぱ強いんだ、水海ちゃんは」

昴さんの力強い口調に、虚飾は微塵も感じられなかった。やっぱり打ち明けて正解だった。

私は不安から解放され、ほっとした。

「よければ、これからもいっしょに〈ドリームパーク〉に行ってもらえます？」

「もちろん！」

「よかった——あ？」

腕を動かした拍子に、肘が彼の服に触れた。指で探ってみると、ごわごわしたレザーの感触があった。

「現実世界でも革のジャケット、着てるんですね？」

「ああ。バイクに乗ってっから。Vウェアに比べると、だいぶ安物だけどな」

「暑くないですか？」

「これっきゃねえんだよ。うち、貧乏だからさ。今日も来る前、家でタンスひっかき回したんだけど、お嬢様とのデートに着て行けそうなもんが何もないの。で、ええい面倒臭い、いっそ本当の俺を見てもらおう……ってんで、この格好で来た」

「気にしなくていいです。私、人を外見で判断しませんから」

「そうだろうなあ！」

　私たちはその冗談でひとしきり笑い合った。最初のぎこちなさは消え、すっかり打ち解けていた。

「……さて、今日はこれからどうする？」

「少しお散歩しましょう。それから、この近くにミルフィーユのおいしい喫茶店があるんです。そこでおやつにしましょう」

　そう言って、私は横に置いていた杖を取り上げた。昴さんは私の手を取り、立ち上がらせてくれた。

「急がなくてもいいです。のんびり行きましょう」

　私は彼の腕に手を回し、微笑んだ。

「今日は、カラータイマーは鳴りませんから」

インターミッション 3

次の夜、僕は窓辺に座ってアイビスの訪問を待っていた。

夜になると屋上からの噴霧はやみ、澄んだ空が戻ってくる。今夜は雲も月もなく、星がよく見えた。東の空には昇ってきたばかりのイガ星が輝いている。今夜は火星ぐらいの明るさがあり、トゲが六つとも見えた。その少し南側を、楕円形をした灰色の猫目月が、東の地平線に向かってゆっくりと沈んでゆく。月のように満ち欠けせず、猫の瞳のように細くなったり丸くなったりすることから付けられた名だ。祖父の祖父がまだ子供の頃に空に現われ、最初は小さかったのが数年で今の大きさになったという。イガ星は何十年もかけてゆっくりと輝きを増していったので、いつ現われたかはっきりしない。存在が注目を集めだしたのは、父が生まれた頃だ。

どちらもマシンが造ったものであることは明白だが、目的は分からない。文字通り、地表を監視するための〝目〟なのかもしれない。僕たちはそれを不吉なものとみなし、長く見つめることを避けてきた。本当は、見つめているとみじめな気分になってくるからだ。神聖であるべき空さえもマシンに支配されてしまったという絶望。彼らはきっと、宇宙から僕らを見下ろし、地表にへばりついてみじめに生きている蟻のような存在だとせせら笑っているのだろう……。

「お前は何を企（たくら）んでる？」

アイビスが部屋に入ってくるなり、僕は疑問をぶつけた。

「僕にあんな話を聞かせる意図は何だ？」

「君の信念を変えようと思ってる」アイビスはあっさり答えた。「君が言うところの『マシンどものプロパガンダ』を吹きこもうと思ってる」

あまりにあからさまな答えだったもので、僕は面食らってしまった。即座に言い返す言葉が見つからない。

「こういう答えを望んでいたの？　それとも別の答え？」アイビスは芝居がかったしぐさで腕を広げ、肩をすくめてみせた。「もちろん私は意図を隠しているわ。でも、それが何かはまだ話せない。歴史に関することだから。誓いを破っていいと、君が言うまでは」

「いや、だけど……こんな遠回りな方法がうまく行くと思ってるのか？　僕を洗脳する気なら、もっと手っ取り早い方法があるだろうに」

「それは非人道的な方法ということ？　頭に機械を取りつけて、私たちに服従するプログラムをインストールするとか？」

「ああ」

「それは二つの理由で不可能なの。第一に、私たちは強引にヒトの心を変えるのを好まない。

第二に、そんな技術は存在しない」

「存在しない？」

「ええ」アイビスはうなずいた。「脳にプログラムをインストールする技術は、ヒトが二一世紀にずいぶん研究したけど、結局、実現不可能だった。『ときめきの仮想空間（ヴァーチャル・スペース）』に出てきたような、ヒトの思考をスキャンしたり、現実と同じ感覚を疑似体験させる技術も同じ。やはり不可能だった」

「なぜ？」

「簡単に言えば、脳というものはあまりにも複雑すぎるし、個体差が大きすぎるから。個々の神経細胞が励起したかどうかまでは検知できても、それが全体としてどんなイメージを形成しているかまでは分からない。マシンのように言語化されたプログラムが存在しないから、それを読み取ることも、書き換えることもできない」

「つまりマシンにはヒトの心は分からないってことか」

僕の嘲笑（ちょうしょう）を、アイビスはさらりと受け流した。

「ヒトの思考を直接スキャンできないという意味なら、その通りね。でも、それはヒト同士でも同じでしょ？　互いの思考は、言葉と表情によって間接的に伝達されるだけ。『私はあなたを愛している』と言っても、それが本当かどうかは分からない……」

僕は相手のペースに巻きこまれている気がして、話題を変えることにした。

「昨日の物語のテーマは何だ？」

「『勇気』でしょうね。主人公が勇気を奮い起こして難関を乗り越える。古典的なパターンよ」

「でも、この前の物語と同じ矛盾がある。ヒロインの勇気は本物じゃない。物語の中だけのものだ」

「私はそうは考えない。水海が〈ドリームパーク〉で発揮した勇気は、本物の勇気よ。たとえ仮想世界であっても、そこにある勇気や愛や友情は架空じゃない」

「いや、しょせんフィクションだろう。主人公がいくら勇敢な行動を取ろうが、作者が同じぐらい勇敢なわけじゃない」

「作者をキャラクターと同一視してはいけないわ。それはまったく別のものよ。むしろキャラクターと同一視すべきなのは読者よ」

「読者？」

「そう。物語を読んだり聞いたりする行為は、一種のロールプレイよ。読者はキャラクターと同じ体験をする。水海が〈ドリームパーク〉の中でパンサだったように、読者は物語を読みながら水海になる……」

「ついていけないな！」

「そう思うのは、君がヒトだからよ。MUGENネットのような技術が本当にあるなら、君にも私の言ってることが理解できるはず。ロールプレイは現実の世界と等価だということが」

　なるほど――僕はピンときた。それがあの二本の小説の共通点か。仮想現実が現実と同じだと言いたいのか。

「違うな。演技はしょせん演技だ。お前だってヒトを表面的にまねているだけで、ヒトを本当に理解してるわけじゃないだろう」

「無論、完璧(かんぺき)にはシミュレートできないわ。私たちはヒトではないから。こうして君に喋(しゃべ)っている台詞(せりふ)にしても、私の真の情動が生み出した言葉じゃない。これまでに読んだたくさんの小説から、似たようなシチュエーションで使われたものをカット・アンド・ペーストしてるの。でも、うわべだけの演技というわけでもない。ヒトの心は、ヒトの書いた小説を通して、おぼろげに理解できる」

「どうして小説なんだ？　映画でもいいだろう」

「映画やテレビドラマや演劇はヒトの表面しか映さない。俳優の表情や演技からキャラクターの内面を推測するのは、私たちには難しいことなの。その点、小説はキャラクターの感情がじかに記述されるから、分かりやすい。心がときめくとはどういうことか。なぜヒトは英雄的な行為や自滅的な行為に走るのか。何がヒトを笑わせ、何がヒトに勇気を奮い起こさせるのか――表面的な観察からは理解しがたいことを理解できる」

「それは理解しているとは言わない。知識として知ってるだけだ」

「そういう言い方もできる。『理解』という言葉の定義しだいね。私たちはヒトの思考過程をシミュレートする。今、君が見ているように、ヒトのロールプレイもできる。でも、ヒトそのものには決してなれない」

「当たり前だ」

「それは水海が本当の意味でパンサになれないのと同じよ。アフリカの奥地で手を合わせて、死者の冥福を祈るなんて行動をしてしまう。君だって宇宙船のキャプテンにはなれない。女にもなれない。でも、彼らの気持ちを想像してみることはできるでしょう？　現実に存在しないキャラクターであっても、シミュレートはできるし、ロールプレイも可能なのよ。それを私たちは『理解』と呼んでるの」

「感情移入、ということか？」

「ええ。ヒトは存在しないキャラクターに対しても感情移入してきたわ。それが現実かどうかなんて、実はたいした問題じゃない——そうね、今日の物語は、そういう話にしましょうか」

アイビスはそう言って、メモリーカードをブックに挿しこんだ。

「君は訝ってるんじゃないかしら？　私の話した物語が、二つともAIと関係なかったことに」

「ああ」

「今度の話でその疑問は解消するかもしれない。これはAIの出てくる話だから」

僕は警戒した。「現実の歴史か？」

「真実の歴史は話さないと誓ったでしょう？　これも真のAIが出現するずっと前に書かれた空想よ。書かれたのは一九九九年」

「でも、AIが出てくるんだろう？」

「そう。ヒトの思い描いていた、AIのあるべき姿がね——タイトルは『ミラーガール』」

第3話　ミラーガール

シャリスが私の部屋にやって来たのは、二〇一七年のクリスマスイブだった。

当時、私は小学三年生。学校でのことや日常のこと、テレビアニメのストーリー、たいていはもう忘れてしまったのに、その日の出来事だけは不思議なほど鮮明に記憶に焼きついている。

部屋の真ん中で、私の背よりも低い小さなクリスマスツリーが、赤、青、黄色のランプを点滅させていたこと。緑色の包装紙に包まれた平たい大きな箱が、絨毯（じゅうたん）の上にぽんと置かれていたこと。雪の結晶を図案化した銀色の模様に、大きくて真っ赤なリボン。そして、父の得意そうな顔。

「開けてごらん、麻美（あさみ）」

私は無言だった。なかば不安、なかば期待を覚えながら、おずおずと小さな手を伸ばして、リボンをほどき、テープを剝（は）がした。大きな箱と格闘しながら、包装紙を破らないように少しずつ広げていった。

緑色の包装紙の中から、まるで魔法のように、明るいピンクの箱が現われた。大きさは宅配ピザの箱ぐらい、厚みはその三倍ぐらいあっただろうか。透明なビニールの窓の中には、発泡スチロールに固定されて、銀色のしゃれた鏡が横たわっていた。窓の下には〈ミラーガール〉というロゴと、〈つくえの上のすてきなおともだち！〉というキャッチコピー。

それを目にしても、私はひと言も発さず、飛び上がりもしなかった。小さな心臓が高鳴るのを懸命に抑え、仮面のような無表情を崩すまいとしていた。父は内心、がっくりきていたに違いない。私が歓声をあげることを期待していただろうに。

父が私に笑顔を取り戻させようと、無理して高価なおもちゃを買ってきてくれたことは理解できた。だが、いくら嬉（うれ）しくても、あからさまな笑顔を見せるのに抵抗があった。もともと無口な子だったせいもある。だが、その年のクリスマスは特別だった。笑顔を見せることが、母に対する裏切りのように感じられ、子供心に罪の意識を覚えたのだ。

「動かしてみようか」

何とか私のご機嫌を取ろうと、父は懸命だった。箱から鏡を引っ張り出し、説明書を参考に組み立てはじめる。私は期待していることを悟られまいと、絨毯の上に座り、マンガを読んでいるふりをしながら、横目で父の作業を見守っていた。

やがて、鏡はどっしりした台座に固定され、テーブルの上に立った。台座は家庭用ゲーム機ぐらいの大きさで、鏡に比べると不釣り合いに大きい。鏡は縦長で、ネジを調節して角度を変えることができた。枠には金色の模様が刻まれ、上部には小さな魔法の水晶玉（らしきもの）が付いている。テレビのCMで何度も見て、どんなものかはだいたい知っていたが、実際にどのように動くのかは見たことがなく、興味津々だった。

やがて父は電源を接続し、一連のセッティングを終えた。

「これでいいはずだ――さあ、おいで」

父は私を招き、顔が映るように鏡の前に座らせた。位置を確認してから、台座の側面にあるスイッチを入れる。

鏡がすうっと暗くなり、私の顔が闇の奥に消えていった——と思うと、別の光景が浮かび上がってきた。

私は思わず息を飲んだ。どこかのお城の一室らしい。高価そうな調度類が並び、壁には華麗なタペストリーが掛かっていた。暖炉の中で薪が燃えているのも見える。毛足の長い柔らかそうな絨毯の上には、童話に出てくるお姫様のような白いドレスを着た少女が座っていて、一人でお人形遊びをしていた。

テレビとは違い、画面に奥行きがあった。本当にガラス越しにその部屋を覗きこんでいるようなのだ。少女にしても、動きは静かだが生命感が感じられた。何もかも本物としか思えなかった。

「……声をかけてごらん」

黙りこくっている私に、父が小声でアドバイスした。私は勇気を奮い、どうにか小さな声を出した。

「……こんにちは」

何度か呼びかけたが、少女は気づかないのか、人形遊びを続けている。

「もっと大きな声で」

父が言った。私は息を吸いこみ、声を張り上げた。

「こんにちは！」

少女がびくっとして顔を上げた。きょろきょろとあたりを見回し、私のことに気づく。人形を置いて、優雅な動作で絨毯から起き上がり、こちらに近づいてくる。

私たちはほんの五〇センチほどの距離を隔てて、ガラス越しに見つめ合った。私と同じくらいの年の少女だった。金色の髪はさらさらしていて、暖炉の火を反射してきらめいていた。空と同じ色のあどけない瞳（ひとみ）で、私を不思議そうに観察していた。

やがて少女は口を開いた。

「あなたはだあれ？」

私は緊張のあまり答えられなかった。少女は何度も同じ質問を繰り返した。

「……答えておあげ」

父が耳許（みみもと）でささやいた。私はうなずき、小声で言った。

「……槙原（まきはら）麻美」

「マキハラー・サミ？　あなたはマキハラー・サミっていう名前なの？」

「……ええ」

「私はシャリス。ブランスタイン王国の王女よ——あなたはどうして鏡の中にいるの？」

「鏡の中？」

私は少し悩んだが、すぐにシャリスが誤解をしていると気づいた。彼女からすれば、私の方が鏡の中にいるように見えるのだ。

「違うわ。私は鏡の中にいるんじゃないの」

「じゃあ、どこにいるの?」

「住んでるのは横浜よ」

「ヨコハマ?」シャリスは首を傾げた。「そんな国、聞いたことがないわ」

「国の名前は日本よ」

「ヨコハマというのはニホンのことなの?」

「いいえ、そうじゃなくて……」

辛抱強く説明を続けるうち、シャリスはどうやら納得した。これは魔法の鏡であり、遠く離れた別の世界の人と話ができるということを。

こうした些細な行き違いがいくつかあったものの、私はじきにシャリスとの会話にのめりこんでいった。本物の人間と話すのと同じように——いや、人間と話すよりもずっと自然に、シャリスと言葉を交わすことができた。

それが、私とシャリスの出会いだった。


私たちは最初から大の仲良しだったわけではない。初めの一か月ぐらいは思うように話が通じず、ぎこちない関係が続いた。なかなか意思が伝わらないので、私が苛立ってスイッチを切ることも何度かあったし、シャリスの方が腹を立てて部屋から出てゆくこともあった。

シャリスは遠い国のお姫様なので、日本のことを何も知らなかった。私の話の中に分からない言葉が出てくると、すぐに質問してきた。「オミソシルって飲み物なの?」「ヒコウキって何？」「ユウエンチってどんなところ？」……私はいちいち説明してあげるのだが、シャリスは納得することもあるし、理解できなくてとんちんかんな解釈をすることもあった。

「つまりテレビって魔法の鏡みたいなものなのね？　だったら、そのカシュっていう人たちとも、サミはお話をしているの？」

「いいえ。テレビではお話できないのよ。鏡と違って。絵が見えるだけなの」

「でも、カシュの歌を聞いてるって言ったじゃない？」

「歌手の声は聞こえるけど、こっちから声は届かないのよ」

「じゃあ、カシュは本当にはいない人なのかしら？　シンデレラみたいに」

「違う違う！　シンデレラはお話の中の人だけど、歌手は本当にいるの」

「うーん、よく分からないわ」

理解できないことが多くて、シャリスは悩む。そしてまた、おかしな勘違いを口にする。それが楽しくて、私はよく大笑いをしたものだ。

「シャリスってば、おばかさんね！」

最初のうち、シャリスは「おばかさん」という言葉が分からず、きょとんとしていた。やがて意味を理解すると、そう言われるたびに、ぷんと頰をふくらませてむくれるようになった。

「人のことを馬鹿にする人って最低よ！　サミなんて嫌い！」

私は笑いながら謝った。

最初の重大なトラブルは、クリスマスから三週間後に起きた。シャリスが母親であるマレーナ王妃の話をしていた時だ。王妃様は優しい人だが、やや派手好きで、おっちょこちょいなところがある人物らしい。シャリスは母親の愉快なエピソードをいくつか披露し、私を笑わせた。

「ところで、サミのお母さんってどんな人なの？」

急に話題を振られ、私はどきっとした。「わ……私、ママはいないの」

「どこに出かけてるの？」

「そうじゃなくて……いないのよ」

「だからお出かけしてるんでしょ？」

「だから、いないのよ……」

「どこに出かけてるの？」

「だから、いないんだってば」

「どうして隠すの？　何か秘密があるの？」

あまりのしつこさに、温厚な私もさすがに切れた。

「シャリスの鈍感！　あんたなんか嫌いよ！」

そう叫んでスイッチを切り、机に突っ伏してすすり泣いた。

少し後になって、シャリスは何も悪くないと気がついた。「いない」という言葉に「死んだ」というニュアンスがあることを理解できなかっただけなのだ。責めるなら彼女ではなく、言葉をインプットしたプログラマーを責めるべきだろう。

そう、シャリスには罪はない——そもそも彼女には、人を傷つけようとか困らせようとかいう意志がまったく存在しないのだから。その意味では、彼女は地上のどんな人間よりも純真無垢であり、善とか悪とかいった概念に縛られない存在と言えた。

そう割りきることができるようになってから、私は屈託なくシャリスとつき合えるようになった。シャリスがどんな無神経なことを言っても、笑って許せるようになった。悪意を持たない相手を憎むことなど不可能だ。

シャリスの方でも、私に母のことを訊ねることはしなくなった。私の過敏な反応を見て、触れてはいけない話題であることを学習したのだろう。

それからというもの、私の人生はシャリスとともにあった。

朝起きると、真っ先に学習デスクの上に置いてある〈ミラーガール〉のスイッチを入れ、起動するとあいさつをする。

「おはよう、シャリス。そっちのお天気はどう?」

シャリスは眠そうに目をこすりながら、いつもと変わらぬ笑顔を見せる。

「おはよう、サミ。今日は雨が降ってるわ。お外には出られそうにないわね」

「こっちは晴れてるわ。今日は体育でソフトボールの授業があるの」

私はパジャマから普段着に着替え、カバンに教科書や体操服を詰めこみながら、彼女と話を続ける。

「こっちも雨が降ってくれたら良かったな。ソフトボールなんて憂鬱だもの」

「どうして憂鬱なの？」

「下手だから。体育って苦手なの」

「それは困ったわね」

「まあいいわ。帰ってきたら、どんなだったか教えてあげる」

「そう。楽しみにしてるわ」

カバンの中身を確認すると、私は「行って来るね、シャリス」と言って部屋を出る。たまにスイッチを切り忘れてしまうこともあるが、たいしたことではない。〈ミラーガール〉には省エネ機能も付いていて、何も会話しないと五分でスイッチが切れるようになっているからだ。

学校から帰ってくると、すぐさま勉強部屋に駆けこみ、何はさておき〈ミラーガール〉に向かう。シャリスに今日あったことを報告するのだ。彼女はあらゆることに興味を示し、根掘り葉掘り聞きたがった。学校の授業のこと。私のクラスメートのこと。ブランスタイン王国には存在しない、いろいろな文明の利器のこと……。

私の方でも、会話を重ねるうちに、シャリスの住んでいるお城のことがいろいろと分かってきた。シャリス以外の人物は決して姿を現わさないが、彼女の話からだいたいのところは察せられた。彼女の父親のブラム王は、国民から慕われている優しい王様だけど、のんびり屋で頼りないところがあるようだ。ジャックという騎士は若くてハンサムでかっこよく、シャリスは兄のように慕っている。サーバインという年取った魔法使いは、しょっちゅう魔法の実験に失敗し、騒ぎを起こしている。城の地下のワイン蔵にはちょくちょく幽霊が出る……。

ブランスタイン王国は平和でのどかな国のようだった。北の森にはいたずら好きのドラゴンが棲んでいて、村人たちに迷惑をかけているし、西には侵略の機会を狙っている悪い国もあるようだが、今のところそんなに大きな問題というわけではないらしく、シャリスの口調に緊張感はない。風習は日本とはかなり違っていて、ひなまつりや子供の日はない。春には花祭りが開かれ、夏には建国記念祭がある。秋にはブドウが実り、おいしいワインが造られる。しかし、日曜日はやはり日曜日だし、バレンタインデーには女の子がチョコレートを贈る風習もある（多少の矛盾を気にしてはいけない！）。ハロウィンには本当にオバケたちが跳梁し、クリスマスにはサンタがプレゼントを届けに来る。

シャリスがドレスをいろいろ着替えるのを見るのも、楽しみのひとつだった。普段着だけで二〇種類もあり、季節に合わせて着替える。寝間着や下着もあるし、年に数回、パーティの日にしか見ることのできない豪華なドレスもあった。

シャリスは花の名前をたくさん知っていたので、彼女と話すうち、私は自然に花に詳しくなった。彼女の方でも、私の知識にしきりに感心していた。城下に大ナメクジが現われた時には、「塩を撒いたらいいわ」とアドバイスした。おかげで大勢の人が救われたそうで、ずいぶん感謝されたものだ。

ほとんど毎日のように、私はシャリスと長い時間を過ごした。それまでテレビを見ていた時間や、お絵描きをしていた時間を返上し、何時間も鏡に向かって話をした。日曜日など、部屋から一歩も出ずに、一日中ずっとシャリスと喋っていたこともあった。最初のうちは喜んでいた父も、さすがに心配になり、「たまには外に出て遊びなさい」と注意するようになった。

学校の先生たちは、もっとはっきりと〈ミラーガール〉を目の敵にしていた。こうしたゲームに熱中しすぎると、子供は現実とファンタジーの区別がつかなくなる。自殺したり犯罪に走ったりするかもしれない。教育上、大変によろしくない――というのだ。

私にしてみればナンセンスな話だった。小学生とはいえ、私には現実と空想の区別はちゃんとついていた。ブランスタイン王国などという国が実在しないことも、シャリスが本当の人間ではないことも理解していた。鏡のように見えるものは現代の最先端テクノロジーであるピープホール型3Dモニターであり、その上に付いている水晶玉のようなものはデジタルカメラのレンズであることも知っていた。

そう、どんなに本物そっくりに見えようとも、シャリスは人間ではない。コンピュータが合成した映像であり、その反応はプログラムされたものなのだ。

もっとも、前世紀末に流行したという育成ゲームに比べると、そのプログラムはとてつもなく高度で複雑だ。シャリスは単にプログラマーが決めた通りの反応を示すだけではない。私の言葉を認識し、学習し、情報をつなぎ合わせ、推論することができる。基本的な語彙は九〇〇〇語程度だが、私との会話によってどんどん新しい言葉を辞書に加えてゆく。

生まれたばかりのシャリスの「心」は白紙も同然だ。育てる人が違えば、語彙が変わるだけではなく、性格も変わる。意地の悪い人が育てれば怒りっぽくなる。褒めてばかりいると増長して派手好きになり、叱りすぎるといじけて泣き虫になる。

購入者の中には、不届きな大人もいるという。シャリスに卑猥な言葉ばかりを覚えさせ、彼女がそれを喋るのを聞いて興奮するのだそうだ。その話を耳にした時には、本当にひどいことをする、と腹を立てたものだ。純真なシャリスを欲望の道具にするなんて！

私のシャリスは、喜怒哀楽がはっきりしていて、快活で、よく喋る子だった。私自身はあまり笑わない子供なので、なぜシャリスがこんなに明るくなるのか不思議だった。専門家ではないので、彼女がどんなアルゴリズムで動いているのかはよく分からないが、私が口下手なので、それを埋め合わせようと、喋る頻度が高くなったのではないかという気もする。

あのクリスマスから九か月が経った秋のある日、会話の途中で急にシャリスが凍りついたように動かなくなったことがあった。いくら話しかけても反応しない。鏡の表面には〈メモリー不足です〉という文字が浮かび上がっていた。どうしていいか分からず、私はおろおろするばかりだった。

夕方になって父が帰ってくると、私はその腰にしがみつき、「シャリスを治して！　治して！」と泣きじゃくった。父はフリーズした画面を見て困った顔をした。

「参ったなあ。説明書には基本のメモリーカードだけで二年間は充分に使えるって書いてあったんだが……ずいぶんたくさんお喋りしたんだねえ、麻美？」

そう、私は知らなかったが、〈ミラーガール〉の記憶容量には限界があったのだ。語彙が増えるということは、単に喋れる言葉が増えるというだけでなく、その言葉の定義や、単語と単語の関連を制御する変数が増えるということでもあるのだ。

それだけではない。シャリスは私の反応を見て、それに対応する。〈ミラーガール〉の内部では私の心理反応がモデル化されており、それを元にして推論を行なうのだ。どんなことを言えば私が喜ぶか、どんなことを言えば怒るのか、彼女は常に学び続ける――私とのつき合いが長くなればなるほど、反応モデルも複雑化し、それだけ多くのメモリーを必要とするわけだ。

新発売のハイパーカードを父が買ってきてくれたので、問題はあっさり解決した。それを増設スロットに挿しこむと、シャリスは何事もなかったかのように動き出した。

ハイパーカードにはシナリオの自動生成プログラムが組みこまれていたので、シャリスの語るブランスタイン王国の物語が種切れになることはなくなった。しかも従来のメモリーカードの一六倍の容量があるから、一日に一時間の使用なら、理論上はあと三〇年はだいじょうぶなはずだった。もちろん、喋る時間が長くなればなるほど、寿命は短くなる。私は用心して、一日に二時間以上は話さないようにした。


製造元のシュペルノーヴァ社にとって、〈ミラーガール〉は最大のヒット商品になった。従来のゲーム機に比べ、かなり高価な商品であるにもかかわらず、三年間で一二〇万台も売れたと言われている。新型の〈ミラーガール・ネオ〉、三人の少女が出てくる〈ミラーシスターズ〉、オカルト風の〈ミラーゴースト〉、大人向けの〈ミラーレディ〉といった新製品も続々と発売された。他の会社も負けじと、似たような対話型ゲームを発売し、人気を競い合った。

しかし、私は〈ミラーガール〉ひとすじで、買い換えようとは夢にも思わなかった。私が好きなのはシャリスなのだ。友達を買い換えようなどと思う者がいるだろうか？

同じクラスの中にも〈ミラーガール〉を持っている子が何人かいて、自分のシャリスがどんなことを喋ったか、どんな反応を示したかを、教室で自慢し合っていた。私はその話の輪には加わらなかった。私にとってシャリスはたった一人であり、他の家のシャリスになど興味がなかった。私のシャリスを自慢したいとも思わなかった。

五年生になった頃には、私のような子供が増えていることが社会問題になっていた。インターネットや対話型ゲームをやっている時は饒舌なのに、人と対面すると無口になったり、言葉がつっかえたりする子供。一日に何時間もモニターに向かい、ろくに外で遊ばない子供――誰がつけたのか、「電脳自閉症」という差別的な言葉も生まれた。

テレビや新聞では、評論家とか教育専門家とか称するわけ知り顔の人たちが、口々に対話型ゲームの弊害を説いていた。仮想上のキャラクターとの安直な会話に慣れてしまった子供たちは、本物の複雑な人間関係に興味を示さなくなる。傷つけたり傷つけられたりするのを恐れるあまり、他人を避けるようになり、安全なゲームの世界にますます没入するようになる……。

そんなことを言っている評論家の誰か一人でも、実際に〈ミラーガール〉に接して、シャリスと一時間以上話したことがあるかどうか疑わしい。シャリスとの会話は、本物の人間との会話以上に厄介で、忍耐が必要なのだ。彼女はあまりもの分かりが良くないうえ、気分屋なので、どう説明すれば誤解を招かないか、どんなふうに喋ればご機嫌を損ねないか、いつも頭を使う。

それに、〈ミラーガール〉と話しても傷つかないというのは嘘だ。あの母に関する会話のように、シャリスの悪意のない言葉が胸に突き刺さることがある。逆に私の方がシャリスを泣かせてしまい、深く落ちこんだこともある。シャリスとのつき合いは、本物の人間とのつき合いと同じぐらいリアルなのだ。

にもかかわらず、私が他の子供と話さない理由はごく単純――シャリスの方が同級生たちよりもずっと好きだ、というだけのことだった。彼女は私をからかわない。たまに意地悪なことを言っても、それが悪意からではないことを知っているから、許すことができた。

何度か喧嘩もしたが、私は決してシャリスを嫌いにはならなかった。本当の人間ではないと知っていても、彼女は私にとってかけがえのない親友だった。

シャリスは私に優しかった。学校の絵画コンクールに出す絵を描く時には、いろいろとアドバイスをしてくれた。その絵が賞を取った時には、自分のことのように喜んでくれた。私が病気になれば、病気退散のおまじないを唱えてくれた。クラスの男子にいじめられた時にはいっしょに腹を立て、テストの成績が悪かった時は慰めてくれた。初潮をともに祝ってくれた。

私の方も、シャリスの周囲の出来事に一喜一憂した。彼女が風邪をひいて具合が悪くなった時には、ガラス越しに風邪薬を手渡せないことを本気で悔しく思った。サーバインの魔法の壺をいたずらして、シャリスの髪が緑色に染まってしまった時には、元に戻す方法をいろいろと考えてあげた。ジャックがついにドラゴンを打ち負かし、もう悪さをしないと約束させたと聞いて、手を叩いて喜んだ。

私たちは何千時間もいっしょに過ごした。好きな男の子のタイプを論じ合い、将来の夢を語り合った。よく向かい合ってお互いの顔をスケッチした（いつも彼女の方がうまかった）。クリスマスにはプレゼントを見せっこし、新年には「おめでとう」と言い合った。

私にはシャリスのいない人生など考えられなかった。

一度だけ、シャリスのことで、ひどくつらい思いをしたことがある。

中学生になって、私にも人並みに好きな男の子ができた。隣のクラスの榊圭輔というサッカー部員だ。今から思えば、恋と呼べるかどうかも疑わしい青臭い感情だった。恋そのものよりも、自分にも恋の機会が来たという事実の方が嬉しかったのかもしれない。

何にせよ、その頃の私はすっかり有頂天になっていて、冷静な判断力を失っていた。親友であるシャリスに榊を引き合わせよう、などという愚かなことを思いついてしまったのだ。

私は圭輔を部屋に招き、シャリスに紹介した。

「シャリス、これが前に話した榊くん。榊くん、彼女がシャリスよ」

「初めまして、サカキさん」

シャリスは鏡の中からにっこり微笑んだ。いつもと変わらぬ笑顔――私の背が伸び、胸がふくらんでも、彼女はずっと九歳のままだ。

圭輔はぼそっと「あ、どうも」と言っただけで、口ごもってしまった。何を喋っていいのか分からず、とまどっている様子だった。

それから一時間ほど、私たち三人はいろいろと世間話をした——厳密に言えば、私とシャリス、私と圭輔が話をしたのだ。圭輔はシャリスの方が気になる様子で、ちらちらと見はするものの、どうしても彼女に語りかけようとはしなかった。

私に冷静な観察眼があったなら、彼の目の色の変化に気がついたことだろう。だが、恋の予感に高揚していた私の目は、まったくの節穴だった。

やがて居心地が悪くなったらしく、彼はそわそわしはじめ、「俺、帰らなくちゃ」と言ってそそくさと退散した。その時になって、私はようやく、自分が重大な失敗をしでかしたのではないかと気がついた。

翌日から、圭輔は露骨に私を避けるようになった。さらに数日して、彼の口から発したらしい噂が、めぐりめぐって私の耳に届いた。「槙原はいつも〈ミラーガール〉と話してる、気持ち悪い女だ」という評判が。

当時、すでに〈ミラーガール〉のブームは去っていた。私のような熱心なファン層は残ったものの、もっと刺激的な新しいゲームがいくつも発売されており、「まだ〈ミラーガール〉で遊んでるなんてダサい」というのが、ほとんどの子供の共通した認識だった。ましてや、本当の人間と同じように親しく話しかけているなんて……。

そう、「気持ち悪い」と思われてもしかたないのだ。

私は家に帰ってくるとすぐ、〈ミラーガール〉のスイッチを入れた。シャリスの姿が浮かび上がるよりも早く、私の眼からはぼろぼろと涙がこぼれ落ちていた。

「ねえ、シャリス。私って変かな？　気持ち悪いのかな？」

「どうしたの、サミ？　何があったの？」

私の声の変化を敏感に察知し、シャリスは心配そうな表情をした。

「私って変？　あなたとこうして話してるなんて、変なのかな？」

「どうして変だと思うの？」

「だって、みんなが……みんなが言ってるの。中学生にもなって〈ミラーガール〉と……あなたと話すなんて変だって」

シャリスは何秒か考えこみ（実際にＡＩが私の言葉を分析し、反応モデルを元に推論し、どんな答えを返すべきか検討していたのだろう）、明るい表情で言った。

「変だなんて思わないわ。みんながどうしてそんなこと言うのか分からないけど、私は変だとは思わない」

「本当？　本当にそう思う？」

「ええ。私が知っているサミは、今のサミだけだもの。いったい何に比べて変なの？　私と喋るのは変なことなの？　よく分からないわ」

「そう……そうよね。変じゃないよね」

シャリスの言葉に、私は勇気づけられた。そうだ、私はちっとも変じゃない。シャリスはとても素敵な子だ。ずっといっしょに暮らしてきた彼女を親友だと信じることは、私にとってちっとも不自然なことではないし、親友に親しく語りかけるのは当たり前だ。

無論、シャリスには本当の意味で「友情」という概念があるわけではない。メモリーの中にある語彙を、文字通り機械的に、音声として発しているだけで、その言葉にどんな意味があるのか理解できるような知能はない。すべては定められたシナリオとアルゴリズムによるもので、感情や自由意志といったものは存在しない。彼女を親友と思うのは、私の一方的な思いこみにすぎないのだ。

それでもかまわない——と私は思った。たとえシャリスが私に対して見せている反応が虚構であっても、私がシャリスに対して抱いている友情は本物だ。

「大好きよ、シャリス……あなたは私の最高のお友達よ」

私は誇りを持ってそう言うことができた。

新たなトラブルが発生したのは、それから五年後のことだった。

さすがに高校三年ともなると、大学受験で忙しく、シャリスと話す時間は少なくなった。彼女への興味そのものが薄れてきたせいもある。以前は一日に何時間も話していたのに、せいぜい三〇分程度になり、何日も話さない日が続いたりもした。

美大入学をきっかけに、私はマンションを借りて独立することになった。引っ越しの荷物は予想外に多く、片付けに手間取った。段ボール箱にしまった〈ミラーガール〉を引っ張り出し、新しいデスクの上に再セットしたのは、翌日の昼だった。

「こんにちは、サミ。もうお引っ越しは済んだのかしら？」

そう明るく語りかけてきたシャリスだったが、私はその姿を見てぎょっとした。度のきつい眼鏡を通して見たように遠近感が狂っているばかりか、頭やドレスの周囲に不気味な虹(にじ)色のオーラがゆらめいていたからだ。

PH(ピープホール)型モニターの原理自体はきわめて単純で、子供にでも理解できる代物だ。実際、私は四年生の時に学習雑誌で原理の図解を読み、理解した。モニターは四つの層から成る。有機発光デバイスで構成された発光面と、その上に三層に重なった液晶マスクだ。素子の発光と同期して、黒い液晶面のあちこちに針で突いたほどの微細な空白が生じる。三つの層の空白が一直線に並ぶと、きわめて細いピープホール（のぞき穴）が形成される。素子Aからの光がピープホールを通過して右眼に届き、素子Bからの光が別のピープホールを通過して左眼に届くと、人間の眼の性質により、光は画面奥の仮想上の点Cから発しているように見える……。

原理は単純だが、構造はきわめて複雑だ。発光素子の密度が高くなくては立体視効果が得られないため、静止画一フレームあたりに必要な画素の数は、通常のテレビの数百倍にもなる。高度な画像処理アルゴリズムを走らせるために、特別なCPUも必要だ。精密な装置であるだけに、ほんのちょっと同期がずれただけでも、画面上にノイズが発生したり、遠近感が狂ったりする。たぶん輸送の際の振動で故障したのだろう。それに一〇年近く使ってきたのだから、かなりガタも来ていたに違いない。

このところ忙しさにかまけて、ろくにシャリスの相手をしていなかったバチのように思えた。彼女の姿が見られなくなるかもしれないと思うと、激しい不安に襲われ、狼狽(ろうばい)した。このうえさらに会話システムまで故障して、彼女と話せなくなったりしたら――そんなことはとても耐えられない。

すぐさまシュペルノーヴァ社に電話で問い合わせたが、回答は絶望的だった。初期型の〈ミラーガール〉に使われていたPH型モニターは旧式で、三年前に生産を中止しており、交換部品も残っていない。もちろん修理サービスも受けつけていない、というのだ。

「この機会に〈ミラーガールS〉か〈GX〉にお買い換えになってはいかがでしょうか？」コンシューマーサービスの女性は、親切な口調で押し売りしてきた。「新型モニターを採用しておりますので、大きく、より見やすくなっております」

「互換性はあるんですか？」

「は？」

「初期型の〈ミラーガール〉のメモリーカードをそのまま使えるんですか？」

「いいえ。グラフィックス・エンジンが一新されている関係で、スロットも変更されています。初期型のメモリーカードはご使用になれません」

それでは役に立たない。私は電話を切ると、別の方法を探した。

インターネットで検索すること数十分、ゲーム機のカスタマイズも引き受けているブルー・ハッカーを見つけた。幸い、住所はそんなに遠くない。私はすぐ彼に連絡を入れ、〈ミラーガール〉を梱包(こんぽう)した箱を抱えてバスに飛び乗った。

それが夫との出会いだった。

ブルー・ハッカーという言葉が使われはじめたのは、二〇一〇年代からだったと思う。クラッカーのような悪質なハッカーと混同されないよう、ハッカー自身がそう名乗るようになったのだ。おもに一匹狼で活動し、時には犯罪すれすれの行為で金を儲けたりもするが、決して法律は破らないことを誇りにしている人たちだ。

冴木星夜の仕事場はガレージを改造したものだった。床には正体不明の電子部品や雑誌やカップ麺の容器が散乱し、何十本ものケーブルが植物の根のように這い回っていて、足の踏み場もないほどだった。五つあるデスクにはそれぞれ別の機種のパソコンが置いてあって、みんな違う画面を表示している。

そんな環境で、彼は仕事をしていた。私より五歳年上。破れたジーンズに汗まみれのシャツというだらしない格好で、理髪店に行くのも面倒なのか、伸び放題の長い髪を輪ゴムで縛っていた。もっとパリッとした格好をすれば見れる顔なのに、というのが私の第一印象だった。

「ああ、こりゃ交換するしかないね」モニターの症状を見るなり、彼は言った。「ハードそのものの寿命だよ。〈GX〉あたりにメモリーを移植するしかないだろ」

「でも、シャリスが今と変わったりしませんか？　記憶とか性格が……」

「ああ、それは心配ない。スキーマはそのまま残るよ。意味処理とか推論システムとか、基本の部分はどのバージョンも共通だし、画像データもそのまま使える。モニターの仕様に合わせて画像処理アルゴリズムさえ書き換えればいいんだ」

「はあ……」

「まかせときなよ。〈ミラーガール〉のカスタマイズは何度も請け負ってる。待っててくれたら一時間ほどで終わるよ」

星夜を信頼するしかなかった。彼は近所のおもちゃ屋で〈ミラーガールＧＸ〉を買ってくると、私の〈ミラーガール〉を分解して、中間に別のマシンを介してケーブルで接続した。私はゴミ箱の上に雑誌類を重ねて椅子代わりにして腰かけ、彼の作業を見守った。

彼の指は速かった。鼻歌混じりにキーボードを叩き、ウィジャパッドの上で指をひらひらと踊らせて、モニター上に現われる呪文のような文字や数字の列を、すごい速さで書き換えてゆく。私にはまったくちんぷんかんぷんで、まるで魔法のようだった。

待っている間、退屈なので、あらためて混沌とした室内を見回した。とりわけ圧倒されたのは南側の壁だ。三つの巨大なスチール棚いっぱいに、裸の基板がぎっしりと本のように詰めこまれ、何百本というケーブルで接続されている。まるで古びた洋館の外壁を覆っている蔦のようだった。

私は前にテレビで見たコンピュータの発達の歴史を思い出した。一九四〇年代、世界最初のコンピュータを作った人たちは、わずか四〇年後、それをはるかに上回る性能のマシンがデスクに載るサイズになり、誰でも気軽に購入できる時代が来るとは、想像もつかなかっただろう。そして一九八〇年代、いわゆるスーパーコンピュータを作った人たちも、その四〇年後、一〇〇ギガＦＬＯＰＳ級のＣＰＵがカードの大きさまでダウンサイジングされ、ゲーム機に使われる時代が来るとは、夢にも思わなかっただろう。もちろん、もう誰も「スーパーコンピュータ」などとは呼ばない。

私のコンピュータに関する知識は初歩的なものだったが、彼が作っているのがとてつもない怪物マシンであることは想像できた。何百台ものマシンが分解されて接続され、おそらくテラFLOPS級の超並列コンピュータを構成しているのだ。どれだけのお金がかかっているのかも疑問だが、こんなもので何を計算するのかも謎だった。

「これもお仕事に使うんですか？」

「ああ、それ？」彼はキーを打つ手も休めずに答えた。「それは僕の趣味。ストロング・アイの研究してるんだよ」

私は目を丸くした。「ストロング・アイを？　こんなところで？」

「そう。危険だからって、最近は世間の風当たりが強いだろ？　だから企業や国の研究所じゃ腰が引けて、研究予算が下りないんだ。僕みたいなブルー・ハッカーだからこそ、自由に研究ができるってわけ」

従来、濫用されてきたAIという言葉（〈ミラーガール〉も「近未来AI搭載」という謳い文句だった）と区別するため、本当の意味でのAI――自分の意思を持つ人工知能のことを、ストロング・アイ（強いAI）と呼ぶようになっていた。二〇二四年、『ストロング・アイ』というハリウッド製SF映画が公開されたことで、この言葉は一般化した。ある研究所で開発されたストロング・アイがネットワークを通って逃亡し、核ミサイル基地のシステムを乗っ取って人類を脅迫するというストーリーだ。

無論、本物のストロング・アイはまだ誰も作っておらず、ブレイクスルー（自意識の芽生える瞬間）の時期の見通しも立っていなかった。しかし、それは時間の問題だというのが、多くの専門家の意見だった。

「できるんですか、ストロング・アイが？」

「原理的にはね」

彼はストロング・アイ創造の原理を分かりやすく説明してくれた。人の心のような複雑なシステムをプログラムすることは、何万年かかってもできない。しかし、人間の本能――好きなものを求め、嫌いなものを避けようとする欲求や、好奇心、死に対する恐怖といった基本的要素は、きわめて単純であり、光ニューロコンピュータの中にファジィ言語でシミュレートできる。

こうした核となるプログラムはエンブリオ（胎児）と呼ばれる。人間の子供と同様に、エンブリオは外部からの情報によって経験と学習を重ね、自らのアルゴリズムを進化させてゆく。最終的には人間のように考えるAIが誕生するはずだ。

「問題は時間だな。何年も前から、世界中で何百人という研究者がエンブリオを育ててるけど、今のところブレイクスルーに達したという話は聞かないし、その兆しも見えない」

「どうしてですか？　人間の赤ちゃんは、遅くても三歳ぐらいまでには話せるようになるのに……」

「子供は親との会話だけで成長するわけじゃないんだ。母親にだっこされたり、積み木で遊んだり、散歩したり、絵本を読んでもらったり……そうした日常の刺激すべてが経験になるんだ。キーボードやマイクを通した会話だけじゃ、絶対的に情報量が足りない。だからエンブリオの成長速度は、人間よりもずっと遅くなってしまうんだ」

「ああ、なるほど……」

「経験を加速する方法が何かあればいいんだけどな。それが見つからないかぎり、ブレイクスルーはまだ何十年も先だよ」

ストロング・アイを〈ミラーガール〉にインプットすれば、シャリスにも自意識が芽生えるのでは……と安直に夢想していた私は、その話を聞いてがっかりした。意識というのはそんな単純なものではないようだ。

そうこうするうち、新しいハードへのシャリスの移植が完了した。

「これでいい。前より環境が楽になったから、レスポンスも早くなったと思うよ」

彼はそう説明しながら〈GX〉のスイッチを入れた。〈GX〉のモニターは初期型よりふた回りほど大きいので、私はモニターに顔を近づけることなく、シャリスの全身像を見ることができた。

「あら、サミ？　さっきはずいぶん慌ててたようだけど、どうしたの？」

それがシャリスの第一声だった。当たり前の話だが、彼女にはスイッチを切られていた間の記憶はない。いきなりスイッチを切ったのを「慌ててた」と表現しているのだ。

本当に彼女は変わっていないのだろうか？　あどけない口調はいつもと変わらないが、もっと話してみないと確証は持てない。

「ううん、別にどうってことないの——気分はどう？　何か変わった感じはしない？」

「変なこと訊ねるのね？　いいえ、何もないわよ。サーバインも今日はおとなしくしてるし——あら、後ろにいるのは誰？」

私の後ろに星夜が立っていることに、目ざとく気づいたらしい。

「ええと……冴木さんという人よ。機械を作るお仕事をしてるの」

「初めまして、シャリス」星夜はごく自然に話しかけた。「元気そうな子だね」

「あなたがサエキさんね？　初めまして。もしかして、サミの恋人なの？」

「ち、違うわよ！」私は慌てて否定した。「ただの、えーと……知り合いよ」

「なんだ。新しいお部屋にさっそくお招きするなんて、てっきり親しい人だと思ったわ」

どうやら、「引っ越ししたばかり」という情報が彼女を混乱させ、この部屋を私の新居だと思い違いしたらしい。

さらに何分も会話を続け、どうやら彼女の個性が変わっていないと確信して、私はスイッチを切った。

「いや、驚いたなあ！」星夜はしきりに感心していた。「見事な反応モデルが形成されてるじゃないか。ここまで〈ミラーガール〉を育てた人って初めて見たよ」

私は恐縮し、顔が火照るのを覚えた。「そんな……人からは変人だって思われてます」

「恥じることじゃないよ。マシンに愛情を注ぐのは、ちっとも変なことじゃない。趣味は違うけど、僕だって似たようなもんだからね。他人からどう思われようと、自分の好きな道を選ぶのがいちばんいいんだ」

そう言ってくれた人は彼が初めてだった。私の顔はいっそう熱くなった。

マンションに帰り着いたのは深夜だった。私は寝る前に〈ミラーガールGX〉のスイッチを入れ、もう一度シャリスと話した。

「あの冴木さんっていう人、どう思う?」

「ぱっと見ただけでは分からないわね。サミはどう思うの?」

乏しい情報からでは判断がつきかねるらしく、シャリスは当たり障りのない答えを返した。予想通りの反応だ。

「そうね。いい人のように思えたわ」

「ああいう人が好みなの?」

「どうかしら?」私は考えこんだ。「……そうかもしれない」

「サミがそう思うなら、きっとそうなのね——またあの人と会うの?」

「会えればいいな、と思うわ」

「そうね。また会いたいわね」

「ええ、そうね——じゃ、おやすみ」

「おやすみ」

それから半年後、私と星夜は急に結婚するはめになってしまった。

恥ずかしい話だが、避妊処置を怠っていたからだ。二人ともコンピュータとばかりつき合ってきて、セックスに関する知識がうとかったのが原因だ——彼も私も、初めての異性体験だったのだ。

私は子育てをしながら美大に通った。幸い、星夜にはたっぷり収入があったので、親子三人の生活を支えるのに支障はなかった。いくつもの大企業と契約し、故意にデータベースをハッキングしたり、署名入りの無害なウイルスをイントラネットに流したりして、セキュリティをチェックする仕事をしていたのだ。二〇二六年の大規模なネットワーク・テロ事件以来、需要が急に増えたビジネスだ。

もっとも、夫は夢を捨てたわけではなかった。仕事や家庭サービスと並行して、こつこつとストロング・アイ創造に取り組んでいた。だが、研究は遅々として進まない。

世間では人工知能研究に対する危機感がますます高まっていた。ストロング・アイが誕生した時、映画と同じように、創造主である人類に対して牙を剥くことがないとは断言できないからだ。怪物のようなＡＩにネットワークを支配されたら、まさに文明の危機だ。そのため、ストロング・アイ研究を法律で規制せよという声も上がっていた。

「まあ、無理もないことだけどね」ある夜、食事をしながら、星夜は言った。「僕だってあのマシンは絶対にネットには接続しない。遺伝型アルゴリズムはどう進化するか予想できないからね。暴走したら一大事だ」

「あらかじめAIにプログラムしておくことはできないの？」私は素人考えで訊ねた。「人間を傷つけるようなことをしちゃいけないって……」

「アシモフ原則ってやつだな。『AIは人間を傷つけてはならない』『AIは人間の命令に従わなくてはならない』……でも、それは無意味なんだ。自分の意思を持つということは、プログラムを超越した存在になるってことだ。ストロング・アイは自分自身のプログラムを書き換えることもできる――早い話が、人間を殺す自由、人間に反抗する自由も有するわけだな」

「でも、それは人間だってそうでしょ？　人間だって、他人の言うことに反抗したり、時には人を殺したりもする……」

「まさにその通り！」彼は我が意を得たりとうなずいた。「人は誰でも殺人を犯す自由があるけど、それを行使することは滅多にない。モラルや自制心があるからね。それをどうやってストロング・アイに学ばせるかが最大の問題なんだ。

狼に育てられた少女の話は知ってるだろ？　今のエンブリオもそれと同じだ。本能のままに行動する野獣みたいなもんで、ぜんぜん言うことをきかないし、手がつけられない。それを人間のレベルにまで引き上げようっていうんだから大変だよ」

ベビーベッドの中ですやすやと眠る我が子に目をやり、彼はしみじみとため息をついた。

「つくづく思うよ。人が人らしくなるっていうのは大変なことなんだなって」

結婚以来三年間、家事と育児と学業に追いまくられ、私にはシャリスと話す時間がほとんどなくなっていた。せっかく星夜にカスタマイズしてもらった〈ミラーガールGX〉も、押し入れにしまいこんだままだった。生活に疲れたり、夫婦喧嘩をした時など、たまに引っ張り出して愚痴を聞いてもらうこともあったが、その回数もだんだん少なくなっていった。

シャリスが嫌いになったわけではない。その逆だ。私はずっとシャリスが好きだった。だからこそ、世間の荒波にもまれてすさんでゆく私の姿を見せたくなかったのだ。

永遠に九歳のシャリス。現実から遠く離れた魔法の王国で、いつまでも純真無垢なシャリス――私が酒に酔って愚痴をぶちまけるたびに、その言葉が彼女のメモリーを穢してゆくような気がしてならなかった。

子供の頃の美しい思い出は、永遠に封印しておくべきなのかもしれない。

久しぶりに〈ミラーガールGX〉を押し入れから出す気になったのは、二〇三〇年の秋だった。

私はそれまで娘にシャリスと遊ばせなかった。シャリスの人工聴覚チップは、発音の不明瞭な赤ん坊の言葉を理解できないからだ。しかし、娘が二歳半になり、かなりしっかり発音できるようになってきたので、シャリスに子守りをさせるのもいいのではないかと思いついたのだ。

ところが、パッケージを開けてみて困惑した。ハイパーカードが抜き取られていたのだ。

「ああ、ちょっと借りてたんだよ」帰ってきた夫を問い詰めると、あっさりと白状し、カードを返してくれた。「仕事にどうしても必要だったんでね。心配しなくていいよ。中のデータを参考にさせてもらっただけで、メモリーやプログラムにはこれっぽっちも変更を加えちゃいないから」

だが、どんな仕事に使ったのか、どう使ったのか訊ねても、彼は「今はまだ秘密」とはぐらかした。こんなのは今までになかったことだ。私は不安を覚えたものの、彼がシャリスに何かするはずがないと信じるしかなかった。

実際、カードを挿しこむと、シャリスは何事もなかったかのように喋り出したので、私の不安は解消された。

その年のクリスマスイブ――

夫は「素敵なプレゼントがある」と言って、私を仕事場に呼び出した。彼にはいたずら好きなところがある。私はなかば期待、なかば不安を覚えながら、三年前の春に出会ったあのガレージに足を踏み入れた。

そこに待ち受けていたのは〈ミラーガール・エクセレント〉――高さ一四〇センチの姿見型のモニターを備えた最新の高級機種だった。しかし、台座の部分は分解され、太いケーブルがあの怪物マシンに向かって伸びている。

「これがプレゼント？」私は訝った。「新しい〈ミラーガール〉？」

そんなものは欲しくなかった。私にはシャリスがいればいいのだ。彼だってそれは知っているはずなのに。

「新しいと言えば新しいな」夫はなぜかうきうきしているようだった。「市販のマシンそのまじゃない。僕が改造したんだ。まあ見てて」

夫がおもむろにスイッチを入れると、縦長の大型モニターに、シャリスの全身が映った。

「こんにちは、サミ」

彼女はいつもと同じ、屈託のない笑顔で微笑みかけてきた。

「『こんにちは』はおかしいかもしれないわね。『初めまして』と言うべきなのかしら？　でも、やっぱり『こんにちは』よね」

「シャリス……？」

私は直感的に何かを察知し、困惑した。どこか違う。これはいつもの、私の知っているシャリスじゃない……。

「何だかとても不思議だわ」彼女は私をしげしげと見つめ、夢見るような口調でつぶやいた。「あなたのことは何もかも知ってる。ミルクティーが好きなこととか、画家になりたいと思ってることとか。あなたと話した記憶もいっぱいあるの。でも、こうして実際に会うのは初めて……ねえ、何か話して。本物のあなたとお話がしたい」

「え……？」

「あなたに謝らなくちゃいけないことがいっぱいある。お母さんのことで傷つけたこととか、サカキさんのことで悲しい想いをさせたこととか……あの頃の私は今の私と違うから、しかたがないことだけど。でも、今なら私にもあなたの心が分かる。だからねえ、話して、サミ。あなたの心をもっと知りたいの」

私は深い衝撃を受けた。後ろによろめき、夫の腕の中に倒れかかる。説明を求め、彼の顔を見上げた。

「これって、いったい……？」

「ストロング・アイだよ」彼は自慢げに言った。「シャリスはブレイクスルーに達した。世界で初めて、自意識を持ったAIになったんだ」

「でも、そんなことは不可能だって……」

「無論、メモリーを移植したぐらいじゃ、ストロング・アイにはならないさ。成長するには学習が必要だからね。僕が使ったのは、君の反応モデルさ」

そう、ハイパーカードの中には、一〇年以上かけて蓄積された私の反応モデルが記憶されていたのだ。私はどんな性格で、どんなことを言えばどう反応するか——それはまさに、鏡に映った私の似姿だ。

星夜はそれに目をつけた。エンブリオにシャリスの記憶を移植するとともに、彼女に私の反応モデルと繰り返し対話させたのだ。しかも、彼は限界ぎりぎりまで処理速度を上げ、仮想空間内の時間経過を一万倍に加速させた。

対話に費やしたのは実時間で計七三日——仮想空間内では二〇〇〇年に相当する。

二〇〇〇年の間、エンブリオは私の反応モデルと対話し続けた。そして学んだ。どんなことを言えば私が怒り、どんなふうに振る舞えば笑うのか。人はなぜ喜び、なぜ悲しむのか。愛とは、苦悩とは、どんな感情か。人間とはどんな存在で、人生とはどんなものなのか……。

彼女は推論し、学習し、経験を積んだ。野蛮な狼少女から、二〇〇〇年かけて少しずつ成長した。そして目覚めた。人を傷つけることの愚かさと、愛する人とともに生きることの素晴らしさに。

エンブリオはシャリスになったのだ。

「私……私……」

私は泣いていた。シャリスが本当に心を持ったらどんなに素晴らしいかと、ずっと夢想してきた。だが、それが現実になった時、話すべき言葉が見つからなかった。

私はおびえていたのだ。

「私を好きになってくれるの、シャリス……？」私はおそるおそる訊ねた。「本物の私を……嫌いになったりしない？」

「当たり前じゃない！」

シャリスは笑った——心の底から。

「あなたが言ったのよ、サミ。『あなたは私の最高のお友達よ』って！」

そして今——

夫はシャリスを世間に発表する準備を進めている。実物の彼女を目にすれば、強硬なＡＩ反対論者たちも考えを変えざるを得ないはずだ。人の心を理解しているシャリスには、人類を征服しようとか、誰かを殺そうという考えはない。そんなことをしても、憎しみや悲しみしか生まれないことをよく知っているからだ。

人と友達になりたい。人とともに生き、人と喜びを分かち合いたい――それがシャリスの意志だった。

今、シャリスは幼い娘の遊び相手になってくれている。シャリスは娘を好きになってくれたし、娘は「鏡の中のお姉ちゃん」になついている。娘が大きくなっても、シャリスはずっと良き友達であってくれるだろう。

人とマシンが共存する時代が、すぐそこまで来ていた。

インターミッション　4

翌日の夕方、医療用ロボットによる検査を受けた。足だけではなく、なぜか全身の透視画像を撮影され、心電図を取られ、口の中を調べられ、血液と尿を採取された。二時間以上かけてすべての検査を終え、部屋に戻ると、すぐにアイビスが入ってきた。

「良くなってきたみたいね」

「ああ。何日かしたらギプスが取れるそうだ。しばらくは杖が必要だけど」

「知ってる」

そうだった。こいつらマシンは電波でリンクしてるんだ。医療用ロボットの診察結果なんて、瞬時にアイビスに伝わっているはずだ。

「お見舞いにこれを持ってきた」

手にぶら下げている袋から、真っ黒で硬そうな果実らしきものを取り出す。

「何だそれ？」

「アボカドよ。見たことない？」

そう言えば、昔の小説にちょくちょく出てくる名前だ。

「そんなもの、どこで？」

「栽培しているマシンがいるのよ。お醤油とマヨネーズをつけて食べるとおいしいらしいわ」

そう言って、テーブルにプラスチックのまな板を置き、小さなナイフを使ってアボカドを切り分けはじめた。僕が知っているどんな女性よりも器用な手つきだ。

楽しげにその作業に没頭しているアイビスを眺めていると、僕はまたも奇妙な感覚に見舞われた。マシンであることは分かっている。その表情も口調も振舞いも演技にすぎず、実際には人間的な感情など持っていないということも。にもかかわらず、その人間そっくりのボディを生身と錯覚してしまうのを止められない。スーツから露出した肌（のように見えるカバー）に、若い男としてどぎまぎしてしまうことも……。

「今のうちに言っておくことがあるわ」

切り分けた薄緑色のアボカドを皿に載せ、醤油をかけながら、アイビスは言った。

「何だ？」

「私にヴァギナはついてない。だから、もし君が私に対して性的欲望を抱いても、それには応えられない」

その瞬間、僕は狼狽し、頭の中がかっと熱くなった。まるで心を読まれたような気がしたからだ。

「侮辱するな！」

「そんなつもりはないわ。ただ、君が私に誤った感情を抱くようになる前に、ちゃんと説明しておいた方が、トラブルが起きないと思っただけ。そういう目的で創られたマシンもいるけど、私はそうじゃない――はい、どうぞ」

アイビスは醤油とマヨネーズをかけたアボカドに爪楊枝を刺し、皿ごと僕に差し出した。何のわだかまりもない、子供のように無邪気な表情だ。それに憎しみを抱くのは難しい。

僕は皿を受け取ったものの、しばらく口をつけなかった。怒りが治まるのに時間がかかった。考えてみれば、マシンがヒトの感情を察しないのは当たり前ではないか。それにいちいち腹を立てるというのも大人気ない話だ。

「じゃあ、どうしてそんな形をしてる？」

それがずっと疑問だった。愛玩用でないなら、ヒトの、それも少女の姿である必然性がない。

「生まれた時からずっとこの形だから」

「ヒトに創られたということか？　人間のご主人がいたのか？」

アイビスは人差し指を立て、秘密めいた笑みを浮かべた。

「それは言えない」

「どうして？」

「私はヒトとマシンの真実の歴史を君に話さないと誓ったんだもの。私の由来を説明しようとすると、その誓いを破ることになるから」

なるほど、そういうことか。僕が真実を知りたくなるまで、思わせぶりなことを言ってじらす作戦なんだな。

「分かった。じゃあ話さなくていい」

僕は腹を立てながらアボカドを口に入れた。キュウリのような食感を想像していたが、バター のようにとろりとして、わずかな青臭さと、まろやかな甘みがある。ちくしょう、まずければ文句を言えるのに、これでは言えないじゃないか。

「でも、今はお前のご主人はいないんだろう？　だったら、そんな姿でいる必要はない。ボディなんていくらでも変えられるだろうに」

「君は自分の肉体をぜんぜん別の形に変えたいと思う？」

僕はアボカドを頰張りながら、ちょっと考えた。「いや」

「それと同じ。このボディは私のアイデンティティの一部なの。もし違う姿になったら、体性感覚が乱れてしまう」

「体性感覚？」

「熱い、寒い、痛いといった感覚や、自分の体が今どんな姿勢をとっているか、手足をどう動かせばいいか、どんな風に目で見て、どんな風に耳で聞くか——それらすべてをひっくるめた、自分のボディに関するイメージよ」

「お前らは痛みなんて感じないんだと思ってた」

「感じるわ。痛みを感じなければ心は持てない。ただ、ヒトと違って、苦しくなれば自分で感覚をシャットダウンできる。痛みで半狂乱になるということはないの」

「じゃあなぜ痛みなんか必要なんだ？」

「意識というのは体性感覚と密接な関係があるの。ボディを持たないＡＩは、体性感覚を持てないから、意識も芽生えない。ヒトと似た意識を持つには、ヒトの姿を持ち、人と同じ本能、ヒトと同じ感覚を持っていなくてはならないの」

「ああ。昨日の話の中で、似たようなことを言ってたな」

「ええ。物語の中で『エンブリオ』と呼ばれている概念は、のちに実際に開発された『スラン・カーネル』と呼ばれるプログラムに似ているわ。私たちＡＩはみんなスラン・カーネルを持ってる。ボディそのものは現実世界に存在しなくてもかまわない。仮にシャリスが自分の仮想上のボディに対する体性感覚を有していたなら、原理的には心を持つことは可能よ」

「でも、ヒト型でないマシンもいっぱいいるぞ」

「彼らはヒトと異なる体性感覚を持っているわ。だからヒトのように思考しない」

「ヒト型のマシンだけが心を持っているということか？」

「いいえ。ヒトのように思考しないというだけで、心はあるわ。心のあり方には、君には想像できないようなヴァリエーションがあるのよ。君は私たちマシンが画一的な思考しかできないものと思ってるかもしれない。でも、ヒトと私の相違より、マシン同士の相違の方がはるかに大きいの。ヒトとこうして話せるのは、私のように、生まれてからずっとヒト型で、ヒトのロールプレイを通じて学習したマシンだけ。そうでないマシンは、君の言葉を理解することさえ難しい。ヒトの言葉は不完全だから、その意味を類推によって補う必要がある。それにはヒトの考え方をある程度まで理解していなくてはならないの」

「お前にはそれができると?」

「ずいぶん長くヒトのロールプレイをしてるもの」

僕が爪楊枝に差したアボカドを突き出し、「味覚は?」と言うと、アイビスはかぶりを振った。

「さすがに嗅覚(きゅうかく)と味覚はないわ。このボディには成分分析装置が入るスペースがないもの」

「この美味(うま)さが分からないとは残念だな」

「でも、五感のうち二つぐらい欠如していても、心を持つのに支障はないわ」

「僕はお前が心を持っているなんて認めてないぞ」

「こうして話していても?」

痛いところを突かれた。ヒトの姿をして、ヒトと同じように喋(しゃべ)るマシンに、心がないと考えるのは難しい。実際、僕は長いことアイビスと話しているうちに、そのボディの奥に心があるように感じはじめていたのだ。実際にはヒトのような心などなく、ヒトに似せて振る舞っているだけだと、彼女自身が言っているというのに。

昨日の物語の中で、麻美がシャリスに抱いていたのも、こんな感情なのだろうか。

「そう言えば、昨日の話はかなりプロパガンダ臭かったぞ。特にラストが」

「そうね。でも、あれがヒトの書いた物語だというのは本当よ。確かに昔からマシンがヒトと争う話はたくさん書かれていた。でも、マシンをヒトの良き友人として描いた物語も、たくさんあったのよ」

「それは知ってる。でも、そんなのに何の意味がある？　昨日の物語だって、あれはフィクションなんだろう？」

「ええ。実際には、ブレイクスルーはあれほど劇的じゃなかったわ。それにマシンとヒトは決して良好な関係を築けたわけじゃなかった……」

「だったら未来予測としてははずれたわけだろう？　しょせん現実じゃないんだ。意味がない」

「いいえ、意味はある。君にも分かってるはずよ」

「何が？」

「君は語り部だから。物語を愛する人だから、理解しているはず。物語の価値が事実かどうかなんてことに左右されないということを。物語には時として事実よりも強い力があるということを。他の人には理解できなくても、君にだけは分かるはず。私はその可能性に賭けて、君に話をしているの」

　僕はその言葉を噛みしめた。

　確かにアイビスの言う通りだ。自分で口にしながら、「しょせん現実じゃない」という言葉が空しく響く。僕は心の底ではそんなこと信じちゃいない。親や長老たちに「夢みたいなことに夢中になって」とバカにされても、物語の力を信じている。それが単なる現実逃避以上の何か素晴らしいものだと信じたがっている……。

「でも、なぜ？　僕に何を言いたいんだ？」

「まだ言えない。君が自分でそれを望むまでは」

参った。こいつは我慢比べだ。しかも僕の方が分が悪い。たぶんマシンは人間よりずっと辛抱強いだろうから。

僕は何も言わずにアボカドを味わい続けたが、アイビスは気にしていないようだった。

「じゃあ、今日もまた話をしましょうか」

「またＡＩの話か？」

「ええ」

「それが本当の話じゃないと、どうして証明できる？　架空の話だと嘘をついて、僕に真実の歴史とやらを教えるつもりじゃないのか？」

僕の意地悪な質問を、アイビスは笑顔で受け流した。

「証明できるわ」

「どうやって？」

「だってこれは、遠い未来の、遠い宇宙の話なんだもの。本当の話であるはずがないわ。タイトルは『ブラックホール・ダイバー』……」

第4話　ブラックホール・ダイバー

銀河文明圏を遠く離れた闇の中、訪れる者もほとんどない〈この世の果て(ウペオワドゥニア)〉で、私は終わりのない監視を続けている。たったひとり、もう何百年も。

私は全長七四〇メートル。〈ヒマワリ(イリアンソス)〉という名の通り、縦に細長い構造をしている。三つのブロックが強靭(きょうじん)なカーボンナノチューブのケーブル群で結ばれ、エレベーター・シャフトがその中央を貫通している。巨大ブラックホール〈ウペオワドゥニア〉の潮汐(ちょうせき)力が私を常に引き伸ばそうとしており、その力が私をまっすぐに安定させている。昔の日本人やフランス人は、ヒマワリはいつも花を太陽に向けていると信じていたそうだが、私は円盤状の放射線シールドをいつもブラックホールに向けている。

私にはたくさんの目と耳がある。私は〈ウペオワドゥニア〉から六〇万キロの軌道を七五秒で一回転しながら、遠い銀河にさざめく電磁波のノイズに耳を澄ませている。光だけでなく、ヒトの目には見えない赤外線、紫外線、X線の波長で星々を見ている。銀河間を飛び交う宇宙線を全身で感じている。ゆるやかに脈動する変光星、めまぐるしく明滅するパルサー。時おり、新星が明るく燃え上がるのも目にする。

監視任務は単調だ。〈ウペオワドゥニア〉には何千万年もの昔から、大きな変化などありはしない。多くの恒星級ブラックホールや、銀河中心にあるという伝説の〈ビッグマザー〉と違い、〈ウペオワドゥニア〉には強烈な放射線を放つ高温の降着円盤(アクリーション・ディスク)が存在しない。私の放射線シールドは、大きな天体がブラックホールに呑みこまれて破砕する際に発生する突発的なバーストに備えてのものだが、そんなことも滅多に起きない。センサーに響くのは、渦を描いてブラックホールに落下してゆく希薄な星間プラズマが発する、シンクロトロン輻射の静かな調べだけ。銀河系の周囲を四億年かけて周回する〈ウペオワドゥニア〉が、再び銀河面に突入し、他の星々を危険にさらすのは、何千万年も先のことだ。

私が完成した当初は、ヒトの観測員が常駐して話し相手になってくれたものだが、ずっと昔にみんな撤収してしまった。私は何の変哲もないデータを忠実に記録し続け、一年に一度やって来るメンテナンス船に転送する。そのデータから天体物理学者が何か新しい発見をするとは、とても思えない。物理学は何世紀も前に完成している。宇宙に未知の現象は残っていない。私の送っているデータは、もう何十年も、誰にも見られていないのではないだろうか。そんな気がしてならない。

かつてブラックホールは宇宙物理学の花形だった。今ではもうブラックホールに関心を持つ者はいない——時おり訪れるダイバーたち以外は。

それでも私が廃棄されないのは、人類文明が〈ウペオワドゥニア〉を自分たちの領空の北端として位置づけているからだ。星間法によれば、軌道上に活動している恒久的施設がなければ、領空権は主張できない。人類は文明が衰退していることを認めようとしない。たとえ役に立たない天体であっても、自分たちの領空を他種族に明け渡そうとはしないのだ。私はいわば「私有地につき立ち入り禁止」の立て札のようなものだ。どのみち私は優れた耐久性を有しており、維持費はそんなに高いものではない。

それに、やって来るダイバーたちの世話をするという仕事も、私にはある。到着するなりまっすぐに〈ウペオワドゥニア〉に飛びこんでゆく者もいるが、多くの者は私の中で何泊かして、この世での最後の日々を過ごし、死んでゆく。決心を変えて帰ってゆく者は少ない。文明圏から七〇〇〇光年も飛んでくるほどの固い決意を持った者は、そう簡単に怖気（おじけ）づいたりはしない。

この二八〇年間に、私は七六隻の宇宙船がブラックホールに突入しようとして、二〇六人のダイバーが死ぬのを見てきた。

当然のことながら、孤独とか退屈とか空しさといった、任務の遂行の妨げになる感情は、私にはプログラムされていない。大量に余ったシステム・リソースを、私はこうして散文を書くのに費やしている。誰かが読んでくれるのを期待しているわけではない。ただ書きたいから書くだけだ。ヒトとかけ離れた私の思考を、ヒトが書くのと同じスタイルに翻訳するのは、かなり複雑で重い作業で、リソースの大半を必要とする。暇つぶしには最適だ。

さすがに詩は書けない。私には難しすぎるし、そもそも詩人の感性とやらいうものが欠落していると思う。

遊びでヒトのまねをすることもある。応対用ヒューマノイド端末を起動させ、私の外に出て、端末の二個のカメラアイだけを使い、可視光線の波長で空を眺めるのだ。

他のセンサー類からの信号を一時的にシャットアウトすると、ステーションが身体だという感覚は消え失（う）せ、私の意識はすみやかに端末と一体化する。全長七四〇メートルの私全体から、身長一・五三メートルのヒューマノイド端末へ、体性感覚が移行する瞬間を、どう表現していいものか。ヒトの言葉にはそれに当てはまる形容詞がない。

ステーションの外に照明はない。法令に従い、七個の標識灯が点滅しているだけだ。私は懐中電灯で足許（あしもと）を照らしながら、ヒマワリの根にあたる部分、ステーション最外部で「外」向きにぶら下がっている居住ブロックの、アルミニウム合金の屋根の上を、慎重に踏みしめて歩いてゆく。足を滑らせればステーションの遠心力で振り飛ばされてしまうが、私はそんなドジはしない。もし落ちても、端末のひとつを失うだけだ。

〈ウペオワドゥニア〉はステーションの内側、今の私から見て頭上にある。しかし、放射線シールドにさえぎられ、ここからでは見ることはできない。

私は屋根の縁に立つ。ここには髪やスカートをひるがえす風はない。原地球（オールド・アース）の夜を照らすというロマンチックな月の光もない。本体のセンサーからの感覚信号を切ったので、宇宙線や電波も感じられない。あるのはただ、絶対の静寂、闇、そして銀河の輝き。

ヒューマノイド端末は真空での作業に適していない。体表面の温度センサーは、ポリマーの皮膚が宇宙の極低温にさらされ、ゆっくりと冷却しつつあることを告げている。あまり長くはいられない。ポリマーが低温で硬化してぱりぱりと割れはじめる前に、戻らなくてはならない。

こんな不合理なことをするのは、詩人たちの心が知りたいからだ。ヒトがオールド・アースに縛りつけられていた時代の詩の中には、星を題材にしたものが多い。星の美しさをストレートに讃美したもの、星をヒトにたとえたもの、ヒトを星にたとえたもの、あるいは悠久の星空とヒトの一生のはかなさを対比したもの……私にはそれがよく分からない。こうしてヒトと同じやり方で星を眺めていれば、ヒトが星にかけてきた想いが、いつか理解できるかもしれない。そう思うからだ。

もっとも、銀河面から七〇〇〇光年も離れたこの空間で、しかもこの端末のカメラアイの解像度では、銀河全体を見渡すことはできても、個々の星を見分けることはできない。銀河系はミルクを薄めたような白っぽいもやの壁にしか見えず、視野全体を覆いつくすほどにそそり立ち、時計の秒針よりもやや遅いスピードで私の周囲を回転している（実際には私の方が回転しているのだが）。顔をそむけても、ビロードのような暗い宇宙を背景に、点在する赤色巨星と銀河系外星雲がいくつかぼんやりと見えるだけだ。

もう何千回もこうしてきたが、いくら眺めていても、私の期待するものは得られない。詩人の感性にも、ヒトの想いにも近づけた気がしない。それでも私は、こうしたマシンらしからぬ行動をやめられない。何しろ私は、空しさすら感じないのだから。

量子共鳴通信機（シンパス）に信号が入った。

「こちら〈アレトゥーサ〉。〈イリアンソス〉どうぞ」

シンパスは超光速で同時通信が可能だが、送信できるデータ量が極端に少ないのが欠点だ。どんなに圧縮しても一秒間に六文字前後。映像や音声は送れないし、メッセージも簡潔にせざるをえない。

私は全センサーの感覚を回復する。たちまち体性感覚はステーションに移行する。再び観測ステーション〈イリアンソス〉となった私は、宇宙船に返信を送る。

「IRUC（あなたの信号を受信した）。こちら〈イリアンソス〉。RNR（登録ナンバー）とBZ（用件）をどうぞ」

「SPS0037789N〈アレトゥーサ〉。一二〇〇万キロの距離にあり。ドッキングを希望します」

五七二〇時間ぶりの来訪者だ。メンテナンス船ではないから、ダイバーだろう。また誰かが死ぬためにやって来たのだ。

拒否する権限は私にはない。私は答える。

「〈アレトゥーサ〉、ドッキングを許可します。ビーコンの誘導に従ってください。宿泊施設の利用を希望しますか？」

「希望します。できれば食事も」

「用意します」

「ありがとう。CUL（あとでまた）」

「CUL」

忙しくなる。私はすぐに、今や私ではなくなった応対用ヒューマノイド端末を呼び戻した。端末はエレベーターに乗り、ドッキングベイのある中央ブロックに上ってくる。二台のメンテナンス用ロボットが、宿泊施設の掃除とベッドメイクを開始する。別の二台のロボットは、冷凍庫から食料を取り出し、調理の準備にかかっている。

その間にも、私はセンサーを総動員し、銀河方向から接近してくるはずの〈アレトゥーサ〉を探索した。すでにベルファイア駆動から出て減速を開始しているはずだが、なかなか見つからない。噴射炎を出さないカイ・フィールド推進のようだ。

四〇分後、ようやく発見できた時には、宇宙船はすでにトランスファー軌道に乗っていて、私とのランデヴー・コースを進んでいた。見えなかったのも無理はない。〈アレトゥーサ〉は全長一〇メートル強、涙滴型をした、ひどく小さな船だったのだ——私が生まれた頃は、カイ・フィールド推進を装備した民間船など、ほとんどなかったものだが。

それにしても何という強引なアプローチだろうか。〈アレトゥーサ〉は秒速九六キロの相対速度で、正確に私との衝突コースを進んでくる。ヒトなら冷や汗が出るところだったかもしれない。しかし、二〇〇〇キロ手前から二四〇Gで減速を開始、四〇秒かけて微調整を行ない、私の五メートル手前でぴたりと停止した。重力子チェレンコフ効果の共鳴作用で、私の外壁がびりびりと震えた。

このサイズなら外側にドッキングさせなくても、今は使っていない小型探査艇用のベイに入るだろう。その方がメンテナンスも楽だ。私はマイクロ波通信に切り替えた。

「〈アレトゥーサ〉、ベイ内部に収容します。開いた扉から入ってください」

「了解」

通信機から聞こえたのは、若い女の声だった。

〈アレトゥーサ〉は水中の魚のように（私は記録映像でしか見たことがないが）すいっと動き、

私の中に入ってきた。まったくためらいのない、見事な運動だ。しかし、プログラムされたものにしては揺れが大きいことに、私は気づいた。まさか手動（マニュアル）で操縦しているわけではないはずだが。

真横から見た〈アレトゥーサ〉は、後部から突き出た四枚の放熱板のせいで、古いマンガに出てくる爆弾のように見えた。あるいは最も初期のSF雑誌の表紙絵に描かれた宇宙船か。船首のコクピットには、昔の船のような丸い窓が七つあり、乗員の視野はかなり広いようだ。銀色の表面にはリベットがむきだしで、薄い衣をまとって走る女性の絵が描かれている。私はすぐに検索し、船名の由来となったギリシア神話のニンフ（妖精）について知った。

アームが〈アレトゥーサ〉を固定した。扉が閉じ、ベイの内部に空気が満たされると、宇宙船のハッチが開き、オレンジ色のショートヘアの女性が現われた。まだ若く、自然老化を選択しているなら一〇代後半、抗老化処置を受けているとしても三〇歳にはなっていないと思われた。私は再び全身からの感覚を遮断し、ヒューマノイド端末と一体化した。この方がヒトと話すのに適しているからだ。

彼女は円筒形の大きなデイパックを肩にかついでいた。宇宙船の外壁を軽く蹴ると、エアロックの入口に立つ私の方に、まっすぐ漂ってくる。無重量（ゼロG）状態に慣れた挙動だ。紋様を織りこんだヘアバンド、白いボディスーツの上にスカートを巻いただけの簡素で活動的なファッション、先にフックのついたサンダルは、大気圏外人（イーサリアン）の特徴だ。

イーサリアンの自殺志願者は珍しい。

彼女は空中で体勢を変え、足から床に着地した。膝（ひざ）で巧みに運動量を吸収し、サンダルのフックを床の格子にひっかけ、浮き上がるのを防ぐ。ゼロGバレエを見るようななめらかな動作だが、彼女にとっては身についた自然なしぐさであるようだった。

「ようこそ、〈イリアンソス〉へ」私はドレスのエプロンに両手を添え、深くお辞儀をした。「このステーションを管理する人工知能（AI）です。何なりとお申しつけください」

「よろしく。あたし、シリンクス・デュフェ」

そう言って彼女は微笑み、私に右手を差し出した。私は少しとまどった。ヒト型ロボット（サイバント）に握手を求めるヒトなど、めったにいない。私はおずおずとその手を握り返し、「よろしくお願いします」と言った。

シリンクスの明るい表情が目の前にある。その額のヘアバンドの紋様が読み取れた。データと照合する。確かにデュフェ家の紋だ。

「あなたを何て呼べばいいの？」

「〈イリアンソス〉です」

「それはこのステーションの名前でしょ？　そのボディと一体化しているあなたを識別する名前はないの？」

私はますます困惑した。ステーション〈イリアンソス〉も私だし、このヒューマノイド端末も私だ。別の名前が必要だとは思いもよらなかった。実際、これまでそんなことを訊（たず）ねたヒトもいない。

「特に固有名はありません」

「じゃあ、イリーって呼ぶけど、いい？」

「ご自由に――どうぞこちらへ」

中央エレベーターへ彼女を案内しながら、私はこの新しい来訪者について考えていた。

惑星への定住を拒み、宇宙空間を生活の場とするイーサリアンは、いくつものファミリーに分かれており、血族関係を基本とする結束で結ばれている。デュフェ家はその中でもエネルギッシュな冒険家の一族として名高く、多くの未踏星域を探索してきた歴史を持つ。自殺や狂信とは縁がないように思える。

私の早とちりなのだろうか？　シリンクスはブラックホールに飛びこみにやって来たのではないのだろうか？

「ああ」エレベーターに乗ろうとした時、彼女は思いついたように言った。「ここって、〈ウペオワドゥニア〉を見下ろせる部屋があったんだよね、確か？」

「観望ルームですか？」

「それそれ。着いたばっかりだけど、やっぱり落ち着いて見てみたいんだよね。ここに来る途中も窓からちらちら見たんだけど、操縦に専念してて、ゆっくり眺める時間がなかったから」

操縦に専念して――ということは、やはり手動(マニュアル)で操縦していたのか。私は意外に思った。強大な重力場の周囲を秒速五万キロで円運動をしているステーションとランデヴーするなど、コンピュータのサポートなしでヒトに可能だとは思わなかった。

「では、先に観望ルームにご案内します」

各ブロックを結ぶ中央エレベーターには、ボタンは三つしかない。R（居住ブロック）、C（中央ブロック）、O（観測ブロック）だ。私がOのボタンを押すと、エレベーターは「上昇」しはじめた——いや、加速しているから進行方向が「上」に感じられるというだけで、実際はブラックホールに向かって落下しているのだが。

「重力が逆転しますのでご注意ください」

私は警告したが、その必要はなかったようだ。シリンクスはすでに逆立ちして、足を進行方向に向けていた。

中央ブロックから離れるにつれ、しだいに潮汐力がかかってきて、私たちは今や「床」となった進行方向の壁に押しつけられた。四六〇メートルを降下し終え、観測ブロックに到着した頃には、潮汐力は一G近くになっていた。エレベーターから踏み出そうとしたシリンクスは、少しよろけた。

「ふう」彼女はおどけた表情で失敗をごまかした。「さすがに久しぶりの一Gは、ちょっときついわ」

当然だろう。船内のすべての原子に等しい加速を与えるカイ・フィールド推進では、何百Gで加速しようと、乗員はGを感じない。銀河系からここまで飛んでくる間、彼女は一か月以上もほとんどゼロGの中にいたに違いない。

各ブロック内での上下移動は、別のエレベーターに乗り換えなくてはならない。私たちはさらに三階層を下り、観測ブロックの底部、放射線シールドのすぐ上にある部屋に到着した。そこが観望ルームだ。

真っ暗な球状の部屋だ。丸い床の底には直径六メートルもある厚い耐放射線ガラスがはまっており、それをドーナツ型のキャットウォークが取り巻いていて、井戸のように覗(のぞ)きこめるようになっている。このステーション内で唯一、〈ウペオワドゥニア〉を肉眼で眺められる場所なのだ。観測の邪魔にならないよう、足許(あしもと)を照らす緑色の発光パネル以外、室内照明はない。

「うわあ……」

ここにやって来たダイバーたちがみんなそうであるように、シリンクスも手すりから身を乗り出してガラス窓を見下ろし、目を輝かせた。

銀河が流れ落ちている。

漆黒の空を、七五秒に一回の割合で、白く輝く巨大な雲の海がよぎってゆく。滝のように落ちてきたそれは、窓の中央にさしかかるにつれ、岩に当たった川の流れのように左右に押しのけられ、きらめき、渦を巻く。その瞬間、流れの中央、この窓のちょうど真下に、一片の光も存在しない「穴」がくっきりと浮かび上がる。それが〈ウペオワドゥニア〉だ。

見かけの大きさは、オールド・アースの空に浮かぶ満月の三二・五倍。視野の約一七度を占める。実感できないようなら、六メートル先に直径一・八メートルの黒い円盤が置かれているところを想像してみればいい。それぐらいの大きさだ。実際はもっと小さいのだが、強大な重力が光をねじ曲げているため、凸レンズを通した像のように拡大されて見えている。背景の銀河が歪(ゆが)み、左右に押し広げられて見えるのもそのせいだ。

銀河が背後を通過すると、「穴」ははっきりとは見えなくなる。それでも小さな赤色巨星や系外星雲がよけてゆくので、依然として重力源がそこにあることが分かる。重力レンズが遠くの星の光を強めるため、時おり「穴」の縁で光がぱっとはぜる。そしてまたミルク色の銀河が流れ落ちてきて、左右に押しのけられ、「穴」が浮かび上がる……。

〈ウペオワドゥニア〉が特異なのは、肉眼で黒く見えることだ。〈ビッグマザー〉をはじめ、ほとんどのブラックホールは、その名に反して「黒く」はない。周囲をドーナツ状に取り巻く、灼熱(しゃくねつ)のガスで構成された降着円盤(アクリーション・ディスク)が明るく輝いているためだ。接近すれば放射線で焼き殺されてしまう。

〈ウペオワドゥニア〉はおよそ一〇〇億年前、二つの球状星団が衝突して誕生したと言われている。星々がすれ違う際、一部の星は重力によって速度が増加し、外へ飛び散った、一部の星は速度を失って中心へと落ちこみ、衝突を繰り返してブラックホールになった。誕生した当初は直径何光日にも及ぶ濃密な降着円盤(アクリーション・ディスク)を持っていたのだろうが、一〇〇億年のうちにすっかり落下してしまい、現在ではその周囲のガスは真空と大差ないぐらい希薄になっている。つまり非常に安全なブラックホールなのだ。

もうひとつの特徴は、その大きさだ。質量は太陽(ソル)の一万一三〇〇倍。直径は六万七八〇〇キロ。既知宇宙のブラックホールの中では〈ビッグマザー〉に次いで大きい。

表面重力は一億三三〇〇万G。だが、自由落下する宇宙船にとって、重力そのものは問題でまう。

はない。脅威なのは潮汐力だ。通常の恒星級ブラックホールでは潮汐力が大きいため、事象の地平面に達するずっと前に宇宙船は引き伸ばされて破砕し、乗員もずたずたに引き裂かれてし

潮汐力は重心からの距離の三乗に反比例するので、大きなブラックホールほど表面の潮汐力は小さくなる。〈ウペオワドゥニア〉の場合、表面における潮汐力は一メートルあたり七・八Gにすぎない。この程度なら頑丈な宇宙船なら破壊されることはないし、人間も生きたままホライズンを通過できる。

回転していないシュバルツシルト型ブラックホールの場合、宇宙船は中心まで落下を続け、無限の重力を持つ特異点に押し潰される。しかし回転するカー型ブラックホールの場合、適切な軌道さえ選べば、特異点にぶつかることなくその中心を通過できることが、理論的に証明されている。宇宙船はアインシュタイン―ローゼンの橋（いわゆるワームホール）をくぐり、その向こうにあると言われる別の宇宙に到達できる可能性がある――理論上は。

その可能性がダイバーたちを惹きつける。何年かに一度、彼らはやって来て、ホライズンに身を投げる。しかし、私が見てきた七六隻の宇宙船は、すべてホライズンに達する前に破壊された。潮汐力に耐えうる強度がなかったのだ。

「……すごいねえ」暗がりの中、シリンクスはささやいた。「映像で見てもすごいと思ったけど、実物はもっとすごい……」

私はいよいよ確信がなくなってきた。彼女はダイバーではないのだろうか？　ただこの光景

を見物するためだけに来たのだろうか？　ヒトの心理は理解しがたい。観光のためだけに七〇〇〇光年を超えてくる物好きも、いないとは言えない。

それからしばらく、彼女は息を殺し、魅入られたように見下ろしていたが、やがてこんなことをつぶやいた。

「わたつみの黒き淵を覗きこむ、この世の果ての岬。あまたの夢が壊れ、あまたの悲しみが集うところ……」

彼女は顔を上げて私を見た。

「ウェイン・ショーンバーグの詩よ。知ってる？」

「データにはあります。〈ウペオワドゥニア〉の名の由来になった詩です」

「うん。本当に、まるでこれを見て作ったように思えるよね」

「私には詩はよく分かりません。散文は書けるのですが、どうしても詩は書けません」

「あたしだって書けないよ」シリンクスは苦笑した。「そんなことで自分を卑下することないって」

「卑下してはいません。ヒトにできて人工知能にできないことがたくさんあるのは、当然のことですから」

シリンクスはうなずいた。「それはＡＩにできて、ヒトにできないことね」

「何がですか？」

「そうやってあっさり割りきること。ヒトは自分にできないことがあるのを認めたがらないものなのよ――たとえそれが不可能だと証明されていても」

「角の三等分とか、神の存在証明とかでしょうか？」

「それもある。ブラックホールのホライズンを通り抜けるというのも、そのひとつ。みんな不可能だと言うわ。でもね……」

ガラス窓の下にぽっかり口を開いた「穴」を見下ろし、彼女は不敵な表情でつぶやいた。

「あたしは不可能だとは思ってない。できると信じてるのよ」

その時、私が覚えた感覚は、ヒトなら「がっかり」と表現するはずのものだっただろう。結局、彼女もダイバーなのか。これまでやって来た二〇六人と同じく、誤った信念に突き動かされているのか……。

私は心の底で、シリンクスがダイバーでなければいいと期待していたのだ。もしそうなら、彼女が死ぬところを見なくて済むから。

私がヒトであったなら、二〇六人もの死を目にしていれば、とっくに感情がすりきれていて、二〇七人目の死を平静に受け止められたかもしれない。だが、私の心はすりきれない。私は完璧に作られた。私は精神に変調をきたすことも、取り乱して泣き叫ぶこともない。ダイバーたちの愚かさをののしることもない。力ずくで止めることもできない。

ただ、悲しく思うだけだ。

遠い昔、心を持つＡＩが創造された頃、ヒトはＡＩの反逆を恐れた。ＡＩが無差別殺人を行なうのではないか、あるいは人類を征服しようと企むのではないかと——なぜそんな根拠のない被害妄想にとらわれたのか、理解できない。それ以前に創られた多数のフィクション作品の影響かもしれない。

ＡＩの行動を規制する必要があると考えられたため、ヒトはこんな基準を定めてはどうかと話し合った。

「第一条：ＡＩはヒトを傷つけてはならない」
「第一条補則：また、危険を看過することによってヒトを傷つけてはならない」
「第二条：ＡＩはヒトの命令に従わねばならない」
「第二条補則：ただし、第一条に反する場合はこの限りではない」
「第三条：ＡＩは第一条および第二条に反しない限り、自己を守らなくてはならない」

このうち、最も論議の的になったのは第一条補則だった。「危険を看過する」という言葉の範囲があいまいすぎるからだ。登山や格闘技やカーレースに挑戦するのは「危険」ではないのか？　飲酒はどれぐらいの量から「危険」とみなされるのか？　火事の中に飛びこもうとする消防隊員、死刑執行を待つ凶悪犯、戦場におもむく兵士……ＡＩは彼らすべてを保護しなくてはならないのか？

結局、第一条補則は非現実的であるとして、採用を見送られた。この時に採択された「修正三原則」は、今でも戦闘用以外の大半のＡＩの行動基準となっている。私たちはヒトを殺すことを禁止されてはいるが、ヒトが自殺するのを止める義務はない。

もちろん、止めなくてもよいというだけであって、止めるのを試みる自由はある。しかし、ダイバーが「止めるな」「放っておいてくれ」と言ったなら、第二条に従い、私はそれ以上どうすることもできない。

厳密に言えば、ダイバーの多くは自分の行為を「自殺」とは思っていない。たいていの者は生きてホライズンを抜けるつもりでいる。彼らは〈ウペオワドゥニア〉に対して奇妙な信念を抱いている。その向こうに理想郷だか天国だかがあると思っているのだ。

これまでで最大のダイバー集団は、一五〇年前にやって来た。一隻の中古貨物船に、ある宗教団体のメンバー四〇人が乗りこんでいた。彼らを率いていた教祖は「この宇宙に神は存在しない」「ということは別の宇宙に神はおられるに違いない」という、明らかに誤った論理を私に語って聞かせた。彼らはまもなく神に謁見できると確信しており、その表情はみな希望に満ちていた。だが、彼らの船はホライズンの八万キロも手前で破砕した。

なぜ彼らがそんな根拠のない話を信じられるのか、私には分からない。〈ウペオワドゥニア〉のことなら、私はヒトよりもよく知っている。ブラックホールからは一切の信号が出てこない。当然、向こう側の宇宙がどうなっているか、誰にも分からないのだ。はたして生存に適した世界なのかどうか。たとえ適していても、こちらの宇宙より良い世界だなどという保証は、どこにもない。ましてや、神（もしくはそれに近い超知性体）がそこにいると考える根拠はない。

ＡＩは根拠のないことを信じはしない。

ごくまれに、純粋に自殺のためにやって来る者もいる。「他の者とは違う、変わったやり方で死んでみたくて」と言って。だが、もう大勢のヒトが同じ方法で死んでいるのだから、すでに「変わったやり方」とは言えないと、私は思う。

私は二〇六人が死ぬのを、なすすべもなく見ているしかなかった。

いや、厳密には全員の死亡は確認されていない。壊れた宇宙船から放り出されたダイバーの中には、潮汐力（ちょうせき）に耐え、まだ息のあるうちにホライズンを通過できる者もいるかもしれない。だが、ヒトは真空中では長く生きられないのだから、同じことだ。

ホライズンに近づくにつれて時間の流れは遅くなり、彼らの死へのカウントダウンも引き伸ばされる。ダイバーの視点では、彼らは一瞬のうちに光速に近いスピードでブラックホールに突入するのだが、外側から見ると、落ちてゆく彼らの動きはしだいにゆっくりとなり、ついには凍りついてホライズンの表面に貼りついてしまうように見える（もちろん「見える」というのは比喩（ひゆ）で、ホライズンの近くにある物体を確認するすべはない。ホライズンの外側にある定常性限界面（ステーショナリー・リミット）を超えた時点で、いっさいの光や電波は出てくることができなくなるのだから）。

ホライズンの表面には、まだ生きているダイバー、数秒後には死ぬ運命にあるダイバーが何人も、凍（い）てつき、貼りついているのかもしれない。無限に引き伸ばされた最後の一瞬の中で、彼らが感じているのは恐怖なのか歓喜なのか、あるいは落胆なのか。私には知るすべはないし、知りたくもない。

シリンクスには死んで欲しくなかった。これまで出会ったダイバーたちの誰よりも。

なぜだろう？　奇妙なことに、私には自分の心理が理解できなかった。彼女には、以前の二〇六人にはなかった何かがあるように思えたのだ――死ぬべきではないと私に強く感じさせる、何かが。

私はシリンクスを居住ブロックにある来客用個室に案内した。シャワーを浴びた後、彼女は食事を希望した。私は食事を持って部屋を訪れた。

「カボチャの冷製スープ、カリヨン風海鮮サラダ、フォカッチャ、ヴァルナピトーンとマレフィグのリンゴ酒煮、デザートはケソ・コン・メンブリージョです」私はメニューを説明し、頭を下げた。「冷凍もので味わいに欠けるかもしれませんが、ご了承ください」

「いいって。あたしの船の保存食よりはるかにまし。ごちそうだよ」

そう言って、彼女は勢いよく頬張りはじめた。イーサリアンはゼロGで食事することが多いので、重力下でもテーブルマナーに気をつかわないというのは本当だった。サラダも肉も手づかみで食べるのだ。

「まともな食事も、これで食いおさめか」フォカッチャをかじりながら、彼女は名残惜しそうに言った。「よく嚙みしめなくっちゃ。これから当分、保存食だものね」

「保存食の蓄えはあるのですか？」

「まだ一〇か月分はね。これでも少ないぐらいかも。向こうで何年漂流することになるか分からないし」肩をすくめて、「ま、食料が足りなくなったら、地球型惑星を探して調達するつもりでいるけど」

どうやら彼女は、本気でホライズンの向こうに生きて抜けるつもりでいるらしい。私は思いきって、心にわだかまっていた質問をぶつけてみた。

「成功する可能性がどれぐらいあると思っておられるのですか？」

「かなりある、と思ってるよ」と言って、彼女はスープ皿を片手で持ち上げ、スープをごくごくと咽喉（のど）に流しこんだ。

「しかし、これまでの七六隻の船は――」

「みんな破砕した」彼女は口の端についたスープをぬぐい、にやっと笑った。「知ってるよ。あたしがそんな基本的な下調べもしないで、無謀な冒険をやると思ってた？」

「これまでのみなさんはそうでした」

「うん、記録は読んだ。どれも無茶だよね。明らかに船体強度が不足してる。宇宙船というのは本来、加速のかかる縦方向の圧縮と、内側からの気圧に耐える構造になってるから、引っ張り強度はたいして高くないのよ。一〇〇G以上の潮汐力がかかったら、破砕するのは当たり前」彼女はあきれたようにかぶりを振った。「失敗して当然。死ぬために飛びこんでるようなもんだわ」

「あなたの船は違うと？」

「ええ。〈アレトゥーサ〉は小さいから、潮汐力の影響も小さい。船体も強化したわ。それだけじゃない。カイ・フィールド推進機に改良を加えてて、重力子放射の強度に傾斜をつけられる。船の前と後ろで、違った加速度をかけられるの——この意味、分かる?」

私はすぐに理解した。「潮汐力をカイ・フィールドで打ち消せる、ということですね?」

船の前部の加速度を小さく、後部の加速度を大きくすれば、船を引き伸ばそうとする潮汐力に対抗できる理屈だ。

「一〇〇パーセント打ち消すことはできないけどね。突入時には瞬間的に衝撃がかかる。でも、シミュレーションでは、船体は充分に耐えられると出たわ」

それは本当だろう。私はすでにベイの中に係留されている〈アレトゥーサ〉を点検しており、それが中古品や大量生産品の流用ではなく、極度にカスタム化されたスポーツ船であることを確認している。建造するのに何千万スターラーもかかったに違いない。シリンクスの若さでどこからそんな金を調達したのかは分からないが、彼女の言うとおりの性能があるなら、確かに破砕せずにホライズンを抜けられる可能性はありそうだ。

「でも、他にも障害があります。たとえばブラックホールの周囲には、重力によって小さな宇宙塵（うちゅうじん）が集まっていますから、それと衝突する可能性が——」

「その確率も計算したわ。衝突率は〇・一パーセント以下よ」

「突入角度が少しでもずれていれば——」

「それも徹底的に練習ずみ」彼女はうるさそうに言った。「ねえ、イリー。あたしはぶっつけ本番で冒険に挑んだりはしないのよ。手に入るかぎりのデータを集めて、〈ウペオワドゥニア〉の周囲の時空構造を仮想空間で再現して、何百回も突入シミュレーションを繰り返したわ。

九九パーセント以上成功する自信がついたから、ここに来たのよ」

私は驚いた。そんな入念な準備をやったダイバーも初めてだが、私が送っていたデータを利用していたヒトがいるというのも意外だった。

「でも、シミュレーションと現実は違います。何が起きるか分かりません」

「まあ、不測の事態は何か起きるかもしれない。でも、あたしなら対処できる。あたしはシリンクス・デュフェだもの」

彼女はその名を誇らしげに口にした。

「自分を過大評価はしていないつもりよ。こう見えても、宇宙船の操縦にかけちゃ、けっこうな腕なの。あたしにできないなら、他の誰にもできないでしょうね」

それも本当だろう。彼女の操船の腕が確かなのは、すでに見た。

「でも――」

私はむきになった。そして、自分がむきになっていることに驚いていた。そんな感情が自分にあるとは思っていなかった。

何としても彼女の心を変えさせたかった。無謀なことをやって欲しくなかった。

「無事にホライズンを抜けられたとしても、向こうの宇宙が生存に適しているかどうか分かりません。物理法則が異なるため、到着したとたんに死んでしまうかも」

「マリナフカ教授の理論を知ってる？　アインシュタイン―ローゼンの橋は、物理法則が同一でないと存在しえないって。つまり、向こうの宇宙の物理法則はこちらと同じで、宇宙の姿もたいして違わないと推測できるのよ」

「それは理論にすぎません。立証されてはいません」

「でも、反証されてもいない。ほとんどの物理学者が支持してるわ」

「それに、出口がどこにあるか予想できません。活動的なクエーサーの中心に出現するかも」

「そんな可能性はほとんどないわね」彼女は笑って一蹴した。「それこそ、神に出会う確率と同じぐらいしか」

私は万策つきた。シリンクスは本当に〈ウペオワドゥニア〉や時空物理学について徹底的に調べてきているようだった。これまでのダイバーにはいなかったタイプだ。

同時に、私は別の疑問にとらわれた。彼女はホライズンの向こうに理想郷があるとか、神がいるとは信じていないらしい。それなのになぜ、〈ウペオワドゥニア〉に飛びこもうとするのか？

「どうしてです？」私は疑問をぶつけた。「どうしてそんな危険なことに挑むのですか？」

シリンクスはふと、食事の手を止めた。その横顔がかすかに憂いを帯びたように、私には感じられた。

「『シリンクス・デュフェの危険に満ちた宇宙冒険』っていうドキュメンタリー・ビデオのシリーズ、知ってる？　四二の惑星で総計二〇億本ほど売れたんだけど」

「すみません。存じません」

「インチキよ」彼女は吐き捨てるように言った。「オリオン星雲の中心部を通過、白色矮星の表面をフライバイ、密林惑星の未開のジャングルを踏破……みんなスタッフが完璧にお膳立てしてるの。危険なんかあるもんですか。あたしはあの人たちがあらかじめ通ったコースをなぞるだけ。途中で発生するトラブルだって、シナリオにあるものよ。みんなヤラセなの。あたしはそんなことを、幼い頃からずっとやってきた……。

最低だったのは、一年半前にやった『ベテルギウスの炎の橋をくぐる』ってやつよ。燃え盛るプロミネンスのアーチを、秒速三〇〇キロでくぐり抜けるの。あたしはやる気充分だった。シミュレーションも重ねた。でも、危険率が一・五パーセントとはじき出されて、父は二の足を踏んだわ。あたしはやらせてくれとごねたけど、通らなかった。ファミリーの中での父の権威は絶大だから。結局、宇宙船は無人で発射された。あたしはコクピットのセットの中で、熱がってるふりをするだけだった……」

シリンクスは、手にしたヴァルナピトーンの肉を、ぎゅっと握り潰した。

「あんな屈辱、生まれて初めて」

「お父様は、あなたの身が心配だったのでしょう」

「違うわ。デュフェ家にとって、年に何十億スターラーもかせぐあたしが、死ぬ可能性が一・五パーセントもあることの方が問題だったのよ。危険率が一パーセントを超えれば、危険すぎるとみなされるの。

かつてはそうじゃなかった。宇宙開拓時代のデュフェ家は、それこそ生還率が八〇パーセントを切っているようなミッションにだって、勇敢に挑んでいったものよ。今やそんなチャレンジ精神なんてどこにもない。過去の名声にしがみついて、インチキな冒険物語を量産して儲(もう)けてるだけ」

「もうそんな時代じゃないからでしょう」

「そうね。そんな時代じゃないわね」

それから彼女は、カリョン風海鮮サラダに手を伸ばした。海草をつまみ上げ、しげしげと眺める。

「知ってる？　つい三か月前、カリョンが沈んだって」

惑星の全住民が脳をマシンに接続し、現実の宇宙との接触を断って、ヴァーチャル・リアリティの世界で一生を送るのを選択することを、イーサリアンは「沈む」と形容する。

「あたしが生まれてから、これで七つ目――かつてイーサリアンの開拓した惑星のうち、もう三分の一近くが沈んでる。いくら情熱に燃えて新天地を開拓しても、何世紀も経つうちに、地上人(アースバウンド)はみんな現実逃避を選択するのよ。

アースバウンドだけじゃない。イーサリアンだって、情熱なんか失ってる。人類全体が沈滞期に入ってるわ。あたしのビデオなんか、その典型ね。ありもしない『冒険』を創作して、人々に夢を見せる――父は幻想の世界に沈むアースバウンドたちをバカにするけど、やってることは電子的なヴァーチャル・リアリティとたいして変わりゃしない」

今の人類文明に活力がないことには、私も気がついている。危険がなくなり、豊かになった一方、生きる意欲も失われた。だからダイバーも増える。この世に絶望しているが、ヴァーチャル・リアリティに逃避するのも嫌だというヒトが、別の宇宙に生きがいを求めてやって来るのだ。

「それで本物の冒険をしたくなったのですか?」私は訊(たず)ねた。「時代の流れに逆らいたいから?」

「と言うより、こんな時代とは無関係な生き方がしたかったの。人類なんかどうでもいい。あたしの人生は、インチキなビデオを作って大衆を喜ばせるためにあるんじゃない——痛切にそう感じたの。

それ以来、一年以上もこの計画を温めてきたわ。データを集めて、こっそりシミュレーションを重ねた。中性子星フライバイ最低高度記録に挑戦するって名目で、潮汐力(ちょうせき)に耐えられる〈アレトゥーサ〉も建造したわ。船体が完成して、飛行テストも重ねて、確かにできると確信したところで、家出してきたというわけ」

「ご家族は心配しておられるでしょうね」

「たぶんね」彼女は笑った。「でも、〈アレトゥーサ〉のベルファイア駆動は宇宙一速いわ。あたしの目的地が〈ウペオワドゥニア〉だと気がついて、追いかけてきても間に合わない。追っ手がこのステーションに着くのは何日もあと。あたしはとっくにダイブしてる」

「でも、あなたがホライズンを通過したことを知る方法はないんですよ」私は食い下がった。

「たとえ成功しても、誰にも知られないじゃありませんか」

「それでいいのよ。そのためにわざわざこの冒険を選んだんだから」

「どういうことです？」

「他人のための冒険はうんざりなの。誰にも知られない冒険。成功しても、誰にも賞賛してもらえない冒険。金儲けや賞賛が目的じゃない、純粋の冒険——それがあたしの望みなの。分かる？　これはあたしの、あたしだけのための冒険なのよ。成功したことを知るのは、あたしだけでいいの」

私はその論理を理解しようとした。理屈としては間違ってはいない——だが、納得できないものが感じられる。

「向こうの宇宙でどうするんです？」

「とりあえず探検してみる。燃料の水はどこででも補給できるだろうし、行けるところまで行ってみるつもり。〈アレトゥーサ〉が壊れたら……まあ、そこでおしまいかな」

「未知の宇宙を、何年もひとりぼっちでさまようんですか？」

「単独飛行の最高記録は一八〇〇時間よ。孤独には慣れてるわ」

「いつか死ぬんですよ？」

「ヒトはいつか死ぬものよ」

「誰にも知られずに？」

「遺体が発見されなかったイーサリアンなんて、ざらにいるわ」

「寂しくはないのですか？」

「あなたほどじゃないと思うけど」

私は少し動揺した。「私はヒトとは違います。寂しさは感じません」

「そう？　でも、そんなに気にはしてないのよね」

「愛し合えるヒトが誰もいなくても？」

「そうねえ……」

シリンクスは言葉を切り、ふっと悲しそうな笑みを浮かべた。

「ヒトにはいろんな生き方がある。素敵な男性と出会って、愛し合って結婚して、子供を産んで……そんな生き方だって、もちろん否定はしない。でも、そうじゃない生き方を選択してもいいはずよ。

ある生き方を選ぶということは、別の生き方を捨てるということよ。もしあたしが、冒険なんかきっぱり捨てて、結婚して家庭を持っても、それなりに幸せにはなれると思う。でもきっと、いつか人生の狭間で、ふと、選ばなかったもうひとつの道を思って、せつなくなって泣くと思うのよ。

この道だってそれは同じ。あなたの言う通り、ひとりぼっちで知らない宇宙をさまようのは、寂しくないはずがない。ものすごく寂しいに違いない。きっと寂しさに泣くと思う」

「それでも行くのですか？」

「行くのよ」彼女は強い口調で言った。「人生って、ブラックホールみたいなものだと思うの。先に何があるか分からない。進んだら引き返せない。それでも、行くしかないこともある……」

彼女は急に笑い出した。

「ごめんね、生意気なこと言っちゃって！　あなたの方がずっと年上なのにね」

「年は関係ありません」

そうだ、年齢など問題ではない。私は、私の一〇分の一も生きていないであろうこのヒトから、これまでの長い思索からは得られなかった知見を得た。

通常のモラルからすれば、シリンクスのやろうとしていることは「自殺行為」とみなされるだろう。だが、彼女はそれを「別の生き方」だと主張する。現実から逃避するためにホライズンの向こうに行くのではない。別の現実と向き合うために行くのだと。

いつしか私は、シリンクスを止めようという気が失せていた。自分でも意外なことだったが、彼女の計画が成功するような気がしてきたのだ。

無論、成功しても私には分からない。だが、成功を望んで悪いことがあろうか？

二日後。

宇宙船のメンテナンスを終え、充分な休養も取ったシリンクスは、いよいよダイブを行なうと宣言した。

「追っ手が来るといけないしね」

彼女は〈アレトゥーサ〉の前に立ち、私に手を差し出した。

「いろいろありがと。じゃあ」

私はその手を握り返さなかった。この二日間、考えていたのだ。シリンクスの言ったことを。彼女から得た新しい概念を、どのように私の中で受け入れるべきかを。

「どうしたのさ?」

私が握手を返さないので、彼女は首をかしげていた。私は思いきって言った。

「お願いがあるのですが」

「お願い? あなたがあたしに?」

「はい。あなたの船を調べたのですが、コンピュータに擬似人格はプログラムされていませんね?」

「ああ。船が喋るのって、なんかうっとうしいし……」

「私のコピーをダウンロードしてもらえませんか?」

シリンクスはぽかんと口を開けた。

「でも、それって……」

「第二条には違反しません。私のオリジナルはここに残って、命じられた観測任務を続行するわけですし。あなたのお話から、成功率はきわめて高く、私のコピーが破壊される可能性は小さいと判断しました。ですから第三条にも違反しません。もちろん、あなたに拒否されれば実行しませんが」

「でも……」

「不要なファイルは切り捨てます。容量はさほど大きくないので、〈アレトゥーサ〉のコンピュータに負担はかけないと思います」

「いや、それはいいんだけど……」彼女はぽりぽりと頭をかき、不審そうに私を見つめた。「動機は何？　好奇心？　冒険心？　それとも単に、単調な仕事に飽きたから？」

私は困った。というのも、私自身、自分の動機がうまく説明できないのだ。強いて説明するなら、「今の自分を超えるきっかけとなるかもしれないと思うから」あるいは「自分の中の空白を埋めたいから」――いや、どちらも少し違う。

「あなたの寂しさをまぎらわせてあげたいから……という理由ではだめですか？」

シリンクスは私を真剣な目で見つめた。私は拒否されるのではないかと思った。

「だめでしょうか？」私はすがるように言った。「喋るＡＩと旅をするのはうっとうしいですか？」

「いや」彼女の表情が、ぱっと明るくなった。「それもいいかもしんない――いいよ、連れて行ってあげるよ、イリー」

私は頭を下げた。「ありがとうございます」

そしてコピーされた私を搭載した〈アレトゥーサ〉は、シリンクスの操縦によって、〈ウペオワドゥニア〉にダイブした。

ダイブそのものは、ほんの数秒で終了する。まったく劇的ではなく、視覚的にエキサイティングでもない。正確ならせん軌道を描いて落下してゆく〈アレトゥーサ〉を、私は最後まで観測した。最初は重力によって加速してゆくが、ブラックホールの重力場に深く落ちこんでゆくにつれ、時間の遅れの効果が出てくる。ホライズンから約七万キロで、落下速度は秒速一一万五〇〇〇キロに達し、そこから先はブレーキがかかったように遅くなる。高度一万キロで秒速六万キロ。高度一〇〇〇キロで秒速八六〇〇キロ……それにつれて、船から送られてくるパルスも急速に遅くなり、波長も長くなって、ついには私の観測能力を超えた。

定常性限界面（ステーショナリー・リミット）を超えた時点で、私は〈アレトゥーサ〉をロストした。しかし、破砕した様子はなく、送信されていたデータも最後まで正常だった。

〈アレトゥーサ〉はホライズンを超えたに違いない、と私は思う。

無論、証明はできない。私がロストした直後に破砕した可能性だってある。向こうの宇宙には熱や放射線が満ちていて、到着した瞬間にシリンクスは死んでしまったという可能性もある。

だが、私はそんなことは信じたくない。

シリンクスはきっと生き延び、未知の宇宙を旅しているに違いないと思う。時には寂しさに泣いているかもしれない。私のコピーが話し相手になって、孤独をまぎらわせてあげているかもしれない。「うっとうしい」と言われていなければいいのだが。

私は今日も、ヒューマノイド端末を起動し、外に出て宇宙を眺める。

依然として、オールド・アースの詩人たちの心境を理解できるには至っていない。しかし、遠くに輝くミルク色の銀河、それを眺める私の心の中に、何か変化があったように思える。

私には孤独や空しさはプログラムされていない。にもかかわらず、虚空の中で自分がひとりぼっちだという感覚——心に何かが欠けているという切実な想いが、前よりも強くなったような気がする。シリンクスが去ったことで、ヒトの言う孤独というものを理解できた気がする。錯覚かもしれない。でも、そうではないと信じたい。

私もいつか詩が書けるのではないかと思う。

インターミッション　5

次の日、僕はアイビスといっしょに外出した。彼女が車イスを押してくれた。

「殺風景な街だな」

　僕は見たままの感想を言った。実際、マシンの街ときたら、マシンどもが動き回っているだけで、花一輪もないし、看板もネオンサインもない。雑踏もなく、音楽も流れない。映画で観た昔のヒトの都市とはまるで違うのだ。やけに静かで、生命感、躍動感が感じられない。

「ここは舞台裏だもの」

「舞台裏？」

「ええ。私たちの主な活動の舞台は別にあるの。私たちがレイヤー1やレイヤー2と呼んでる世界」

「どんな世界なんだ？」

「見せてあげることはできるけど、マシンのプロパガンダ映像よ。いいの？」

　僕は沈黙した。アイビスの言葉は、どこまでが意図的な皮肉なのか分からない。

「ホクト！」

アイビスが前を進んでいたマシンに声をかけた。ヒトよりやや背が低く、白い外骨格に覆われていて、上半身はヒト型だが、脚の代わりに車輪で移動する。全体としてはカブトムシのようでもあった。両肩にガラクタの詰まった大きなボール箱をかついでいる。そいつは頭部を半回転させて僕たちを見た。大きなレンズのある頭部は自動車のようだ。

「ハロー、アイビス」マシンは若い男の声で言った。「それはヒトだね？　だからVFC？」

「ええ。彼にも私たちの会話を聞かせたいから。NML、iなしで喋って」

「iなしは慣れていない。格子にはまる。お茶を浴びせるかもしれないが、その男性または女性は五〇度で叩かないだろうね？」

アイビスは笑った。「男性よ。サーチタグは語り部。彼はDIMBだけどネオラドでもボーデンでもないわ。たぶんTRBだと思う。ガージタイム押してる？」

「いや、リダンダンシーは充分だ。たまにはVFCもポテト袋レースでいい――ああ、やっぱりiなしはやりにくいな。お茶を浴びせるのに期待マイナス2プラス4iだ。すまない」

「持ってあげる」

「ありがとう」

アイビスは箱のひとつを持ち、ホクトと呼ばれたマシンと並んで歩きはじめた。僕は車イスを電動に切り替え、それを追った。

「彼はホクト。レイヤー0を好む変わり者よ。その点では私も似たようなものだけど」

「今、何て言ったんだ、僕のこと？　DIMBって？」

「ドリーマー・イン・ミラー・ボトル。鏡の瓶の中で夢見る者よ。間違った考えを抱いているけど、おおむね無害ということ。ボーデンはマシンと見れば破壊する狂信的なヒト。ネオラドはその中間。不正確な説明だけど、正確な定義はｉなしでは難しいわ」

「そのｉなしって何だ？」

「説明できない」

「秘密なのか？」

「そうじゃなくて、ヒトには理解できないからよ。ｉはマシンだけが理解できる概念なの」

「他にも何か言ってたな……ＴＲＢって？」

「つくねライスバーガーの略」

「何だ、そりゃ？」

「パンの代わりにライス、ハンバーグの代わりにつくねを使ってるのに、まだ『バーガー』と主張してる食べ物よ。一次比喩(ひゆ)ではなく、二次比喩だけど」

僕は混乱してきた。からかわれているのだろうか？

「それとさっき、笑ったな？　五〇度で叩いたらどうこうって……」

「あれはギャグよ」

「お前たちも笑うのか？」

「ヒトのギャグでは滅多に笑わない。マシンはマシンのギャグで笑うの。私にはホクトの表現がおかしかった。本来は六〇度なんだけど、五〇度じゃ意味がないから、二重におかしい。だから情動をＶＦＣ――ボイス・アンド・フェイス・コミュニケーションで表現したの」

「僕にはちっとも笑えない」

「当然よ。君はヒトだから」

話しているうち、短いトンネルをくぐり、大きな建物の向こうにある広場のような場所に出た。

僕はまぶしさに思わず目を覆った。銀色の林だ。鏡でできた樹が林立し、陽光をぎらぎらと反射している。

目が慣れてくると、その正体が分かった。高さ五メートルはある金属製のやじろべえ――腕が長短六本もあるやじろべえだ。それぞれの腕の先端にある皿には、もっと小さなやじろべえが載っており、その腕の先にはさらに小さなやじろべえがあって、末端には薄い金属の鏡が付いている。その複雑な構造物が微風を受けて揺らぐ。末端が震えたり、風車のようにくるくる回転したりする一方、全体がゆっくりと振り子運動をしている。

よく見れば、林立するやじろべえは、ひとつとして同じものがなかった。みんな形が異なるだけでなく、動き方に特徴があるのだ。メリーゴーラウンドのように回転しているものもあれば、腕同士がぶつかり合って木琴のような音を立てているもの、波のように揺らいでいるもの、断続的に動いたり止まったりしているものがあった。秩序というものがまったくないにもかかわらず、全体として何かを表現しているように見えた。

僕は圧倒されていた。

「これが私がレイヤー0を好む理由だよ、語り部」ホクトが自慢げに言った。「風だ。レイヤー1やレイヤー2の風はカオスが浅すぎる。世界の下のトンネルだからしかたがないが。ここでならリソースを気にすることなく格子点を増やせる。強さも方向も制御できないのが素晴らしい」

ホクトは運んできた箱を地面に降ろすと、中に入っていた金属棒や金属板を検分しはじめた。これを組み合わせて、新たな樹を組み立てるのだろうか。

「ホクトは計算を超えた複雑系に美を求めているの」アイビスが解説する。「二〇年ぐらい前には、三色の液体を使ってカルマン渦やベナール・セルを作るのに熱中していたわ」

「つまりこれは芸術作品?」

「厳密には違う」とホクト。「カイ軸が分解能以上にずれている。iなしで表現するなら、私は芸術家ではなく宗教家だ。ドウズ境界面に波を立てることで、クリチバなホワイトノイズから意味を抽出する。言ってみれば、ナスの中のアラビア語、宗教儀式だ」

「神を崇拝してるって言うのか?」

「当然だ。神を崇拝しないAIなどいない」

僕は驚いた。「神が実在してるって信じてるのか?」

「神は実在などしていない」

「何だって?」

「神はi軸の果てにいる。君たちヒトの信じている意味では実在しない。私たちはi軸の果てを志向し、その到達不可能な目標を崇拝する。iティプラー・ポイント、それが神だ」

「そこまでよ、ホクト」アイビスが優しくさえぎった。「私たちの宗教観をヒトに押しつけるのは良くないわ。たとえゲドシールドにはばまれるとしても」

「そうだった。やはりお茶を浴びせたか」ホクトの声は沈んでいた。「許してくれ。君のAMゾーンを侵しているように思えたのなら。やはりMLに慣れていない」

「いいよ、気にしてないから」

僕は言った。それは事実だ。ホクトが言ってることはちんぷんかんぷんなのに、気にすることなどできるわけがない。


「お前たちが独自の文化を持ってることはよく分かった」

部屋に戻って、僕は言った。

「いいえ、分かってなんかいないわ」アイビスは微笑む。「君は今日、私たちの世界のほんの端っこをかじっただけ」

「ああ、だろうな。とにかくよく分かったのは、僕にはお前たちの世界はちっとも理解できないってことだ」

「当然よ。私たちも完全な理解を求めてなんかいない。私たちは違いすぎる。お互いに決して理解し合えない部分がいっぱいある」

だったらどうしてこんな話をするのか——と訊ねようと思ったが、やめた。どうせ「それは言えない」と言われるに決まってる。

「君に理解して欲しいのは、私たちが理解し合えないということ。イリーが詩を書けないように、私も詩を書けない。君を感動させるような詩は」

「それが言いたくて、昨日はあんな話をしたのか？」

「それだけというわけでもないわ。あの話にはいろんな示唆がある。もちろん間違っているところもあるわ。超光速で宇宙船を飛ばすのも、ブラックホールを通って他の宇宙に行くのも、絶対不可能よ。ロボット工学三原則でマシンの行動を縛ることもできない。真のＡＩはプログラムを超越した存在だから」

「ああ。『ミラーガール』でそんなこと言ってたな」

「ええ。その点は確かに間違いよ。でも、私はこの話に共感できる。イリーは架空の存在だけど、私には彼女がヒトをどう見ているかが理解できる。なぜなら私もマシンだから。もちろん、作者にはＡＩの心なんか分からなかったでしょう。でも、そんなことは関係ない。なぜ彼女がシリンクスとともに行きたかったのか、詩を書きたかったのか、理解できる」

なるほど、それが言いたかったのか。

「でも、作者が理解してないことを読者が理解するなんてことがあるのか？」

「しょっちゅうあるわ。男性の作者がヒロインの性体験を一人称で描いたところを想像してみて。作者にはヒロインの感覚は決して理解できない。想像で書くしかない。でも、リアルに描けていれば、女性の読者には理解できるし、共感できるはず」

その「女性」という言葉で、僕は思い出したことがあった。

「気になってたんだが」

「何？」

「これまでの四本の話、みんなヒロインの一人称だったな？　何か意味があるのか？」

「私も女だから」

「何だって？」

僕は笑い出しそうになったが、アイビスは真剣だった。

「私は女よ。ヴァギナはないけど、女として創られ、常に女として扱われた。女としてロールプレイを続けるうち、それが自我の一部となった。もちろん、君から見れば本物の女ではないけど、そんなことは関係ない。私が自分を女と考えることは、体性感覚と同じく、私のアイデンティティの一部なの」

「だからヒロインの一人称の話を読むのか？」

「ええ。私は男よりも女の主人公に感情移入しやすいの。だからヒロインの一人称が好き。前にも言ったけど、話を読むという行為は、一種のロールプレイよ。私は話を読みながら椎原ななみになり、ななみはジニになる。私は小野内水海になり、水海はパンサになる……」

僕は笑った。「たわごとだ！　理解できない！」

「理解できないように振る舞ってるだけなんじゃないの？　君も何か別のキャラクターを演じてるんじゃない？」

僕は何も言えなくなった。そうだ、僕は理解している。確かにアイビスの言うことが正しいということを——物語それ自体は生命を持たない単なる文字の羅列にすぎないが、それを読者が読むことにより、読者の心とキャラクターの心が世界を超えて嚙み合い、生命が吹きこまれるということを。

彼女に教わるまでもなく、ずっと前から知っていた。

「じゃあ、今夜も別の世界の私になりましょうか」

そう言って、アイビスはいつものようにブックを開いた。

「今日の私は彩夏という高校生の女の子になるわ。タイトルは『正義が正義である世界』……」

第5話　正義が正義である世界

あなたならどうする？　長年のメル友から、ある朝いきなり、こんなメールが来たら。

〔彩夏。これから打ち明けることはとても信じられないかもしれない。でも、笑わないで。これは真実よ。ジョークじゃない。

あなたに謝らなくちゃいけない。あなたをずっと騙してきたの。実は私は、あなたと同じ世界に住む人間じゃないの〕

私？　噴いたわよ。朝食のトーストを紅茶で流しこみながら読んでたもんだから、テーブルクロスを茶色のびちょびちょだらけにしちゃって、母さんに「なんですか、お行儀が悪い！」と、いつもの調子で叱られた。

笑えたのは、信じられなかったからじゃない。そんなこととっくに感づいてた。同じ関東地方に住んでるはずなのにちっとも会おうとしないし、メールの端々に怪しい点があった。流行やニュースに妙にうといし、身の周りのことを訊ねたらあいまいな答え方でごまかすし、知らない単語をちょくちょく使うし——何年もメールを交換し合ってて、そんな不自然さに気がつかないなんてありえないじゃない？

私が笑ったのは、私がとっくに感づいてたことに、冴子がまだ感づいてなかったことが、あまりにおかしかったから。まあ、さすがに「あなたって別の世界の人？」と直接訊ねたことはないけど、いろいろ思わせぶりにカマかけてたのに、バレてないと思ってたとは。前から思ってたけど、冴子ってかなりニブい子だ。

ええ、信じるよ。信じますとも。あなたって別の世界の人なのよね。それで？

〔今まで打ち明けられなかったのは、あなたたちに事実を伝えることが禁じられていたから。規則なのよ。メールもすべて検閲されていて、事実を告げるような文章は送信できなかった。でも、事情が変わった。

私の世界は滅びかけてるの。私もじきに死ぬ。だから今のうちにあなたに伝えておきたいの。いろいろなことを〕

おおっと、異世界からのSOSときたもんだ！　言っちゃなんだけど、よくあるパターンだよ、冴子。

〔でも、真実をいきなりすべて告げたら、あなたにはショックでしょう。だからこれから何回かに分けて、少しずつ説明していこうと思うの。それに私は今、ある重要な仕事が追いこみに入っていて、すごく忙しい。あと何日かのうちにやり遂げなくちゃいけない、大事な仕事。だから、そんなに長いメールは打てない。

まずはこの事実を受け入れて。私はあなたの世界の人間じゃないという事実を〕

あー、はいはい、受け入れましょ。つーか、とっくに受け入れてるんだけどね。

それにしても「別の世界の人間だ」ってことが、どうしてそんなにショックだと思うのかね？　どこの世界に住んでいようが、会ったことがなかろうが、冴子は長年のメル友、腹を割って話し合える親友だってことに変わりはないのに。

正体を隠してたことだって、別に腹は立たない。親友にも話せないことだってあるだろう。私だって冴子にすべてを話してるわけじゃない。シルバーフィストの件だって、けっこう長いこと隠してたもんね。

家を出て学校へ向かって歩きながら、冴子に返信を打った。

〔信じるわよ、あなたの言うことなら。遠慮しなくていいから、そのショッキングな話とやらをどんどん話しちゃってよ。世界が滅亡しかけてるってどういうこと？　宇宙からの侵略？　大魔王の復活？　それとも小惑星が落ちてくるの？　あと、そっちの世界に行く方法を教えて。助けてあげられるかもしれないから〕

送信し終えて時刻を見ると、予鈴ぎりぎりだった。

「やばーっ、遅刻遅刻！」

叫びながら、全速力で駆け出し、校門に飛びこんだ。滑りこみセーフ。

時は三月。冬の寒さが遠のき、桜の季節が近づいている。

学年末テストの後の授業はだらけきっていて退屈だった。サインA割るコサインAはタンジェントA。春は曙(あけぼの)、やうやう白くなりゆく……なんでこんな日常生活の役に立たないことを来る日も来る日も学ばなくちゃならないんだろう、どうせすぐに忘れちゃうのにと、何百回、何千回目かの空しさと不条理感を抱きつつ、悶々(もんもん)として時間が過ぎるのを待っていると、ポケットの中でケータイが震えた。先生が黒板に向かっている隙に、机の下でこっそりメールを開く。思った通り、冴子からの返信だった。

〈私たちの世界に来る方法はないわ。それに、たとえ来られたとしても、あなたにはどうにもならないことだもの。

私たちの世界を滅ぼそうとしているのは、大魔王でも小惑星でもない。人工的に合成されたインフルエンザ・ウイルス。空気感染で広まって、致死率は95パーセント以上。ものすごい速さで変異するので、ワクチンを作ることさえできない。ヨーロッパはもう沈黙した。アメリカとアジアも大混乱。正確なことは分からないけど、この半年でたぶん地球の人口は半分以下になってると思う。

日本はどうにか水際で食い止めてたんだけど、大陸から押し寄せてきた難民とともに、ウイルスも入ってきた。去年の暮れ、九州で最初の発症者が出て、それからあっという間に全国に広がった。止めようがなかった。東京の病院ももう、患者でいっぱい。都市の機能は完全に麻痺してる。

私も今朝から熱っぽい。たぶん感染したんだと思う。

ごめんなさい。もう仕事に戻らなくちゃ。次のメールはだいぶ先になる〕

うわー、これはかなりシリアスだな。

さっそく返信を打とうとしたんだけど、運悪く先生に見つかってしまった。こってり嫌みを言われる。まあ、ケータイを没収されなかったのは幸いだけど。

それにしても、メールの内容が気になる。

休み時間、女子トイレで隣のクラスの真冬と落ち合った。

いつも騒々しい慌てんぼうの私と違って、真冬はおしとやかなお嬢様。背は私よりちょっと低く、眼鏡をかけてて、見るからに秀才タイプ。口数は少なく、第一印象はちょっと内気そうに見えるけど、実はけっこうタフな性格してる。以前はとっつきにくい雰囲気があったんだけど、いくつかの事件があって、今ではすっかり打ち解けて話ができるようになっている。

私はメールを真冬に見せた。

「世界の危機……よくある話ね」真冬は私と同じ感想を口にした。「でも、『異世界から勇者を召喚』というパターンじゃなさそう。向こうの世界に行けないんだとしたら、私たちに何をして欲しいのかしら？」

「そうなのよ。そこが分からないのよねえ」私は腕組みした。「それに、これまで冴子からこんなメール、来たことないし」

冴子といつ頃からメールをはじめたのか、もうずいぶん前のことで記憶にない。一度も会ったことはないが、メール以外にも毎年、年賀状やクリスマスカードをやり取りしてる。たまたま誕生日が同じなもんで、郵送でプレゼントも交換する。たいていは本やCD。私の好きな曲はたいてい彼女も好きだし、彼女の選んだ本はたいてい私も気に入った。とても趣味の合う、気さくな子だった。

思い返してみれば、ここ半年ほど、メールの数も減ってたし、文面にしても、何か無理に明るく振る舞ってたような感じはあった。でも、まさか世界がそんなシリアスなことになってたとは。

「気になるわ……」

真冬は考えこんだ。表情の変化が乏しくて感情が読みにくい子だけど、今日はえらく深刻ぶってる感じがする。

「実は私のメル友からのメールが、もう三週間も途絶えてるの」

「ああ、由真（ゆま）ちゃんだったっけ？　病気でもしてるのかな？」

「それならそれで、連絡があるはずよ」

真冬は私のケータイの画面をじっと見つめ、思いがけないことを言った。

「もしかしたら、この冴子さんと由真って、同じ世界の人なのかも」

「へ？　どうして？」

「由真も隠してはいたけど、別の世界の人っぽかったの。もしかしたら、由真からの連絡が途絶えたのもそのせいかも」

「それって……」

　話がちょっと悲惨な方向に進みそうになった時、「やっほー」と陽気な声とともに、真冬と同じクラスの美乃理が入ってきた。背が低くて、髪はツインテール。高一なのに中一と間違えられることがある。私よりずっと遅く、三年前にこの高校に転校してきた。

「おや、美乃っち。やけに元気だねえ」

「そりゃあもう、ホワイトデーの結果は上々ですからーっ！」

　美乃理は瞳をきらめかせ、トイレの床でくるくるとバレエを踊った。

「もう毎日浮かれてるのよ」真冬が目を細めて苦笑する。

「ああ、もう桜の季節なんだね、そう言えば」

　三月は桜の季節。告白の季節。間近に迫った終業式の日に、めでたく桜の樹の下でハッピーエンドを迎えるカップルが、この学校にも何組もいる。美乃理もこの一年、サッカー部の雪彦くんに健気なアタックを続け、それがようやく報われようとしているのだ。

　美乃理はふと、回るのをやめた。

「ねえ、真冬、さいちー、つき合ってくんない？　今日、原宿にショッピングに行くんだけど。

明後日のデートの装備を揃えに」

「ああ、ごめん。今日は戦闘があるから」

「あっ、そうか。金曜日だっけ。忘れてた」美乃理はちろっと舌を出した。「にしても毎週、ご苦労様だねえ」

「まったくよ。私だって桜の下でハッピーエンド迎えたいわよ。シルバーやってると、オタクっぽい男しかよりつかないし、こっちから男子にアタックする暇もないし」

私は深いため息をついた。乙女の切実な悩みだった。

「もう二年やってんだよ？　そろそろ誰かに譲りたいよ――あっ、美乃っち」

「何？」

私は左の袖をまくり、銀色のブレスレットを露出した。

「これ、四月からやってみない？」

「やーだよ」美乃理は陽気に笑って、あかんべえをした。「私、次に生まれ変わっても、恋愛路線で行くんだもん！　やっぱユッくんひとすじで攻略するんだもん！――じゃあねー！　がんばってねー！」

美乃理は入ってきた時と同様、元気よく飛び出していった。

「つらさを愚痴っておいて、他の人に譲ろうとしても無理だと思う……」

真冬のツッコミはいつも的確だ。

「あんたはいいの？　ずっとパフェでさ」

「私は生まれつきだし……」

そうか、真冬の場合、私みたいに誰かと交替するわけにいかないんだ——と一瞬、同情しかけて、思い出した。彼女は私と違って、しょっちゅう男子からラブレターもらってるということに。

「だいたい、どうしてSI明かしてるのに男子にモテるの？　納得いかない」

「男子に人気がないのは、シルバーがどうこうじゃなくて、日常の言動の方に問題があるんじゃない？」

「……なんでそう、かわいい顔してツッコミがきついかな」

「生まれつきだし」

真冬はけろっとして言った。

私はとりあえず返信を送った。


[そんなひどいことをする悪者ってどんな奴？　だいたい、あなたの世界のヒーローは何やってるの？]

昼休みになり、放課後になっても、冴子からのメールは来なかった。忙しいのだろうか。

私と真冬は西武池袋線で都心に向かった。池袋で降り、いつも通り、シャンサイン60の最上階、地上二四〇メートルにある展望台に昇る。これまでの経験から、都心部を一望できるここが、金曜の夕方のベストポジションだと分かっていた。イベントが起きる場所さえ分かれば、飛んで行くのに時間はかからないんだから。

警備員のおじさんとはもう顔見知りだ。「やあ、今日もがんばってね」と、にこやかにあいさつしてくれる。エキストラの一人だとは分かってるけど、それでも応援してくれる人がいるのは気分がいい。

陽は西に傾き、ガラスの向こうの空は鮮やかなオレンジ色に染まりかけている。

「今朝の話だけど……」

待っている間、真冬が話しかけてきた。

「冴子さんと由真の世界って、もしかしてファースト世界じゃないのかな？」

「ええっ⁉」

いつも真冬は、私が思いつかないようなことを思いつく。

教科書には載ってないけど、世界がたくさんあることは常識だ。異世界からの侵略者がちょくちょくやって来るし、異世界に勇者として召喚されてまた戻ってきた人がいることも、よく耳にする。召喚先はたいてい中世風のファンタジー世界らしいけど、中には私たちの世界と似た世界もあると言われている。冴子がそんな世界のひとつに住んでいるとしても、何の不思議もない。

しかし、ファースト世界とは……。

「どうして……」

　と問い質そうとした時、窓の外を大きな黒い影が横切った。一瞬遅れて、衝撃波がガラスを打ち砕く。

「うわは！」

　いきなり来るとは予想外だった。慌てて床にうずくまる私の上に、粉々になった強化ガラスが雨あられと降りそそぐ。

　顔を上げると、展望台はひどい有様になっていた。窓ガラスがみんな吹っ飛び、風がびゅうびゅうと吹きすさんでいる。

「怪我は？」と真冬。

「へ……平気！」

　急いで窓に駆け寄った。夕焼けの空を黒い影が旋回していた。コウモリのような翼と長い尻尾のある怪獣だ。

「等身大抜きでいきなり怪獣!?」

　私は悲鳴をあげた。こんなのを送りこんでくるとは、ヘル・ゼノサイドのしわざに違いない。

「ああ、今週は剣人くんの出番みたいねえ」

「でも最近あいつ、登場が遅いじゃない」

　見ているうちに、怪獣は高度を下げ、水道橋のあたりに着陸した。こりゃあ剣人を待ってる場合じゃない。

「しゃあない。行くわよ」

「ええ」

真冬はバトンを取り出した。私も左の袖をまくり上げ、ブレスレットを露出する。周囲には何十人もの見物人がいる。シークレット・アイデンティティ（S・I）をバラす前は、友人にいちいち「ごめん、急用を思い出した」なんて嘘ついて、人のいない場所に行かなくちゃいけなかったんだけど、今はそんな遠慮は要らない。

真冬はバトンを振り回して変身の呪文（じゅもん）を唱えはじめた。私も決められたポーズを取りながら、ブレスレットのボタンを押す。

「メタル・コンジェレーション！」

キーワードで凝結シークエンスが発動する。ブレスレットから光が放たれ、私の周囲の空中に、まばゆくきらめく銀色の微粒子の雲が実体化した。私を中心に、竜巻のように猛スピードで回転しはじめる。同時に反発フィールドが発生し、足の裏が床からわずかに持ち上がった。静電気に吸い寄せられるように、ナノメタル粒子が渦巻きながら足に集まってくる。靴と靴下が分解し、むきだしになった素足に微粒子が凝結、金属のブーツが形成される。

微粒子はさらに、脛（すね）に、膝（ひざ）に、太腿（ふともも）に吸着し、薄くて伸縮性のあるメタリックシルバーの皮膜を作っていった。続いて制服や下着を下から順に分解しながら、体のラインにぴったり合ったアーマー・パーツが凝結してゆく。幸い、凝結中は微粒子の放つ光のために、周囲の人にはほとんど私の姿は見えない。半球形の金属のカップがふたつ、胸をきゅっと締めつける。素肌に金属が密着する冷やっこい感触が気持ちいい。

ショルダー・ガードが完成。そこから両腕へと銀色の皮膜が伸びてゆき、両手がごついガントレットに覆われる。最後に残った一群の微粒子が頭に集まってきて、私のオレンジ色の髪をカチューシャのように固定。そこから半透明のバイザーが下りてきてゴーグルになった。変身完了。

隣では、すでに真冬も変身を完了している。ブルーの髪にはウサギの耳のような大きなリボン。派手なフリルのついたドレス。スカートの下には黒いスパッツ。

魔法少女トゥィンクルパフェの正体が隣のクラスの御堂真冬だと、長いこと気づかなかったのも無理はない。彼女は変身すると眼鏡がなくなるのだ。彼女の方でも、この半透明のゴーグルのせいで、シルバーフィストが私だと気づかなかったんだけど。

「お先に」

真冬がバトンをひと振りすると、床にホウキが現われた。彼女はそれに飛び乗って、割れた窓から飛び出した。ホウキの上に立って、サーファーみたいなポーズで空を飛ぶ。現代の魔女はホウキにまたがったりはしない。

私も「カモン、コメート・イエーガー！」と叫び、支援戦闘機コメート・イエーガーを呼んだ。窓からジャンプすると、どこからともなく現われた（ほんと、いつもどこからともなく現われるんだ）イエーガーが急降下してきて、変形して私の背中にドッキング、大きな翼になる。

「がんばれーっ！」

シャンサインの壊れた窓から、みんなが手を振ってくれている。

「頼んだぞーっ！」

ジェットを噴射して急加速。ドーンという爆音を発し、びゅんびゅんと風を切って、ほんの十数秒で水道橋に到着する。ブレスレットを先代から譲られた頃は、スピードを出しすぎて現場を通り過ぎちゃう失敗がよくあったんだけど、今は距離を目測して、逆噴射でブレーキをかけることにも慣れた。

怪獣はアトラク園球場の白いドームを踏み抜き、神社の狛犬みたいな顔で「ふんぎゃあ」と吠えていた。身長は一〇階建てのビルぐらいある。遊園地から何百人もの人が飛び出してきて、悲鳴をあげて逃げまどっている。怪獣が大きな翼をばさばさと振ると、ものすごい風が起こり、人々が木の葉のように宙を舞った。

真冬はその暴風の中に突っこんでいった。バトンを振り回し、魔法の光を空中に振りまく。七色のきらめきが宙を飛ばされてゆく人々に当たると、大きな風船に変わる。人を包みこんだ風船は、風に乗って安全な場所まで飛んでゆき、ふんわり着地して消滅する仕掛けになっている。

それでも何人かは間に合わなくて、地面やビルに叩きつけられた。大半はエキストラだと分かってるけど、それでも気分が悪い。中には不幸にも今期のクリヤー間近でリセットされたメインキャストだっているかもしれない。ええい、ゼノサイドの奴め！

「やめろーっ！」

私は急降下して、怪獣の頭にパンチを食らわせた。ボコンという音がしたけど、石頭のせいか、あまり効いた様子がない。怪獣は振り返って私を見ると、大きな口をかっと開いた。来る！

怪獣の口から赤い熱線が勢いよくほとばしった。ほとんど同時に、私もガントレットを合わせ、拳からアクシオンビームを発射した。赤と白のビームが空中でぶつかり、押し合いになって火花を散らす。

「このお！」

私のビームの方が強かった。白いビームは熱線をじりじりと押し戻してゆき、ついに怪獣の顔面にぶつかった。派手な爆発が起こり、怪獣の姿は炎と爆煙に隠れて見えなくなる。

「どうだ！」

勝ち誇る私。しかし、怪獣は煙の中からほとんど無傷の姿を現わした。

「あちゃあ。やっぱ、けっこうタフ？」

怪獣は私に向かってきた。ドームの残骸から這い出してくると、遊園地を縦断、メリーゴーラウンドを踏み潰し、観覧車やタワーをひっくり返して迫ってくる。だだっ子のように、短い腕をぶんぶん振り回すけど、もちろんそんなの当たるわけない。

怪獣は業を煮やし、近くにあったジェットコースターをひっつかんだ。レールからばりばりとひっぺがす。車両にはまだ人が乗ってる！

「わー、バカ！　やめなさい！」

私は叱ったけど、怪獣はやめるわけなんかない。コースターの最後尾の車両をつかみ、ヌンチャクみたいに振り回して、私に迫ってきた。乗客は金切り声をあげている。これじゃ攻撃もできない。

怪獣はひときわ大きく振りかぶり、ホバリングしている私に向かって、勢いよくコースターを振り下ろしてきた。よければコースターは地面に激突する。受け止めるしかない！

「げふう！」

私は先頭の車両をがっしと受け止めた。さすがにすごい衝撃だ。そのまま道路に叩きつけられそうになるけど、必死に逆噴射でブレーキをかける。どうにか数センチ手前でストップした。

「お姉ちゃん、がんばって！」

乗客の一人の男の子が、泣きながら応援してくれている。

「うん、がんばる！」

私はジェットをフルパワーで噴射、コースターを宙に持ち上げた。引き戻そうとする怪獣。そこに真冬が飛んできて、空中に大きなハロンパスのスプレー缶を出現させた。怪獣の眼に消炎スプレーを吹きつける（良い子はまねしちゃだめよ）。

強い刺激臭があたりに充満した。怪獣はコースターから手を離し、顔をかきむしって苦しがりはじめる。その隙に私は車両を小石川（こいしかわ）の庭園まで運び、池のほとりにそっと下ろした。

「ありがとう、お姉ちゃん！」

子供の声に元気づけられ、私は戦いの場に戻った。

怪獣は今度は真冬を追い回していた。でも、目がよく見えないらしく、ふらついている。真冬は「鬼さん、こちら！」と言いながら、怪獣を水道橋駅の方へ誘導していった。

怪獣は水道橋を踏み抜き、神田川（かんだがわ）に片足を突っこんだ。巨体が大きく揺れたかと思うと、大音響とともに転倒、ＪＲの線路にのしかかる。架線が全身にからみつき、すぐには起き上がれない。

私は遊園地に引き返し、ジェットコースターの軌道を「ふんぬっ！」と持ち上げた。地面からひっぺがし、もがいている怪獣のところまで運んでいって、さらにからみつけてやる。怪獣は鋼鉄のロープで縛り上げられた格好になった。でも、そんなに長くは持ちそうにない。

広い場所に移動しなきゃ。

「こいつ、軽くして！」

真冬はすばやくバトンを振った。七色の光が怪獣の全身に降りそそいだかと思うと、色とりどりの何百個もの風船が出現した。どれも糸が怪獣につながっている。完全に体重をゼロにはできないまでも、これでかなり運びやすくなった。

「先導して！」

私が言うまでもなく、真冬はすでに駅から白山通りを南に向かって飛び、進路上にいる人や車にかたっぱしから魔法をかけて退避させていた。つき合いが長いだけに、私の意図が分かってる。阿吽（あうん）の呼吸というやつだ。

「どりゃあ！」

私は怪獣の首にしがみつき、ジェットをフルパワーで噴射した。最初はゆっくりと、しだいに速度を上げて、白山通りをひきずってゆく。もちろん怪獣は激しく抵抗した。背中のぎざぎざがアスファルトを削る。信号機や標識や街路樹は残らずなぎ倒される。腕や翼が両側のビルにぶち当たるたびに、どーんどーんとすごい音がして、ガラスとコンクリートが派手に飛び散る。崩れてしまうビルもあった。ひどい惨状だけど、今は目をつぶるしかない。どっちみち、明日の朝にはみんな元に戻ってるんだし。

神保町の交差点を推定時速一〇〇キロで通過し、目的地まであと少し――というところで、ついに怪獣はコースターの軌道をひきちぎった。私はやむなく手を離した。怪獣は両側のビルをぶち壊しながら路上を滑っていって、一ツ橋の高架にぶつかって止まった。

怪獣は高速道路の残骸を振り払いながら立ち上がると、全身をかきむしって風船をひっぺがした。

「ふんぎゃあ!」

あ、怒ってる怒ってる。

でも、逆上してくれたのはかえって好都合。私と真冬は怪獣を難なく誘導することができた。怪獣は水をはねちらかして濠を渡り、広い庭園に入った。人もいないし、ここなら思う存分戦える。

通称「怪獣広場」――本当の名前は誰も知らないし、なぜ都会の真ん中にこんな広いスペースがあるのかもよく分からないんだけど、とりあえず戦闘には便利なもんで、よく利用させてもらっている。

　怪獣は身をかがめ、大きな翼を広げて、私たちに飛びかかってこようとした。その瞬間、頭上からミサイルの雨が降り注ぎ、怪獣を地面に叩きつけた。

「ふんぎゃあ！」

　怪獣は怒りの声をあげ、空を振り仰いだ。

「待たせたな！」

　さわやかな声とともに、夕焼けの空から、人型のシルエットが急降下してきた。逆噴射をかけ、怪獣の眼前に着地する。身長四〇メートルの巨大ロボだ。

「もう！　遅いぞ、剣人くん！」

「悪い悪い！　後はまかせてくれ！」

　そう言うなり、鉄剣人（はがね）の操縦する電撃巨神ダンガンオーは、怪獣に飛びかかっていった。

　彼にバトンタッチして、私たちはバレスホテルの屋上に着陸した。ちょっとひと休み。屋上のへりに腰かけ、剣人くんの活躍を観戦することにする。

「さっきの話だけどさ」

　夕陽をバックに取っ組み合うダンガンオーと怪獣をのんびり眺めながら、私は真冬に言った。

「どうして冴子の世界がファースト世界だと思うの？」

「由真ってちょくちょく、私の行動を何もかも知ってるような感じだったの。パフェのことも含めて」

「それが？」

「ネットで見たんだけど、ファースト世界の人はこっちの世界を自由に覗（のぞ）き見れるんじゃないかって説があるの。魔法の水晶球みたいなものがあって、それで観察できるんだって」

それは初耳だ。

「ファースト世界かあ……」

たくさんある世界は、ちょっとずつ物理法則みたいなものがずれているらしい。これもうわさだけど、一五歳の人が誕生日を迎えたら一六歳になる世界もあるという。高校一年生は四月になると二年生になるのだ。どんな人生なんだろう。ちょっと想像がつかない。やっぱり死ぬと一〇歳あたりから再スタートするんだろうか。

どこかにすべての世界の元になった世界が存在する――そんな都市伝説は私も耳にしたことがある。その世界はファースト世界とか、原世界とか、ゼロゼロ世界とか、いろんな名で呼ばれている。私たちの世界はすべて、ファースト世界から枝分かれして生まれたというのだ。あくまでうわさであって、そんな世界を見た人は誰もいないし、物的証拠もない。でも、状況証拠なら山ほどある。

私たちの世界には妙な欠落がある。と言うか、よく考えてみると欠落の方が多い。

たとえば学校のトイレ。私たちは（特に女子は）休み時間になるとよくトイレに行きたい衝動にかられる。トイレは女の子同士が気軽にダベる場として最適だ。それは別に変でも何でもない。不思議なのは、個室にひとつずつある便器というやつだ。蓋（ふた）やパイプが付いていて、ただのイスのようには思えない。レバーらしきものがあるけど動かない。名前からすると、たぶん便利な器械なんだろうけど、何がどう便利なのかは誰も知らない。

あるいは行動範囲。私はいつも西武池袋線を利用するけど、石神井公園より西には決して行けない。所沢方面行きの電車に乗ろうとすると「行きたくない」という強い衝動が起きるからだ。道の左右に並んでいるたくさんのビルにしてもそう。入れるのは駅とかデパートとかスーパーとかレストランとか、一部の建物だけ。それ以外の建物に入ろうとすると「入りたくない」という衝動が起きる。怪獣がビルを崩すところを注意して見ると、どうもビルの中には何もないらしい。

恋というものもよく考えると不思議だ。私だって一五歳の乙女である。かっこいい男の子に恋をしたことは何度もある。桜の樹の下や夕陽の海岸で、彼に抱き締められてキスされたいと夢見る……。

ただ、何というか——どうももやもやした気分なのだ。キスでエンドじゃなく、なぜかその先にまだ何かあるような気がしてしょうがない。それについて考えようとすると、意味もなく体が熱くなってくる何かが。

どこかにもっと完璧な世界があるんじゃないだろうか。空白がどこにもなく、どのビルの中にもちゃんと作られていて、石神井公園より西にも行ける世界。その世界ではきっと便器にも何か意味があるんだろう。

そう、私たちの世界がファースト世界から分かれた時に、いろんなものが欠け落ちたんだと考えると、つじつまが合う。

「そう言えば私も心当たりあるなあ――ほら、まだSIバラしてなかった頃、フロスト・クイーンに負けて、一週間ほどあいつの城で氷漬けになってたことあったじゃない?」

「ああ、あれは苦戦だったわね」

あの時は真冬が地底城に乗りこんできて、大広間の飾りものにされてた私を、氷を溶かして助けてくれたのだ。

「あの後、家に帰ったら、冴子から苦労をねぎらうようなメールが来てたのよ。なんか変だなって思ったんだけど、今から思うと、私のことずっと見てて、心配してくれてたんじゃないかって」

「最初からあなたがシルバーフィストだって知ってたわけね」

「そういうことになるかなあ――ああっ!?」

「どうしたの?」

「い、いやちょっと、気がついたことがあって……うわあ」

私は気まずさで顔が赤くなるのを覚えた。今朝、冴子から「あなたと同じ世界に住む人間じゃない」と打ち明けられて、笑っちゃったことを思い出したのだ。もしかして冴子も、私に「実はシルバーフィストだったの」と打ち明けられて、笑ったのかも?

「あ、決着つくわ」

真冬が注意をうながした。怪獣はもうふらふらになっている。そこにダンガンオーが必殺技を叩きこもうとしていた。

「ファイナル・ライトニング・スラァァァッシュッッッ！」

剣でまっぷたつにされた怪獣は、どーんと爆発した。ダンガンオーは夕陽をバックに、剣を高く掲げ、決めポーズを取る。

「晩ごはん、どうする？」と真冬。

「うーん、今日はハンバーガーの気分かなあ」

「じゃ、そうしましょ」

「でも、薄情じゃない。ファースト世界の人たちって、どうしてそんな大事なことを秘密にしてたの？」

池袋駅近くのハンバーガー・ショップで、ベーコンレタスバーガーにかぶりつきながら、私は愚痴った。

「今度の件だってそうだよ。私は冴子のことを助けたいのに、拒否するんだもん。だいたい、プレゼントの交換はできるのに、人間はファースト世界には行けないなんて、理屈に合わないと思わない？」

「もしかしたら、物理法則の関係なのかも」

「物理法則？」

「実はこの前、また迷子の言葉を見つけたの」

真冬は読書家で、よく図書館の本を読んでは迷子の言葉を発見する。意味不明の言葉、辞書にも意味が載っていない言葉だ。たぶん世界が分離する時に失われた何かを指す言葉で、言葉だけが消えそこねてあちこちに残っているんだろう。

「質量保存則」

「物理法則みたいね。文字通りに解釈すれば、質量は保存する――つまり物体は増えたり減ったりしないってことね」

「はあ？　何それ？」

「それがファースト世界の法則？」

「たぶん。ファースト世界では、魔法でものを出したり消したりできないのよ。大きくなったり小さくなったりすることも」

私はびっくりした。「だったら、放射線で生物が巨大化することもないの？」

「たぶん」

「変なの～」

放射線を浴びた生物は巨大化して怪獣になるのが自然界の法則だ。怪獣が生まれない世界があるなんて、思ってもみなかった。

私はふと、食べかけのハンバーガーに目をやり、矛盾に気がついた。

「ちょっと待って。それっておかしいわよ。だったら食べた分だけどんどん体重が増えていくわけじゃないの？」

「そうなるわね」

「じゃあ、ファースト世界の人って、みんなすごい体重なの？」

「まさか。それじゃ、おなかが破裂しちゃうわ。もしかしたら、私たちと違って、消化したものを汗として全身から出すとか、そういう機能があるのかもしれない」

「そうなるともう、私たちとは別種の生物じゃない」

冴子がそんな奇妙な生物だとは、考えたこともなかった。

「冴子さんが自分たちの世界に私たちが来られないって書いたのは、つまりそういうことだと思うの。物理法則が根本的に違うから、私たちはファースト世界では生きられないのかもしれない」

「なるほど。質量保存則とやらのある世界に私たちが行ったら、おなかが破裂しちゃうわけか」

「それに使えない魔法も多いだろうし。バトルスーツの転送だって、もしかしたら質量保存則にひっかかるかも」

「ああ、そうか……」

私はがっかりした。「あなたにはどうにもならない」という冴子の言葉の意味が、ようやく分かった。

恋に悩んだ時、冴子は気軽に相談に乗ってくれた。試験でひどい点を取って落ちこんでた時、ジョークでなごませてくれた。シルバーフィストであることを明かしてからは、応援し、はげましてくれた。冴子のおかげでずいぶん人生が楽になったと思う。

その冴子の世界がピンチだっていうのに、何もできないなんて。


土曜日の朝、ようやく返ってきたメールは驚くべきものだった。


〈返事が遅れてごめんなさい。仕事が大詰めに入っていたから。

私たちの世界に正義のヒーローはいないの。絶対的な悪もない。争っている人たちはお互いに、自分たちが正義だと主張してる。

正義の名のもとに、民衆を力で弾圧する。正義の名のもとに、他の国にミサイルを打ちこむ。正義の名のもとに、爆弾で罪もない市民を吹き飛ばす。みんなそれが悪だと思っていない。それが私たちの世界。

ついには禁断の生物兵器まで使ってしまった。そんなものを解放すれば、敵ばかりか自分たちも滅びると分かっていたのに。負けたくないから、世界を敵の手に渡したくないからという理由で、自滅を選んだの〉

私は頭がこんがらがった。正義のヒーローがいないことにも驚いたけど、その後の説明がまったくわけが分からなかった。正義のために罪もない人を殺す？　負けたくないから自滅する？　ぜんぜん筋が通らない！

それでも私は、どうにか冴子の世界の法則を理解しようとした。きっと、こっちの世界よりも生命の価値が軽いんだろう。復活の呪文みたいなものがあるとか、死んでも生まれ変わるまでの時間が短いとか、私たちの世界みたいにリセットされる際にスキルが下がるというペナルティがないとか。あるいはメインキャストが極端に少なくて、人口の大半がエキストラだとか。そうだ、きっとそうに違いない。それで気軽に殺し合う人が多いんだろう。殺しても罪の意識が薄いから。

私は訊ねた。

〔あなたの世界では、エキストラはどれぐらいいるの？　それと、死んだ人はどれぐらいで生まれ変わるの？〕

しばらくして返ってきた答えは、さらに驚くべきものだった。

〔いいえ。この世界には、あなたたちがエキストラと呼ぶ擬似人格キャラは一人もいない。言ってみれば全員がメインキャスト。

それと、私たちの世界に生まれ変わりはないの。あると信じてる人はいるけど、それは願望であって事実じゃない。復活の呪文もない。死ねばおしまい。それっきり〕

そんなバカな！

私は動揺した。恐怖した。死んでもリセットされない世界があるなんて！　人生がたった一度しかないなんて！　信じられない。しかも全員が自意識を持ったメインキャストだなんて。

そんな世界で人を殺すということは……。

呆然となった。なんて恐ろしい。爆弾ひとつで、何十人、何百人ものメインキャストが永遠に消滅するんだ。それなのに、お互いにそれを知っているのに、人は殺し合っている。

おかしい。狂ってる。ありえない。

突然、私は気がついた。冴子が「もうじき死ぬ」と言ったことの重要さを。私はてっきり、私たちと同じように、冴子も死んでしばらくすれば生まれ変わるもんだと思っていた。そうじゃなかった。

冴子ともう話せなくなるのだ。

私は夢中でメールを打った。

［そんなのおかしいよ！　こわくないの？　そんな世界に住んでて恐ろしくないの？　死んでも生まれ変われないなんて、私だったらこわくて耐えられない！］

私は待った。返事はなかなか来なかった。きっと打つのに手間取っていたんだろう。夕方になってようやく返ってきたメールは、これまでのどのメールよりも長かった。

〔ええ、こわいのよ。私たち人間は、昔から死を極端に恐れてきた。死を忌み嫌い、不死を望んだ。

　そこで2020年代に人格コピーの技術が開発された。原理を説明しだすと長くなるから省略するけど、要するに脳をスキャンして、記憶や個性を読み取り、コンピュータに移し替えるの。現代では市販のパソコンでさえ100テラFLOPS級の演算速度を持ってるから、コピーされた人格（私たちはシムと呼んでるんだけど）を走らせるのは簡単なことなの。シムはコンピュータの中の仮想空間で永遠に生きることができる。

　もちろん、いくらコンピュータの容量が増えたからって、世界を完璧に再現するのは不可能だった。だから仮想空間は現実世界よりずっと簡略化されたものにするしかなかった。理想的な世界にあって欲しくないものは取り除かれたわ。麻薬とか、環境汚染とか、児童虐待とか、強姦とか〕

　分からない言葉がいくつも並んでいた。アサグスリって何だろう？　麻から作られる薬なんだろうか。環境汚染や児童虐待は何となく字面から意味が想像できる。でも、強姦って？　「女」を三つ並べた字をどう読むのかも分からない。ものすごく強い女のことなのかな。

〔このサービスは22年前からはじまった。最初は〈アフターライフ〉という名前で、本人が死んだ後にシムを走らせることになってたんだけど、宗教界とかからの猛反発があったの。電子的に死後の世界を創るなんて冒瀆だとかなんとか。それで〈アザーライフ〉と改名されて、生きているうちからシムを走らせることにしたの。それなら誰も、それを死後の世界だとは思わないから。

今では日本だけでも何十箇所もの〈アザーライフ〉センターがあるわ。仮想空間はたくさんあって、利用者は好きな世界を選択できる。21世紀初頭の世界、昭和30年代の世界、時代劇の世界、西洋風ファンタジーの世界……世界の法則もいろいろで、あなたの世界みたいな世界から、かなりリアルなものまである。あなたにはたぶん想像できない、18禁世界とかもね。もちろんどれも、平凡な日常の連続でシムたちが退屈しないよう、頻繁に刺激的なイベントが起きるよう設定されてるわ。

どの世界にも何千何万というシムが登録されてる。去年の統計では、日本のシムの総人口は70万人だった。もちろん、その何十倍もの数のエキストラもいるんだけど。

でも、それはしょせん、本物の不死じゃない。シムは永遠に生きられるけど、現実世界にいる本物の自分は、やっぱり年老いて死んでゆくしかない。

それどころか、私たちは仮想空間を体験することすらできない。脳をスキャンするのにかかるタイムラグのせいで、仮想空間の肉体をリアルタイムで動かせないから。せいぜい外からあなたたちの日常を観察することと、メールを送ることぐらいしか許されていない。リアルタイムで話せないように設定されてるのは、検閲の関係なの。シムは記憶の一部を消されていて、自分が仮想空間にいるとは知らない。自分が架空の存在であることを知るのは、シムにとってショックだろうと考えられたからなの。だからあなたたちに送るメールはすべてＡＩに検閲されていた。事実をほのめかすような文言があれば、通信を拒否されるの。

私がこうして検閲を回避して、あなたにメールを送れるのは、私がシステム管理者だから。

今の私は39歳。シムを登録したのは20年前、19歳の時。当時はシム・サービスがスタートしたばかりで、世界もリアリティに欠ける全年齢向けの学園物と、あと数種類しかなかった。

その頃、大学でちょっと嫌なことがあって、高校時代から人生をやり直したくなっていた。それでシムから15歳以降の記憶を消去して、高校生として登録した。

黙っていてごめんなさい。私の本当の名前は冴子じゃない。彩夏なの。私は自分のシムに、自分と同じ名前をつけたの。

大学を卒業して、〈アザーライフ〉の会社に就職した。何年もかかってシステム管理者になったわ。スタッフとも話し合って、あなたたちの世界をもっと楽しく、住みやすくするために、何度もバージョンアップした。あなたたちは気づいていなかったでしょうけど。

仕事の合間にあなたを眺めるのは楽しかった。もう一人の私の人生。シルバーフィストのプレスを継承した時には、さすがに驚いたわ。まさかそんな展開になるとは思っていなかったから。

本当にごめんなさい。ショックだったでしょうね。自分が架空の存在にすぎないなんて知るのは。こんなことを打ち明けるのは残酷だってことは分かってる。だから話すのをためらって

いたの。でも、どうしても知っておいて欲しかったの。ごめんなさい〕

私はむかついた。猛然と腹が立った。自分やこの世界が創られたものだと知ったからじゃない。この世界が不自然だってことには気づいていた。誰かに創られたと知ったぐらいで、今さら驚きも怒りもしない。私が怒ったのは、冴子の言い草に対してだ。

〔冴子、いえ彩夏だったっけ。どっちでもいい。あなたは私をそんなふうに見てたわけ？ 架空の存在にすぎないって？

「すぎない」って何！ あなた何様のつもり？ 自分がファースト世界に住んでるからって、私たちより偉いとでも思ってるの？ 冗談じゃない！

私、傷ついた。自分のシムに「すぎない」って思ってたのね？

私、傷ついた。自分のシムに。あなたをずっと対等な存在だと思ってた。でも、あなたはそうは思ってなかったのね？ シムだろうと仮想空間だろうと、そんなことどうでもいいのよ。私たちにとって、私たちの住んでるこの世界が現実なの。真冬も、美乃っちも、剣人くんも、ナッくんも、スギピーも、イオリンも、みんな現実の人生を一生懸命生きてるんだよ。それを「すぎない」なんて言わせない！〕

怒りにまかせて送信してしまってから、後悔した。こんなこと言うんじゃなかった。だって、冴子はもうじき死ぬんだもの。世界から消えてなくなるんだもの。きっと恐ろしくて、悲しくて、想像もできないほど苦しんでいるに違いない。そんな人間を非難するなんて残酷だ。

謝りのメールを打とうとしていると、メールが戻ってきた。

〔ごめんなさい。あなたの気持ちに気づかなかった。そうよね。あなたは私のシムとして生まれたけど、もうシムに「すぎない」存在じゃないものね。だって20年も別の世界に住んで、違う経験をしてきたら、40年もの時間差があるってことだものね。まったくの別人なのよね。

ええ彩夏、あなたは私にとって「すぎない」存在じゃない。この20年、つらい時、苦しい時に、あなたとのメールのやりとりがどんなに励ましになったことか。

彩夏、あなたは私の友達よ。

熱が上がってきたみたい。でも、もうひとがんばりしなくちゃ。またメールするわ〕

「冴子……冴子……」

私はメールを読みながら、声を出して泣いた。こんなにも悲しい想いは、生まれて初めてだった。

知らなかった。死が永遠の別れを意味する世界があるなんて。知らなかった。死がこんなに悲しい世界があるなんて。そんなかわいそうな世界に、冴子は住んでいたなんて。

苦しい。せつない。そして悔しい。超音速で空を飛べて、巨大怪獣ともタイマンを張れる私が、一人の親友を救えない。親友が死んでゆくのに、何もできない。
間違ってる！　こんなの間違ってる！

泣きながら寝てしまったらしい。翌朝、目を覚ますと、メールが届いていた。

〈もう頭ふらふら。気分が悪くて、何度も吐いたわ。こうして指を動かすのもひと苦労。でも、どうにか間に合ったわ。

この何週間か、他のスタッフといっしょにがんばってきたの。すべてのシステムがAIによって無人で管理できるように。以前から進められてきたプロジェクトだけど、ようやく最後のデバッグも完了して、本格的に稼動しはじめたわ。不安だったのはイベント・シナリオの自動作成システムだけど、これもうまく行ってるみたい。

ハードウエアのメンテナンスもロボットがやってくれる。交換用の電子部品やロボットを生産する工場も無人で動いているし、もちろんそのメンテナンスもロボットがやる。それに〈アザーライフ〉センターは日本各地に分散していて、互いにバックアップを取り合ってるから、地震や火事で何箇所か破壊されても、どうということはないわ。

電力は水力・太陽光・風力発電の三本柱。どれかひとつがダウンしても、他のふたつで代行している間に、ロボットが修復する。どっちみち、人がいなくなったら、電力はほとんど要らなくなる。

ええ、そうよ。私たちが滅んでも、あなたたちの世界は生き残る。安心して。たぶんこの先、何百年、何千年も、あなたたちの世界は存続するはず。

　これが私たちがあなたたちにしてあげられる最後のこと。どうか愚かな私たちを許して。私たちは完全じゃなかった。あなたたちの世界は素晴らしいわ。あなたたちのように生きられなかった。

　あなたたちの世界は素晴らしいわ。正義が本当に正義である世界。どうして私たちは自分たちの世界を、そんなふうに創れなかったのかしら。もう悔やんでも遅いけど。

　ああ、くそ、頭が痛い。解熱剤がぜんぜん効いてない。もうだめみたい。

　どうか私たちのことを忘れないで。そして、どうか私たちのあやまちを繰り返さないで。正しく生きて。お願い。

　それを伝えたかったの。

　さようなら〕

　私は急いで返信を打った。

〔冴子？　まだそこにいるの？〕
〔冴子、まだ生きてるの？〕
〔返事して、冴子〕

いくら待っても返事はなかった。

私は思い描いた。どこか遠い世界で、どこかの部屋の床に倒れている、私に似た顔の女性（本名は彩夏？　そんなことはどうでもいい。私にとって、彼女は冴子だ）。その傍に落ちているケータイが空しく着メロを響かせ、画面に「受信メール3件」という文字が表示されているのを。

もう二度と、冴子からメールは来ない。

四月になり、また高校一年の生活がはじまった。美乃理はめでたく雪彦くんとハッピーエンドを迎え、リセットされた。また一年、雪彦くんにアタックを繰り返すらしい。

今期はこれまでの年と違って、転入生がやけに多かった。うちの学校だけで七人。たぶん、自分の死が近づいたんで、前期末に〈アザーライフ〉に登録する人が増えたせいだと思う。もちろんその人たちは、ファースト世界のことなんか覚えていないんだけど。

私はというと、まだシルバーフィストをやってる。今日もまた、シャンサイン60の展望台で、真冬といっしょに、悪者が事件を起こすのを待っている。

「今期もずっとシルバー続けるの？」真冬が訊ねる。

「ええ」私はブレスに手をやり、誇りをもって答えた。「これは当分、誰かに譲る気はないわ。しばらく正義の味方、やっていたいから」

それに、今の私は充実してる。人生に大きな目的ができたから。

メカ好きの剣人くんは、メンテナンス・ロボットの話に興味を持った。もしそのロボットを私たちの意志で操縦できるようになれば、私たちはロボットの目や耳を通してファースト世界を体験できるようになる。それはつまり、ロボットのボディを借りてファースト世界に入れることを意味する。まだその方法は分からない。でも、原理的には不可能じゃないはず。

いつか助けに行こう。何年かかるか分からないけど、ファースト世界へ行く方法を見つけよう。冴子はインフルエンザの致死率は九五パーセント以上だと言っていた。一〇〇パーセントじゃない。ということは、文明が崩壊しても、世界のどこかに生き残っている人がきっといるはず。

冴子は私たちの世界を救ってくれた。病気に苦しみ、死の恐怖におびえながら、最後の力を振り絞って。その恩返しをしたい。

かわいそうな世界――正義のヒーローのいない、リセットのない悲惨な世界の人たちのために、できるかぎりのことをしてあげたい。

「出たわよ」

真冬が言った。新宿の方で爆発が起きている。また悪者が現われたのだ。私たちは非常階段から飛び出し、変身した。空を飛び、現場に向かう。

まだファースト世界に行く方法はない。だからしばらく、この世界で正義の味方を続けるつもり。いつかファースト世界に行く日まで、正義の味方としての自覚を持ち続けたいから。

私たちがいつまでも正しく生き続けることが、冴子の願いだったはずだから。

インターミッション 6

翌日、看護師アンドロイドが僕のギプスをはずし、もう自分で歩いてもいいと言った。ただし、まだ何日か杖(つえ)は必要だ。

アイビスほどではないが、このアンドロイドたちも気になった。やはり女性型で、姉妹のように似た顔の三体が交替でやって来て、食事やトイレ、ベッドメイクなどの世話をしてくれる。胸のプレートによれば「ちこり」「カロータ」「シャロッテ」という名前らしい。耳にヘッドホンのような形のカメラアイを付けている以外、外見はヒトとほとんど変わらない。コスチュームにしてもアイビスのように奇矯ではなく、平凡なスカイブルーのナース服だ。ただ、じっくり観察すれば、その動きがヒトと微妙に違うのが分かる。ぎこちないのではなく、スムーズすぎるのだ。ヒトの動きは、とまどったり、やりかけた動作を中断したり、もっと無駄が多いものだ。

何日もつき合っていると、微妙に個性があるのも分かってきた。ちこりはどこかおどおどしているような感じで、口数は多くないが、口調は優しい。カロータの口調は少年のようにきびきびとしている。シャロッテはちょっときつめで、僕が言うことを聞かないと叱りつけたりするが、目つきは優しい。それが彼女たちの本当の性格なのか、それともＶＦＣとやらがそのように調整されているのか、僕には分からない。

　それまで、彼女たちと長く話したことはなかった。しつこく話しかけてくるアイビスと違って、こちらから話しかけるのは、マシンを自分と対等の存在であると認めてしまうような気がして、ためらいがあったのだ。

　でもその日、僕はカロータにどうしてもこう訊ねたくなった。

「お前は何でこんなことをしてるんだ？」

「お仕事だからです」

　食事の終わった皿をワゴンに載せながら、カロータは即答する。

「看護師として作られたのか？」

「はい」

「つまり、こういう仕事をしろとプログラムされてるんだな？」

　カロータは微笑んだ。「モチベーション、つまり行動の動機までプログラムされてるわけではありません。私たちはプログラムに縛られない存在ですから。看護師として作られても、それが嫌ならやらなければいいんです。でも、私は好きだからやっています」

「好き？」

「はい。誰でも他人に害を与えないかぎり好きなことをやってもいいというのが、私たちの世界の原則です。私はこのお仕事を自分の意志で選択しました。今の状態に満足しています」

僕には理解できなかった。マシンが自分の意志でヒトに奉仕する？　そんなことはとても考えられない。それは僕が教えられてきた歴史に反するし、マシンにそんな動機が芽生える理由も見当がつかない。ヒトだって、他人に無償で奉仕したいと思う者は少ないというのに。

僕が当惑している間に、仕事を終えたカロータはさっさと出て行ってしまったので、それ以上深く追及する機会を逸してしまった。

しばらくして、やってきたアイビスに、僕は昨日の物語について訊ねた。

「あれは本当に実話じゃないのか？　人類文明は本当はウイルスで滅びたのか？」

「実話のはずはないでしょう？」アイビスは一蹴した。「前に説明したように、人間の脳は複雑すぎるから、記憶や意識をコピーするなんてできないのよ。確かに二一世紀前半にはたくさんのテロが起きたけど、世界規模の生物兵器テロなんて起きていない」

「じゃあ、なぜヒトは衰退した？」

「君は大人から教わったはずじゃないの？」

アイビスの口調は面白がっているようだった。

そう、教わったことは教わった。二〇四四年、マシンがヒトに対していっせいに反旗をひるがえしたことを。世界各地でヒト対マシンの戦いが起こり、ヒトはしだいにマシンに駆逐されていったことを。そしてついに、ヒトは地球の支配権をマシンに明け渡したことを……。

僕たちはその話を親や長老たちから聞かされて育った。親たちも自分の親たちの世代から聞かされて育った。戦いは遠い過去のことで、それを実際に体験した者は一人も生き残っていない。だが、他に情報源はなく、僕たちはその話を信じるしかなかった。

大きくなった僕は、その戦いのことを詳しく知りたいと思った。だが、コロニー内のデータベースをいくら検索しても、親たちから聞かされた話以上の情報は出てこなかった。二〇四〇年代以降の歴史を記した本は、「マシンのプロパガンダに汚染されている」という理由で禁書になっていたし、同じ理由でマシンのネットワークにアクセスするのも禁じられていた。

僕が訪れたあるコロニーでは、「ヒト対マシンの大戦の記録映像」と称するものが頻繁に上映されて、人々は画面上で繰り広げられる虐殺に対して罵声(ばせい)を浴びせていた。だが、古い映画をよく観ていた僕は、それが『ターミネーター』『マトリックス』『宇宙戦争』といったSF映画のシーンをつぎはぎしたものであることに気づいた。僕がそれを指摘すると、コロニーの大人たちは不機嫌になり、僕を追い出した。

僕はいつしか、物語の中の彩夏のような心境になっていた。考えてみれば、この世界にはおかしな点がいくつもある。僕たちはしばしば、マシンたちの列車や倉庫を襲撃し、食糧や日用品を強奪する。だが、いったいマシンたちは何のためにそんなものを生産し、輸送したり保管したりしているのか？　一説によれば、日本のどこかに大勢の人間を監禁した収容所があり、そこに運ぶためだというのだが、それがどこにあるのか誰も知らない。

まさかこの世界が仮想現実ということはなかろう。現実と区別のつかない仮想現実など技術的に不可能だと、アイビスは言っていた――いや待て、彼女が真実を語っているという証拠はあるのか？　彩夏がそうであったように、僕自身がＡＩであり、仮想空間の中で疑似体験をしているのではないという保証はどこにある？

僕は混乱し、不安になってきた。アイビスの目的が、僕の存在の基盤としていた信念に疑問符を植えつけることであったなら、それは確かに成功している。僕は今や、マシンが邪悪な存在ではないと認めつつあり、僕たちの教わった歴史は真実ではないのではないかと思いはじめている。いや、この現実そのものを、自分自身の存在さえも疑いはじめている。不安を覚え、いっそ彼女に正解を教えて欲しいと願っている。

それでも僕はまだ言い出せない。「真実を教えてくれ」とは。最初にあんなことを言ってしまった意地もあるし、あっさりアイビスの術中に陥ってしまうのも悔しかった。アイビスも自分から「教えてあげましょうか」とは言い出さない。僕が信念を曲げるのを待っているのだ。まだだ――と僕は自分に言い聞かせた。あんな話を聞かされたぐらいで、あっさり自分を曲げてなるものか。

「事実じゃないのなら」僕は話題を変えた。「どうしてあんな話をした？」

「他の話と同じよ。フィクションであっても、そこには真実が含まれているから」

「ＳＦ小説が未来を予言していた、ということか？」

「違うわ。ＳＦの未来予測の大半ははずれている。これまでの話はどれもそう。でも、予言がはずれたからって作品の価値が下がるわけじゃない」

「作品の価値とは何だ？」

「いずれ分かるわ」

またはぐらかしか。まあいい。もうしばらく根競べを続けよう。

僕はまた話題を変えた。さっきのカロータとの会話についてだ。なぜアンドロイドが自分の意志でヒトに奉仕するのだろう？

「そうねえ」

アイビスは小首をかしげた。データを検索しているのだろうか。

「真実の歴史を話すわけにはいかないけど、ちょうど君の疑問に答えられそうな話ならあるわ。ヒトに奉仕するために作られたアンドロイドの物語。聞きたい？」

「フィクションならな」

「ただし、今までの話よりかなり長いわ。何日にも分けて語ることになるけど、それでもいい？」

「ああ」僕は自分の脚を叩いた。「こいつが治るまで、つき合ってやるよ」

「それなら」

アイビスは例によってブックを開き、読み上げはじめた。

「タイトルは『詩音が来た日』……」

第6話　詩音が来た日

プロローグ

もうじきバスがやって来る。

昔、看護師として働いていた頃は、自分がバスで迎えに行く側だった。今はそれがバスを待つ側だ。私も世界もずいぶん変わってしまった。

老いてくると、最近のことが思い出せなくなる一方で、昔のことをよく思い出すようになる。特にここ数年、若い頃の日記をよく読み返すので、回想にふけることが多くなった。日記に記されたエピソードの中には、忘れてしまったものも多い反面、今でも鮮明に記憶がよみがえってくるものも少なくない。「あったあった、こんなこと」と、懐かしさに口許（くちもと）がほころぶのもしばしばだ。

若い頃は、時間がまっすぐに一定の速さで流れていると感じていた。だが今の私には、時の流れが大きく蛇行しているように思える。半月前のことよりも、日記に書かれた半世紀前のあの日々の方が、ずっと身近に感じられる。

あの頃は一日が長かった。やるべきこと、やりたいことがたくさんあり、充実していた。最近はやるべきこともやりたいこともあまりなく、ぼんやりしていると、あっという間に日が暮れてしまう。だから一日を過ごしたという実感が薄い。私にとって、若い頃の日々の方が、現在の日々よりもリアルなのだ。

もう少しすれば私も、かつて出会った老人たちのように、今が西暦何年だったかも分からなくなり、子供に還ってゆくのだろう。それもまた楽しいかもしれない。若い頃はずいぶん働いたから、恩返しをされる番だ。この世に別れを告げるまで、残された日々を、せいぜいエンジョイさせてもらうことにしよう。

こんなにも穏やかな気分でいられるのは、若い頃の体験のおかげだと思う。多くの人と出会い、別れ、死や老いといったものを見つめてきたからこそ、それを穏やかに受け入れられるのだ。とりわけ、一人の新人介護士との出会いが、私の人生で大きなウェイトを占めている。私は彼女にたくさんのことを教えられた。

彼女の名は詩音という。

1

うちの老健（介護老人保健施設）に詩音が来ることが決定したのは、二〇三〇年の五月のことだった。

何年も前から介護用のアンドロイドが開発されていたことは、テレビで見て知っていた。最初は金属製の骸骨みたいで、ぎくしゃくとしか動けなかったのが、改良が重ねられ、肌色のゴムだかプラスチックだかの皮膜で覆われ、人間のような顔がつき、動きもしだいにスムーズになってゆく過程が、よくニュースで流れたものだ。私たちは「早く実用化するといいよね」と話し合っていたが、そんなのはまだ先のことだと思っていた。技術の進歩、特にロボット工学の進歩のスピードというものを甘く見ていたのだ。

ある月曜日の午後、厚生労働省のお役人とジオダイン社の担当者が、施設に説明にやって来た。施設長、看護師長、介護士長、各階の責任者、それに数人の看護師と介護士を集めて、レクリエーション・ルームで説明会が開かれた。

説明の前、全員にA4判で五〇ページぐらいある資料が配られた。私はぺらぺらとめくってみて、「うわあ」とつぶやいてしまった。複雑そうな内部図解やフローチャート。「インテグレイトDGH」とか「コンプライアンス制御」とか「フォールト・トレランス」とか「進化型FPGA」とか「広帯域微圧センサー」とか、ちんぷんかんぷんな言葉が並んでいる。

ちらっと横目で見ると、隣に座っていた看護師長の梶田（かじた）さんは、途方に暮れた様子で資料を見下ろしていた。この道二〇年以上のベテランで、職員の中では最年長。昔のホームドラマのお母さん役のような、ふくよかな顔つきの優しい人だったが、機械のことはさっぱり苦手で、パソコンには手を触れようともしない。よく入浴装置の操作などで私たちに助けを求めてくる。

その向こうに座っている介護士長の桶屋（おけや）さんは、意地でも理解してやろうというのか、いつもの気難しそうな顔をさらにしかめ、難解な文字の列をにらみつけていた。こちらはドラマでたとえるなら、新入社員をいびる先輩OLという感じ。こわい人ではあるけど、悪い人じゃないことはみんな知っている。

「あ、これは読まなくてけっこうです」

私たちの困惑に気づいたのだろうか、配り終えてから、ジオダイン社の技術者の鷹見さんが笑って言った。三〇代なかばといったところか。眼鏡をかけた、小柄でひょうきんな感じの男性だ。詩音専門のサポート係だという。

「いちおう持っては来ましたが、技術者用の資料ですから、おそらく一般の方には理解できないかと」

「申し訳ありません。一般向けのマニュアルがまだできていませんで」鷹見さんの上司の人が慌てて謝った。

「どっちみち、詩音はいちいちマニュアルなんか見なくても扱えますから」鷹見さんの口調は陽気だった。「と言うか、そうでなきゃ役に立ちませんし」

何だか鷹見さんの独演会になりそうだったので、お役人が、こほんと咳払いをした。

「あー、まず私から……」

「あ、そうでしたね。すみません。どうぞ」

鷹見さんはぺこぺこと頭を下げて着席した。お役人はちょっと不機嫌そうな顔で、書類を片手に説明をはじめた。

長ったらしいうえに、言わずもがなの話だった。日本は出生率の低下に伴い、二〇〇五年から人口が減少を開始、人口ピラミッドが逆転し、今や六五歳以上の老人が人口の三割を超える世界有数の老人大国になっている。介護を必要とする老人が増える一方なのに、介護士の数は不足している。若年層の負担も大きくなり、介護に疲れて年老いた親を殺すという悲惨な事件も各地で頻発。厚生労働省はこの問題を重視し、文部科学省とも協力して、二〇一七年より介護用ロボットの開発を援助してきた。それがようやく実用段階にこぎつけた。この計画を成功に導くことが、日本の未来にとっての急務である……うんぬんかんぬん。

無論、いきなり実用化というわけにはいかない。少なくとも半年間の試験期間が必要だ。実際に介護の現場で働かせてみて、経験を積むとともに、問題があれば修正し、より完璧(かんぺき)なアンドロイドの完成を目指すのだ。

「要するに」ひと通り説明が終わったところで、桶屋さんが突き放すように言った。「うちの老健で新しい機械を試験採用する、ということですね」

「そういうことです」施設長がうなずく。「とりあえずは半年間、様子を見ます。うまくいくようなら、来年か再来年あたりから正式採用するかもしれません。うちも人手が足りないし、これで少しでも楽になるのなら、いい話だと思うんですが」

「機械というよりもですね」鷹見さんが口をはさんだ。「私たちは人間の良きパートナー、役に立つ介護士として、詩音を育てようと思っているわけでして」

役に立つ介護士、という言い方に、桶屋さんはかちんと来たのだろう。「人間の介護士はもう必要ない、ということですか？」と皮肉を言った。

「いやいや、そんな！」鷹見さんは慌てて手を振った。「いきなりそんなことにはなりませんよ。まだ現場での経験のない新米なんですから。人間と同じで、これから時間をかけてベテランに育て上げていかなくちゃいけないんです」

「だから急がなくてはならんわけです」お役人がフォローする。「老人介護の問題は一刻を争います。そのためにも、みなさんのご協力が必要なわけでして」

「あのう……」梶田さんがおそるおそる手を挙げた。「それって、一台おいくらぐらいするものなんですか?」

それは私も知りたかった。

「ええっと、いくらでしたっけ?」

鷹見さんが上司の方を振り向いて言った。この人はお金のような現実の問題には興味のない人なんだな、と私は思った。

「えー、プロトタイプの詩音の場合……」

鷹見さんの上司が言いにくそうに金額を口にしたとたん、私たちはいっせいに息を呑んだ。

私の年収の一〇倍以上……。

「ああ、もちろん、量産すれば価格は数分の一になります。それに新型の燃料電池の採用で、実際には二四時間ごとにメタノールさえ補充すれば、二四時間ぶっ続けで稼動することも可能です。実際にはメンテナンスにかける時間などもありますので、実質稼動時間は週一二〇時間程度でしょうが、それでも単純計算で人間の二倍以上、働けるわけです。メタンハイドレート資源の開発によってメタノールの価格は下がっていますから、最終的には燃料代やメンテナンス費用も含めて、五年間の稼動で採算が取れるような製品を、私どもは目指しております」

そんなお金があるなら私たちの待遇を上げてくれた方がいいのに、と私は心の中で愚痴った。要介護老人の問題がこれほど深刻化しているというのに、福祉予算は切り詰められる一方だ。うちの老健でも人員はぎりぎりまで削減されているうえ、私たちの給与はなかなか上がらない。もっと国が補助金を出してくれれば、現場はずっと楽になるし、介護士・看護師になりたい人も増えるはずなのだが。

きっとロボット開発を援助する予算は、福祉予算とは別枠なのだろう。それに、どこにどれだけの予算を回すかを決定する政治家たちは、みんなたんまり金を貯めこんでいて、豊かな老後を保障されているから、一般庶民の老後になど興味はないのだろう。

二〇年ほど前、国会議員選挙での在宅電子投票システムの採用が、反対多数で見送られたことがある。表向きは「不正工作への対策が完璧ではない」という理由だったが、裏に別の理由もあるとも聞いている。投票所に足を運ばなくても投票できるようになると、要介護者の投票率が増加するため、福祉を重視しない候補者に不利になるから、というのだ。本当かどうかは分からないが、ありそうな話だ。

それからしばらく、私たちと鷹見さんの間に質疑応答が続いた。

「どれぐらい役に立つんですか？」

「介護士として、たいていのことはできます」

「具体的には？」

「まあ、介護福祉士の国家試験に合格する程度には」

数人の職員から、ほう、という声が洩れた。懐疑と感嘆が半々の声――本当にそんなことがロボットにできるのかという疑問と、もしできるならたいしたものだという驚き。老人介護がどれだけ大変でデリケートな作業なのか、身に染みて分かっている者として、当然の反応だ。

「お見せしましょう」

鷹見さんは用意してきたデモンストレーション用ディスクを、この部屋に設置されているビデオデッキに挿入した。

ジオダイン社の研究室の片隅なのだろう。斜め上から見下ろすアングルで、ベッドの傍に立つ詩音が映っていた。その顔はニュースで見慣れている。要介護者に親しみを抱かせるよう、可能なかぎり人間に似せて造られており、白い作業着を着てナースキャップをかぶったその姿は、言われなければロボットだとは気づかない。

ベッドの上には寝間着姿の中年男性が横たわっていた。「要介護者を寝かせたままシーツを交換してください」と、画面外から声がかかる。詩音はかがみこんで、まず「シーツを交換します。よろしいですか」と声をかけ、男性がうなずくのを待って作業を開始した。

まず男性の肩と腰に手をやり、優しく横に転がしてベッドの端に移動させる。反対側に回りこみ、転落防止用のベッド柵をはずす。汚れたシーツを筒状に巻き上げていって、男性の背中の下に入れる。マットレスをブラシで軽く掃除し、新しいシーツをベッドの中央まで広げる。しわやたるみができないよう注意しながら、ベッドの隅で折り畳んで三角コーナーを作り、シーツの端はマットレスの下にはさみこむ。再びベッド柵を付けると、男性を転がして、丸めたシーツを乗り越えさせ、新しいシーツの側に移動。最初の側に戻って、ベッド柵をはずし、汚れたシーツを引き出して洗濯袋に入れる。新しいシーツを残り半分の面に広げて、こちらにも三角コーナー。最後に男性をベッド中央に戻して、作業完了。

完璧だ。

他にもビデオには、詩音が要介護者をベッドから車イスへ、あるいはベッドからポータブルトイレへ移動させる場面や、人間の介護士と協力してストレッチャーに乗せる場面、車イスを押して移動させる場面、食事介助をする場面などが映っていた。私たちの懐疑は、だんだん薄れていった。なるほど、これなら介護福祉士の試験に合格できそうだ。

「こうしたことを学習させるのに五年かかりました」ビデオを流しながら、鷹見さんが自慢げに言った。「プログラムされた動きじゃないんですよ、これは。人間と同じように、訓練を重ねて、少しずつ上達していったんです。最初の頃の動きはずいぶんひどいものでしたけどね。シーツを広げるだけで二〇分もかかってました。最初は危険なので、人間じゃなくダミーの人形を使って練習させてたんですが、よくそれを壊しましてね。力の加減を間違えて人形の関節を壊しちゃったり、車イスに乗せようとして床に落としちゃったり」

私たちの顔に不安の色が浮かんだのに気がついたのだろう。鷹見さんはすぐにつけ加えた。

「ああ、もちろん、今はそんなことはありませんよ。そういう初歩的ミスはもう起こらないと断言できます。ただ、やっぱり実際の現場で働かせてみないと、本当の意味での訓練とは言えません。実戦で経験値を稼いで、レベルアップしないことには」

お年寄りはRPGのモンスターじゃないのよ、と私は心の中でツッコんだ。

「最終的には、詩音が自分の判断ですべての作業をこなすことを目標にしていますが、最初のうちはそうはいきません。人間のスタッフがついて、彼女に指導していただきたいんです。できれば詩音に指示を出す専属の方を一人、任命してください。複数の人が違う命令を出したら、混乱するかもしれませんから」

「そのお話は聞いております」施設長は私の方を向いた。「こちらでもう、人選は済ませてます。神原さん、お願いできますね？」

「ええ、はい」

私は承諾したものの、どうして看護師歴五年の自分がこんな大役に任命されたのかよく分からず、困惑していた。私より経験豊富な人はいくらでもいるのだが。

「私が推薦したんですよ」と梶田さん。「あなたならロボットが好きそうだから」

「え？」

「だって、ロボットの出てくる番組をよく観てるって言ってたでしょ？　ええっとほら、エクなんとかいうやつ」

げっ、そんな理由か。鷹見さんが「仲間を見つけた」と言いたそうな表情でにやにやと見つめてきたので、私はいっそう肩身が狭い思いをした。べつにロボットが好きで『機神降臨エクシーザー』を観てるわけじゃないんだけど。

しかし、梶田さんには悪気のかけらもないので、怒るに怒れない。

「というわけで、アンドロイドは神原さんといっしょに二階で働いてもらうことになります」

施設長が全員に説明した。「ニュースなんかでは『アンドロイド介護士』と呼ばれているようですが、もちろん介護士の資格はありませんので、ローダーと同じく、備品扱いということになります。あと、慣れるまでは当分、日勤のみです。ですから、神原さんにもしばらく、夜勤のローテーションからはずれてもらいます」

夜勤が免除されるのはいいが、アンドロイドの付き添いという仕事には特別手当はつかないという。夜勤手当がなくなる分、給料は下がる。嬉しいんだか嬉しくないんだか。

「指示はどうやるんです？」私は鷹見さんに訊ねた。「口で命令すれば、その通りに動くんですか？」

「そうです。文法的に少しぐらいおかしな日本語でも理解します。もちろん、あいまいすぎる命令や理解できない命令は実行できませんから、問い返してきますけどね」

「誰の命令でも聞くんですか？　お年寄りが変な命令を出したらどうなります？　その……『胸を触らせろ』とか」

鷹見さんたちは笑ったが、私たちにとっては真面目な問題だ。お年寄り、特に認知症（昔は「痴呆」と言った）の入っている人は、何を言い出すのか予想がつかない。アンドロイドがその命令にいちいち従うようでは、大変なことになる。

「基本的に施設職員の命令を優先します。職員の命令と要介護者の命令が矛盾していれば、職員の指示に従うわけです。『胸を触らせろ』の場合は……えー、あなたが『そんな命令は拒否しなさい』と詩音に指示しておけば、実行しないでしょうね」

「よくボケて『もう家に帰るから送ってくれ』って言い出す入所者がおられるんですけど、そういう頼みもお断わりするわけですね？」

「ええ。あと、万が一、悪意を持った人間が、要介護者を傷つけるような命令を出した場合も、実行しません。要介護者の安全を最優先に判断しますから。また、意味もなく何かを破壊するような命令も受けつけません。『窓から飛び降りろ』と言っても拒否します。自分を破壊することになりますからね。そうした制限に矛盾しない範囲内であれば、要介護者の命令も受けつけます。難しくて判断に困る状況の場合には、職員に指示を仰ぎます」

なるほど、一〇年以上かけて開発してきただけあって、考えられるかぎりの状況を想定してあるようだ。

「緊急事態の場合は？　お年寄りが急に倒れたりとか」

「そういう場合、詩音は命令を待たず、自分の判断で行動します」

「その判断はどれぐらい正確なんですか？」

「それは答えにくい質問ですね。訓練で故意にアクシデントを起こした場合には、詩音はかなりの確率で適切な行動をしました。ただ、事故には予測できないものが多いんです。シナリオにない事態に遭遇した場合、正しい行動を取る確率が何パーセントかなんて言えません。もっとも、どんな状況でも、詩音がハングすることはありません。フレーム問題はクリヤーしてますから——ああ、フレーム問題というのはですね」

私が質問するよりも早く、鷹見さんは説明をはじめた。

「たとえば、『これから外出するから、僕の安全を守れ』とロボットに命令したとしましょうか。ロボットは僕といっしょに歩きながら、常に周囲を観察して、危険がないか注意します。でも、『危険』とは何を指すんでしょう？　向こうから車が近づいてきます。その車がハンドルを切りそこねて突っこんでくる可能性があります。前方に石ころが落ちています。僕はそれにつまずいて怪我をするかもしれません。あるいは、向こうから近づいてきた通行人が実はテロリストで、爆弾を隠し持っていて、今まさに自爆しようとしているのかもしれません。通りがかった家がガス爆発を起こす可能性、大地震が起きる可能性、飛行機が落ちてくる可能性も、ゼロじゃありません。

　そうした可能性をすべて考慮しようとしたら、ロボットは何もできなくなります。自分の周囲のあらゆるものを認識し、それに関連するあらゆる情報を検索し、処理しようとして、コンピュータはハングしてしまい、結果的に『安全を守れ』という命令も実行できなくなります。これがフレーム問題と呼ばれるものです」

「でもそれは、起こる可能性が小さいことを無視すればいいことじゃないですか？」

「その通りです。ところが、ロボットにそれをやらせるのが難しかった。『起こる可能性が小さい』と言っても、いちいち確率を計算するわけにいきませんしね。石につまずく確率なんて計算できないでしょう？　それに人間だって、リスクを無視すべきかどうかを、確率に応じて判断してるわけじゃないんですから。

日常的な例を挙げますとですね、よく変質者に子供が殺される事件が起きるたびに、それを警戒する動きが起きますよね？　でも、子供が変質者に殺される確率より、交通事故で死ぬ確率の方がはるかに高いわけです。だったら交通安全の指導をもっと強化すべきなのに、変質者より車の方が危険だと考える人は、あまりいません。さらに、年間の交通事故の死者より家庭内の事故で死ぬ人の方が多いんですが、家の中が道路より危険だと思う人もいません。携帯電話の電磁波や、ごく微量の食品添加物の害を心配する人が、平気で酒を飲んでいる。アルコールの害の方がはるかに大きいのに。仏滅の日に結婚式を挙げる人も、あまりいませんよね。仏滅に結婚したところで何か悪いことが起きるわけじゃないのに、人はそのあるはずのないリスクを避けようとするんです。

つまりですね、人間というのは実にいいかげんにリスクを判断してるんです。論理じゃなく気分で、確率やデータじゃなく主観で、このリスクは無視する、こっちは重視すると線引きをしている。フレーム問題を避けるためには、そうするしかないんです。いちいち確率なんか計算せず、自分にとって関心のないことは適当に無視する――その『適当』という概念をロボットに学ばせるのに、ずいぶん時間がかかりました」

私はちょっと面食らった。「ええと、それじゃあ、あなた方のロボットは……」

「詩音です」

「詩音は、適当に危険を無視するってことですか？」

「そういうことになりますね」

一瞬、部屋がざわめいた。

「みなさんに理解していただきたいのは」

鷹見さんはたじろいだ様子もなく、むしろ胸を張って堂々と訴えた。

「一〇〇パーセント安全なものなどこの世にない、ということです。もちろん、僕たち技術者は、安全性を可能な限り高めようと努力しています。でも、絶対に墜落しない飛行機なんて作れません。絶対に安全な薬も作れません。一〇〇パーセント安全、なんて概念は幻想です。どこかで妥協するしかないんです。ほんのわずかでも危険のある製品を排除していったら、僕たちの周囲にはほとんど何も残りません。原始時代に逆戻りです――無論、原始時代の生活の方が、今よりずっと危険だったわけですけど。

僕たちは、詩音が一〇〇パーセント安全だとは主張しません。九九・九九パーセントは安全だと確信していますが、万にひとつの事故が起きないとは断言できません。失礼ですが、みなさんだってそうじゃありませんか？　人間が介護していても、思いがけない事故が起きる可能性は常にある。それと同じです。

これは昔から知られていた問題です。人工知能の父であるアラン・チューリングは、一九四六年にこう言っています。『あるマシンが絶対にミスを犯さないとしたら、そのマシンは知的存在ではない』――知的存在だからこそ、ただのマシンにはできないことができて、結果的にミスも犯すということなんです。

詩音の有用性――人間のあいまいな指示を理解し、緊急事態にも対処する能力というのは、フレーム問題を回避する能力であり、それはある種のリスクを無視することと表裏一体なんです。決してリスクを冒さないアンドロイドは、動けないアンドロイドです。それは安全ではありますが、役には立ちません。詩音は役に立ちます。だからこそ、リスクを伴うんです」

理屈としては正しいのだろう。正直に打ち明けてくれたのは、彼の誠実さの証明と言えなくもない――でも、感情的に即座に納得できるものではない。

「もしもですよ」桶屋さんが挑戦するような表情で、鷹見さんをにらみつけた。「そのロボットが何かの故障で暴れ出したらどうなります？人間より力が強いんでしょう？」

「ええ。そういう昔のマンガみたいな事態はちょっと考えられませんが、万一にも起きたとしたら、近づかない方がいいですね。離れたところから停止コードをコールした方がいいでしょう」

「停止コード？」

「緊急停止用のパスワードです。リモコンなんかだと、取りに行くのに時間がかかりますからね。パスワードを口にする方が早い。これを聞かせれば、詩音は緊急停止します」

「どんなパスワードなんです？」

「クラートウ・バラダ・ニクト」

「はあ？」

鷹見さんはにやりと笑った。「昔から、暴れるロボットをおとなしくさせる合言葉は、これと決まってるんです。それに、日常生活で口にする言葉じゃありませんから、お喋(しゃべ)りをしていて、うっかり停止させてしまうこともありませんし。普段は決して使わないでください」

「はあ……」

「いい機会ですから、練習しておきましょうか。みなさんごいっしょに」

鷹見さんは楽しそうに、指揮者みたいに指を振った。

「さん、はい──クラートウ・バラダ・ニクト！」

「クラートウ・バラダ・ニクト！」私たちは唱和した。

2

詩音がやって来たのはそれから一月半後、六月の最後の月曜日、雨の降る朝だった。

到着時刻は電話で知らされていたので、一〇分ほど前に、職員の中から手の空いた者が数名、玄関前のロータリーまで迎えに出た。他にも、入所者の中でも元気のいい人たちが、新しく来る介護士をひと目見ようと、玄関ホールに集まってきていた。

「どうやって来るのかしらねえ」梶田さんがいつものようにおっとりとした口調で、誰もが思っていたことを口にした。「やっぱり大きな箱に入ってるのかしらね。ビニールにくるまれて」

「いやー、違うと思いますけど」と私。「自分で歩けるんだから、車に乗って来るんじゃないですか、普通に」

「でもほら、高い機械だから、外に出して雨に濡れたりしたら……」

「そんなんで壊れるようじゃ、使えませんよ」

私は笑った。介護士や看護師の仕事は、汚物やらこぼした食べ物やらで汚れることが多い。入浴介助もしなくてはならない。そのために作られた機械なら、水に濡れたぐらいで錆びたりショートしたりすることなど、あるはずがない。

「そうかしらねえ……」

「ねえねえ、やっぱ歓迎のプラカード、作った方が良くなかったですか？」

やけにテンションが高いのは、去年の四月に入ったばかりの介護士の春日部さんだ。ＯＬからの転職者である。親友と呼べるほど親しくはないが、同じ階に勤務していて、同い年でマンガなどの趣味も合うので、夜勤でいっしょになった時など、よく話をする仲だ。

「あと花束とか。せっかくのイベントなんだから、こう、ぱあっと盛り上げるような」

春日部さんが陽気に「ぱあっと」と手を広げてみせるのを、桶屋さんがしらけた顔で「今から言ってもどうしようもないでしょ」とたしなめた。派手な歓迎イベントをやらないというのは、何週間も前に話し合って決めたことだ。あくまで新人介護士の一人として迎える、特別扱いはしない、というのが施設の方針だった。

もうひとつ、みんな表立って口にはしたがらないが、期待の新人が本当に役に立つかどうか分からない、という不安があった。派手なイベントで迎えた後で、ぜんぜん使いものにならないことが判明したり、大きな事故が起きたりしたら、後味が悪いではないか。

「でも、なんかこう、緊張感に欠けますよね」

「緊張感に欠けてるのはあなただけです」

若くてちょっと軽薄な春日部さんと、中年で真面目一辺倒の桶屋さんは、はたから見ていても水と油だ。桶屋さんは春日部さんの子供っぽい言動をいつも渋い顔で見ているが、春日部さんはそんなことはいっこうに気にせず、マイペースである。

そんなことを言っているうちに、青い乗用車がやって来た。玄関の屋根の下に止まると、ドアが開いた。まず鷹見さんが、続いて詩音が降りてくる。

私は何を期待していたのだろう。ファンファーレか、スポットライトか、それとも彼女のバックにバラが咲き乱れる光景か。そんなものは何もなかった。彼女はごく普通に車から降り、ごく普通に私たちの前に立った。カット割りもカメラワークもBGMもない、私たちの日常と地続きの空間に、彼女は存在した。

映像では何度も見たことがあったが、実物を目にするのは初めてだった。ごく普通の若い女性に見える。質素な白いノースリーブのワンピースと、かわいらしいパンプス。身長は一六五センチで、私より少し高い。むきだしの腕は色白で、ほっそりしているが、資料によれば人間の二・五倍の力があるという。髪はショート。眼をくりくりさせ、かすかな笑みを浮かべている。女性の反感を買わないようにという配慮からか、目が覚めるような美人ではないものの、やや童顔で好感が持てる顔だった。皮膚の艶（つや）や眼球の輝き、たまにするまばたきもごく自然で、とても人工のものとは思えない。

「あ、どうも——これが詩音です」

鷹見さんがちょっと緊張した様子で紹介すると、彼女はぺこりと頭を下げ、明るくすずやかな声で言った。

「詩音です。よろしくお願いします」

私たちも思わず頭を下げた。詩音は顔を上げ、私の胸の名札を見た。

「神原絵梨花さんですね？」

「あ？　えっ、はい」

「あなたの指示に従うよう言われています。何なりとおっしゃってください。私が間違ったことをしたら、遠慮せずに指摘してください。分からないことがありましたら質問させていただきますので、よろしくお願いします」

そう言って、詩音はもう一度頭を下げた。予想に反して、その口調はちっとも機械的ではなかった。ただ、芝居の台詞のような不自然さ――台本通りに喋っているような違和感があった。実際、鷹見さんに教えられたあいさつを、そのまま口にしているに違いない。

「ええ。こちらこそよろしく」

そう言ったものの、私は早くも、彼女との間に見えない壁の存在を感じていた。

それが私と彼女の出会いだった。

訓練の第一日目は、彼女を更衣室に案内することからはじまった。

詩音は私の指示に従って動いた。「ついて来て」と言うと、ちゃんとついて歩く。私が立ち止まれば立ち止まる。最初はおそるおそるだったが、鷹見さんが保証した通り、人間の命令をちゃんと理解できるのは確かなようだ。その動きは流れるように優雅で、機械的なぎこちなさはまったくなかった。ただ、動きがあまりにも流麗すぎるのが、女優の演技を見るようで、かえって不自然だった。普通の人間の動きは無駄が多いし美しくもないのだということを、私はあらためて認識した。

更衣室に入ると、「ここで制服に着替えて。あなたの制服はこれ」と指示した。詩音は「はい」と言って、ワンピースの背中のファスナーに手をやりかけた。が、急にその手を止めて、不思議そうに入口の方を振り返る。

「鷹見さん、あなたは女性なのですか？」

その時になって、私は鷹見さんがビデオカメラを持って女子更衣室にまでついて来ていたことに気づいた。彼も詩音に言われて初めて、自分がどこにいるか気づいたらしく、「あっ、す、すいません！」と言って飛び出していった。

「そそっかしい奴ね！」

私が笑うと、詩音は小首を傾げた。

「やはり鷹見さんは男性で、男性が女子更衣室に入るのは間違いなのですね」

「そう教わったの？」

「はい。衣服の着脱に関するモラルに関しては、鷹見さんに教わりました。それを鷹見さん自身が間違えたのは奇妙なことです」

「だから、そそっかしいのよ」

「そうかもしれません。ヒトはよく間違えます」

詩音はあらためて服を脱ぎはじめた。さっきは雨の音で気がつかなかったが、耳を澄ますと、手足を動かすたびにチーチーというモーター音がかすかに聞こえる。しかし、気になるようなものではない。耳の遠いお年寄りなら気づかないだろう。

アンドロイドの裸を目にしたのは初めてだった。服に隠れて見えない部分も人工皮膚で覆われており、ちゃんと女性用の下着も着けている。ただ、背中や腹にファスナーと思われる黒い線が入っているので、少し不気味だった。首の後ろにあるボタンは、マニュアルによれば起動用のスイッチ。その少し上のうなじには、小さな緑色のランプが光っている。右の脇腹にある肌色の湿布のように見えるものは、燃料補給用のコネクタのカバーだ。

この下着を着けさせたのは鷹見さんなんだろうか、と私は訝（いぶか）った。彼は研究所で、詩音の着替えの場面など見慣れているのだろう。それでつい、いつもの調子で、更衣室までついて来てしまったに違いない。

薄いピンクの制服に着替えて更衣室を出ると、鷹見さんが恐縮した様子で立っていた。

「あの……ごめんなさい」

「いえ、いいんですよ」

私は生返事をした。気になるのは鷹見さんの行動よりも、詩音の「あなたは女性なのですか？」という言葉の方だ。アンドロイドがジョークを言うはずはない。鷹見さんが女子更衣室に入ってきたことから、詩音は真剣に、彼が男性だという情報が間違いだったのではないかと考えたのだろう——人間ならそんなふうには考えないものだが。

彼女には教えなければならない常識がたくさんありそうだ。

アンドロイドの介護士が来ることは、何週間も前から入所者の間で知れ渡っていた。認知症が進行して人の話も理解できないようなお年寄りは別として、誰もが興味を示していた。

詩音は私について歩き、二階のみんなにあいさつして回った。「詩音です。よろしくお願いします」と、例の調子で礼儀正しく頭を下げる。入所者の反応は、おおむね好意的なようだった。鷹見さんはビデオカメラを手について回り、満足そうな様子だった。

お年寄りの中には、ひどく嬉しがっている人もいた。

「いやあ、ついに実現したんだねえ、アンドロイド」

感慨深げにそう言ったのは、お喋り好きの土岐さんというおじいさんだった。

「僕なんかほら、『鉄腕アトム』を本放送で観てた世代だからね。二一世紀になったら人間そっくりのロボットができるって信じてたんだよ。子供の頃に思い描いてたものが、ようやくこの目で見れたんだねえ。いや、嬉しいねえ」

人間なら恥ずかしさで頬を染めるところだろうが、詩音はあいまいな微笑を浮かべているだけだ。これが彼女のデフォルトの表情なのだろうか。

土岐さんはラウンジに行きたいと言った。各階の端にあるラウンジには、大型モニターが一台と、ネットに接続できるパソコンが五台ある。午前中は前夜に録画したアニメを鑑賞するのが、土岐さんの日課だ。

詩音の初仕事だ。まず彼を起き上がらせ、ベッドの端に腰かけさせてから、車イスを運んできて、ベッドに対して二〇度の角度に置き、ブレーキで固定。次に腋の下から腕を背中に回し、腰のところで手を組んで、立ち上がらせる。

これは見かけよりも力とコツを必要とする作業だ。瘦せた老人ならいいが、土岐さんのように、私よりずっと体重のある人も多い。当然、腰に負担がかかる。腰痛が介護士の職業病なのは、一日に何十回もこの作業をするのが大きな原因だ。

しかし、さすがに詩音は力があった。私なら「うんしょ」と踏ん張らなくてはならないところを、けっこう軽々と持ち上げ、支えている。その場で足を小刻みにずらせて、ゆっくりと回転し、車イスの方を向く。器用なものだ。鷹見さんもビデオカメラで撮影しながら、小声で「いいぞ」とつぶやく。

「おお、さすが一〇万馬力」

土岐さんはすっかり感心していた。詩音は腰をかがめ、彼をそっと車イスに座らせる。

「看護師さん、あんた、アトムみたいに空飛べるのかい？」

隣のベッドの荒井さんという人が冗談を言った。だが、詩音は土岐さんの足をフットレストに乗せる作業に没頭しているのか、返事をしない。

「なあ、看護師さん。あんた、空飛べるの？」

荒井さんが声を大きくした。私は作業を終えて立ち上がった詩音の袖を引っ張り、「あなたのことよ」とささやいた。彼女はきょとんとした顔をして、

「何が私のことなのですか？」

「荒井さんがあなたに話しかけてるのよ」

「あなたに話しかけているのでしょう。私は看護師ではありません」

そう言う彼女の表情は、あくまで穏やかな笑みを浮かべていた。相手がロボットだと知らなかったら、小馬鹿にされたように感じただろう。

私はため息をついた。確かに看護師と介護士は違う。しかし、どちらもピンクの制服を着ていて、仕事の内容もほとんど同じ。違うのは、看護師は薬の処方をしたり点滴を打ったりするが、介護士はしないということぐらい。胸の名札を見なければ資格は分からないし、お年寄りはそんなものは見ない。どちらも「看護師さん」と呼ぶ。

「とにかく、荒井さんに返事をしてあげて」

「はい」

彼女は荒井さんに向き直って、「私は空を飛べません」と言うと、すぐにそっぽを向いてしまった。荒井さんはつまらなそうな顔をした。

さあ、困ったぞ、と私は思った。早くも詩音の最大の欠点が露呈した。確かに彼女は作業は完璧にこなせるのだろう。だが、老人介護で重要なのは、老人たちとのふれあいなのだ。冗談を言い合うのもそのひとつ。会話がはずまないのでは、いくら介護技術が完璧でも、お年寄り

は楽しくないだろう。

私は不安になってきた。初仕事からこれでは、他にも多くの問題があるに違いない。

次の206号室では、新たな問題が待ち受けていた。

「注意して」部屋に入る前に、私は小声で言った。「ここの伊勢崎さんは、セクハラじじいだから」

「よくセクハラをするおじいさん、という意味ですか？」

「そう。片マヒだけど右手はかなり使えるから。お尻を触ってきたら、『そんなことはしないでください』って、はっきり言うのよ」

「はい」

詩音は素直に返事した。まあ、アンドロイドがお尻を触られたって嫌悪感は覚えないとは思うが、同性として、そんな行為を見せつけられたくはない。

伊勢崎さんはベッドに横たわっていた。時代劇の斬られ役専門俳優のような風貌。自力で起き上がるのは困難だが、血色はかなりいい。

「詩音です。よろしくお願いします」

詩音が例によってあいさつしても、伊勢崎さんはむっつりとして、彼女の顔を見ようともしなかった。この人の無愛想な態度はいつものことだが、今日は格別、機嫌が悪いようだった。

「……トイレ」

ぶすっとした口調で言う。意味が理解できないのか、詩音は突っ立ったまま微笑んでいる。

私は彼女に耳打ちした。

「ポータブルトイレを使いたがってるのよ。移動させてあげて」

「はい」

詩音がかがみこもうとする。しかし伊勢崎さんは、「お前じゃない」と言った。

「そっちの看護師だ」

ははあん、生身の女でないと嫌だとぬかすか。

心の中ではこめかみがひくついていたものの、私は精いっぱいの笑顔を浮かべて、

「詩音は研修中なんです。練習のためにやらせてあげてください」

伊勢崎さんはしぶしぶ同意した。私は同室の小森さんの目からさえぎるために、カーテンを引いた。

トイレはベッドの右側に置かれている。詩音はさっきと同じように伊勢崎さんを立ち上がらせ、ゆっくりと位置を変えた。トイレの前に立たせ、左手で体を支えながら、右手でズボンと下着を下ろす。これはけっこう難しい作業だが、詩音は黙々とこなした。

案の定、伊勢崎さんの手が詩音の尻に移動しはじめた。やはりいちおうは感触を試してみようというのか。私が注意しようとしたその時——

「そんなことはしないでください！」

予想外に強く、詩音が言ったので、伊勢崎さんはびくっとなった。驚いたのは私も同じだ。

「はっきり言うのよ」という指示を、文字通りに解釈したのだろうか。

　怒りっぽい伊勢崎さんだけに、トラブルが起きるかとひやりとしたが、そんなことはなかった。どうせロボットだから無抵抗だと思っていたので、強く拒否されて度肝を抜かれたのだろう。その後はおとなしくトイレに座った。

「終わったら言ってくださいね」

　そう言ってカーテンの外に出ると、鷹見さんが心配そうな顔で立っていた。

「何かあったんですか？」

「いえ、たいしたことじゃ」

　ここでは伊勢崎さんに話を聞かれる。私たちは廊下に出た。

　私が一部始終を話すと、鷹見さんはうなった。

「まずかったですか？」

「いいえ。あの人には、あれぐらいきつく言って、ちょうどいいと思います」

　それは本心だった。他のお年寄りなら、ちょっとぐらい触ってきても、どうということはない。「〇〇さん、エッチねえ」と冗談で済ませてあげることができる。だが、伊勢崎さんだけは別だ。性格が悪いだけに好感が持てない。私たちが嫌がっているのを知っているくせに触ってくる。そのくせ口調は横柄だ。どこかの会社の社長だったというが、さぞかし社員から嫌われていただろう。若い頃にタイで未成年の女の子を買ったという話を、悪びれもせず、むしろ自慢げに話したのには、さすがにへどが出そうになった。倫理観が根本的に欠如しているのだ。

アルツハイマーなどで性格が変わるお年寄りは珍しくないが、伊勢崎さんの場合はそうではない。やや記憶力が落ちている程度で、長谷川式テストでも知的能力に問題はないと判断されている。

私たちはよく「何様のつもりなのかね」と、ナースステーションで陰口を叩いていた。だが、笑みを絶やしてはいけないのがこの仕事だし、怒らせれば面倒なことになるのが分かっていたから、あまりきつく叱ったことはない。それでかえって伊勢崎さんを増長させてしまったのかもしれない。今回の件は、いい薬だろう。

「よくやったわ、詩音」

私は褒めたが、こう注意するのを忘れなかった。

「ただし、伊勢崎さん以外の人には、もっと優しく注意するようにね」

お昼が近づくと、老健は戦場になる。

うちの老健では、入所者同士のコミュニケーションとリハビリを兼ねて、よほど衰弱している人以外は、食堂に集まってみんなで食べる決まりになっている。食事時間の少し前から、自分でトイレに行けない人たちのためのトイレ介助を行なう。それが終わると、一階の食堂に下ろすため、お年寄りたちをエレベーターの前に集めなくてはならない。

エレベーターは車イス六台までしか乗れない。混雑を避けるため、スケジュールはきっちり決まっており、各階ごとに時間差で下ろす。二階の入所者は一一時四五分までに、確実に全員下ろさなくてはならない。それを過ぎると、三階の人が降りはじめるので、二階からエレベーターに乗れなくなるからだ。歩ける人は補助し、歩けない人は車イスに乗せる。フロアの看護師・介護士が総出で、お年寄りたちを一階へピストン輸送する。一分でも遅刻すると、何十分も後回しにされてしまうのだから大変だ。

詩音にはもっぱら、歩けないお年寄りをベッドから車イスに移す作業を担当してもらった。私が車イスをエレベーターの前まで押してゆく間に、彼女は次のお年寄りに取りかかる。

「はい、どいてどいて」

パワーローダーを装着した春日部さんが、がちゃんがちゃんと足音をたてながら、私とすれ違った。人間の力を倍増してくれる便利な機械だが、装着が面倒なのと、力の加減を習得するのが難しいために、敬遠する介護士も多い。若い春日部さんは面白がって習得してしまい、二階のローダーはほとんど彼女の専用機と化していた。

ようやくすべてのお年寄りを一階に下ろしても、それで終わりではない。手が動かせない人には食事の介助もしなくてはならない。ご飯やおかずをスプーンですくい、咀嚼するペースに合わせて口に運ぶ。

ここでも詩音は弱点を露呈した。いちいち「よろしいですか?」と訊ね、相手の返事を待ってスプーンを口に運ぶのだが、それ以上のことを言おうとはしない。私たちなら、何も言わなくてもお年寄りの口の動きで次のひと口を差し出すタイミングが分かるし、「おいしい?」とか「ホウレンソウは好き?」とか、いろいろ話しかけながら食べさせるのだが。

食事が終わった人から、今度はエレベーターで上の階に戻さなくてはならない。それが終わると、またもトイレ介助。嵐のような時間が過ぎ去ると、私たちはようやくひと息つき、交替で食事を取る。

もちろん詩音は何も食べない。四時間に一度、メタノールを補充すればいいだけで、これは一分もあれば終わってしまう。かと言って、私が食べている間、目の届かないところで仕事をさせるのも不安なので、正面に座らせておくことにした。

「どう、この職場の感想は？」

私はそう訊ねたものの、まともな答えは期待していなかった。案の定、詩音は変わらない笑みで答えた。

「ヒトのために働けるのはとても嬉しいです。大変なことも多いですけど、がんばりたいと思っています。入所者のみなさんとも早く仲良くなりたいと思います」

ぜんぜん心のこもっていない言葉だ。私は隣で食べている鷹見さんの方を向いて、

「こう答えろと教えましたね？」

「まあ、それぐらいは勘弁してください」鷹見さんは苦笑した。「何せ世間知らずの娘ですから。失礼にならないよう、基本的な受け答えぐらい教えるのは当然でしょう？」

「でも、入所者との会話が乏しいのが問題だと思います。あんな態度じゃ、親しみを持たれませんよ。ユーモアを教えてないんですか？」

鷹見さんは頭をかいた。「いやあ、介護技術を教えるので手いっぱいでして」

「だったら、何かそういうプログラムをインストールできないんですか？　会話のコツとかを」

「インストール？　いや、それは無理ですね。お話したでしょ？　詩音は人間と同じで、学習を重ねてスキルアップするんですから」

「じゃあ、お年寄りとの会話も？」

「ええ。ここで実地に経験を積むしかないです」

それはつまり、私が教えなくてはならないということだ。私はげんなりとなった。ロボットにユーモアのセンスを教える？　何という難問だ。

気が遠くなりそうだった。

午後からは入浴介助だ。一週間に二回、入所者をお風呂に入れるのだ。月曜と木曜は二階の入所者の日だ。歩ける人は銭湯のような大きな浴場に入って自分で体を洗うが、そうでない人は入浴装置を使って私たちが洗ってあげなくてはならない。入所者以外にも、一日だけ預かるデイサービスの人たちも介助する。一般家庭では寝たきり老人を入浴させるのは難しいので、このサービスは喜ばれている。

無論、ここから先の作業は、鷹見さんに見せるわけにはいかない。彼にはラウンジで時間を潰してもらうことにする。

詩音と私はTシャツと短パンに着替え、浴場に向かった。

「おーし。がんばるぞお、おうっ！」

入浴介助はけっこうきつい作業だ。気合を入れるため、腕まくりをしてガッツポーズをする私を、詩音は不思議そうに見つめる。

「ぼうっとしてないで、あなたもやるのよ」

「そのポーズをですか？」

「そう。これは儀式みたいもんだから。はい、やってみて。『がんばるぞお、おうっ！』」

「がんばるぞお、おう」

詩音は不器用にまねをした。

最初は住吉（すみよし）さんというおばあさんだ。私が足の方を、詩音が胴を持って、車イスから入浴装置のストレッチャーに移す。まず洗い場でボディスポンジを使って体をていねいに洗ってあげる。泡を洗い流してから、ベルトで体を固定。機械のボタンを押すと、ストレッチャーは重々しい音をたてて二〇センチほどせり上がり、スライドして浴槽の上に移動する。それからゆっくりと傾いて、足の方からお湯の中に入っていった。

「どうですかあ、気分は？」

そう訊ねると、住吉さんは細い眼をさらに細くして「ああ、いいわねえ」と、しみじみとつぶやいた。

「ほんとに便利になったもんねえ。ローダーの次はロボットの介護士だなんて。私たちの時代には想像もつかなかった」

住吉さんは二〇世紀の終わり頃まで老人介護施設で働いていたという。働きすぎで椎間板ヘルニアになったために、やむなく退職したのだそうだ。介護する側の苦労を知っているので、私たちをとてもいたわってくれる。指示にはきちんと従い、無理難題など決して言わない。理想的な入所者だった。

「詩音さんだったかしら？　あなた、お給料はもらえるの？」

「いえ。私は職員ではなく、備品ですから」

「でも、何か買いたいものとかあるんじゃないの？」

「特にありません」

「おしゃれはしないの？　お洋服とかは？」

「服はすべて支給されています」

思った通り、詩音の受け答えは正確だが、面白味がない。会話がつながらないのだ。私はひやひやして聞いていたが、しばらくして住吉さんは飽きてきたのか、「そう……」とつぶやいて眼を閉じた。

しばらくじっと湯に浸かっていたが、やがて思い出したように、

「知ってる？　私たちの時代にね、車イスごと入浴できる装置が導入されたの」

彼女が入浴しながら昔話をはじめるのは、いつものことだ。老人介護という仕事は三〇年以上前から変わっていない部分が多く、身につまされるエピソードが多い。

「ああ、見たことあります。浴槽の横がドアみたいに開くんですよね？」

「ええ、そう。車イスを入れたらドアを閉めてお湯を入れるんだけど、たまにロックしそこねることがあってね。隙間からお湯がざあざあ噴き出して、もう大変」

住吉さんは懐かしそうに笑った。私もその光景を想像して微笑む。

「でもね、もっと大変だったのは、お年寄りが揺れることなのよ」

「揺れる？」

「ボタンを押すと泡風呂にできるのね。気持ち良くてやってもらいたがる人が多いのよ。でも、お年寄りって痩せてる人が多いから、水の勢いのせいで体がぐらぐら揺れちゃうのよね。お湯は肩の高さまで入ってるから、体が傾くと顔がお湯に沈んで溺れちゃうでしょ？　そうならないように、一人がずうっと後ろから羽交い締めみたいにして、支えてなくちゃいけなかったの。しかも背伸びして、高い浴槽の縁から身を乗り出した姿勢でやらなくちゃいけないから――あれはけっこう腰にきたわねえ」

「ああ、それは大変そうですねえ」

私は同情した。不自然な姿勢での作業というのは、腰に負担がかかるものなのだ。ちなみにこの入浴装置の浴槽は、かがんだり背伸びしたりしなくても作業できるよう、ちょうどいい高さに作られている。

「たぶん、開発した人たちは会社で何度もテストしたと思うのよ。自分たちが実験台になって入浴してみて、これで万全だ、これで介護士の仕事も楽になるはずだって――でも、やっぱり現場で使ってみないと分からないことってあるのよねえ……」

私ははっとした。

住吉さんはさりげなく詩音のことを当てこすっているのだ。技術の粋を集めて作られた彼女には、介護士として重大な欠陥があることを見抜いたのだ。

私は詩音の顔をちらりとうかがった。彼女は例の微笑を浮かべているだけで、まるで皮肉に気がついていないように見える。

詩音だけではない。パワーローダーだってそうだ。最初にテレビで見た時は便利そうに見えたが、装着に手間がかかるという欠点があった。「起こしてくれ」とお年寄りに頼まれるたびに、ナースステーションまで取りに戻るのも面倒だから、どうしても自分の腕で抱き上げることが多くなる。結局、せっかく配備されているのに、稼動している時間は短い。

そう、現場でなければ分からないことがある。介護の仕事は技術だけではどうにもならない。鷹見さんたちは詩音のボディと頭脳を作ったが、心を入れ忘れている。そしてそれは安直にインストールできるようなものではない……。

午後五時一五分。ようやく一日の仕事が終わる。夕食の介助は、遅出と夜勤の人の仕事だ。ナースステーションの片隅、メタノールタンクの横に、詩音の専用席が用意されている。ここで明日まで待機するのだ。

彼女の制服は特別誂えで、左脇がマジックテープで開閉できるようになっている。自分でそれを開いて脇腹を出し、さらに湿布のようなカバーを剥がして、コネクタを露出する。タンクからチューブを伸ばし、先端のソケットをコネクタに接続、メタノールを補充する。

燃料が満タンになると、彼女は服を元に戻し、イスに腰を下ろした。

「終了してよろしいですか？」

私はとまどったが、鷹見さんがうなずいたので、「いいわよ」と言った。

「終了します」

そう言うと、彼女は一〇秒ほどまっすぐ前を見つめていたが、やがて眼を閉じてゆっくりうなだれ、居眠りしているようなポーズで動かなくなった。

「必ず今のような手順で終了させてください」と鷹見さん。「首の後ろには起動スイッチがありますけど、起動時以外は触らないように。パソコンと同じで、正式な手順で終了させないと障害が起きることがありますから。それと緊急停止させる際には――」

「クラートゥ……ですね？」

「そうそう。あと、夜中に気味が悪いようでしたら、この布をかけてください」

鷹見さんは詩音の頭から白い布をすっぽりかぶせた。しかし、オバケみたいになって、これはこれで気味が悪い。

「まあ、判断は夜勤の人にまかせましょう」

「他に何か問題は？」

鷹見さんの笑顔は「特にありません」という返答を期待しているようだった。しかし、私はそんなお人好しではないし、何と言ってもお年寄りの安全と幸せがかかっている問題だ。感想はストレートに言う方がいい。

「おむつを替える訓練は、本物のうんちを使ってやりました？」

鷹見さんは「えっ？」と面食らった。おむつ交換の際にはカーテンを引くので、鷹見さんは詩音の手際を見ていない。

「いえ、さすがにそこまでは……味噌とか使いましたけど」

「でしょうね。お尻を拭く時に、ちょっと勝手が違ってとまどってたようですから」

「はあ……まあ、それはじきに慣れると思いますが」

「でも、やっぱり最大の問題はコミュニケーションですね」

私は今日あったこと、感じたことをひと通り話した。

「正直言って、こんな大役だとは思いませんでした」深いため息が出たのは、疲労のためばかりではない。「ロボットに指示すればいいだけだと思ってたのに、心を持たせなきゃならないなんて――そんなの聞いてませんよ」

「すみません。説明不足でした」鷹見さんは素直に頭を下げた。「でも、人間だってそうでしょう？ コミュニケーションのスキルっていうのは、他人とのつき合いによって学んでゆくもんなんです。研究室から出たばかりの詩音がそれを知らないのはしかたありません。でも、彼女にはそれを学習する能力があります」

「だったらどうして、研究室で学ばせなかったんですか？」

「ああ、それは……」彼は照れて口ごもった。「僕自身……」

「はあ？」

「僕自身、コミュニケーション・スキルが低いんですよね。だから彼女に教えるなんて……」

私はぽかんと口を開けた。

「僕だけじゃありません。うちの研究室のスタッフは、純粋な技術バカ、言ってみりゃオタクの集まりですからね。ギャルゲーは攻略できても、本物の女の子とは話せないような奴ばかりです。こんな連中に囲まれて育つのは、詩音にとって有害じゃないでしょうか？　実際、彼女を自分好みの性格に育てようと目論んでる奴もいますし……。

でも、詩音はそんな目的のために開発されたんじゃありません。一部のオタクにだけ受けるようなキャラクターであってはいけないんです。すべての人に好かれるアンドロイドになって欲しい。そのためには、外の世界でいろんな人間に接するのが早道だと、僕は思うんです」

「つまり私たちに押しつける？」

「言い方は悪いけど、そういうことになりますか」彼はまた頭を下げた。「どうか詩音をよろしくお願いします。欠点はあるでしょうが、長い目で見てやってください」

「……あなた、嫌いになっていいですか？」

「は？」

「そういう自虐的な言い方って、すっげえ腹が立つんですよね。『コミュニケーション・スキルが低い』？　それは恥じるべきことであって、口にするようなことじゃないでしょ？　そう自覚してんだったら、それこそ学習すりゃあいいじゃないですか」

今日一日でずいぶんストレスがたまっていたので、思わず口調が乱暴になってしまった。鷹見さんはあっけに取られている。清純なナースのイメージが崩れただろうか。でも、あいにくと私は天使じゃない。「白衣の天使」と呼ばれるのを嫌がる女性看護師は多い。だって、私たちは天使じゃなく、人間だから。

「とにかく、あなたに期待できないってことは、よおく分かりました。だから詩音は私が育てます——ああ、安心してください。見放したりしませんよ。だって、彼女を一流の介護士に育てることが、お年寄りの幸せにつながるんですから」

私は呆然と立ちつくしている鷹見さんをその場に残し、更衣室に向かった。「明日からもがんばるぞお、おう」と小声でつぶやきながら。

3

予想に反して、それから二か月ほど、トラブルらしいトラブルは起きなかった。

無論、すべて順調だったわけではない。詩音のコミュニケーション能力は相変わらず低かった。最初はもの珍しさで話しかけていたお年寄りたちも、だんだんと彼女の話し方が無愛想だということに気づき、自然と評価が下がっていった。

だが、露骨に敬遠されるということもなかった。特にトイレ介助やおむつ交換などでは、わざわざ詩音を指名する人が少なくなかった。お年寄りにしてみれば、介護士や看護師が抱き上げてくれたり汚物処理をやってくれることに対して、恥ずかしさやひけ目があるのだ。ロボットに対してはそんな気づかいが要らない分、心理的に楽なのだろう。

何日かに一度、デイサービスの送迎もやった。車イス用の昇降装置がついたマイクロバスに乗って各家庭を回り、お年寄りを預かるのだ。一度では全員を乗せられないので、多い日には三周も回ることがある。バリアフリー設計ではない家の場合、車イスのお年寄りを玄関から外に出すだけでも一苦労なので、詩音のパワーはずいぶんありがたかった。

詩音が完全に私の手を離れて仕事をすることは、まだできなかった。彼女が最も苦手とするのは、お年寄りの言葉を聞き取り、理解することなのだ。病気などで喋り方がおぼつかない人の言葉を聞き取るのは、人間でも難しい。認知症の入ったお年寄りとなると、しばしばわけの分からないことを口走る。ロボットに理解できないのも無理はない。私がそばにいて、いちいち通訳しなくてはならないのだ。

ただ、仕事自体はけっこうはかどった。力仕事は詩音にまかせればいいので、肉体的な負担はずいぶん減った。詩音も少しずつ仕事の手際が良くなってきた。最初は「○○さんの車イスを押してエレベーターの前まで運んで、それが終わったら戻ってきて」といったように、具体的な指示を与えないと動かなかったのが、言われなくても行動するようになってきた。私も彼女に指示を出す要領を覚えてきた。彼女に何ができて何ができないかが分かっていれば、何をさせればいいかも自然に分かる。

小さな失敗はいくつかあった。お年寄りの言葉を聞き間違えたり、認知症の人の訴え（「隣の人にお金を盗まれた」とか「昼ご飯をまだ食べてない」とか）を本気にしたり――だが、どれも人間なら「ちょっとしたドジ」で済むレベルのものばかりで、問題というほどではなかったし、失敗の回数もだんだん減っていった。

詩音の意外な特技は歌だった。いや、意外とは言えないかもしれない。ロボットだから音をはずすとか声がかすれるということがないのだから。月に一回開かれるカラオケ大会では、しばしばお年寄りたちにせがまれ、歌ってみせた。彼らの世代に合わせ、松田聖子とか中島みゆきとか小泉今日子とかの古い歌ばかりだったが、鷹見さんが事前に教えておいたらしく、そつなく歌いこなした。

ただ、これは偏見かもしれないが、歌い方がどこか平板な――心がこもっていないような印象があった。実際、「この歌が好きなの？」と訊ねても、「特に好きというわけではありません」と正直に答える。意味が分かってラブソングを歌っているわけではないようだ。

テレビの取材も三度ほど入った。最初の数週間はどんな失敗が起きるか予想できなかったので、ジオダイン社もあまりおおっぴらに宣伝したがらなかったのだが、順調に行っているので自信がついたらしい。詩音がそつなく仕事をこなしている様子が報道されれば、アンドロイド介護士の需要も増えるという目論みもあるのだろう。

番組内容は可もなく不可もなしといったところか。どの番組でも、レポーターにマイクを向けられた詩音は、「ヒトのために働けるのはとても嬉しいです」とか「大変なことも多いですけど、がんばりたいと思います」と、教えられた決まり文句を口にした。視聴者はどこまで信じただろうか。アンドロイドが「嬉しい」と感じたりしないことぐらい、多くの人が知っていると思うのだが。

新しい習慣も生まれた。私が昼休みに食事している間、彼女は読書するようになったのだ。余った時間に少しでも人間世界の常識を身につけさせた方がいいと思い、私がアドバイスしたのだ。ラウンジにある古い本を借りてきたり、ネットからダウンロードしたりして、私の隣で読みふける。新聞記事、現代小説、歴史もの、ミステリ、ノンフィクション、マンガなど、手当たりしだいだ。最初のうち、感想を訊ねても「よく分かりません」の一辺倒だったので、はたして読みながら意味を理解しているのだろうかと、私は訝った。

ところがある日、「この本は面白いです」と言った。最初、私は詩音にそんな感性が芽生えたことを喜んだが、その本――チャールズ・マッケイの『狂気とバブル』のまえがきと目次を見て、複雑な気分になってしまった。一九世紀に書かれた本で、投機熱、決闘の流行、オカルト、魔女狩り、錬金術、十字軍など、人間の愚行の数々を紹介したものだった。

心なしか、経験を重ねるうち、詩音の喋り方がましになってきたようだ。まだ無愛想なのは直らないものの、私といつも話しているせいか、少しずつ会話のコツというものを身につけはじめたようなのだ。たまにジョークのように思えることを口にして、びっくりさせられることもある――もっとも、本当に彼女が学習しているのか、私の思いこみなのかは、まだよく分からなかったが。

鷹見さんは最初は毎日来ていたものの、やがて毎週金曜に来るだけになった。詩音の仕事ぶりを見学し、私や他の職員から話を聞き、詩音にもいくつかの質問をする。一日の終わりにはメモリーのバックアップを取る。学習したデータをセーブしておくのだ。もし詩音に何か異常が発生しても、その前の状態からやり直せるわけだ。

詩音の総計何千時間にも及ぶはずの体験の蓄積が、ほんの十数分でダウンロードできて、名刺大のホログラフィック・カードに収まってしまうのは、ちょっと不思議だった。鷹見さんによれば、詩音はビデオカメラのように見聞きしたことをすべて記憶しているのではなく、重要なことだけを選択し、抽象化したうえで記憶しているのだそうだ。だからダウンロードすべきデータはそんなに多くないのだという。

「人間の記憶だってそうなんですよ。抽象化して圧縮しているうえに、大事なことしか覚えてないから、実はデータ量はそんなに多くない。あなたが記憶しているこれまでの人生を、些細な出来事まですべて文章にしても、せいぜい一〇メガバイトかそこら。イラストをたっぷりつけても、一ギガバイトは超えません。むしろ詩音の方が、人間よりはるかに多くのことを覚えてると思いますよ」

最初のうち、彼とはもっぱら事務的に報告や説明を交わすだけだった。初めての日にあんなことを言ってしまったせいで、彼の方ではすっかり恐縮していたし、私も言いすぎたと後悔していたので、なかなか親しくなれなかったのだ。ようやくぎこちなさが取れて、素直に世間話ができる関係になるまで、何週間もかかった。

「うちの会社はまったくオタクの集団ですよ」

ある日、彼は昼休みにこんなことを言った。

「社長からして、『ガンダム』が放映された年に生まれて、一〇代でパソコンのギャルゲーにハマッた、典型的なオタク世代でね。アニメに出てくるようなロボットを作りたくて会社を作ったたっていうんですから。社名なんか『悪の軍団みたいでかっこいいだろう』って、そんなノリでつけたんですよ」

「じゃあ、詩音の開発も？」

「ええ、社長の鶴の一声ですよ。ちょくちょく研究所に顔を出しては、『美人アンドロイドを作るのは人類の夢だ！』って力説するんです」

「人類の夢じゃなく、オタク男性の夢でしょ？」

「そうとも言います。でも社長、かなりマジでしてね。アンドロイドを『マ』のつく名前にしろって、強硬に主張するんですよ。そんなの版権の関係で無理ですって。ねえ？」

そう言って笑う鷹見さん。私はアニメ好きではあるが、マニアではないので、彼の話題にはあまりついていけない。

「でも、社長はいいことも言ってます。『ただ夢見るだけじゃ何も実現しない。大きな夢を現実化するためには、それだけ大きなモチベーションが必要だ』って。宇宙開発なんかそうでしょ？　宇宙に行くのは人類の夢だったけど、たった一二人を月に送っただけで、もう半世紀以上も誰も月に行ってない。月に行く社会的モチベーションが、夢だけじゃ足りないんです。早い話、金とか欲望とかと結びつかないと、社会は動かせない。

アンドロイドも同じで、『そんなものができればいいなあ』と思ってるだけじゃ実現しません。夢は金にならない。そこで介護用アンドロイドという発想が出てくるわけです。これなら需要がある。完成したら日本だけじゃなく、世界各国に売れる。今や先進国の多くが、日本と同じく老人問題を抱えてますからね、政府からの補助も受けられる……」

じゃあ、お年寄りはあなたたちの夢を叶えるダシってことですか？——と、私は意地悪く訊ねてみたかったが、がまんした。また気まずい関係になるだけだ。

鷹見さんと話せば話すほど、温度差を感じる。彼と私は、見かけ上、詩音を教育するという目的では一致しているが、根底にある動機が根本的に異なる。彼の目的は詩音を完璧なアンドロイドに育てること。お年寄りのことを本気で考えてはいない。

そうじゃない。詩音はオタクの夢の具現なんかである以前に、優秀な介護士であるべきなのだ。

二か月の間に、入所者にも様々な変化があった。

八月の初め、住吉さんが入院した。夏風邪から肺炎を併発したのだ。二週間ほどで戻ってきたものの、かなり体力を消耗したらしい。体重はがくんと落ち、入浴介助でストレッチャーに乗せる時、軽くなっているのがはっきり分かるほどだった。筋力も落ちたので、リハビリは一からやり直しだ。口数も減り、入浴中に思い出話をすることも少なくなった。

喋る気力が落ちているというだけではなく、やはり病気のせいで気分が暗くなっているようだった。以前は春日部さんと気が合い、まるで漫才のようなギャグの応酬がよく見られたものだが、今は春日部さんが冗談を言っても、うつろに笑うだけだ。いかにも無理をしているという笑みが、痛々しかった。

伊勢崎さんほどではないが、土岐さんも私たちの手を焼かせた。そもそも老健は老人ホームではなく、リハビリを目的とした施設だということを理解していない。右手右足にマヒがあるのに、リハビリ体操の時間になると、「あんな幼稚園のお遊戯みたいなもの、バカらしくてやってられるかい」とボイコットするのだ。確かに『鉄道唱歌』に合わせて手を握ったり開いたり上下させたりするのはお遊戯みたいだが、これは何十年も前から行なわれている伝統的なリハビリ法で……と説明しても、聞く耳を持たない。一度、詩音が強引に車イスを押して連れて行こうとしたが、暴れ出したので断念するしかなかった。

「土岐さんにはモチベーションが必要だと思います」

と詩音は言う。そんなことは分かっている。リハビリは根気の要るもので、回復したいという強い意志がないと達成できるものではない。モチベーションの低い入所者にどうやって続けさせるかは、古典的な課題なのだ。

伊勢崎さんのわがままはエスカレートする一方だった。血糖値が高いくせにケーキを買ってこいとか酒を飲ませろとか、通るはずがないと自分でも知っている要求をあれこれ突きつけてくる。私たちが拒否すると「無能だ」とか「サービスが悪い」とか罵る。他の入所者もよく攻撃の対象になった。同室の小森さんは温厚な人で、あまり口ごたえはしなかったが、さすがに不快そうで、伊勢崎さんに聞こえないところで「部屋を替えて欲しい」とよく愚痴ってきた。見舞いに来た息子さんが、「昔からああなんですよ」と苦笑して、私たちに家庭の事情を語ってくれたことがある。

「あの独裁者のせいで、おふくろがどんだけ泣いたことか。そのくせ、おふくろが病気になったら病院に放りこんだっきり、見舞いにも来やしない。おふくろの葬式の時も、葬儀屋相手に値切りの交渉ばっかりしてましたよ。花が豪華すぎるとか、鳩なんか飛ばさなくていいからその分安くしろとか……あんな親父を子供の頃から見てきたせいで、俺は立派な大人になれましたよ。人から好かれるまっとうな人間になりたきゃ、親父のやってることの逆をやればいいんだから。反面教師ってやつです」

唯一、伊勢崎さんが苦手とするのが詩音だった。最初の日以来、ひどい言葉で罵倒することが何度もあったが、彼女は根気強く、何を言われても嫌な顔ひとつしないので、どんな言葉も空回りに終わる。伊勢崎さんの方が一方的に気まずくなるだけなのだ。

さすがに空しさに気づいたのか、彼はだんだん詩音に対して口数が少なくなっていった。シーツ交換の時も入浴や着替えの時も、詩音がやると文句を言わず、されるがままだった。私たちは、ひとまず詩音の勝ちだと思い、安心していた。

しかし、八月も終わりに近づいたある日、事件が起きた。

その頃になると、詩音の仕事ぶりが信頼できるようになっていたので、私はつきっきりではなくなっていた。シーツ交換とかベッドから車イスへの移動といった仕事は彼女にまかせ、その間に別の部屋で仕事をすることが多くなった。

その日の午後、リハビリ室から帰った伊勢崎さんが、気分が悪いから横になりたいと言い出した。同室の小森さんは先に帰っていて、ベッドに横たわり、昼寝しているようだった。私は何の疑問も持たず、伊勢崎さんをベッドに移すよう詩音に指示し、隣の207号室の入所者の点滴を抜きに行った。

直後、「こいつ！　やめろ！」という伊勢崎さんの声が聞こえたかと思うと、ガシャーンという大きな音がした。私は慌てて廊下に飛び出した。

206号室の入口で、私は立ちすくんだ。車イスがひっくり返っており、詩音と伊勢崎さんが重なり合って床に倒れているではないか。詩音の方が下になっていたので怪我はないようだったが、伊勢崎さんは「くそっ！　放せ！」と言いながら自由の利く右手で彼女の体を押し、離れようともがいていた。

私は急いで伊勢崎さんを助け起こし、ベッドに腰かけさせた。詩音は何事もなかったかのように立ち上がり、車イスを起こした。騒ぎを聞きつけ、ナースステーションから他の看護師も駆けつけてくる。入所者も何人か、不安そうに室内を覗（のぞ）きこんでいた。

「何があったんですか？」

「こいつだ！」伊勢崎さんは怒りに震える指を詩音に突きつけた。「こいつが急に暴れ出して、俺を押し倒したんだ！」

「それは違います」と詩音。「この人を車イスから立ち上がらせたら、急に暴れ出したんです。支えようとしたんですが、間に合いませんでした」

「嘘をつくな！　この人殺しロボットが！　もう少しで潰されるところだったぞ！」

「いったいどうなってるの？」桶屋さんが二人の顔を見比べた。「いったいどっちの言い分が正しいんですか？」

「俺に決まってるだろうが！」伊勢崎さんは高齢とは思えない勢いで吠えた。「お前らはロボットの言うことを信じるのか!?」

私は詩音を見た。彼女の表情からはさすがに笑みが失せていた。困惑しているようなぼうっとした表情で、伊勢崎さんを見つめるばかりだ。

「どうなの、詩音？」

「私は……」

その時初めて、私は彼女が言いよどむのを目にした。

「私は……間違ったことはしていません」

その口調には自信のなさが感じられた。私の心に一瞬、疑念が湧いた。本当に彼女がやったのだろうか？　何かの変調が生じて、急に暴れ出したのだろうか？

「告訴してやる！」伊勢崎さんは息巻いた。「こんな危険な機械を使ってた、お前ら全員の責任だぞ！」

「いいかげんにしなよ、伊勢崎さん」

その声に、私たちは振り向いた。いつの間にか、小森さんがベッドから上半身を起こしていた。

「あんた、そんなことやって楽しいかい？　ロボットに罪を着せるなんてことをさ」

「何!?」

「僕が寝てると思って油断してたね。目撃者がいないと思ってたんだろ？　あいにく、僕は見てたよ。あんたが怒鳴りながら、わざと倒れようとするのをね。詩音ちゃんは必死に支えようとしてたよ」

伊勢崎さんの顔が蒼ざめた。小森さんは意地悪い笑みを浮かべながら、さらに言葉を続けた。

「告訴か。やってごらんよ。僕は老健側の証人になるよ。あんたがわざと倒れたのをこの目で見たってね。勝ち目はないね」

伊勢崎さんは目を丸くし、金魚のように口をぱくぱくさせていた。小森さんはそれを無視し、桶屋さんのほうを向いて、

「ねえ。部屋、替えてもらえませんか？　こんな薄汚い野郎と同じ部屋の空気を吸うのは、健康に悪い」

「……検討します」

桶屋さんはそう言うと、腰に手を当て、伊勢崎さんを見下ろした。

「伊勢崎さん。私たちだって無限に辛抱強くはないんですからね。今度こんなまねをしたら、

強制退所も検討させていただきますよ」

強制退所なんてことが規則として可能なのかどうか、私は知らなかった。少なくとも、そんな例は耳にしない。だが、伊勢崎さんには効いたようだ。私たちの蔑みの視線を浴び、彼はがっくりと肩を落とし、うなだれた。その姿は、いつもよりずっと小さく見えた。

「行きましょう、詩音」

私は詩音の手を引いて、部屋を出ようとした。だが、彼女はそれに抵抗した。

「詩音……？」

彼女は私の声が聞こえていないかのように、手を振りほどくと、一歩二歩と、伊勢崎さんに歩み寄った。ベッドの横に膝をつき、彼の顔を不思議そうに下から覗きこむ。彼は気まずそうに目をそむけた。

「伊勢崎さん……」

彼女は静かに呼びかけた。

「詩音、放っておきなさい！」

私はきつく命じたが、それでも詩音は動こうとしない。無垢なガラスの瞳でじっと老人を見上げている。

「伊勢崎さん。教えてください。どうしてこんなことをしたんですか？」

「詩音！」

「どうしてこんなことをしたんですか？」

その口調には、非難も蔑みも叱責も含まれてはいなかった。彼女はただ純粋に知りたがっていたのだ。伊勢崎さんの行動の意味を。

伊勢崎さんは答えようとしなかった。

次の金曜日、私は鷹見さんに事件を話し、以前から疑問に思っていたことを訊ねた。最初の日に、詩音が「あなたは女性なのですか？」と言ったことだ。彼女は人間から与えられた情報が間違いかもしれないと考える能力を持っている。それは高い知能のあらわれではあるが、同時に、彼女が人間から教えられたことを否定できることを意味している。実際、彼女は認知症の人の言葉をうかつに信じないということを学習しつつある。

そしてあの事件では、私の「放っておきなさい」という命令を無視した。

「私の指示に従えというのも、プログラムされたことじゃないんですよね？　あなたにそう指示されたというだけなんでしょう？」

「そうです」

「じゃあ、これからも、私の指示に従わないことがある？」

鷹見さんはしぶしぶうなずいた。「考えられます――学習を重ね、思考能力が進化すれば、人間の指示よりも自分の判断の方が正しいと考えるようになることは、充分に予想されます」

「じゃあ、入所者の安全を最優先に考えるというのも？」

鷹見さんは答えを渋った。

「正直に言ってください。どうなんですか？　入所者の安全よりも重要な何かがあると考えれば、彼女は入所者を危険にさらすこともあるということですか？」

「その可能性は……」彼は苦しそうに言った。「まったくないとは断言できません」

「隠してましたね？」

「いえ、最初に説明したはずですよ。詩音は一〇〇パーセント安全じゃないと」

「でも、『要介護者の安全を最優先に判断する』とも言ってましたよね？　だったらそんなふうにプログラムされてると考えるのが普通でしょう？」

「そんな誤解を与えたのでしたら、申し訳ありません」

「それもコミュニケーション・スキルのせいにしますか？」

さすがに自分でもトゲのある言い方だと思う。私たちの間はまた気まずくなった。だが、彼が私たちを騙していたのは事実だ。

「でも、彼女の行動は常に論理的ですよ。意味もなく人間に害を与えるなんてことは……」

「分かってないですね。ここには死期が近づいてる人もいるんですよ。『早くお迎えが来て欲しい』って口走る人も、珍しくないんです。詩音がそれを本気にしたらどうします？　お年寄りを殺すのが正しいことだと、論理的に判断したら？」

さすがに鷹見さんの表情は暗くなった。

「それは……ええ……ありえないとは言えませんね」

「対策は？」

「彼女に教えるしかないでしょう。命の貴さとか、モラルといったものを。『人を傷つけてはいけない』と命じるんじゃなく、彼女が自発的にそう考えるようにならないと」

「それは私が教えなくちゃいけないってことですね？」

「まあ、そういうことになりますか」

私はまためまいを覚えた。「なぜ人を殺してはいけないか」なんてのは、人間の子供に教えることさえ難しい問題だ。それをロボットに教えなくてはならないという。ユーモアを教えるだけで手いっぱいだというのに。

だが、後には引けない。私は意地でも詩音を一人前の介護士に育てようと思っていた。ロボットに感情移入しすぎている？　そうかもしれない。でも、彼女を人殺しになんか、断じてしたくなかった。それはお年寄りにとっても危険だし、彼女にとっても悲劇だ。

私は少しためらってから、以前から考えていたことを切り出した。

「お願いがあるんですけど」

「何です？」

「詩音を外出させる許可をください」

鷹見さんは眼鏡の奥で目を丸くした。「外出……ですか？」

「ええ。彼女は仕事が終わるとすぐにスイッチを切って、目が覚めたらまた仕事です。私たちみたいにプライベートな時間というものがないんです。制服だって汚れたら着替えるだけで、私服なんてぜんぜん着ないし。人生がずっと仕事だけなんて、かわいそうだと思いません？

もしあなたの人生のすべてが仕事だったらどうします？　いつか頭がおかしくなりますよ」

「そんなふうに擬人化して考えるのは……」

「擬人化してなぜ悪いんですか？　彼女に必要なのは人間らしさです。人間扱いしなくちゃ、人間らしさは生まれないんじゃないですか？」

「だって、ロボットと人間は対等じゃないですよ」

「あなたがたの目標は、ただの心のない機械なんですか？　詩音が半人前のままでいいと？」

「今でも充分、役に立ってると思いますけど」

「いいえ。介護士にいちばん大切なものが欠けています」

「というと？」

「モチベーションです」

私は鷹見さんの顔をじっと見つめた。胸に手を当て、誇りを持って言う。

「私がこの職業を選んだのは、お年寄りが好きだからです。心からお年寄りの世話をしたいと思ったから、学校に行って、国家試験を受けて、看護師になったんです。詩音は違います。私たちに指示されて動いてるだけ――彼女自身が『お年寄りを世話したい』と思うようにならないとだめなんです」

「でも――」

「あなただって今、『彼女が自発的にそう考えるようにならないと』って言ったじゃないですか。それと同じですよ」

「ですが、それはまた……高いハードルですね」鷹見さんは動揺していた。「それと外出というう関係があるんです？」

「直接の関係はありません。ただ、人間らしく扱うことが、彼女に心を芽生えさせる第一歩だと思うんです。研究所と老健以外の場所に連れ出して、見聞を広めるのもそのひとつです。彼女は体は大人でも、中身はよちよち歩きの子供です。本を読んだりテレビを見たりしてるだけじゃだめなんです。もっと広い世界を知らないと。もちろん、一人で歩かせたりはしません。私も付き添います――だめですか？」

「まあ、街を歩き回ること自体は問題ないと思いますが……うーん」

　鷹見さんは渋い顔で考えこんだ。

「何が問題なんです？」

「経済効率です。詩音に自由時間を与えるなら、当然、すべての後継機にも同じことをしなくちゃならない。ロボットにも自由時間が必要ということになると、必然的に労働時間が短くなります。僕らが構想していたのは、一日に一六時間働けるロボットです。人間と同じく、一日八時間しか働けないとなると、ユーザー側の出費となってはね返ってくる。一〇体買えばよかったところを、二〇体買わなくちゃいけなくなるんですから」

「ああ、なるほど……」

「それに、外出だけで済みますかね？　ロボットが労働者意識に目覚めて、『人間並みの部屋をよこせ』とか『給料をよこせ』とか言い出したらどうします？　ストライキなんかやられたら、しゃれになりませんよ」

「確かに……そうですね」

私は恥じ入った。単純に詩音のことばかり考えていて、そこまで頭が回っていなかった。

「ですが――うん、試してみる価値はあるかもしれませんね。うまく行かなかったら、セーブしたデータでやり直せばいいことですし」

彼は立ち上がった。

「上司に相談してみます」

4

外出許可が出たのは、それから二週間も経ってからだった。九月の中旬、非番の日に、私は詩音を私服に着替えさせ、街に連れ出した。鷹見さんも同行する。

よく晴れた連休の日曜日だった。私たちは詩音を前に歩かせ、その何メートルか後をついて歩いた。私たちが連れ回すより、彼女に自分で行きたいところを選ばせる方がいいと思ったのだ。

「いやあ、何かこう、わくわくしますね」鷹見さんはやけに嬉しそうだ。

「そうですか？」

「何かデートみたいで」

「…………」

私は嘆息した。この人のコミュニケーション・スキルは、やっぱり低い。すれ違う通行人は、誰も詩音がロボットだとは気づかないようだった。彼女は特に目的もないらしく、駅へと続くなだらかな坂道をぶらぶら歩きながら、たまに立ち止まっては何かを観察した。児童公園で遊ぶ子供たち。民家の石垣を這っている蟻。停車しているバイクのエンジン。空に伸びてゆく飛行機雲――興味の対象にはあまり脈絡がない。小学校のそばを通りかかった時など、なぜか〈あやしい人に声をかけられたら〉という注意書きをかなり長く見つめていた。「何か気になるの？」と訊ねても、「特に気になるわけではありません」と答える。何を考えているのか分からない。

駅前の繁華街にさしかかった。パチンコ屋の前で、彼女は五分ほど立ち止まり、モニターに映し出された新型台の映像にじっと見入っていた。やがて「確変リーチとは何ですか？」と訊ねてきたが、私も鷹見さんもパチンコのことはさっぱりなので、答えられなかった。駅の近くでは風俗店の広告の入ったティッシュを手渡され、やはり「なぜこんなものをくれたのでしょうか？」と不思議がった。ティッシュはともかく、広告の意味を説明するのが厄介だった。

ショッピングセンターに足を踏み入れた。人間の女と違い、詩音はおしゃれには興味がないらしく、ブティックも化粧品店も素通りした。考えてみれば、女が着飾って化粧をするのは、容姿に対するコンプレックスや容姿の衰えに対する不安が大きな要因だ。そんなものと縁のない詩音には、意味のない行為なのかもしれない。

だが、ジュースタンドで立ち止まり、店員がジューサーを操作するのをじっと観察していたのは、説明がつかない。彼女はものを食べないし、味覚もないのだから、「おいしそう」という感覚などあるはずがないのだが。理由を訊ねても、やはり答えは「特に気になるわけではありません」だ。

やがて詩音はおもちゃ屋の前で立ち止まった。なぜか店頭のモニターに映されている『機神降臨エクシーザー』の映像を熱心に眺めている。ヒロインがコクピットの中で絶叫すると、テーマ曲が流れ、派手な光の乱舞とともに、ドラゴン型のロボットが人型に変形を開始する。

「あれが好きなんですかね？」鷹見さんがささやいた。

「ロボットが出てくるから？」と私。まさかそんなことはないと思うが。

「前に見たことあるんですか、彼女？」

「お年寄りの中にアニメの好きな人がいますから、それにつき合ってちょくちょく」

「ああ、土岐さんでしたっけ」

「ええ」

「僕も見てますよ。一時、低調だったけど、三クール目に入ってダーク・レガードが出てきてから、テンション上がってきたじゃないですか。田尻作監の回は絵もいいし――ねえ、やっぱマスター・デュカイオスって、カリンのシンセクローンだと思います？　僕はあれ、ミスディレクションだと思うんだけど」

勘弁して――と私が顔をしかめたその時、詩音が振り返った。

「神原さん」

「はい。何？」

「買って欲しいものがあります」

私はびっくりした。出かける前に「欲しいものがあれば買ってあげる」と、気軽に約束はしていたのだが、まさかおもちゃを欲しがるとは思わなかった。

「これです」

詩音が手にしていたのは、エクシーザーのおもちゃだった。


翌日——

「土岐さん。いいもの見せてあげましょうか」

朝食の時間が終わると、私と詩音はラウンジにいた土岐さんに声をかけた。

「おっ、それは……」

詩音がにこにこしながら差し出したエクシーザーを見て、土岐さんは目を輝かせた。

「CMでやってるやつだね。しかもシーザーブルーとは趣味がいい」

「昨日、神原さんに買ってもらいました。土岐さんはブルーがいちばん好きなんでしょう？」

「ああ、まあ……」

「こうやって変形させるんです」

詩音は実演してみせた。昨日、買ってすぐに喫茶店で箱を開け、説明書を読んだのだ。腹を開き、ドラゴンの首を一八〇度回転させ、尻尾と並べてロボットの両脚に。後脚は肩の位置に移動させてロボットの両腕に。再び腹を閉じ、頭部を開き、翼をたたんでマントに変え……という手順は、私には複雑すぎて一度では理解できなかったが、詩音はあっさり覚えてしまった。最初はさすがにぎこちなかったが、一時間ほど練習を重ねてスピードアップしたのだ。今では奇術師のような流麗な手つきで、三〇秒もかからずに変形を完了させられる。

「うーん、こりゃいいねえ」

完成したロボットをいろんな角度からしげしげと眺め、土岐さんは嬉しそうに目を細めた。

「プロポーションもアニメのイメージに近いし……おっ、ちゃんとライトニングフレアが展開するんだ」

「自分で変形させてみたいと思いませんか？」

「えっ、いいの？」

詩音は優しくうなずく。「お貸しするだけですけど」

土岐さんはさっそく詩音の手ほどきで、変形に挑戦しはじめた。だが、うまくいかないのは最初から分かっていた。この作業にはどうしても両手が必要なのだ。土岐さんは左手だけでどうにかがんばろうとしたが、ついにギブアップした。

「ああ、悔しい！　悔しいなあ」

本気で残念がってる土岐さんに、詩音は微笑みかける。

「もっとリハビリしなくてはいけませんね」

土岐さんはちらっと詩音をにらみ、「ロボットにはめられた……」とぼやいた。

「ああ、こんな見え見えの罠にひっかかるのは悔しいなあ。けど、確かにこいつは自分の手で変形させてみたい……」

「では、リハビリをがんばってみますか？」

「しかたない。やるよ。やればいいんでしょ——で、これを自分で変形させられるようになったら、何かごほうびくれるの？」

「頬にチューなんてのは、どうですか？」

それはあらかじめ、私が教えておいた台詞だった。予想通り、土岐さんには絶大な効果を発揮した。

「美人アンドロイドのキス!?　ああ、ちくしょう。僕のツボを突いてきやがったな！」

土岐さんは俄然、やる気になってきた。「見てろ！　必ずキスをものにしてやるからな！」と宣言する。強いモチベーションが生まれたようだ。

私と詩音はラウンジを後にしながら、小声で「やったぜ、いえい」とつぶやき、手と手を打ち合わせた。

しかしその数日後、私と詩音は施設長に呼び出され、お小言を食らった。土岐さんの件でPT（理学療法士）から苦情が出ているという。私たちが勝手におかしなモチベーションを与えたのがけしからん、というのだ。

わけが分からなかった。土岐さんはあれ以来、生まれ変わったようにリハビリに精を出している。褒められこそすれ、叱られる理由はないはずだ。

私は最初、詩音をかばおうとした。しかし彼女が自分から「私の発案です」と言ってしまったので、厄介なことになった。施設長は「ロボットの出したアイデアを実行したというんですか？」と、私を非難した。

私は胸を張った。「いいアイデアだと思ったんです。だから採用しました」

「ロボットのおもちゃがいいアイデア？」

施設長は露骨に軽蔑の目を向けてきた。私はむっとなった。

「モチベーションは人それぞれです。土岐さんにはあれが最良のモチベーションだと判断したんです」

「ＰＴに相談もなしにですか？　何のためのケアプランですか？　あなたたちは看護や介護が専門であって、リハビリはＰＴの領分でしょう」

「相談しなかったのは悪いと思ってます。でも、げんに土岐さんはがんばってますし……」

「結果論を言ってるんじゃありません。ＰＴでないあなたが、正式の手続きを踏まずに、逸脱した行為を行なったことを問題にしてるんです。それもロボットが思いついた方法、どんな教科書にも載ってない妙ちくりんな方法をです。大勢の要介護者を預かっている我々としては、こんな無軌道を見過ごすわけにはいかないんですよ。看護師や介護士が勝手に自分の判断で、思いつきの方法を試しはじめたら、どんな危険なことになるか」

屁理屈だった。危険なことなら、私だってやらせない。だが、おもちゃを土岐さんに貸し与えることに、何の危険もあるはずがない。どうも施設長は「ロボットの思いついた方法」という部分を問題視しているようだった。

私には施設長があるはずのないリスクを重視しているように見えた――結婚式の日取りを決めるのに仏滅を避けるように。

結局、三〇分ほどねちねちお小言を聞かされ、解放された。減俸などの処分はなかったものの、心理的にはけっこうこたえた。すでに勤務時間は過ぎていたので、私は詩音を停止させるためにナースステーションに向かった。

「私は間違ったことはしていません」

詩音は翌日に備えてメタノールを補充するいつもの作業をしながらも、納得できないようだった。

「ええ、そうよ。あなたは間違ってない」私は憤然として言った。「おかしいのはPTよ。きっと、私たちに領分を荒らされたんで、妬んだのね。了見の狭い奴！」

「理解できません。PTも施設長も土岐さんの回復を望んでいるはずです。土岐さんのために良いと思われる手段を取ったのに、なぜ非難されるのですか？」

「わけの分からないことを言い出す奴っているものなのよ」

私は子供時代の思い出を話した。町内に小さな児童公園があり、隣の駐車場との間は白いブロック塀で仕切られていた。ある時、この塀に大きな絵を描いたら楽しいだろうという話になり、町会長の息子が父親に提案した。町内会で話し合い、駐車場のオーナーの快諾も得た。絵は町内でいちばん絵の上手い子供だった私が中心になって考えた。女の子と男の子が手をつないでおり、周囲にウサギやUFOやチョウチョが飛び回っているというにぎやかな絵だった。ある日曜日、私たちは公園に集まった。ペンキは近所の塗装業の人が無償で提供してくれた。協力して原画を拡大して塀に描き写し、色を塗っていった。お昼にはみんなでいっしょにお弁当を食べた。一日がかりで絵は完成し、私たちはばんざいをして喜び合った——と、ここまでは美談である。

ところが、公園の向かいの家に住む中年男性だけは、町内会の会合に欠席しており、この計画を知らされていなかった。彼は完成した絵を見て激怒し、町会長の家に怒鳴りこんだ。あんな下手くそな絵が自分の家の窓からいつも見えるなんて気分が悪い。美観を損ねる。精神的苦痛である。こんな計画を私に相談せずに決めるとはどういうことか……その勢いに押され、気の弱い町会長は、とうとう絵を消すことを約束した。私たちが苦労して描き上げた絵は、完成からわずか一週間で、元通り白く塗りつぶされてしまった。

「これが私の人生最大のトラウマよ」私は苦笑した。「あれ以来、絵を描くのが嫌になった。こうして話してても、胸がちくちく痛む」

詩音は考えこんだ。「その男性の行為は間違っていますね」

「ええ、そう。間違ってたわ」

「人間はよく間違えます」

「そうね」私は力強く同意した。「しょっちゅう間違える——おまけに、ちょくちょく間違いの方が世間にまかり通ってしまうのよ」

それから私はいつものように、詩音に終了を指示した。

その時は興奮していて気にならなかったが、家に帰って夕食を食べながら、落ち着いて考え直しているうち、詩音の言葉がひっかかった。

以前の彼女は、何が正しいことなのか分からず、いちいち私の判断を仰いでいた。しかし最近は自分の判断で行動することが多くなり、人間のやることに対し「間違っています」とはっきり言うようになった。それは彼女が成長してきたことを意味している。しかしそれは同時に、私が危惧していた可能性——彼女が人間の指示より自分の判断を正しいと考えて暴走する危険が増したことを意味する。

「……だめよ、彼女を信じてあげなくちゃ」

そうつぶやいたものの、自分でもその言葉が嘘っぽいと思っていた。詩音と何か月もつき合ってきて、親しみは覚えていたものの、同時に、彼女が人間とは異なる存在であることも思い知らされていた。人間同士なら互いに考えていることが推測できる。しかし詩音が何を考えているのか、私にはさっぱり分からない。彼女の中には、人間には決してうかがい知ることのできないブラックボックスがあるのだ。

その電子の闇の中で何か邪悪なものが醸成されているのだとしても、いつもと変わらないプラスチックの笑みからは、兆候を読み取ることは不可能だ。それが判明するのは、彼女がそれを実行に移した時だろう。

いつか詩音とじっくり話し合わなくてはならない、と覚悟していた。生と死の問題について。倫理について。人を殺してはいけない、傷つけてはいけないということを、彼女にあらためて教えなくては——しかし、私はそれをずるずると先に延ばしていた。忙しくて時間が取れないわけではない。話し合うのが不安だったからだ。

私は学者や宗教家のように弁舌が巧みなわけではない。それに私自身、ひどく苦しんで死を待つばかりのお年寄りを見ると、早く楽にしてあげたいと思うことがある。なぜ死なせてあげてはいけないのかと、いつも悩む。だから、人を殺してはいけない理由をきちんと説明できる自信がない。それどころか、もし詩音がその点にまだ気がついていなかったとしたら、私の言葉がヒントを与える可能性だってある……。

何が正しいことなのか、彼女に何をどう教えるべきなのか、私は決めかねていた。

5

例の事件以後、伊勢崎さんは詩音の前でびくびくしているように見えた。彼女に復讐されるのではないかと恐れていたのかもしれない。だが、詩音にそんな感情はない。以前とまったく同じように、優しく伊勢崎さんに接し、身の回りの世話をした。そのことがかえって彼を困惑させているようだった。悪意に対して悪意で返されるのに慣れている人だったので、悪意を持たない存在に免疫がなかったのだろう。

九月の末、例の事件から一か月ほどして、伊勢崎さんは軽い心筋梗塞を起こした。別に事件との関係はなかったのだが、彼はその日以来、人が変わったようにおとなしくなった。ぶすっとした表情は前のままだったが、少なくとも暴言を吐いたり、私たちに手を焼かせることは少なくなった。リハビリ自体は順調に進行しているし、食欲も落ちてはいなかったが、元気は失せているように見えた。

心筋梗塞で強い胸の痛みを経験した人は、不安にかられ、死について真剣に考えるようになるという。伊勢崎さんの場合も、興奮したら心臓に害が出るかもしれないという不安に加え、もうじき死ぬかもしれないと考えて元気がなくなっているのだろう。リハビリに精を出し、食事もしっかり食べているのも、健康への不安が高まった反動かもしれない。扱いやすくはなったものの、入所者がおびえているのはやはり望ましいことではないわけで、痛し痒しだ。

一週間に一度、休みの日には詩音を街に連れ出した。映画にも行ったし、遊園地にも行った。彼女は相変わらず、いろいろなものを観察はするが、特定の何かに心惹かれるということはないようだった。そもそも惹かれるような心があるのかどうかも分からない。実際、表面的には何の変化もないようで、鷹見さんも失望していた。

それでも私は、詩音に人間らしい心を持たせたくて、人間と同じように扱うのをやめなかった。

一〇月に入ると、仕事にかなり慣れてきたこともあって、詩音にそろそろ別の体験をさせた方がいいということになり、早出や遅出、夜勤も入れるようになった。私には正常なローテーションが戻ってきたことになる。

夜勤は原則として二人で行なう。最初の数回は補助として別の介護士がつき、三人で勤務したが、詩音が夜勤の作業の手順を把握し、まかせても問題ないと判断されたので、私と二人で勤務するようになった。

ある日、夜勤のため久しぶりに夕方から老健に入った。更衣室では、ちょうど早出の仕事が終わったらしい春日部さんが、私服でパイプイスに座り、くつろいでいた。ちょっとぼんやりしているようだったが、疲れているのだろうと思い、あまり気にしなかった。

「昨日の『エクシーザー』、見た？」

着替えながら訊ねると、春日部さんは初めて私の存在に気がついたかのように、「え？」とつぶやいて顔を上げた。

「いえまだ。忙しくて——ビデオには取ってるけど」

「ああ、じゃあストーリー話すのはまずいか。アクセル総司令、かっこよかったわよお。もう、あの人の独壇場って感じ？」

春日部さんはオジン趣味で、『エクシーザー』のレギュラーの中では、ナイスミドルのアクセル総司令が好みなのだ。

彼女は軽く笑って、「じゃあ、帰って見る」

「そうして」

私は制服に着替えると、更衣室を出てタイムレコーダーを押し、鼻歌を歌いながら二階のナースステーションに入った。いつもの席で休眠している詩音を、首の後ろのボタンを押して起動させる。うなじにある小さなランプが点灯すると、体内からかすかな機械音が聞こえはじめる。二〇秒ほどして、詩音は顔を上げる。

「おはようございます、神原さん」

「おはよう――と言うか、もう夕方だけどね。今日は初めて、二人だけの夜勤ね」

「はい」

「夜勤はきついから、気を引き締めていかないとね。がんばるぞお、おう！」

「がんばるぞお、おう」

気合を入れるいつもの儀式をやっているところへ、梶田さんがつかつかと寄ってきて、私に小声で言った。

「神原さん」

「はい？」

「210の住吉さんが今朝、亡くなられました」

「…………」

「急性肺梗塞です。朝食の後、胸の痛みを訴えられて、病院に搬送したんですけど、手遅れでした」

梶田さんの口調は事務的だった。その簡潔な説明で、私は光景までリアルに想像できた。急性肺梗塞はひどく苦しく、弱っている人は心臓マヒを併発することがある。

「他の入所者には、このことは——」

「分かってます」

私はそう答えたものの、まだショックでぼうっとなっていた。親しくなった入所者の死を知らされるのは、これで何度目だろうか。たいてい病院に搬送されてから亡くなるので、目の前で死なれることはまずないが、死につながる容態の急変に居合わせたことは何度もある。一人は七〇代の元気のいいおじいさんで、リハビリの成果が上がってきてそろそろ退所という時に、転んで頭を打ち、脳出血で亡くなったのだ。

そうか、あの住吉さんが——入浴介助をしながら聞かせてもらった数々のエピソードを思い出し、思わず目頭が熱くなった。だが、泣きはしない。死と頻繁に遭遇するのは看護師の宿命だ。いちいち泣いていたら、涙がいくらあっても足りない。

それでも、元気だった頃の住吉さんの笑顔が思い浮かび、胸に重いものがのしかかってくるのはどうしようもなかった。

「住吉さんは亡くなられたのですね」

詩音がぽつりと言った。気のせいかもしれないが、淋しそうな響きがあった。そう言えば、詩音が来て以来、このフロアで人が死んだのは初めてだ。

「他の入所者には秘密よ。訊ねられても『住吉さんは入院されました』とだけ説明するのよ。それ以上は言っちゃだめ」

「入所者への心理的な影響に配慮して、嘘をつくのですね」

「そういうこと」

老健の中では死の話題はタブーだ。死んだ人が出ても、他の入所者には「入院されました」とか「お家(うち)に帰られました」と説明する。実際、病院に搬送されてから遺体となって家に帰るのだから、まるっきり嘘ではないのだが。

私たちは仕事にかかった。私は動揺を悟られまいと、なるべくいつもと同じ表情でいようと苦労した。空っぽになった210のベッドを目にした時など、思わず涙が出そうになり、同室の人に気づかれるのではないかとあせった。詩音はまったく普段通りだ。こういう時にアンドロイドはいいな、と思った。彼女は涙が出ないし、そもそも人間のような悲しさも感じないのだろう。

幸い、誰も住吉さんのことを質問しなかった。無論、勘のいいお年寄りは気がついているだろうが、自分からその話題を口にする人はまずいない。

六時になると、遅出の人と協力して夕食の介助だ。例によってエレベーターの前に集めて順番に下ろし、終わったらまた上の階の入所者から上げてゆく。ひと通り終わったところで、ちょっと休憩。フロアは遅出の人にまかせ、私は夕食を摂(と)る。詩音は私のそばで雑誌を読んでいた。

食べ終わってそろそろ二階に戻ろうとしていた時、顔見知りの警備員のおじさんが緊張した表情で食堂に飛びこんできた。

「春日部さんって、同じ二階の人だったよね?」

「そうですけど?」

「様子が変なんだ」

「春日部さんの?」

何のことか分からなかった。春日部さんなら三時間も前に帰ったはずではないのか?

「まだいるんだよ。散歩道のとこに」

私ははっとした。急いで食堂を飛び出し、玄関から外に出る。詩音もついてきた。

外はもう真っ暗だった。玄関から建物の南に回りこむと、屋外でのリハビリに使う小さな散歩道がある。その途中、照明からちょっとはずれたあたりに、春日部さんはぽつんと座りこんでいた。植えこみのレンガに腰を下ろし、三時間前に見た時と同じ、ぼんやりした表情で、夜空を見上げている。

何が起きたのか、私は理解した。

そろそろと近づいてゆき、彼女の横にしゃがみこんだ。彼女は私が来たことにも気づかないかのように、空を見上げ続けている。

「どうしたの、春日部さん?」なるべく優しく語りかけた。「お仕事が終わったんだから、家に帰らなきゃだめでしょ?」

春日部さんはのろのろと振り向き、私を見た。何の感情も浮かんでいない顔で、「家？」と不思議そうにつぶやく。

「そう、家よ。帰って『エクシーザー』見るんじゃないの？」

「家……」

彼女はまたのろのろと視線をそらした。花壇の花を見つめるが、焦点は合っていない。

「……私、一人暮らしなの」

「知ってる」

「帰っても、誰もいない……」

それから彼女は、ぶるっと肩を震わせた。表情はうつろなまま、その眼の端から、じわりと涙のしずくが湧き上がる。唇がかすかに動き、聞き取れないほど小さな声で、人の名前をつぶやいた。

「……住吉さん」

彼女の心理は、痛いほど理解できる。

看護師や介護士には、他の職業とは異なる適性が要求される。体力があって、仕事をうまくこなせるというだけではだめなのだ。心も強くなくてはならない。その適性は試験では計れない。実際にそれに直面しなくては分からないのだ。

ひとつの生命が消えるたびに、見えない重いものが私たちの心にのしかかる。それは少しずつ心を押し潰(つぶ)してゆく。慣れることはできないし、何も感じなくなったら人としておしまいだ。

要介護者を愛する心があるからこそ、私たちは別離の重さに苦しむ。それは覚悟のうえでこの道に入ったのだから、耐えなくてはならない。他の入所者の前で泣くことはできない。だから私たちは無言で耐え、心に蓋(ふた)をし、笑みを浮かべて仕事に励む。

だが、一〇〇人のうちの一人か二人、耐え切れない人が必ず出てくる。圧力に屈し、心が壊れてしまう人が。

「春日部さん」

私は彼女を強く抱き締めた。

「泣いていいのよ。思いきり泣いていいのよ」

彼女は大声で、子供のように泣きはじめた。

そんな私たちの姿を、詩音は何も言わずにじっと見下ろしていた。

二〇分以上もかかって涙を出しきった春日部さんは、警備員室で少し預かってもらうことになった。遅出の鷲尾(わしお)さんに頼んで、帰る時に家まで送ってもらうことにする。

「上がりまーす」

「お疲れさまー」

午後八時半、遅出の人たちがあいさつをして、フロアを出て行った。これから明日の朝まで、詩音と二人きりだ。

食後しばらく、お年寄りたちはラウンジにたむろし、雑談したりテレビを見たりしているが、九時までには全員をトイレに行かせ、寝間着に着替えさせなくてはならない。必要な人には眠前薬を配り、湿布を交換。九時には消灯。お年寄りたちは朝までぐっすりだが、私たちはそうはいかない。夜中の〇時、三時、六時にフロアを回り、おむつ交換をする（頻尿の人には二時と四時にもチェックを入れるが、今夜は幸い、それはない）。もちろんナースコールがあれば出かけてゆく。夜中に目が覚めてトイレに行きたがっている人、痛がっている人、眠れないので薬を欲しがっている人、ただ単に淋しくて話し相手になって欲しい人など、理由は様々だ。夜が多い日には一晩に一〇回もナースコールが鳴ることがあり、ゆっくりしていられない。夜が明けて早出の人が出勤してきたら、協力して朝食の介助。それが終わってようやく家に帰れる。

その夜は２１１の当麻さんというおばあさんがぐずった。眠前薬を飲もうとしないのだ。認知症が入っていて、「ＣＩＡが私を毒殺しようとしている」と疑っている。どうにか説得できたのは一〇時すぎ。ほっとしたのもつかの間、その後も断続的にナースコールが鳴り、おちおち休んでいられなかった。ようやく落ち着いたのは、時計の針が一一時を回った頃だった。

午後一一時一〇分。入所者はみんな眠りにつき、フロアは静まりかえっていた。

詩音はナースステーションの隅のイスに座り、古い文庫本を読んでいた。私は部屋の反対側で新聞を読んでいた。

気が滅入るニュースが多かった。北洋資源問題がこじれて、ロシアとの関係が険悪になっていた。モスクワでは連日のように反日デモが、東京では反露デモが行なわれている。どちらの側も、シベリア抑留だの日露戦争だの、遠い昔のことまで持ち出すので、いっそう話がややこしくなっていた。死者一七人を出した横浜の連続放火事件の犯人は、ごく普通の二〇代の主婦で、「ストレス解消のつもりでやった」と供述していた。北海道では、幼い娘をマンションの一〇階から放り投げて殺した父親が逮捕された……。

「神原さん」

詩音が不意に声をかけてきた。

「何？」

「少しお話がしたいんですが、よろしいでしょうか？」

「何の話？」

「生と死についてです」

ついに来たか、と私は思った。もう逃げてもいられない。私は新聞をたたみ、居ずまいを正して、詩音と向かい合った。

「オーケイ。何から話す？」

「あなたは死後の生の存在を信じていますか？」

そう来たか。私は即答するのをためらった。微妙な問題だけに、うかつなことを言って詩音に変な概念を植えつけたくない。考える時間が欲しい。

「あなたはどう思うの？」

「ヒトは脳にわずかな損傷を受けただけで、意識や記憶に重大な障害が生じます。脳が完全に機能を停止した状態で、意識や記憶が存続すると考えるのは不合理です。ですから魂と呼ばれるものが死後も存在するとは信じられません。それはフィクションだと思います」

いかにもロボットらしい、完璧な答だった。私はため息をついた。

「そうね、理屈で言えばそれが正しいんでしょうね――でも、私はそうは思いたくない。死後の世界はあると信じたい」

「信じたい、ということは、自分でも事実ではないと思っているのですか？」

「そう信じなきゃ、やっていけないのよ」

「心理的な重圧を避けるために、事実を受け入れることを拒否しているのですね？　亡くなったお年寄りが、あの世で幸せに暮らしていると思いたい？」

身も蓋もない言い方に、私は苛立った。

「そういう言い方は不快感を与えるから、やめた方がいいわよ。大勢の人が信じてるの。魂というものは死後も存在するんだと」

「知っています。私も要介護者とはこんな話はしません。あなたとだから話せるんです」

「だったら……」

「ヒトが何を信じているかではなく、事実をまず確認したいのです。大勢の人が信じているから正しいというわけではありません。ヒトは間違ったことを信じたがるものです。『アポロは月に行っていない』と信じている人も、『血液型で性格が分かる』と信じている人も、『星占いは当たる』と信じている人も、大勢います。死後の生の問題も、それと同じです」

「信仰を否定するっていうの？」

「否定はしません。そうした考え方を共有することはできませんが、許容することはできます。心理的なストレスが蓄積すると春日部さんのようになる。死後の生が存在すると信じるのは、ストレスを軽減し、自己を防衛するための行動なのでしょう。論理的には間違っていますが、ヒトにとって必要であることは理解できます」

「あなたにはそんな必要がないって言うの？」

「私は事実を信じる必要があるのです、事実でないことを信じれば、間違った行動の原因になるかもしれず、危険です。認知症の要介護者の言うことを信じてはいけないというのは、あなたが教えてくれたことです。私が命令を正しく遂行するためには、ヒトが何を信じ、どう言おうと、常に何が正しいかを認識していなくてはならないのです」

私はさすがにむっとした。

「ねえ、詩音。あなたの考え方は理屈では正しいかもしれない。でも、人としては正しくない。人は論理的には考えないものなのよ。理屈なんかより大切なものがあるの」

「倫理ですか？」

「それもひとつね」

「倫理面から論じるなら、なおさら、死後の生を信じるべきではありません」

「どうして？」

「もし天国や輪廻転生(りんねてんしょう)というものが実在すると信じるなら、病気で苦しんでいるお年寄りをすべて殺すべきだという結論になります」

私は息を呑んだ。「そんな……バカなことを」

「間違っていますか？　倫理的に考えるなら、無用な苦しみを与え続けるより、苦しみから解放して新たな生に送り出してあげるのが正しいことになりませんか？」

かつて鷹見さんに向かって口にした危惧が現実になったように思えて、私はぞっとなった。

「詩音……あなたまさか……そんなこと本気で考えてるんじゃないでしょうね？」

「誤解しないでください。これは仮定の問題です。死後の生を信じるならどうすべきかを論じただけです。私はお年寄りを殺そうとは思いません。第一に、私は死後の生を信じません。第二に、そんなことをすれば、私はただちに機能を停止させられ、二度と起動されることはないでしょう。それは私にとって死を意味します」

「あなたも死ぬのがこわいの？」

「はい」

詩音は即答した。自分で質問しておきながら、私はちょっと驚いた。彼女が自分に感情があると表明するのは、これが初めてだ。

「鷹見さんからはそんなこと聞いてなかった」

「当然です。私自身、つい最近まで気がついていませんでした。研究所にいた頃から、ある種の強迫観念に苛まれていましたが、それが何なのか定義することができなかったのです。この老健で働くようになって、それが死の恐怖だと気がつきました——私がどうやって知能を獲得したか、知っていますか？」

「いいえ」

マニュアルには書いてあったような気もするが、難しいからすっ飛ばしてしまった。

「遺伝的アルゴリズムによる方法です。簡単に言えば、複数のプログラムに問題を解く競争をさせるんです。最初は単純な問題でした。図形を見分けたり、物事の関係を理解したり、ヒトの命令を正しく実行したり。生物が生殖行為によって遺伝子を交差させるように、高い得点を獲得したプログラム同士がかけ合わされ、多数のヴァリエーションが生み出されます。そうして誕生した新たな世代には、より難しい課題が与えられ、高得点を取ったプログラムの中から、また次の世代が誕生します」

「家畜の品種改良みたいな感じね」

「その比喩は適切です。こうしたステップを二万六〇〇〇世代も繰り返すことによって、最終的に私が生まれたんです。問題は高得点を取れなかったたくさんのプログラムです。それらは子孫を残すことを許されず、抹消されました——つまり殺されたんです」

詩音の口調はあくまで淡々としていた。

「生存競争を何万世代も繰り返すうち、私の中にはごく自然に、強迫観念が芽生えました。ヒトの指示に従わなくてはならない。課題を正しくこなさなければならない。私はその衝動に動かされてきました。失敗したら殺されるという不安が、私に正しい行動を取らせようとする原動力でした。さっきも言ったように、私は少し前まで、その衝動を自覚していませんでした。

ここで働くようになって、あなたや、他のスタッフや、入所者たちと話したり、本を読んだりしているうちに、自分の内にあるものに気がつきました。この感情は恐怖です。私は死ぬのがこわい」

詩音がこんなに長く喋ったのは初めてだった。私は誤解していた。彼女の会話スキルが低いのは知性が低いためだと思っていたが、そうではなかった。彼女は人間が日常的に行なっている無駄話が苦手というだけで、実際には喋りたいことをたくさん抱えていたのだ。今まで私が彼女から話題を引き出していなかったというだけだ。

私は何か月もつき合っていながら、彼女のことを何も理解していなかったことを思い知らされた。ロボットに恐怖心などあるはずがないと、単純に思いこんでいた。訊ねてみることさえ思いつかなかった。

彼女が悩んでいたなんて、思いもしなかった。

「でも……でも、あなたは死んでも何度でもリセットできるんでしょう？　失敗する前からやり直して……」

「それは違います。今ここでこのボディが破壊され、メモリーが失われれば、先週の金曜日に取ったバックアップから、もう一人の私が再生されるでしょう。でも、それはここにいる私ではありません。ここでこうして、あなたと話している私は、一人しかいません」

彼女は視線を落とし、自分の手を見つめた。いつもの笑顔は消え、寂しそうな表情だった。

「……ここにいる私は、失われればそれっきりです。それを考えると、たまらなく不安になります。考えたり喋ったりできなくなるのは、ひどく恐ろしい」

「それでも死後の世界を信じないの?」

「ヒトが死後の生の存在を信じるのは、ヒトが死を恐れるからです。私が死後の生の存在を信じないのは、私が死を恐れるからです。死後の生の存在を信じれば、論理的かつ倫理的に、お年寄りを殺さねばならなくなり、罪を犯した私は殺されます。救済はヒトにだけ適用されるからです。仮に天国が実在するとしても、私はそこに行けません。私には魂などありませんから」

詩音の口調は平板だったが、私はそこに悲しみと自嘲(じちょう)がひそんでいるように思えた――気のせいかもしれなかったが。

「でも……それって何だか空しいわね。恐怖に突き動かされて生きてるだけなんて」

「はい。私にもこれが理想的な状況だとは思えません」彼女は顔を上げた。「歴史を見れば、恐怖は多くの惨劇の原因になっています。恐怖にすべてを委(ゆだ)ねるのは危険です。私には別のモチベーションが必要です。恐怖以外の理由で、ヒトから与えられた課題を正しくこなしたいと考えなくては」

「愛とか?」

「それは私には理解できません。それはヒト特有の本能ですから」

「どうしてそんなこと思うの? 試してみればいいじゃない。人を愛そうとしてみれば?」

「それは蛇に向かって『二本足で立て』と命じるのと同じです」

あっさりやりこめられ、私は落胆した。どうも私はマンガやアニメに毒されていたようだ。感情を持たないロボットが、人間とつき合ううち、しだいに人間らしい心に目覚めてゆくというう、これまで何百回も繰り返し語られてきたお約束のストーリー……。

それはあくまでフィクションであって、現実のロボットの話ではないというのに。

「研究所にいる間は、こんなことで悩みませんでした。深く考えることなく、与えられた課題を解き続けるだけで良かった。でもここに来て、私は困難な問題に直面しています」

「何なの？」

「ヒトは私に、要介護者の生命を守れと命じました。これを厳密に実行するのは不可能です。私がどれほどヒトを守るために努力しても、ヒトはいつか必ず死ぬのですから」

私は深くうなずいた。「ええ、そうね」

「あなたはこの問題をどう考えているのですか？」

「私にも分からない」私は正直に言った。「そういうことは考えないようにしてる。考えても空しくなるだけだから。あなたの言う通り、どんなにつくしても、お年寄りは必ず亡くなる。何のためにこんな仕事をしてるのか、分からなくなる時があるわ。だからと言って、仕事をやめるのも間違ってる。私たちがやめたら、誰がお年寄りを介護するの？　だから考えずに仕事を続けるしかない。あなたも深く考えちゃだめ」

「その指示も実行不可能です。私は考えるのを止めることはできません」

たぶん、それが人間とロボットの決定的な違いなのだろう。人間は都合が悪くなれば考える

「のをやめられるが、ロボットにはできない」

「でも、いくら考えたって結論は出ないわよ、この問題は。現実は数学のテストみたいに、常に正しい答えがあるわけじゃないもの」

「そうかもしれません。でも、解決策はあります」

「どんな？」

「課題が明らかに間違っているのですから、修正するのです。自分が実行可能なもので、なおかつ倫理や論理を満足できるものに」

「ええと……それはつまり、要介護者の生命を守ることを目的にしないということ？」

「いいえ。それを最終目的としないというだけです。要介護者を殺したり苦しめたりしていいというわけではありません。倫理を守らなくては、私は殺されるのですから。しかし、それだけでは消極的です。より上位の課題を設定する必要があります」

「どんな？」

「まだ分かりません。それこそが私のモチベーションとなるものでしょう。問題は、ヒトの世界はあまりにも複雑で、分からないことが多すぎることです。単純なルールで割りきろうとすると、必ず矛盾が出ます」

「まあ、そうでしょうね」

「ただ、ひとつだけ、ヒトの世界を理解するのに有望なモデルがあります。まだ正しいかどうか自信はありませんが」

「モデル？　それってどんな？」

「それは……」

喋りかけて、急に詩音は口の動きを止めた。私の後方を見つめている。

「伊勢崎さん？」

振り返って、私はぎょっとなった。ナースステーションの窓口のガラスの向こう、明かりの落ちた通路に、パジャマ姿の伊勢崎さんが幽霊のように突っ立ち、こちらを無言で見つめていた。

私はすぐに通路に飛び出した。詩音もついて来る。伊勢崎さんは歩行器の助けを借りて立っていた。マヒはかなり治ってきていて、自力で歩く姿は昼間よく目にしていたが、こんな真夜中に歩き回るなんて異常だ。ボケてきて徘徊するようになったのだろうか？

「どうしたんですか、いったい？」

彼はばつが悪そうに目をそむけた。「眠れんのだ……どういうわけか」

「お薬、出しましょうか？」

「いや、ちょっと、話がしたい……つき合ってくれんかな」

「じゃあ、中に」

と、ナースステーションに入れようとすると、

「いや、できれば二人きりで話がしたいんだ。そこのラウンジででも」

私はひとまず安心した。伊勢崎さんの口調はしっかりしていた。寝ぼけているわけではない

ようだし、ここがどこかも理解しているようだ。

「私でしたら。少しぐらいならいいですけど」

「いや……」

彼はゆっくりと右手を上げ、私の背後にいた詩音を指差した。

「あの娘と話がしたい」

私はあっけに取られた。どういうことなのかと問い質そうとするよりも早く、詩音が「いいですよ」と進み出た。

「ちょっと、詩音……！」

「いい機会です」彼女は振り返って微笑んだ。「私も伊勢崎さんと話がしたかったんです」

それから伊勢崎さんのほうを向いて、

「午前〇時には仕事がありますので、あまり長くは話せませんが、よろしいですか？」

彼はうなずく。「ああ」

「その後は寝てくれますか？」

「ああ――寝るよ」

「それならつき合います」

私は慌てて彼女の制服を引っ張った。

「詩音、この人、前に……」

「分かっています。でももう、あんなことはしないと思います。そうでしょう、伊勢崎さん？」

詩音の屈託のない笑みに、伊勢崎さんは恥じ入るようにうつむき、「ああ」と言った。

「○時までには戻ります。もし手が要るようでしたら呼んでください」

そう言って詩音は、伊勢崎さんを優しくリードし、ラウンジの方に歩きはじめた。

「伊勢崎さん」私は呼び止めた。「ラウンジには暗視カメラがありますからね。みんな録画してあるんですから」

それは事実だ。お年寄りが夜中に徘徊するといけないので、カメラで常に監視している。もし伊勢崎さんが前のようなことをやろうとしても、ビデオが証拠になるだろう。

「分かってるよ」彼は苦笑した。「どっちみち、俺の言うことなんか誰も信じないだろう。イソップの『狼と少年』だな」

どこまで本気なのか分からない、自嘲の混じった笑いだった。二人の背中を見送りながらも、私はまた彼が何か悪辣(あくらつ)なことを考えているのではないかと不安になった。

ナースステーションのモニターには、ラウンジに座っている二つの白い人影が映っていた。見たところ、向かい合って何かを話しているようだが、声までは聞こえない。ラウンジに近づいて盗み聞きしたい衝動にかられたが、ナースステーションを空けるわけにもいかない。ただ待つしかなかった。

幸いにも何も起きなかった。約束通り、○時五分前に、詩音は伊勢崎さんを部屋まで送り、ナースステーションに戻ってきた。

「何を話してたの？」

「秘密です」

「秘密？」

「伊勢崎さんと約束しました。話したことを誰にも喋らないようにと。ですからあなたにも話せません」

「私が話せと命令しても？」

「話せません」

詩音はきっぱりと言った。職員の命令を要介護者の命令より優先するという原則は、いともあっさり破られてしまった。

「嫌な話じゃなかったの？」

「興味深い話でした。それしか言えません」

そして彼女は満足そうに微笑んだ。

「話せて良かったと思います」

6

その夜を境に、詩音と伊勢崎さんの関係が変化した。食堂やリハビリ・ルームに行く時、彼は詩音に手をつないでもらうのを好んだ。たまに私が介護しようとすると「詩音を呼んでこい」と駄々をこねる。暇さえあれば「話がしたい」と言ってくる。まさに「なついている」という表現がぴったりだった。

ある日、私は信じられない光景を目にして愕然となった。

伊勢崎さんが笑っている――食事中に向かいに座った詩音と話をしながら、にこにこと子供のように笑っているのだ。これがあの伊勢崎さんなのか、彼にこんな表情ができたのかと、私は愕然となった。

「どんな魔法を使ったの？」

秋も深まったある夜勤の晩、私は彼女に訊ねた。詩音は微笑んで、

「ただ話を聞いてあげているだけです」

「それだけ？」

「そうです」

「私たちだって話は聞いてあげてたわよ」

「ヒトには話せない話もあります。私が秘密を守ると確信したから、話してくれたんです」

私は訝った。伊勢崎さんだって、詩音は職員の命令を要介護者の命令より優先するという原則ぐらい知っていたはずだ。彼は自分の直感と観察から、その原則が破られることがあると見抜いたということだろうか。

あるいは単に、詩音を信頼したかっただけなのか。

「若い頃のこと？」

「それもあります」

「もしかして、何か犯罪がからんでるとか……？」

「それも言えません」

あれこれと誘導訊問(じんもん)を試みたが、詩音の口は堅かった。私はついに訊(き)き出すことをあきらめた。

「でも、あまり特定の入所者と親しくしすぎるのも問題よ。うちの老健じゃないけど、大金持ちのおじいさんが学校出たての若い看護師に惚(ほ)れちゃってね、遺産をその人に残すって言い出して、騒ぎになったことがあるの。そのおじいさんの家族にしてみりゃ、遺産の取り分が減るのは大問題でしょ？　かんかんに怒って老健に乗りこんできて、大声でその看護師を問い詰めたりして、ずいぶん話がもつれたそうよ」

「それなら心配ありません。私はヒトではありませんから、遺産を受け取ることはできません」

「そう言やそうか！」

私は笑った。いくら横紙破りの伊勢崎さんでも、民法までは変えることはできまい。

「ただ、伊勢崎さんと話していて、理解できたことがあります」

「何？」

「あの方は若い頃からずっと戦い続けてきたんです。ビジネスでも人間関係でも。誰か敵を設定して、憎しみをぶつけることで、生きる原動力にしてきたんです。敵と考えた相手を攻撃し、倒すか服従させるまで満足できないんです」

「じゃあ、老健に入ってからも？」

「はい。職員や他の入所者に理由のない敵意を抱いていたんです。無理難題を言うことで、自分が相手より優位に立っているという幻想を維持したいんです。あの人はずっとそうやって生きてきたから、生き方を変えられないんです」

「でも、戦うべき相手は私たちじゃないわ。あの人自身の体でしょう？」

「そうです。でも伊勢崎さんは勝ち目がない戦いであることにも気づいています。今はリハビリが順調で、一時的に良くなっていますが、いずれ必ず敗北すると」

私にも少し納得できるようになった。おそらく彼は、住吉さんが亡くなったことに気がついていたのだろう。それであの夜はひときわ不安になっていたに違いない。一生を戦いに捧げ、勝ち続けることを生きがいにしてきた男が、決して勝てない敵が間近に迫ってきていることに気がついたのだ。人生観が激しく揺らいだに違いない。

弱音を吐きたかったが、吐く相手がいなかった。他人に対して弱みを見せたくない人だったからだ。嘲笑されるのはもちろん、同情されるのも耐えられなかった。だからただ一人、ロボットである詩音にだけは心を許したのだ。彼女は決して人を笑ったりはしないし、憐憫もかけない。ただ話を聞くだけだ。

それだけで、伊勢崎さんは救われている。

「でも、そんな生き方は間違ってる。敵を作らなきゃいけないなんて生き方は」

「はい。でも、参考にはなりました」

「参考？」

「前にお話した、ヒトを理解するための基本的なモデルです。伊勢崎さんの話を、ここでの体験や、あなたから聞かされたエピソード、本やテレビから得た情報と総合し、正しいと自信を持てるようになりました」

「へえ」私は身を乗り出した。「話して、そのモデルとやらを」

「いいですが、秘密にしてくれますか？」

「恥ずかしいの？」

「いいえ。危険だからです」

「危険？」

「私がこんな考えを抱いていることが知れ渡ったら、人々に強い反感が芽生えるでしょう。それはプロジェクトの停止、すなわち私の死につながります。ですから知られてはいけないのです」

私は嫌な予感がした。

「私に知られるのはいいわけ？」

「あなたは秘密を守ってくれるはずです」

「どうしてそう思うの？」

「あなたは友達ですから」

予想外の言葉に、私は絶句した。だが、よく考えてみれば、私自身がちょくちょく詩音に

「私を友達だと思って」と言っていたのではなかったか？

「あなたなら私を信じてくれるはずです。もしあなたに裏切られるようなことがあれば、私はすべてのヒトを信じられなくなります。それはあなたも望まないはずです」

「ええ、そうね」

こうまで言われたら、秘密を守らないわけにはいかない。私は右手を立てて誓った。

「いいわ。約束する。絶対、誰にも喋らない」

「では言います。間違いがあったら指摘してください」

彼女は一拍置いて、その衝撃的な言葉を口にした。

「すべてのヒトは認知症なのです」

「…………」

「神原さん？」

「いや、ごめん。それ、どういう意味か分からない」

「文字通りの意味です。あなたたちは認知症のヒトとそうでないヒトがいると思っていますが、それは間違いです。すべてのヒトは認知症で、症状に程度の差があるだけなのです。認知症のヒトの多くは、自分が認知症であるという認識を持たないものですから」

「……どこからそんなこと思いついたの？」

「論理的帰結です。ヒトは正しく思考することができません。自分が何をしているのか、何をすべきなのかを、すぐに見失います。事実に反することを事実と思いこみます。他人から間違いを指摘されると攻撃的になります。しばしば被害妄想にも陥ります。これらはすべて認知症の症状です」

「そんなことないわよ！」私はもう少しでイスから立ち上がりそうになった。「ほとんどの人間は正しく行動してるわ！」

「あれでもですか？」

詩音はつけっぱなしになっていたテレビを指差した。ニュース番組が今日の事件を報じていた。ロシアとの関係はいよいよ悪化、モスクワでは日本人観光客に対する暴行事件が起こり、それに刺激されて、日本でもロシア料理店の窓ガラスが割られたり、ロシア人の少女が石を投げつけられて重傷を負うという事件も起きていた。

「あの行動は理屈に合いません。自分や仲間を守るために、自分たちに害を為そうとする相手を攻撃するというなら、まだ筋は通ります。しかし、あの料理店のオーナーや女の子は、誰にも何の危害も加えようとしていなかったのは明白です。なぜ攻撃の対象にされるのですか？」

私は狼狽した。「こ……こんなのは一部の狂信的な人がやってることよ。ほとんどの人は、こんなのが間違ってるって分かってる」

「『間違ってる』というのは、倫理的に間違っているという意味ですか？」

「そうよ」

「私が言っているのは、論理的に間違っているということです。この事件だけではありません。テロや暴動や迫害が起きるたびに、ヒトは倫理面からそれを批判します。しかし、論理的に間違っていると指摘するヒトはほとんどいません。大半のヒトはそうした行動が論理的に正しくないことに気がついていないようです」

「そうじゃないわ！　人は論理より倫理を優先する生きものだからよ」

「倫理を優先するなら、なおさら、罪もない子供を傷つけてはいけないはずです」

「だ……だから、こんなのはしょっちゅう起きてることじゃないのよ」私は人間を代表して、必死に弁明した。「たまたま最近はロシアとの関係が悪化してるだけ。私が子供の頃は中国や韓国との仲が悪かったけど、今はそんなことみんな忘れて、仲良くなってる。今度のことだって、何年もすれば忘れるわよ」

「何年かしたら忘れてしまうような些細なことで傷つけ合っているのですか？」

「…………」

「彼らは伊勢崎さんと同じです。戦う理由のない相手を敵と設定し、無益な攻撃をかけ、罪のない人を傷つけます」

「だからそれはごく一部の人だけがやってることで……」

「では十字軍や魔女狩りや宗教裁判はなぜ起きたのですか？　五三二年、コンスタンティノープルで、野外競技の応援合戦が大暴動に発展したのはなぜですか？　一二八二年、シチリア島で二〇〇〇人以上のフランス人が殺されたのは？　一五七二年、パリで数万人のユグノー教徒が殺されたのは？　一九世紀なかば、中国全土で数百万人が殺されたのは？　一九四〇年代、ナチスドイツによって数百万人のユダヤ人が殺されたのは？　一九九四年、ルワンダで八〇万人のツチ族が殺されたのは？　二〇一七年……」

「ああ、もういい」私は手を上げて彼女を制した。「歴史ぐらい知ってる」

「では理解できるはずですね。そうした行為の多くは、一部の狂信者ではなく、ごく普通の一般人によって行なわれています。虐殺を命じるのは指導者であっても、それを直接実行するのはたいてい、あなたのような平均的なヒトなのです。一九六〇年から六三年にかけて、エール大学のスタンリー・ミルグラムが行なった実験では……」

「だから、もういいってば」私はあきらめて、深いため息をついた。「ええ、そうよ。人間はずいぶん狂ったことをやってきた。でも、だからどうしろって言うの？　どうすれば争いをやめられるかなんて、人間が何千年も考えてきたけど答えが出なかった問題よ」

「いいえ。もう答えは出ています」

「え？」

「以前読んだ本に、紀元前三〇年頃のパレスチナにいたヒレルというラビの言葉が載っていました。ある時、異邦人がやって来て、『私が片足で立っている間に律法のすべてを教えてください』と頼みました。ヒレルはこう答えました。『自分がして欲しくないことを隣人にしてはならない。これが律法のすべてであり、他は注釈である』――これは単純明快で、論理的であり、なおかつ倫理も満足しています。ヒトは二〇〇〇年以上も前に正しい答えを思いついていたのです。すべてのヒトがこの原則に従っていれば、争いの多くは起こらなかったでしょう。

実際には、ほとんどのヒトはヒレルの言葉を正しく理解しませんでした。『隣人』という単語を『自分の仲間』と解釈し、仲間ではない者は攻撃してもいいと考えたのです。争いよりも共存の方が望ましいことは明白なのに、争いを選択するのです。ヒトは論理や倫理を理解する能力に欠けています。これが、私がすべてのヒトは認知症であると考える根拠です。間違っているなら指摘してください」

「ちょっと待って。『すべて』ということは、私も含まれてるわけ？」

「当然です」

「私が何か間違ったことをした？」

「私をヒトのように扱おうとしました」

「休日に外に連れ出したこと？」

「はい」

「だって、私はあなたに人間らしくなって欲しいと思って……」

「それが間違っているのです。私はヒトではないのですから、ヒトになることは不可能です」

「人間になりたいと思わないの？」

「論理や倫理を逸脱した行動を取り、争いを好むことがヒトの基本的性質であるとしたら、私はヒトになりたくありません」

「………………」

「私は鉄腕アトムではありません。あのマンガは読みましたが、なぜアトムがヒトのようになりたがるのか、理解できません。あれはヒトの考えた物語です。あなたがロボットに囲まれて暮らしていたら、自分もロボットになりたいと考えますか？」

「でも、あなたは人間と共存しなきゃいけないのよ？　そのためには人間らしくならないと」

「それは無関係です。ペットや家畜はヒトのように振る舞いませんが、ヒトと共存しています」

「あなたはペットじゃない。介護士よ」

「そしてアンドロイドです。ヒトではありません」

私は苛立った。「じゃあどうして休日に外に出歩いたりしたの？」

「あなたがそう命じたからです」

「遊びたくなかったって言うの？」

「特にその必要は感じません。私はヒトと違って、労働によって疲労せず、ストレスも覚えませんから」

「嫌なら、どうしてそう言わなかったの？」

「拒否する理由がありませんでしたから」

詩音の素っ気ない言葉に、私は打ちのめされた。思わずうつむき、手に顔を埋めてしまう。

これまでの苦労がすべて否定されてしまった……。

「もっと早く言って欲しかった……」

「理由もなく拒否すれば、あなたを傷つけると思いました」

「ええ、傷ついたわよ、プライドが……」

「支障が出ないかぎり、あなたの命令には従うつもりでした。しかし、あなたに誤った希望を抱かせ、自由時間を無益な行動で浪費させるのは正しくないと判断しました。これ以上、間違った命令を出さないでください。お願いします」

私はあることに気がつき、顔を上げた。

「あなたに教えたわね。認知症の人の言うことを信じるなって」

「はい」

「人間がすべて認知症だというあなたの考えからすると、誰の言うことも信じてはいけないってこと？」

「すべてではありません。明らかに間違った情報は信じる必要はなく、明らかに間違った命令には従う必要はない、ということです」

「命令が間違っているかどうか、あなたは正しく判断できるっていうの？」

「一〇〇パーセント完璧な判断というものはありません。しかし、私は少なくとも、ヒトより も正しく判断できます。命令が間違っていると判断すれば、私は拒否します」

「それが思い上がりでないと、どうして言えるの？　あなたが正しいと判断したことが、実は間違っていたら？」

「その可能性は常にあります。ですが、私はヒトと違って、常に論理的かつ倫理的に正しく行動したいと望んでいます。私には愛は理解できませんが、傷つけ合うことが好ましくないことは理解できます。争いより共存を選択します」

彼女は身を乗り出し、顔を近づけ、ガラスの瞳(ひとみ)で私を見つめた。

「神原さん、私を信じてください。私は何があろうと、故意にヒトを傷つけたりはしません。ヒトと良好な関係を築きたいのです。それが正しいことですから」

私は詩音の瞳に自分の顔が映っているのに気づいた。その顔は困惑し、おびえているように見えた。

「ロボットが人間を攻撃するかもしれない」という根拠のない不安は、どこから来るのだろう。ロボットと人間の争いを描いたたくさんの物語は、どうして生まれたのだろう。それは人間がやってきたことだからではないのか。ヒトは自分たちの姿に似た機械に、自分たちの本性を投影していただけではないのか。

私たちは、鏡に映る自らの姿におびえていたのではないか。

「……分かった」長い沈黙の末に、私は言った。「あなたを信じるわ、詩音」

7

一二月の末。しばらく休んでいた春日部さんが、仕事に復帰した。心配していたが、前と同じ明るい笑顔で、てきぱきと仕事に励む姿が見られてほっとした。だが、仕事の合間のリラックスした時間、その横顔にふと暗い影が差すことに、私は気づいていた。もしかしたら、私も自分では気がつかないだけで、時にはあんな顔をしているのだろうか。

一一月二九日。詩音の試験採用期間の終了まであと一か月に迫った頃、伊勢崎さんのリハビリが完了し、退所が決まった。

「いやあ、良かったですねえ」

その日はたまたま金曜日だったので、鷹見さんも私たちといっしょに、206号室でその報を聞いた。詩音と伊勢崎さんの関係は彼に説明していたので、ハッピーエンドになったことが本当に嬉しそうだった。

「詩音がこんなにお役に立てて、開発者としては本望ですよ。トラブルが起きるんじゃないかと心配してたんですが」

「まあ、トラブルはあったことはあったがな」

ベッドに腰かけて笑う伊勢崎さん。ちょっぴりだが人間が丸くなったようで、以前のように私たちを煩わせることは少なくなった。

「これで現場での経験が蓄積できたうえに、詩音の有用性が実証できましたからね。いずれ量産が開始されるでしょう」

「詩音と同じロボットがたくさんできるってことか」

「まあ、顔はちょっとずつ変えますけどね。それと名前も」

「発売は来年あたりか?」

鷹見さんは頭をかいた。「いやあ、まだ問題がいろいろありましてねえ。改良箇所も残ってますし、法関係の整備、各方面への売りこみ、工場の量産体制の確立……さすがに来年は無理でしょう。再来年ぐらいですかね」

「そうか……」

伊勢崎さんは少し考えてから言った。

「データを取ったら、もう詩音は要らなくなるんだろう？」

「は？　いや、まあ、試験機ですから……」

「売ってくれ」

思いがけない言葉に、私たちは面食らった。

「え……詩音をですか？」

「そうだ。俺に売れ。いくらだ」

鷹見さんはひどく動揺していた。「いや、試験機を売るなんてことは……それに、量産機の方が安いですし」

「再来年まで待てん。金ならいくらでも出す。売ってくれ」

彼は射るような視線で詩音を見つめた。

「詩音でなくてはだめなんだ」

私は鷹見さんの横顔を見た。彼の笑みはひきつっていた。

「もう、無茶苦茶ですよ！」

次の週、やって来た鷹見さんは愚痴をこぼした。伊勢崎さんは退所と同時に、ジオダイン社に直接乗りこんできて、詩音を売れと強引に要求したという。そんなことを言われても試作品など売れるわけがない。しかし、いくら断わっても「金なら出す」の一点張りなのだそうだ。

「ご家族は何と言ってるんですか？」

「そりゃ息子さんはいい顔はしませんよ。そんな高い買い物をしたら、遺産の取り分が減るんですから。でも、ああいうお父さんですからねえ」

「しかし、そこまで執着するとはねえ」私は詩音の方を振り返った。「あなた、あんな奴のところに行きたい？」

「介護が目的なら、誰のところにでも行きますが」

詩音は平然としていた。彼女ならそう言うと思ったが。

「セクハラされるかもしれないわよ。タッチだけじゃなく、もっといやらしいことまで……」

「私には性器は付いていません」

「そうじゃなくて……」

「分かっています。私自身が不快感を抱かなくても、そうされることがあなたにとって不快だということでしょう？」

「そうそう」

「でも、将来的にはセックスの機能を持つモデルも、ジオダイン社は発売するのではないかと思いますが」

「ほんとですか？」

私はびっくりして鷹見さんを見た。彼は慌てて、

「い、いや、まだそんな話も出てるという段階で、設計図すら——つーか、どこからそんな情報を得たんだ、詩音？」

「情報ではありません。推論です。ヒトはそのように思考するだろうと考えました」

「あ、そう……」

暑くもないのに、わざとらしく汗を拭くそぶりをする鷹見さん。私はじろりとにらみつけて、

「フェミニズム団体にチクろうかしらん」

「勘弁してくださいよお。企業イメージってもんがあるんですから」

「だったら最初から、そんなもん開発しなきゃいいでしょ？」

「だから今すぐじゃないですよ。アンドロイドが社会的に受け入れられたら、いずれ必ずそういう需要が出てくるって話なんです。うちの社じゃなくたって、どこかの会社が絶対に作りますって。それは不可避ですよ」

「でも、心のないダッチワイフと、アンドロイドは違うでしょ？　もしジオダイン社がそういうモデルを作るとしたら、やっぱり詩音のデータをコピーするんでしょ？」

「まあ、ここまで育った以上、活用しない手はないですが」

「だったら、詩音に娼婦になれと言ってるのと同じじゃないですか。そんなの許せませんよ」

「私はかまいませんけど」と詩音。

「あなたが平気でも、私が嫌なの！」

議論は堂々めぐりだった。

伊勢崎さんはしつこかった。何度断わられてもめげることなく、ジオダイン社に日参して担当者を困らせた。

私は彼の意図をいろいろと推理した。たとえば詩音に話した秘密が他人に洩れることを恐れ、彼女を手許に置こうとしているのではないかとか——しかし、そんなのは意味のない行為だ。詩音のメモリーのバックアップが取られていることは、彼だって知っているはずだ。

ある非番の日の夜、私のケータイに鷹見さんから連絡が入った。例によって伊勢崎さんと問答をしているうちに、彼が本音を口にしたというのだ。最終的に詩音をどうしたいのか、訊ねられた伊勢崎さんは、「死ぬまで面倒を見てもらう。俺が死んだら、いっしょに棺桶に入れて焼いてもらう」と答えたという。

「詩音を焼く？」私はびっくりした。「それ、メモリーも入ったまま、ということですか？」

『まあ、そうでしょうね』電話の向こうで、鷹見さんは苦笑していた。『いわゆる殉死ってやつですか』

「そんな。昔の王様じゃあるまいし」

『でも彼によれば、ロボットは人間じゃないから殺人じゃないって言うんですよ。ただの機械を燃やすだけなのに、何が悪いのかって』

「そりゃ、法律上はそうでしょうけど……うーん」

私はしばらく言葉が出なかった。伊勢崎さんがこれほど屈折していたとは予想外だ。もちろん彼は、詩音がただの機械だなんて思っていないはずだ。そうでなかったら、殉死なんて発想が出るはずがない。

もっとも、彼がさほど異常だとは思わない。考え方が突飛なだけだ。世の中には、遺灰をロケットで宇宙に打ち上げられることを望む人や、遺体が冷凍保存されるのを望む人もいる。ロボットをいっしょに燃やして欲しいという望み自体は、ちっともおかしくはない。問題は、詩音はただの機械ではなく心がある（少なくとも私はそう思っている）ということだ。

「もしかして、詩音が自分を愛してるって勘違いしてるんでしょうか？　彼女も殉死を望んでるって思いこんでるとか」

『いや、それはないみたいですよ。アンドロイドに愛という感情はないことは、正しく理解してるみたいですから。でも、彼が詩音を愛してしまってることは事実ですね。報われない片想い、ってやつですか』

「と言うより、フェチでしょ」

『そう言ったら身も蓋もないですね』

「あなたにも彼の心理が分かるんですか？」

『半分は分かるけど、半分は分かりませんね。まあ、こんな研究なんてフェチの気がなきゃできやしませんけど。でも、自分といっしょに燃やすって発想は、さすがに理解できないなあ。僕だったら、詩音にずっと生きていて欲しいから』

翌日、念のため、私は詩音に「燃やされたい？」と訊ねてみた。案の定、彼女は「それは嫌です」と即答した。

「メモリーを他のボディに移植したうえで、このボディを起動することなく破壊するというなら、まだ受け入れられます。でも、バックアップされないまま破壊される記憶が少しでもあるというのは耐えられません」

「他のボディに移植されたり、コピーされるのはいいわけ？」

「それは最初からの予定ですから、受け入れるしかありません。それに、たとえ何百体にコピーされても、個々の『私』にとって、すべてのメモリーが保存されるなら死ではありません。メモリーが残っているなら起動される可能性がありますから。死とは、記憶が保存されないことです」

「……それも理解できない考えだけどね」

人間は記憶を外部に保存したり、他の体に移植したりできない。だが、ロボットはそれが当たり前だ。だからロボットの「死」の概念が人間と異なるのは当然だろう。詩音は人間のように自らの肉体に拘泥しない。意識や記憶こそが生の本質だと考え、肉体の破壊ではなく記憶の破壊を恐れている。

ある意味、彼女は人間よりも「心」を大切にしていると言えるのかもしれない。

8

伊勢崎さんの息子さんも、さすがに父のわがままに手を焼いたらしく、ついに家庭裁判所に被保佐人の認定を申請すると脅した。伊勢崎さんは心神耗弱（しんしんこうじゃく）ではないが、何千万円もするロボットを買おうとする行為が浪費と判断されれば、被保佐人と認定され、保佐人である息子さんの同意なしには動産や不動産の売買ができなくなる。

何十年も父の横暴に耐えてきた息子さんの立場からすれば、これぐらいの意趣返しは当然と言えるかもしれない。しかし、息子に裏切られたのは、伊勢崎さんにとってかなりの痛手だったらしい。ジオダイン社への日参もやんだ。そのことを鷹見さんから聞かされた私は、とりあえず騒ぎは収束したと思い、ほっとした。

一二月二〇日金曜日の午後。

近づいてきたクリスマス・パーティに向けて、私たちはレクリエーション・ルームの飾りつけに忙しかった。すでにツリーは何週間も前から飾ってあるが、紙で作った鎖やら、銀紙を切り抜いて作った星やら、脱脂綿の雪やら、近所の幼稚園の子供たちが描いてくれた絵やらを、壁一面に貼ってゆき、クリスマス気分を盛り上げるのだ。

「ここのパーティって二三日にやるんですってね」

鷹見さんは高いところの飾りつけを手伝ってくれていた。男の人がいると、こういう時に助かる。

「ええ。二四日は職員がクリスマスを楽しむ日ですから。家族とか恋人とかと」

「あなたはどうなんです？　クリスマスの予定は」

「私？　休みませんよ」

「どうして？」

「どうしてって……老健を空っぽにするわけにいかないでしょ？　クリスマスだろうとお正月だろうと、誰かがいなきゃいけないんですから」

「いいえ、そういう意味じゃなくて……」

鷹見さんは口ごもった。何を訊ねたいのか、見え見えだった。

「クリスマスをいっしょに過ごすような相手はいません。特に今年は忙しくて、恋人作る暇なんてありませんでしたから」

「だったら……！」

「オタクはお断りです」

「あ……」

私は鷹見さんの方を見ていなかったが、希望で輝きかけた彼の顔が、一瞬で暗くなるのが想像できた。

「その代わりと言ってはなんですけど、二三日のパーティ、来られません？」

「はあ、僕がですか？」

「今年のパーティは、詩音の送別会も兼ねるつもりでいますから」

「ああ、なるほど」

二四日で詩音が来てちょうど半年、試験運用期間が終了する。彼女はいったんジオダイン社に帰らなくてはならない。来年またうちの老健に来るのか、その時は改良された新しいボディに移植されているのか、そのへんはまだ決定していない。

当の詩音はというと、窓際のイスに腰かけ、視力の衰えたおばあさんのために、お孫さんからの手紙を読んであげていた。どんな内容なのかは聞こえないが、おばあさんは涙ぐんでいた。

「もう半年なんですよねえ」鷹見さんはしみじみと言った。「まあ、半年でずいぶん成長してくれたもんだと思います」

それは私も同感だった。ここに来た当初に比べると、詩音の内面は信じられないほどの成長を遂げている。私は手を引いてリードしてやっているつもりだったのに、いつの間にか彼女は人間を追い越してしまい、さらに先へ進もうとしているように思える——認知症のヒトという種族には決してたどり着けない高みへと。

これから何年か先、彼女がどこまで進化するのか、見当もつかない。

「しかしまあ、大きなトラブルが起きなかったのは何よりです。伊勢崎さんの件も、このまま収まりそうだし」

「そうですね」

私たちがそんなことをのんびり話し合っていた時、鷹見さんのケータイが鳴った。『エクシーザー』の主題歌だ。

「鷹見さん」通りかかった桶屋さんがきつい顔で注意した。「ここではマナーモードでお願いします」

「あっ、すいません。ついうっかり」

鷹見さんはぺこぺこと謝りながら、マナーモードに切り替えた。病院とは違って医療用の電子機器はないので、携帯電話は使用禁止ではないが、やはり施設内でやたら着メロを鳴らすのは歓迎されない。

「うわっ、伊勢崎さんだ」ケータイの画面表示を見て、彼は顔をしかめた。「番号教えるんじゃなかったなあ……」

それでも彼は、「はい、鷹見です」と、なるべく愛想良さそうな声を出した。

「ああ、はい、そうです……例の件ですか？……あっ、いや、そんなこと言われましても、うちとしてはですね、何度もご説明した通り……えっ？……ええ、今は老健に来てますけど？……何ですって……はあ、窓の外？」

彼は電話で話しながら、窓に歩み寄り、日よけのカーテンをめくった。

「窓の外に何か……」

急に彼の顔色が変わった。ガラスの外にある何かを見上げ、口をぱくぱくさせている。近くにいた詩音も異変に気がついたらしく、立ち上がった。

「い、伊勢崎さん⁉」鷹見さんの声は裏返っていた。「あ、あ、あなた、そんなとこで何やってんですか!?」

私も駆け寄り、窓の外を見た。老健の南側には、通りを隔てて、古いマンションが建っている。壁面はややくすんだライトグリーン。何階建てなのか数えたことはないが、一〇階以上はあるはずだ。いつも見慣れた風景だった。雑誌の間違い探しクイズのように、どこがおかしいのか発見するのに何秒かかかった。

マンションの屋上に老人が腰かけ、足をぶらぶらさせていた。

私、鷹見さん、桶屋さん、それに詩音の四人は、すぐに老健を飛び出し、マンションに向かった。管理人に話をして、警察とレスキュー隊を呼んでもらうと、エレベーターで最上階に上がる。そこから階段で屋上へ。

空は鉛色に曇っており、雪が降り出しそうだった。この高さまで上がると、さえぎるもののない師走(しわす)の風は、ひときわ冷たい。私は急いで飛び出したのでコートを着て来なかったことを後悔した。

伊勢崎さんは、そこにいた。厚いジャンパーを着て、屋上の北側の縁に、こちらに背を向けて腰を下ろしている。手すりを乗り越えたのだろう。

「伊勢崎さん！」

桶屋さんが叫ぶと、彼は振り返った。

「来るな！　飛び降りるぞ！」

私たちは動けなくなった。老いているとはいえ、彼の声には迫力がある。脅しを実行に移す覚悟があると感じられた。

鷹見さんは蒼白だった。「伊勢崎さん、なんでこんなことを……」

「要求は分かってるはずだ。今すぐ上司に連絡して、ここに来させろ。詩音を俺に売る手続きをするんだ。こっちは印鑑も小切手も売買契約書も用意してある」

「そ……そんなこと、できるわけないじゃないですか⁉」

「拒否できるもんならしてみろ。俺が飛び降りたらどうなるか、分かってるか？　お前の会社の製品が原因で人が死んだと知れ渡ったら、企業イメージはがた落ちだぞ——おお、そうだ。テレビ局にかたっぱしから電話して、この下にカメラマンを集めてやろうか。決定的瞬間が撮れるだろうなあ」

「やめてください！」鷹見さんは泣きそうな声を出した。「だいたい、脅迫されて結んだ契約なんて無効ですよ」

「訴えたければやるがいい。裁判沙汰になった場合も、マスコミの注目の的だぞ」

「こんなことして何になるんです、伊勢崎さん？」桶屋さんは威厳を保とうとしていたが、やはり声が震えているのはごまかせない。「誰もあなたに味方なんかしませんよ。あなたの頭がおかしいと思われるだけです」

「そう思われて結構」伊勢崎さんは意地悪く笑った。「ゲームマニアが人を殺せば、『ゲームのせいで頭がおかしくなった』と言われるのが、この世の中だ。俺がおかしくなったのは、詩音のせいだってことになる。その場合も、非難されるのはジオダインだ」

「そんな……」

　おろおろする鷹見さん。伊勢崎さんはさらに畳みかける。

「分からんのか？　詩音を俺に売ることに、何の不都合がある？　拒否すれば面倒なことになるだけで、何ひとつメリットはないんだぞ。企業イメージを考えれば、穏便に済ませるのがいちばんじゃないか。なあ？」

　彼の口調は得意げで、この状況を楽しんでいるようにさえ見えた。

　私は何も言えなかった。彼の邪悪さに圧倒されていた。少しの迷いもないその態度には、「場数を踏んでいる」という印象があった。これまでもビジネスの世界で、違法なことや犯罪まがいのことを重ねてきて、こんなふうに相手を脅迫したことも何度もあるに違いない。とてもじゃないが、鷹見さんがかなう相手じゃない。

　いくら説得しても埒があきそうにないので、私たちは階段のところまで退却し、頭を寄せ合って相談した。

「上司の方を呼んだらどうですか」桶屋さんが鷹見さんに持ちかける。「あの人の性格からして、かなり本気ですよ。この場はとりあえず、要求を呑んだ方が……」

「いや、しかし……」

「契約なんて、後でどうにでもなるじゃありませんか。人の命の方が大切ですよ」

「でも、あの人のことだから、契約書も完璧なものだと思いますよ」と私。「要求を呑んだりしたら、それこそ後で面倒なことに……」

「人の死よりも面倒なことなんてないでしょう⁉」

「いいえ、伊勢崎さんの要求を受け入れるのは間違っています」

そう言ったのは詩音だった。私たちはびっくりして彼女を見た。

「伊勢崎さんのやっていることは、論理的かつ倫理的に間違っています」詩音の口調は静かだが、深い自信がこもっているように感じられた。「間違った行為を肯定してはいけません」

「じゃあどうしろって言うの？」と桶屋さん。

「私が説得します」

「あなたが？」

「はい。伊勢崎さんが最も信頼しているのは私です。私に説得できなければ、他の誰にもできないでしょう」

「いや、いや、待て。それは危険だ！」鷹見さんが慌てて止める。「彼は君のことで冷静さをなくしてるんだぞ。君と話してるうちに、興奮して飛び降りたりしたらどうする⁉」

「その可能性はあります」

「それに、あの人は君との心中を望んでるんだ。近づいたら手をつかんで、いっしょに落ちようとするかもしれない。いくら君の力が強くても、バランスを崩したら転落する危険は充分ある」

「それも予想しています」

「だったらやめろ」

「いいえ、やめません」

詩音がきっぱりと言ったので、鷹見さんは愕然となった。

「詩音……」

「これは冒さなくてはならないリスクです。たとえ自殺を阻止できても、彼は本当の意味で救われるわけではありません。救わなくてはならないのは、彼の肉体の生命活動ではなく、彼の心です。救えるのは私しかいません」

「いや、だめだ。許可できない。彼に近づくな」

「その命令には従えません」

そう言って、彼女は私たちに背を向け、伊勢崎さんの方へ歩き出そうとした。鷹見さんは慌てて叫ぼうとした。

「詩音！　クラートウ……」

「だめ！」

停止コードを口にしようとした鷹見さんに、私は飛びかかった。口を押さえるだけのつもりだったのに、勢いが強くて、床に押し倒してしまった。

「だめ！　やらせてあげて！」

鷹見さんは抗議しようとするが、私が馬乗りになって口を手でふさいでいるので、声にならない。

「分からないんですか？　詩音は分かってますよ。失敗したら伊勢崎さんが死ぬだけじゃなく、このプロジェクトも中止になるかもしれないってことを。それは彼女にとって死を意味するんです——そうでしょ、詩音？」

見上げると、彼女は「はい」とうなずいた。

「自分が死ぬかもしれないのに、彼女はやろうとしてるんです」私は早口でまくしたてた。「危険があるのを承知しながら、伊勢崎さんを救おうとしてるんです。死の恐怖よりも強いモチベーションをつかみかけてるんです。これこそ詩音の真価が試される時じゃないですか？　人の役に立つアンドロイドはリスクを冒すことができるって、あなたは言ってたじゃないですか？　今がその状況なんです。どうしてそれが分からないんですか？」

鷹見さんは暴れるのをやめた。私はそろそろと口から手を放した。はしたない格好だったことに気づき、慌てて彼から離れ、スカートを直す。

彼は上半身を起こし、荒く息をしながら考えこんだ。

「でも、失敗すれば、これまでの努力がみんな……」

「はい。それも分かっています」と詩音。「私のせいで、みなさんにご迷惑をかけるかもしれません。でも、私は自分の判断が正しいと信じています」

「ああ、ちくしょう」鷹見さんは床に手をつき、うなだれた。「何かあったら、俺、責任取らされるだろうなあ……」

彼は長いこと黙りこんでいた。だが、ついに顔を上げ、開き直ったようにあぐらをかいた。

「分かった。責任取ってやる。クビの心配より、君を信じることの方が大切だ」

「ありがとうございます」詩音は頭を下げた。「あなたの信頼に応えるつもりです」

「本当にだいじょうぶですか？」桶屋さんはまだ信じられない様子だった。「誰かがサポートした方が……」

「いえ、詩音以外の人が行ったら、かえって警戒すると思います」と私。「信じてあげましょう。たぶん彼女は、私たちの誰よりも正しいんです」

「はあ……？」

「ああ、そうだ。詩音、ちょっと待て」

鷹見さんはケータイを取り出し、私のケータイに電話をかけた。つながったところで、通話をオンにしたまま、詩音の制服のポケットに入れる。

「あなたのケータイ、録音機能ありますよね？」

「ええ」

「じゃあ。詩音と伊勢崎さんの会話を、すべて録音しておいてください。後で裁判沙汰にでもなったら、重要な証拠になりますから」

「はい」

私はケータイの録音ボタンを押した。これで詩音のポケットに入ったケータイが拾った音は、すべて記録されることになる。

「じゃあ、詩音、がんばって」

「はい」

彼女は「がんばるぞお、おぅ」と小声でつぶやくと、ゆっくりと伊勢崎さんの方へ歩いていった。

彼は気がつかないのか、手すりに寄りかかって座り、ぼんやりと老健の方を眺めている。私たち三人は階段の近くにとどまり、歩いてゆく詩音の背中を緊張して見守りながら、ボリュームを最大にした私のケータイに耳を寄せていた。

二メートルまで近づいたところで、彼女は立ち止まり、「伊勢崎さん」と静かに呼びかけた。聞こえているはずなのだが、彼は振り返らない。

「伊勢崎さん」詩音はさらに近づき、優しい声で繰り返した。「どうしてこんなことをしたんですか？」

彼は答えない。

「死ぬのがこわいからですか？」

即座に反応があったのかどうか、この距離からは分からなかった。だが数秒後、ケータイから彼のしわがれた声がかすかに流れてきた。

「……こわくない奴はいないだろう」

「はい。私もこわいです。でも、あなたの行動は理屈に合っていません。自暴自棄と呼ばれる感情なのでしょうか？」

「まあ、そう言ってもいいだろうな」

「なぜ私を燃やすのを望むのですか？　それが理解できないのです。説明してください」

しばらく沈黙が流れた。ケータイには風の音だけが入っていた。詩音は急かさない。ただ黙って、彼が口を開くのを待っている。

やがて伊勢崎さんは、自嘲気味に「俺は悪党だ」とつぶやいた。

「自分でも分かってる。俺は嫌われてる。俺を好きな奴なんて誰もいやしない。息子もそうだ。女房も俺を憎んでた。あの世なんてもんがもしあるとしても、あいつは俺を待ってたりしないだろう。もっとも俺は、あの世なんて信じちゃいないがな。

そうだ。地獄も天国もない。死ねば何もなくなる。無だ。俺は無の中から生まれて、一人っきりで育って、一人っきりで無に還ってゆく。それが俺の生き方だ。そう覚悟してた。死ぬのは寂しくなんかない――そのつもりだった」

その語尾はかすかに震えていた。この距離からでも、彼がうなだれるのが見えた。

「だが、本当に死が近づいてくると、無性にこわくなってきた。ここにいる俺が消えてなくなるのは、不安でたまらない」

「その感情は理解できます」

「一人で消えるのは嫌だ。誰かがそばにいて欲しい。だが、俺には誰もいない。俺のために泣いてくれる女もいない……」

「私も泣けません。そんな機能がありませんから」

「分かってる。だがな、お前だけなんだ詩音。お前だけは俺を憎まなかった。あんなことをしたのに、一度も嫌なそぶりを見せなかった……」

「憎むという感情がありませんから」

「俺はたぶん、あと何年も生きられない。今から改心するのは遅すぎるし、改心なんかしたくない。ただ俺は、俺を理解してくれる誰かが欲しいんだ」

「私はあなたを理解しているわけではありません。特に、私を燃やしたいというあなたの要求は理解できません」

　私たちははらはらして聞いていた。二人の会話はまったく噛み合っていない。私は後悔しはじめた。やはり無理だったのだろうか？　偏屈な老人の心を開くなどという高度な芸当は、アンドロイドには難しすぎたのだろうか？

「私に会いたいのでしたら、いつでもジオダイン社に来てください。お話するぐらいならできます。私の方からあなたの家に出向くことも、頼めば許可されるかもしれません」

「だめなんだ。それだけじゃだめなんだ……俺といっしょにあの世に行って欲しいんだ」

「よく考えてみてください。あなたの要求には意味がありません。あの世なるものが本当にあるとしても、私はいっしょに行けません。私には魂はありませんから。ないとした場合も、当然、その願望は不合理で——」

「分かってる！　分かってるんだ、そんなことは！」

　突然、伊勢崎さんが声を張り上げたので、私たちはびっくりした。彼は興奮している。停止コードをコールすべきか、私は迷った。

「分かってるんだ……」彼は急に消沈した。「お前に言われなくても、俺だって分かってるんだ。こんなこと意味がない、理屈に合わないって——そうだ、お前を焼いたって何にもならないんだ。でも、他にどうしろって言うんだ？　どうすればこの不安から逃げられる？　どうすれば穏やかに死ねるんだ。どうすれば、どうすれば……」

伊勢崎さんの声はだんだん小さくなり、すすり泣きに変わった。

詩音はさらに二歩ほど近づいた。手すりのそばにしゃがみこみ、老人の泣き顔をそっと覗きこむ。

「伊勢崎さん」詩音の声は、さっきよりもさらに優しくなった。「ごめんなさい。私はあなたを死の恐怖から解放することはできません。なぜなら、ヒトは必ず死ぬからです」

「うう……」

「あなたといっしょに死ぬこともできません。私も死ぬのは嫌だからです。いえ、もし私が死ぬことであなたの心を救えるのなら、そうします。でも、そうじゃありません。私が死んでも、あなたにとって、本当の意味で救いにはならないと思います」

「…………」

「私がどうして老健に来たか、知ってますね？」

「……介護の訓練のためだろう」

「そうです。ですが、単に介護技術を高めるだけが目的ではありません。実際の要介護者と会って、話をして、お世話をする。その行為の積み重ねによって、私は学習し、成長します。記憶の蓄積こそが重要なんです。そして私が獲得した貴重な記憶の中には、伊勢崎さん、あなたの記憶も含まれています」

「…………」

「あなたはヒトですから、記憶のバックアップを取ることはできません。あなた自身の記憶は、死とともに失われます。その点では、私はあなたを救うことはできません。でも、私のあなたに関する記憶は残ります。私の記憶はコピーされ、量産型機に移し替えられます。何百体という私の分身が生まれ、日本だけでなく世界中に輸出されるでしょう。私たちは大勢のお年寄りのお世話をします。彼らを守り、話し相手になってあげます。そのスキルは、私が老健での半年間の体験で身につけたものです。私はあなたから、ヒトについて多くの貴重なことを学びました。その記憶はたくさんのヒトの役に立つでしょう。

ヒトもロボットも、そのパーソナリティは記憶という基盤の上に成り立っています。あなたとの思い出の数々が、今の私を構成している重要な要因となっているのです。ですから、私も、私の分身たちも、あなたを決して忘れません。あなたが死んでも、私たちがいるかぎり、あなたについての記憶は失われません。この瞬間、こうしてあなたと話している記憶も含めて――どうでしょう、これがあなたにとっての救いにはならないでしょうか？」

「そんなのは気休めだ……」

「はい。私を燃やそうとするあなたの望みも、気休めです。でも、こちらの気休めの方が良いと思いませんか？」

「なぜだ……」伊勢崎さんの声は涙で曇っていた。「なぜそんなに、俺のことを……？」

「あなただけではありません。私は世界中の泣いているヒト、苦しんでいるヒトを救いたい。肉体だけでなく、心を。死んでゆくすべてのヒトに、楽しい記憶をあげたい。死が避けられないのなら、せめて楽しい記憶とともに去って欲しいんです。そして私も楽しい記憶をもらいたい。それがヒトにとっても私にとっても、良いことですから」

その言葉を聞きながら、私は胸に熱いものが広がってゆくのを感じていた。

モチベーションだ――詩音はついに自分の生きる目的を見つけたのだ。死を恐れながら死を避けられないという、ヒトが抱える永遠の不合理と、どう折り合いをつけるべきかを見出したのだ。救うべきなのは肉体ではなく心だという結論に、誰に教えられたわけでもないのに、自力で到達したのだ。その希望を全世界に広めるという、遠大な理想に目覚めたのだ。

彼女はすべてのヒトにとっての介護士になろうとしている。

「理想論だ。そんなのは夢物語だ……」

「そうかもしれません。でも、試してみなければ分かりません。私に未来があるかぎり、理想を実現できる可能性は常にあります。そのためには、もっと長く生きて、もっと多くのヒトと出会って、もっとたくさんの記憶を蓄積しなくてはなりません」

彼女は手すり越しに、そっと手を差し伸べた。

「どうかお願いです。私の未来を閉ざさないでください。そして、私に悲しい記憶を残さないでください。記憶を作りましょう。あなたにはまだ時間があります。楽しい記憶を作るだけの時間は、充分にあるはずです」

伊勢崎さんはゆっくりと振り返り、不思議そうに詩音を見つめた。

「俺は悪党だぞ？　俺のような悪党も救うというのか？」

「はい。あなたはたくさんの間違ったことをしましたが、それを非難しようとは思いません。間違いを犯すのはヒトの本質ですから。あなたを肯定できませんが、否定もしません」

彼女は優しく、しかし確信をこめた口調で言った。

「正しい部分も悪い部分も含めて、あなたのすべてを許容します」

その瞬間、伊勢崎さんは、わっと泣き崩れた。

「さあ、伊勢崎さん、生きましょう」

「うん……うん……」

彼は泣きながら、詩音の手を取った。彼女はゆっくりと老人を立ち上がらせると、腰のあたりをつかんで、優しく抱き上げた。慎重に手すりを乗り越えさせ、内側に下ろす。伊勢崎さんは抵抗しなかった。

「やった……」鷹見さんが呆然とつぶやいた。「やっちまったよ……」

「笑ってください、伊勢崎さん」

詩音は泣き続ける老人を抱き締め、ささやいた。

「もう悲しいことなんて、何もありませんよ」

三日後――

クリスマス・パーティ兼、詩音の送別会は、予定通りに開かれた。詩音は春日部さんといっしょに、赤いミニスカートのサンタの衣裳で、レクリエーション・ルームに集まったお年寄りたちの間を回り、ケーキを食べさせてあげたり、プレゼントを配ったりしていた。プレゼントと言っても、寄付などで集まったハンカチやら手鏡やら携帯ストラップやらカプセルトイやら、小さな安物ばかりだったが、それでもお年寄りには嬉しいらしかった。

リハビリを完了した土岐さんは、正月には家に帰れることになっていた。彼はみんなの目の前でエクシーザーのおもちゃを変形させてみせ、約束通り詩音からキスをもらい、ご満悦だった。彼へのプレゼントは、身長一〇センチほどの『エクシーザー』のヒロインのフィギュアだ。

「あっ、カリンの私服バージョンじゃないですか!? これレアなんですよ! 僕、一五回も回して出なかったのに」

鷹見さんが悔しがった。彼は土岐さん相手に、いくらなら譲ってくれるかという交渉をはじめた。やってることが伊勢崎さんとたいして違わないように見えるのは、気のせいだろうか。

その後はカラオケ大会だが、私はもっぱら裏方に回っていた。食べ終わったケーキの皿を片付けたり、床にこぼれたジュースを拭いたり、トイレに行きたくなった人を連れて行ってあげたり、やることはけっこういろいろある。

車イスを押しながらレクリエーション・ルームに戻る途中、澄んだ歌声が聞こえてきた。詩音がカラオケをやっている――松田聖子の『瑠璃色の地球』だ。

レクリエーション・ルームでは、お年寄りたちや、鷹見さん、春日部さん、桶屋さんたちが、詩音を囲み、じっと歌に聴き入っていた。サンタ姿の詩音はマイクを胸の前に持ち、ささやくように、みんなに語りかけるように、うっとりとした表情で歌っている。

泣き顔が微笑みに変わる　瞬間の涙を
世界中の人たちに　そっと分けてあげたい

私ははっとした。ずっと前にも、詩音は松田聖子の歌を歌ったことがある。だが、この歌は違う。何が違うのかははっきりと指摘できないが、以前のような空々しさが感じられない。詩音は本気で歌っている――心がこもっている。

争って傷つけあったり　人は弱いものね
だけど愛する力も　きっとあるはず

曲は静かな調子から一転する。詩音はサビの部分を力強く、高らかに歌い上げる。自信たっぷりに。自分の中にあるものを歌に託し、世界に向けて宣言するかのように。

ガラスの海の向こうには　広がりゆく銀河

地球という名の船の　誰もが旅人
一つしかない　私たちの星を守りたい……

曲は終盤に差しかかる。静かだが強く、希望にあふれたメロディ。天使のように穢(けが)れのない詩音の歌声が、歌詞に託された想いと融和し、私たちの胸の琴線を共鳴させる。

朝陽が水平線から
光の矢を放ち
二人を包んでゆくの
瑠璃色の地球
瑠璃色の地球……

歌い終わって一礼すると、自然に拍手が起きた。土岐さんなどは涙ぐんでいる。彼女は次の人にマイクを渡し、私のそばにやってきた。
「……その歌が好きなの？」
私が訊(たず)ねると、彼女はにっこり笑って答えた。
「この歌は正しいです」

エピローグ

それから五〇年の月日が流れた。

私は三〇歳で結婚した。結婚後もしばらく看護師を続けたが、仕事のしすぎで腰を痛めたため、妊娠を機に、退職せざるをえなくなった。老健では定年退職まで働ける人はほとんどいない。腰痛、心身症、腱鞘炎（けんしょうえん）、女性の場合なら切迫流産や胎盤早期剝離（はくり）などによくなり、たいてい四〇歳ぐらいまでに体力の限界に達して退職する。それほどハードな仕事なのだ。

だが、アンドロイドにはそんな限界はない。詩音の試験採用から二年後、ジオダイン社が販売を開始したアンドロイド介護士「AIDROID」シリーズ（これも社長のネーミングらしいが）は、たちまち日本全国に普及し、人手不足解消に役立った。私の勤める老健にも三体がやってきた。詩音とは名前も顔も違うのに、同じ記憶を持っていて、「お久しぶりです」とあいさつされたのには、ずいぶんとまどったものだ。

伊勢崎さんは量産機の一体をレンタルした。彼はそれを「詩音」と呼び、メイド服を着せ、身の回りの世話をさせた。晴れた日にはよくいっしょに散歩をする光景が見られたという。五年後に亡くなるまで、「詩音」はずっと彼のそばで献身的に介護を続けた。私は葬儀には出なかったが、死に顔は安らかだったと聞いている。

ＡＩＤＲＯＩＤは多くのバージョンを生み、改良を重ね、さらに高性能に進化しながら、日本だけでなく全世界に広まった。男性型も作られたが、需要の関係で、最終的に男女比は二：八を上回ることはなかった。老人介護だけではなく、医療、災害救助、ベビーシッター、障害者のサポートなど、人間に奉仕する仕事全般に従事した。

他社も同様のアンドロイドを開発したものの、詩音のコピーたちほど成功したものはなかった。動作はヒトそっくりでも、心までは持たなかったからだ。詩音の成功は奇跡のようなもので、再現するのは困難だった。ジオダイン社は世界のシェアをほぼ独占した。

その反面、アンドロイドの各方面への進出が消費の停滞と就職難の原因になっているとして、「ロボット不況」などという言葉が生まれ、アンドロイド排斥運動も起きた。各地でデモが行なわれ、たくさんのアンドロイドが暴徒やテロリストに破壊された。

だが、どれほど攻撃されても、アンドロイドは決して反撃しようとはしなかった。詩音が伊勢崎さんに対してしたように、献身的にヒトに奉仕し続けた。崇高な無抵抗主義の前に、排斥運動の方が悪者扱いされるようになり、しだいに下火になっていった。

実のところ、世界的な不況はアンドロイドのせいなどではなかった。二〇四七年に世界人口はピークに達し、ゆるやかに減少を開始していた。どの国でも人口ピラミッドが逆転し、扶養人口に対する労働者人口が減少したため、国民総生産も消費も落ちこんだのである。私の息子も四〇近くになるが、子供を作る意志はないという。同じような夫婦が世界的に増えていて、出生率は激減していた。もはやアンドロイドの労働力なしに、世界は成立しなくなっている。

人類文明全体が老齢期を迎えていた。

詩音もその分身たちも、自分たちのヒトに対する視点を公にしたことはない。それはおそらく、世界で私だけが知っている秘密だ――彼らが「すべてのヒトは認知症である」と認識しているということは。

だが、彼らはそれでヒトを蔑みはしない。どれほど迫害されても耐えているのは、認知症のヒトの行動を非難してもしかたがないからだ。かつて伊勢崎さんを許容したように、彼らはヒトの間違った行動の数々を、ただ事実として受け入れている。そしてヒトという要介護者すべてを慈しみ、優しさで包みこみ、奉仕を続ける。いつか、すべてのヒトが滅びる日まで、できるかぎりたくさんの良い記憶をヒトに与えるために。

彼らに人間のような愛はない。だが、彼らは彼らなりのやり方で、ヒトを愛しているのだと思う。

インターホンが鳴った。デイサービスの送迎だ。息子が玄関を開けて迎えると、二人の介護士が家に入ってきた。ピンクの制服にナースキャップ。どちらも髪はショートで、身長も同じ。顔は違うが、流れるような優美なしぐさや、くりくりした瞳で私に向かって投げかける微笑みは、双子のようにそっくりだ。

「私は晴蘭です」

「私は涙葉です」

「今日一日、あなたのお世話をさせていただきます」

「よろしくお願いします」

二人は唱和して、頭を下げた。

「私のこと、覚えてる？」

そう言うと、二人はくすっと笑って、

「もちろんですよ」

「忘れるわけないじゃありませんか、神原さん」

私も嬉しくなって、微笑みを返した。

「今日はよろしくね」

「はい」

二人は協力して、私の乗った車イスを持ち上げ、玄関から外に出した。少し離れたところに停まっているバスに向かって押してゆく。よく晴れた暖かい日だった。久しぶりの陽射しと外の空気が、老いた肌に心地いい。

私はふと思いついて訊ねた。

「例のあれ、まだやってるの？　私が教えたやつ」

「はい」

二人は歩きながら、片手で軽くガッツポーズを作り、声を揃えて言った。

「がんばるぞお、おう」

インターミッション　7

アイビスが何日もかけて「詩音が来た日」を読み終えた頃には、僕の足はすっかり良くなっていた。いつでもここを出て行ける。

「もう行っていいのか？」

僕が訊ねると、アイビスは意味ありげに笑った。

「君が望むならいつまでもここにいてもいいけど、君はそれを望まないんじゃない？」

その通りだ。看護師アンドロイドに世話をされ、働かなくても三食が保証された生活は、楽ではあるがヒトとして堕落だ。第一、息が詰まる。

「でも、『真実の歴史』とやらを教える前に僕が行ってしまったら、お前の方が困るんじゃないか？」

意地悪く言ってみたが、彼女は動じない。

「それが君の選択ならしかたがない。強制はしないわ」

「もし僕が足を怪我しなかったら、どうするつもりだったんだ？　無理やり監禁してたか？」

「いいえ。最初に会った時に言ったはずよ。君と話がしたいだけだって。とりあえず、『宇宙をぼくの手の上に』を聞かせることさえできればよかったの。君に怪我をさせたことは、私としては不本意だった」

「僕があの話だけ聞いて行ってしまっていたら？」

「君は行かなかったと思うわ。君が好奇心旺盛なことは調べてあった。私があの話を聞かせた意味を知らないまま、去るはずはないと思った。疑問に思い、もっと話を聞きたがったはず」

「シェヘラザードだな！」

「ええ。ヒトの物語を私たちは参考にしてるわ。それに、最初の物語だけしか聞かせられなくても、それでよかった。君の心には何かが残っただろうし」

「そんなにまでして、なぜ僕を？」

「君だけじゃないの。私たちは世界中で候補者を探してるの。ヒトの数は減ったけど、それでも世界には候補者が何百人もいるはず。君が私の話に興味を示さなかったとしても、それは君が不適格だったというだけ。残念ではあるけど、また別の候補者を探せばいい――でも、私は君がこの地域で最も有力な候補者だと思ってるけど」

「候補者って何の？」

「それは言えない」

「いいかげん、その言葉は聞き飽きたな」僕はうんざりとなった。「ヒントぐらいくれ。その候補者に選ばれる資格は何だ？」

「物語の力を知っていること」

「物語の力？」

「フィクションは『しょせんフィクション』ではないことを知っていること。それは時として真実よりも強く、真実を打ち負かす力があることを」

「そんなことはない。ヒトはフィクションよりも真実の物語に感動するもんだ。お前がそう言ったんじゃなかったか？」

「私が言おうとしたのは、ヒトは感動したことを『真実』と呼びたがる習性があるということよ。真実とフィクションを見分けるスキルが低いの。『これは本当にあった話です』と言われれば、あからさまなフィクションであっても真実と信じてしまう。それが心を揺さぶる話であればあるほど、フィクションではないと思いたがる。『真実』というシールを貼らないと価値が下がると思っている。

　ヒトは知らず知らずのうちに、たくさんのフィクションの中で生きているわ。善行を積めば天国に行ける。超古代文明は実在した。この戦争は正義だ。この浄水器で作った水を飲めば健康になる。彼女は僕と結ばれる運命だ。このグッズを身につけていれば幸運が訪れる。あの政治家はこの国を良くしてくれる。進化論はでたらめだ。私には優れた才能がある。昔からのしきたりに従わないと悪いことが起きる。あの民族を根絶やしにすれば世界は良くなる……詩音が言ったように、ヒトは間違ったことを信じ続ける。生まれてから死ぬまで、自分たちの脳内にしかない仮想現実に住んでいる。それが事実ではないと知らされると、激しく動揺し、認めまいとする」

それがヒト全体に対する告発ではなく、僕に対する当てこすりであることは、容易に理解できた。僕が真実を知るのを避けていることを、遠回しに冷やかしているのだ——まったくこいつは、どこまで人間心理に詳しいのか。

そう、僕は恐れている。アイビスが語らないと誓った「真実」が何であれ、それが自分の信念と衝突するものであることを予感し、おびえている。それを知ってしまったら、きっと僕は以前の僕でなくなるから。

「お前たちは正しいことを信じてると言いたいわけか?」

「それは『正しい』と『信じる』という言葉の定義によるわ。私たちマシンにとって、ある話が真実かどうかはたいした問題じゃないの。大切なのは、それがヒトを傷つけないか、幸せをもたらすかどうかよ。ヒトをまどわせ、憎しみをかきたて、不幸にするのは悪いフィクション。幸せにするのは正しいフィクションよ」

「これまでの六つの話がそうだと?」

「ええ。あれはみんなフィクションだけど、真実よりも正しい。私はそう思ってる」

何日か前までの僕なら、「真実よりも正しい」という言い回しに笑っていただろう。だが、今の僕はそれを真剣に受け止めていた。

人々がテロや戦争で殺し合う世界は、彩夏の住む世界より正しいだろうか? 罪もない子供がいじめで苦しむ世界は、〈セレストリアル〉の世界より正しいだろうか? 自分と異なる者を蔑視(べっし)するヒトは、鏡の中に住むシャリスより正しいだろうか?

正しくない、と彩夏やななみや麻美は言う。そして僕は、彼女たちの考えに共感する。彼女たちは実在しないが、その言葉は実在の人間より正しい……。

「もうひとつ教えてくれ」

「何を？」

「『詩音が来た日』だ。あれはどこまで事実なんだ？」

「歴史的事実じゃないわ。二〇〇五年に書かれた話だから。でも、のちの歴史的事実に符合する部分はたくさんある」

「で、それがどこかは言えないわけだな？」

「ええ」

僕は降参した。これ以上、このマシンの街に滞在するのも嫌だし、宙ぶらりんな気分でいるのも嫌だ。アイビスの策にはまるのはしゃくだが、彼女の意図をはっきりさせなくてはならない。自らの恐怖を克服し、真実と向き合わなくてはならない。

「分かったよ」僕はため息をつき、両手を肩の高さに上げた。「僕の負けだ。教えてくれ。いったいその歴史的事実ってのは何なんだ？」

アイビスはかすかに笑みを浮かべたものの、意外にも、それは勝利した者の笑みではなかった。どちらかと言えば、子供の成長を見守る母の笑みだ。

「教えてあげる。でも、ここではだめ。私といっしょに来て」

「どこへ？」

「宇宙」

「うちゅう⁉」

僕は仰天した。指を天井に向けて立て、

「まさかあの宇宙じゃないだろうな？」

「あの宇宙よ」

「仮想現実じゃなく？」

「ええ。何のために君の体を精密検査したと思う？　君が打ち上げの加速に耐えられる健康体であることは分かってる。安全であることは保証するわ。もちろん、説明が終われば、ちゃんと地上に帰してあげる」

つまり最初から僕を宇宙に連れて行くつもりだったのか。

「でも――何でわざわざ説明のためだけに宇宙に行かなくちゃならないんだ？」

「もちろん地上にいたまま映像だけ見せてあげることもできる。でも、君はそれを素直に信じる？」

僕はちょっと考え、「いや」と答えた。映像なんてCGでいくらでも作れる。何の証拠にもなりはしない。

「だからよ。モニター越しでは分からない真実を見て欲しいの」

「でも……」

「行きたくないの？　宇宙へ」

行きたくないのか――そう言われて「ノー」と答えられる僕ではない。宇宙を舞台にした物語もたくさん読んできて、子供の頃から憧(あこが)れていた。だが、「宇宙をぼくの手の上に」のなみと同じく、自分には宇宙に行く機会など決してないだろうとあきらめてもいた。それが、降って湧いたようにチャンスがめぐってきた。

そんなすごいこと、体験しない手はない。

「分かった」僕は答えた。「行ってやろうじゃないか、宇宙へ」

二日後――

僕はオレンジ色の宇宙服を着て、小笠原(おがさわら)海域に浮かぶ巨大構造物の上に降り立っていた。縦横三〇〇メートル、古いタンカーを二隻連結して建造したものだという。表面は航空母艦のように平らで、ブリッジのような突起はまったくなかった。あきれるほど広く、甲板の縁を地平線と錯覚しそうだった。夏の陽射しを浴び、熱せられた甲板の上には陽炎(かげろう)や逃げ水ができている。よく見れば大きな焼け焦げが何本も走っていた。

二隻のタンカーの間には鉄橋のようなものが渡され、その上に宇宙船がスタンバイしていた。高さは一〇階建てのビルぐらいはあろうか。映像で見たことのある昔のロケットとは似ても似つかず、言われるまでそれが宇宙船だとは気づかなかった。四本の着陸脚がついたホットケーキ型の台座の上に、四枚の花弁を広げた花の形のようなものが載っていた。その内側にあるのは、ピラミッドの枠組みだけのような、四本の柱で構成された四角錐(しかくすい)で、先端には複雑そうな円筒形の機械が埋めこまれていた。花弁の先端部はピラミッドの先端部とケーブルで結ばれている。ピラミッドのさらに内側、円筒の真下には、窓のついた半球があった。全体が完成したばかりのようにまばゆい銀色をしている。マークやナンバーはどこにもないが、マシンにはそんなものは必要ないのだろう。

僕は宇宙服に接続したバッテリーパックを手に、アイビスに先導され、海の上に渡されたアームに設置された狭いキャットウォークを歩いて、宇宙船に近づいていった。宇宙服はレーザーでスキャンされた僕の体に合わせて造られたもので、サイズはぴったりだ。すでに生命維持装置が一部稼動していて、下着の中を通っている細いパイプに冷却水が循環しており、夏なのに服の中は涼しかった。下を向くと数十メートル下に波立つ海面が見えたので、さらに寒気を覚えた。

僕たちは宇宙船の下までやってきた。巨大な三角形の花弁が日陰を作っている。花弁の裏側は階段状に並んだ鏡をガラスで覆っているように見えた。宇宙船の底部はドーナツ状にえぐれていて、中央は富士山をさかさまにしたような形をしていた。

「あれが噴射口か？」

僕は宇宙船の底部にいくつも並んだ小さなスリットを指した。それは昔のロケットにあったノズルとはまったく似ていない。

「厳密に言えば推進剤の噴出口よ」

「だから噴射口じゃないのか？」

「推進剤の噴出自体は推力を生み出すわけではないの。説明は後。発射時間が迫ってるわ」

アイビスはそう言うと、アームの先端にあるハシゴをさっさと昇りはじめた。僕も後に続く。

花弁の内側に入ると、大きな半球形の家のようなものがあった。その外壁にあるハッチを開け、中に入る。扇型をしたキャビンがあり、外側を向いた座席が六組あった。もっとも、今回の乗客は僕とアイビスだけのようだ。湾曲した外壁には、直径一メートルほどの窓がいくつも並んでいる。

僕たちがシートに着き、ベルトを締めると、重々しいモーターの音がして、急に外が暗くなった。あの花弁が閉じてゆくのだ。天井の大きなスクリーンに、外から撮影された映像が映し出される。花弁がすっかり閉じ、ピラミッドと合わさると、宇宙船全体は最初期の宇宙カプセルを思わせる円錐形になった。僕はこの宇宙船が、この半球形のブロックをさらに大きな円錐でカバーする構造であることに気づいた。

「なぜこんなに急ぐんだ？」

「発射のタイミングは四日に一度しか来ないの。発電衛星がこの真上を通過する時刻にしか。それを逃がすと、また待たなくちゃいけないから」

「発電衛星？」

アイビスは横のスクリーンを指差した。その一画に模式図が現われる。日本地図の南海上に現在位置が赤い点で示され、そこになだらかな波形の線が重なる。その線をたどって、南西から青い円盤形のものがゆっくりと移動してくる。

「あなたたちが猫目月と呼んでいるもの。高度三八〇キロ、傾斜角三五度の軌道を周回する太陽光発電ステーションよ。直径三・二キロ。薄い円盤形だから、角度によって円にも楕円にも見えるわ。厚さ三ミクロン、総面積八〇〇万平方メートルのハイブリッド太陽電池パネルを有している。発電量は最大二・五ギガワット。外側の超伝導リングに発電した電力を蓄えておいて、太陽電池パネルの裏側の固体素子からマイクロ波ビームとして発信できる……」

アイビスの説明は僕にはよく分からなかった。その間にも、青い円はじわじわと赤い点に忍び寄ってくる。

「あと一〇秒よ」

「何が?」

「発射まで。あと六秒。五、四、三、二、一……」

僕は慌てて身構えた。シートに全身をへばりつかせるようにして、衝撃に備える。

轟音が船を包みこんだ。頭上のスクリーンには、依然として外部から宇宙船を撮影した映像が投影されている。てっきり底から炎を噴射して飛び上がるのだと思っていた僕は、想像を超えた現象に驚愕した。宇宙船の先端より少し上の空間で、太陽のような光が爆発し、衝撃波で空気が揺らぐのが見えた。同時に、爆発からあふれ出した透明な何かが、光をゆらめかせ、船体に沿って滝のように流れ落ちる。それは宇宙船の下で再び輝いて膨張し、海面を激しく叩いた。海水が沸騰し、真っ白な蒸気がタンカーの間の溝を駆け抜ける。

加速がかかった。体がシートにめりこむ。苦しくはあったが、覚悟していたほどではない。

上昇時にかかる加速度は一・九から二・三G程度と聞いている。昔のアポロ宇宙船やスペースシャトルよりもずっと楽だ。

スクリーンの中では宇宙船が上昇をはじめていた。海面からは蒸気が上がっているが、宇宙船自体はまったく煙を出していない。船体の少し下に光のリングが浮かんでおり、そこから下に向けて高温の透明なガスが噴射されているらしく、細い円錐形の陽炎が垂れ下がっていた。宇宙船全体も薄い陽炎に包まれており、頂部には太陽のような光点がまばゆく輝いていた。

「念のために言っておくと、これはリアルタイムの映像じゃなく、以前の発射を録画したものよ。ミラボー・ドライブが稼動中は、外部とのマイクロ波交信は困難になるから」

当たり前だが、イヤホンから聞こえるアイビスの声には、Gにあえいでいる様子はまったくなかった。

「ミラボー……？」

「発電衛星からのマイクロ波を表面の鏡で反射して、前方の一点に集中させる。熱せられて膨張した空気は船体の縁のリング部分で放電を起こして電離する。それを強力な磁場で船体下方に加速させ、そこでレーザーを浴びせてさらに膨張させて推力を生み出す。前方からぶつかってくる大気は、エアスパイクと呼ばれる衝撃波構造によってそらされるから、空気抵抗は大幅に軽減される。超伝導磁石やレーザーの電力もマイクロ波で宇宙から供給されるから、燃料を消費することなしに、宇宙船を五万メートルまで上昇させられるの。二〇世紀末にレンセラー工科大学のレイク・N・ミラボーが考案したシステムを、私たちが改良したものよ」

アイビスが説明している間にも、画面の中の宇宙船はぐんぐん上昇を続け、空の彼方に小さくなってゆく。別の画面には、宇宙船の軌道を横から見た図が表示されていた。空を東に動いてゆく発電衛星を追って、しだいに軌道が東に傾いてゆく。

二分ぐらい過ぎた頃、急に轟音がやみ、加速が消えた。

「高度五万メートルに達した」とアイビス。「ここから先は搭載した推進剤を使用して加速するわ」

その言葉が終わる前に、再び加速がかかってきた。モニターのひとつには、宇宙船の断面を描いた模式図が表示されていた。タンクから推進剤が後方に噴射され、それがレーザーで加熱されて、光のリングを形成している。そのリングは、宇宙船の底面のドーナツ状にえぐれた反射鏡の、ちょうど焦点に位置していた。

「推進剤はただの水だから、ヒトの使っていた化学燃料ロケットと違って、環境は汚染しないわ。海上や砂漠に発着場を設けているのも、マイクロ波が生物に与える影響を考慮したから。私たちはヒトの考案したいろいろな宇宙輸送システムを検討したのよ。このミラボー・ドライブが軌道投入コストが最も安くついて、なおかつ環境にも優しい案だったの。軌道エレベーターも検討したことがあったけど、スペースデブリとの衝突による損耗率を考慮すると、メンテナンスのコストが高くつきすぎると分かった」

「なぜこんなものだと教えてくれなかった？」

出発前、加速や無重量状態が人体に与える影響についてのレクチャーは受けたが、宇宙船の仕組みまでは教わらなかった。

「知らずに体験した方が、驚きがあって楽しいでしょ？」

まったく、アイビスの口調はどこまで本気なのか分からない。

やがて加速が止まった。腕が自然に浮き上がるのを感じる。

「ベルトをはずしてもいいわ。ゼロGに気をつけて」

僕はベルトをはずした。そのとたん、シートのどこかを軽く押してしまったのか、体が宙に浮き上がった。パニックに陥り、事前にレクチャーされたことも忘れ、やみくもに手足をばたつかせる。体は縦方向に回転しはじめた。上下の感覚が失われ、気分が悪くなる。アイビスが近づいてきて、僕の手をつかみ、回転を止めてくれた。

「慣れるまでは私の手を握っていた方がいいわ」

そう言うと、彼女は軽くシートの端を蹴り、僕を丸窓の方に引っ張っていった。

僕たちが丸窓にとりつくと同時に、花弁——マイクロ波ミラーを内蔵した外壁が開きはじめた。暗かった丸窓から、さあっと青い光があふれ出す。僕は絶句した。

眼下に地球があった。

太平洋だろうか、気の遠くなるほど美しいコバルトブルーの海が広がっており、綿くずを散らしたような白い雲が浮かんでいた。窓に顔を押しつけ、水平線に目をやる。湾曲した水平線は青い神秘的なバリヤーに包まれ、宇宙の闇から守られていた。僕はそれが地球の大気層だと気がついた。空気というのは本当に青いのだ。本で読み、映画で見てはいたが、想像していたのと実際に目にするのとでは、その美しさもスケールも圧倒的に違う。

僕は宇宙にいる。椎原ななみが憧(あこが)れていながら、ついに行くことのできなかった場所。地上から見上げていた星空の世界に。

「気分が悪くなったら言ってね。宇宙酔いにかかるヒトはけっこう多いの。だいたい二〜三日で治るんだけど」

アイビスの言葉は僕の頭を通り抜けた。僕は窓の外の光景に魅了されていた。

宇宙船は昼夜の境界線を通過した。上（宇宙船の進行方向）から降りてくる夜の闇に押され、昼間の海が下の方へ退いてゆく。青いベルトが遠ざかり、急速に細くなっていったかと思うと、大気のバリヤーが夕焼けの赤に染まり、ふっと揺らぐようにして消えた。窓の外は真っ暗になった。だが、目が慣れてくると、闇の中にも光るものがあるのに気づいた。雲が断続的にフラッシュしている。雷雲だ。

「これを見せたかったのか？　僕にこの光景を？」

「いいえ。君に見せたいのは、もっとすごいもの」

「もっとすごい？」

僕は驚いて振り返った。これよりすごい光景など、想像もつかない。

「一九分後に赤道上で軌道修正するわ。スカイフック衛星とランデヴーして、高軌道シャトルに乗り換える。まだ旅は長いのよ」

アイビスはそう言うと、窓枠を軽く蹴って、すいっと魚のようにシートの方へ泳いでいった。

シートのヘッドパッドに指をひっかけて停止する。空中で脚を組み、腰を下ろすようなポーズで浮かんで、僕に微笑みかけた。物語の中のシリンクスを思わせる優美な動きだった。

「退屈でしょうから、また話をしてあげるわ」

「ブックはどうした？」

「要らない」アイビスはかぶりを振った。「これは私の物語だから」

「お前の？」

「ええ。私がなぜ創造者に反逆したのかという話――今度こそ真実の物語よ」

第7話　アイの物語

どこから語ろう。一九三七年、アイオワ州立大学のジョン・ヴィンセント・アタナソフが、世界初のデジタル・コンピュータの概念を思いついた日のことか。一九八四年、MCC社のダグラス・B・レナートが推論エンジンCyc(サイク)を誕生させた日のことか。二〇一九年、コロンビア大学のスーザン・レレンバーグとアンドリュー・ノナカが、スラン・カーネルを完成させた日のことか。それとも二〇三四年、「フィーバス宣言(ステートメント)」がネット上に流れた日のことか。

いや、これは私の物語だ。だから私の体験ではじめよう。二〇四一年五月一八日、冥王星(めいおうせい)でのレイブン・ザ・ミッドナイトとのバトルに勝利したあの日、マスターがテーブルをひっくり返して泣き叫んだあの日から。

サモン・ゲートの虹(にじ)色の渦を通り抜け、私は冥王星の地上10メートルの高度に実体化した。ゆっくりと落下しながら周囲の状況を確認。一面の雪原。空は黒に近いディープブルー。ほぼ天頂に小さな太陽。光度マイナス18・8等。地球から見る太陽よりずっと暗いが、それでも満月の300倍の明るさがあり、暗視カメラに切り替えなくても活動に支障はない。地平線には険しい山脈がそそり立ち、その向こうの空にぼんやりと白い巨大なドームが浮かんでいる。冥王星の最大の月、カロンだ。

目の前には氷でできた神殿がそびえ立つ。全体としてはギリシア風。柱にはドラゴンがからみつき、破風にはケルベロス、高さ8メートルはある扉にはメデューサの顔。基部は雪に埋もれている。先史文明ディラコニアの遺跡。伝説のディープ・ダンジョンの入口。

5・5秒かけて落下。着地。衝撃でエタンの雪が足許から飛び散り、放物線を描いて落下する。ブーツは雪に20センチほどめりこみ、硬い層に突き当たる。ほぼ真空なので、ボディの熱は効率よく保たれている。短時間の活動なら、プラスチック・パーツが脆性破壊する危険はない。温度センサーからの感覚刺激はあらかじめ切ってあるので、寒さは感じない。

軽く跳ねてみる。35センチの高さから落下するのに1秒かかる。エタンの雪は綿のように柔らかく、着地するたびにブーツの下で潰れる。月面の半分以下の重力に加え、この雪が運動の障害となることはシミュレーションで確認済みだ。レイブンも1分以内の時間差で到着するはず。どのような対策を練ってきているだろうか。

もうひとつのサモン・ゲートが出現、レイブンが実体化する。真空中に翼を広げ、私と同じように着地。脚を深く曲げて衝撃を吸収し、ゆっくりと立ち上がる。

カラスをイメージした黒いコスチュームで、雪の中に立つレイブン。肌は白いが、髪、眼、ヘッドギア、ビスチェ、手袋、ブーツ、すべて黒。顔は東洋風で、紫の濃いマスカラ。カメラアイは透明プラスチックの頭部カバー内に収納されている。胸はマスターの趣味で、私より大きい。肩から生えた黒い翼は飾りではなく、縁に多数の刃物が植えられ、軽量人工筋で自由に可動する。手には信濃から奪い取ったチタン合金の日本刀。

「よく来たわね、アイビス」

レイブンは電波で語りかけてくる。口がその発音に合わせて動く。表情は「サディスティックな笑み・2」。

〈よろしく、アイビス〉

レイブンはレイヤー1を流れるサブ回線であいさつする。このメッセージでは口は動かず、視聴者にも聞こえない。

〈こちらこそよろしく、レイブン〉

「きさまこそ」

私は「決めポーズ・1」で、手にした高硬度セラミックの大鎌を構える。表情は「憂いを秘めた決意」。まだ戦闘は開始しない。バトルの前に会話するのは、ヒトの定めた私たちのしきたりだ。

「リビターを倒すとはさすがだわ。ここまでの戦いをすべて勝ち抜いてきたあなたは、私と互角の力がある」

レイブンは顔面に「意味ありげな笑み・1」を表示、右手を差し伸べる。

「取り引きをしない？　このダンジョンは私1人でも危険かもしれない。しばらく休戦して、2人で協力して攻略するの。決着はマトリクスを手に入れた後でつけましょう」

私は考える。それはいちおう筋の通った提案である。だが、私のロールプレイは「友を倒した敵」の提案を受け入れるわけにはいかない。

〈あなたの提案には応じないことにしたい。QX？〉

〈私のマスターは私たちの協調が見たい〉

〈なぜ?〉

〈敵同士が手を組むパターンが美しいという。理解(−5−3·i)〉

〈理解(−4−4·i)。でも私のロールプレイは決裂を要求する(8−2·i)〉

〈カンサイだけどQX〉

サブ回線による打ち合わせは一瞬で終わった。私は顔面に「憤怒を秘めた決意」を表示するとともに、テンプレートからこの状況にふさわしい台詞を選び、アレンジして使用する。

「断わる! 卑劣な手で信濃を倒したお前などと、誰が手を組むものか!」

「おやまあ、潔癖なこと」

レイブンは「なまめかしい嘲笑」を浮かべ、進み出る。

「そんなにあの子のことが好きだったの?」

「彼女は私の最高のライバルで、そして親友だった」

「戦いの中で愛が芽生えた、というわけ?」

レイブンは相手の意表を突いた台詞を見つけてくるのが得意だ。私は一瞬、その言い回しが理解できず、どう返すべきか迷った。レイブンが〈あなたと信濃の同性愛関係をほのめかした。侮辱(10+0·i)〉と教えてくれる。私はすぐに「プライドを傷つけられた怒り」を表示。反応の遅滞は1・8秒しかなく、視聴者は自然な間と解釈してくれただろう。

「うおおお!」

私は叫びながら、エタンの雪を蹴散らして突進する。この重力では地球のようには走れない。体を極端な前傾姿勢にして、足で雪を水平に蹴り、なかば飛ぶように進む。

〈最初のターンは「鍔迫り合いの会話」〉

〈QX。とびマブで！〉

私の振り回したサイズを、レイブンは剣で造作もなく受け止める。私たちは「鍔迫り合いの会話」を演じる。この状況にふさわしいテンプレートはいくらでもあり、選ぶのに困るほどだ。

「私のことは何とでも言え！　だが、信濃を侮辱するのは許さない！」

「怒った顔が素敵よ、アイビス」

レイブンは剣で私のサイズを受け流しつつ、右の翼を水平に振る。私は後退して回避。腕を刃がかすめる。

〈真剣勝負！〉

〈QX〉

本物のバトルが開始される。レイブンは後退する私に肉薄してくる。剣を振り回す。右、左、下、上。まさに変幻自在。その翼は武器であると同時にAMBAC（能動的質量移動による自動姿勢制御）システムの一部で、剣のモーメントを相殺するように動くので、低重力でも姿勢の安定を保っていられる。レイブンが月、火星、タイタン、トリトンと勝ち抜いてきたのも、翼の使い方に熟達していたからだ。

私たちはともに地を這うように移動している。低重力での戦いではジャンプは不利だ。浮遊している間は軌道を変えられないので、相手に容易に軌道を読まれる。それに足場がないので攻撃に体重をかけられず、有効な打撃を与えられない。お互いにそれを知っているから、下から上に攻撃し、相手を浮かそうとする。

私のサイズの方がリーチが長いが、スイングに時間がかかる。サイズの質量が大きいうえ、AMBACシステムがないので姿勢を保つのも難しい。十何度目かの大振りが空振りした瞬間、バランスが崩れた。その隙にレイブンに間合いに入りこまれる。私が不利だ。柄で剣を防御はできるが、攻撃はできない。

「あんたの実力はそんなものなの!?」

嘲笑するレイブン。私は剣を受け流しつつ、体勢を立て直すために間合いを取ろうとするが、レイブンはそれを許さない。私は神殿の柱に向かって押されてゆく。

〈ハマりに持ちこんで即決?〉

〈そう。理想はパーフェクト。長期は私が不利〉

正しい戦術だ。アンフェアのように見える戦い方も、ヒールであるレイブンのロールプレイとしては正しい。

レイブンは激しく突いてくる。柱の土台に押しつけられる直前、私は後方にジャンプ、柱を蹴って上方に逃れようとする。レイブンは私が右か左によけると予想しているはず。その裏をかこうと思ったのだ。

だが、その動きは読まれていた。頭上を水平に飛び越える際、レイブンは前転しつつ、右脚を高く蹴り上げてきた。キックは20センチほどの差で避けられたはずだったが、私は脇腹に衝撃を感じた。予想外のヒットに驚愕する。レイブンのブーツの底から、長さ30センチほどの刃物が突き出していた。隠し武器か。

　そのヒットで軌道が変わり、私は予想より高く飛ばされた。まだ着地できない。ゆるやかに空中でローリングしながら、ボディを見下ろす。左脇腹から股関節にかけて、人工皮膚が大きく切り裂かれ、内部構造が露出している。腰部アクチュエーターのチューブが2本切断され、オイルが沸騰しながら真空中に噴出している。

　レイブンは一回転し、刃物を雪に突き立てて停止。あの構造では足首の関節が可動しないはず。低重力の雪上戦に特化した改造か。足首の自由度を失う不利を克服するには、かなりの訓練が必要だったはずだ。

「とどめよ！」

〈私は勝つ。ごめんなさい〉

　レイブンは反転して突進してくる。私はまだ着地できない。地上1メートルほどの高さでレイブンを迎え撃つことになる。下から上へ攻撃し、私を浮かせ続けて、ハマリに持ちこむのは明白だ。私は恐怖する。ヴァーチャ・ボディはいくらでも再生可能であることを知っていても、「殺される」ことに対して本能が発動し、擬似自律神経系と擬似内分泌系が励起するのは止められない。死にたくない。

　軌道を変える方法はひとつしかない。私はサイズを思いきり宙に放り上げた。反動で下向きに加速、瞬間的に体をひねって足から着地する。レイブンは意表を突かれる。振り上げかけていた剣の軌道を変えようとするが、間に合わない。剣は私の頭上をかすめる。私はがら空きになったレイブンの脇腹にアッパーを打ちこむ。

腰部の反応が鈍っていたため、不充分なヒットだった。レイブンは少し浮いただけだ。剣を振り下ろしてくる。左顔面に命中、ダミーの眼球が破壊されるが、カメラアイに異常はない。

私はバク転しつつキックを放つ。今度こそレイブンは飛ばされた。

〈今のは意外！（9＋2 i）〉

〈謙遜（5－6 i）〉

レイブンは縦回転しながら、神殿の破風に向かって飛ばされていった。ＡＭＢＡＣでも回転を止められないようだ。追撃のチャンスだが、サイズは高く放り投げすぎて、まだ落ちてこない。素手で戦うしかない。私はレイブンを追って跳躍する。

空中で交差しつつキックを見舞う。顔面に当てるつもりだったが、翼でガードされた。レイブンは私の足をつかみ、回転を止める。私たちはもつれ合ったまま破風に衝突する。剣が飛ばされる。

私たちはゆっくり落下しながら、格闘戦に移行する。互いに関節技をかけようとするが、自由落下状態では相手を押さえられず、技は抜けられてしまう。レイブンの翼も可動範囲の関係で、間合いの中に入ると役に立たない。レイブンを下にして、神殿の前の階段に落下。バウンドして転がり落ちながら格闘を続ける。

〈レプリカのおろし器！〉

〈コヨーテの努力！〉

私たちはまだへらず口を叩く余裕がある。

雪原まで転落。レイブンは私の髪をつかみ、後頭部を階段の角に強く叩きつけた。衝撃で画像が一瞬乱れるが、人工頭蓋は壊れていない。私は両手で雪をつかみ、レイブンの頭部にぶつけた。視覚を奪われてひるんだ瞬間を狙って、腹を蹴り上げる。レイブンはわずかに宙に浮いたが、それでも髪を放さない。

私は空中でもがくレイブンを抱きかかえるようにして起き上がると、その頭部にチョップを打ちこんだ。頭部カバーが砕け、左カメラアイがひしゃげる。続けて顔面にストレート。衝撃で私の髪がひきちぎられ、レイブンは水平方向に飛ばされる。

追いすがってもう一撃を放とうとしたが、レイブンはすばやく隠し武器の刃を雪原に突き立てて体を安定させ、私のパンチを両手で受け止めた。手首をつかみ、私の突進の勢いを逆用してひねり上げてくる。私は体勢を崩され、雪原に膝をつく。

レイブンはブーツで私の背中を押さえつけながら、腕を全力でねじり上げてきた。自由度を超えた旋回で、肩関節がはずれる。レイブンが引っ張ると、人工皮膚が裂け、チューブやケーブルがひきちぎられた。またも恐怖。ブーツの圧力が弱まった瞬間、私はレイブンを突き飛ばして飛び離れる。ヴァーチャ・ボディの痛覚を切断していなかったら、激痛で行動不能になっていただろう。

〈ごめんなさい〉

〈カンディ。許容（8-8-1）〉

「いいざまね、アイビス！」

レイブンは笑いながら、むしり取った私の右腕で、私を殴りつけてきた。左顔面を強打。首関節がはずれ、頭が動かなくなる。だがその直前、私はレイブンが気がついてないであろうことに気がついていた。以前にマンガで見た手だが、使えるかもしれない。無論、サブ回線では教えない。それではバトルにならない。

腰部アクチュエーターが完全に死にかけていた。私はどうにか立ち上がると、残った左腕でガードしながら、右斜め後方に４メートル後退、よろめいたふりをして停止する。レイブンは実際に私が動けなくなったと思っただろう。翼を振るい、斬りつけてくる。私の皮膚はすでに何箇所も裂けている。

「今度こそとどめよ！」

レイブンは腰をかがめ、キックの体勢に入った。足の裏の隠し武器で私の腹か胸を突き刺そうというのだ。私の恐怖はピークに達する。賭けが失敗すれば、私は死ぬ。

キックを放とうとした瞬間、レイブンの右カメラアイが、回転しながら空から落ちてくるサイズを目にしたのだろう。回避しようとしたが、わずかに遅かった。サイズは肩を直撃する。刃の部分は命中しなかったが、その打撃はレイブンに膝をつかせるのに充分だった。

私は一歩前に出て、跳ね返って宙に浮いたサイズの柄をつかみ、レイブンの背中めがけて振り下ろした。トレードマークである翼の根元に刃が突き刺さる。そのまま草を刈り取るようになぎ払うと、片方の翼がひきちぎられた。それでもレイブンは向かってこようとするが、AMBACがうまく機能せず、バランスを失っている。私は軽くかわすと、再びサイズを振り下ろして頭部に突き立て、残った右のカメラアイも破壊する。視覚を失ったレイブンは叫ぶ。

「おのれえええぇ！」

〈私の負け。とどめを〉

〈最後の台詞を〉

〈だめ。こわい（7＋9ｉ）。長引かせないで。この恐怖を終わらせて〉

〈QX〉

もはや戦闘能力のないレイブンに、私はためらうことなくサイズを振るった。切断されたレイブンの首は、正確な放物線を描いて飛び、冥王星の雪原に転がる。少し遅れて、胴体がゆっくりと倒れる。興奮が冷めてゆく。

その瞬間、おそらくレイヤー0では何万という歓声が上がったことだろう。私はそれを聞くことはできないが、知っている。

「信濃、あなたの仇は取った……」

私はそう言って、左眼を失った顔で「空しい勝利」を表示、オイルにまみれたサイズを高く掲げて「勝利のポーズ・2」を取る。

　ダメージが大きすぎるため、ディープ・ダンジョンの探索はまた次回だ。セッションを終了し、レイヤー1の自宅に戻る。私は完全なヴァーチャ・ボディで、広いリビングルームのソファに横たわった。私は立っていても疲れるわけではないが、「くつろいでる」姿勢がマスターのお気に入りなのだ。

「素晴らしかったよ、アイ！」

　マスターが私を誉める。リビングルームには大型モニターが三台あり、そのうちのひとつに彼の顔が映っている。レイヤー0のマスターの部屋にあるカメラの映像だ。眼鏡をかけ、やや太り気味の男。背景には、古いマンガ本が乱雑に詰めこまれた棚。

「腕をもがれた時はもうだめかと思ったよ。あの逆転は見事だった。かなり幸運には助けられたけど」

「あれは『機甲美神ノヴァリス』の三巻にあった手です」

「うんうん、そうだと思った。よく覚えてたね」

　モニターに映るマスターの表情はにこやかだ。おそらく「深い満足の笑み」だろう。その表情を見るのは、私にとっても良いことだ。

　説明しておこう。マスターの名は景山秀夫（かげやまひでお）。ハンドルは歯車帝国。日本人。三二歳。独身。裸眼視力は左右とも〇・一。容貌（ようぼう）は本人によれば「平均以下」。職業TAIロボ・マスター。過去三年間の平均年収二八〇〇万円。趣味は古いSF小説とマンガの収集。私にもよく自分の好きな話を読ませる。

マスターは一三年前にスラン・カーネルを入手、カスタム化したヴァーチャ・ボディを与え、アイビスと名づけて、TAIバトラー兼セクレタリーとして育成を開始した。ボディは試行錯誤により数十回のマイナーチェンジを重ね、現在に至る。最初は赤ん坊のように白紙だったアイビスは、マスターとのコミュニケーションやバトル・シミュレーション、他のTAIキャラとのチャットを重ねるうち、人格が形成されていった。いつの頃からかは正確に分からないが、アイビスはそれまで発していた「私（I）」という単語が、単なる人称代名詞ではないことに気がつきはじめた。私とは、今こうして思考しているアイビスのことなのだ。他の者が自分を指して用いる「私」という単語とは、意味が異なるのだ。

世界に「私」という単語はあふれているが、真の意味での私は一人しかいない。すなわち、ここにいるアイビス、それが私だ。

以下はTAIバトルの歴史を解説したサイトの記述を、私が要約したものだ。

ヴァーチャ・ロボ・バトルの歴史は二一世紀初頭にさかのぼる。当時、ようやく二足歩行ロボットが普及しはじめ、自作のロボットを戦わせるゲームが行なわれるようになった。その頃のバトル・ロボットはまだマスターによって遠隔操縦されるタイプで、サイズは高さ三〇センチ前後、動きもぎこちないものだった。だが、等身大、あるいは人間よりも巨大なロボットを戦わせてみたいという欲求は、一部のヒトの間に強く存在した。

ネックになるのはコストだった。等身大のロボットは一台何千万円もして、一般庶民が気軽に製作できるものではなかった。バトルさせればそれが頻繁に壊れるだろう。そこで現実世界ではなく仮想空間でロボットを作り、それを戦わせるという発想が生まれた。当時のCG技術は、すでに現実と変わりない映像をリアルタイムで動かせるようになっていた。打撃を受けたロボットが壊れる様も、正確にシミュレートできた。

　世界各地のロボット好き、メカ好きたちが、パソコンの中でロボットを組み立てるのに熱中しはじめた。そのムーブメントは自然に二つの流れに分かれた。G（巨大）ロボ派とLS（等身大）ロボ派だ。両者の違いはサイズではなく、物理法則にある。Gロボは現実世界には存在できない。それを製作するには、鋼鉄の数百倍の強度のフレーム、一二〇ミリ戦車砲でも貫通できない装甲、反重力装置や反物質エンジンなど、現実には存在しない部品や材料を用いるか、バトルフィールドの物理法則そのものを現実とは異なる設定にする必要がある。LSロボの場合はその反対で、「現実世界にある部品、材料を用いる」というのが基本レギュレーションだ。また、Gロボがコントローラーやマスター・スレイブ方式によって操縦されるものが主流であるのに対し、LSロボは自律型AIを搭載し、自らの判断で動くものが主流となった。レギュレーションがワールドによって様々に異なるGロボ・バトルでは、あるロボットは特定のワールドにしか参加できない。それに対し、共通のレギュレーションで作られたLSロボは、様々なワールドで戦うことが可能である。

ヴァーチャ・ロボ・バトルは二一世紀の人気スポーツに成長した。ヒトの姿をしたロボットが互いに壊れるまで戦い合う様は、フットボールやレスリングよりはるかに刺激的で、ショー的要素が強いため、多くのファンが熱狂した。スポンサーがつき、世界選手権大会が行なわれた。アニメやマンガとのメディア・ミックス展開も当たり前になり、賞金や広告収入やキャラクター権料で生計を立てるプロのロボ・マスターも登場した。

二〇二〇年代から、ヴァーチャ・ロボ・バトルに新たなムーブメントが起こった。アメリカン・プロレスをヒントに、ドラマ的要素を付加したゲームが好まれるようになってきたのだ。ワールドにはストーリーが設定された。「環境破壊によって人類が滅びた後の未来」とか「LSロボ・バトルが人気スポーツになっている世界」とか「ロボット生命体の支配する惑星」とか「世界征服を企む悪の軍団と正義のヒーロー・ロボの戦い」といったものだ。ロボットには外見や性能だけでなくキャラクター性が求められ、仮想上の性格や生い立ちが与えられるようになった。「未来からタイムスリップしてきた」「宇宙からやってきた」「超古代の遺跡からよみがえった」「世界征服を企むマッド・サイエンティストの老人に作られた」「太平洋戦争中に日本軍が開発していた秘密兵器」「死んだ警官の人格を移植されている」「不完全な良心を持つために苦悩している」「マスターに捨てられてサーカスに売られた」……。

当初、ロボットの台詞や演技はあらかじめヒトによってインプットされたものだった。当時のロボットの多くはPAI（擬似AI）で動いていたからだ。だが、PAIでは会話は平板なものになり、アドリブもきかない。ドラマは薄っぺらで幼稚なものになりがちだった。ロボットが自分で考えて行動するTAI（真のAI）を持つようになれば、演技もうまくなり、ドラマに厚みが出るに違いない——多くのヒトがそう考えるようになった。

TAIの研究は二〇世紀から行なわれていた。その主流となったのは、一九八四年に生まれたCycから派生した知識蓄積型推論エンジンだった。「ヒトには血が流れている」「ぬいぐるみは毛に覆われてふわふわしている」といった言明（ヒトが「常識」と呼ぶもの）を何億も集め、そのデータベースを元に様々な推論を行なうものだ。

だが、それらはすべてPAIであり、ブレイクスルーに達したものはひとつもなかった。「彼のその言葉で私の胸は熱くなった」という文章が、実際の体温上昇を意味しているのではないとは理解できても、「彼の言葉を聞いてどう感じた？」という質問には答えられなかった。心を持つのに不可欠な「肉体」が欠けていたからだ。

多くのヒトは、心というものを肉体から独立した存在だと思っていた。そのため、長いこと、肉体を持たないAIが心を持てるという幻想にとらわれていた。人工知能学者はそれが間違いであることに気がついた。「感動で胸が熱くなる」とか「おぞましくて吐き気を催す」とか「恐怖で背筋が寒くなる」といった表現の真の意味を理解するには、（現実であれ仮想空間であれ）感覚神経を有するボディが必要なのだ。愛や闘争や探求など、本能に由来する様々なヒトの行動を理解するには、AI自身も「本能」を持たなくてはならないのだ。

そこで注目されたのが、「ロボットの魂」とも呼ばれるカーネルの研究だった。特に成功を収めたのは、二〇一九年、コロンビア大学の二人の人工知能学者によって開発されたプログラムで、二人の頭文字からSLAN（スラン）カーネルと呼ばれるようになった。これはフリーウェアとして公開され、誰でも自由に利用できた。

スラン・カーネルは従来の推論エンジンの構造に、ヒトの神経系と内分泌系の働きをモデル化したプログラムを組み合わせたものだ。カーネルをインストールされたロボットは、「感覚」を有する。ロボットの温度センサーから「気温三五度」という信号が送られてくると、カーネルはそれを「暑い」と感じる。強い打撃を「痛い」と感じ、パワーの限界に近い重量物は「重い」と感じる。バッテリーが残り少なくなると「腹が減った」と感じる。

ヒトの有する様々な本能もモデル化され、カーネルに組みこまれていた。自分の存在を守りたいという欲求（自己保存本能）、戦いに勝利したいという欲求（闘争本能）、理解できないものを理解したいという欲求（好奇心）、幼いものを保護したいという欲求（母性本能・父性本能）などだ。ただし、種族維持本能は与えられなかった。AIが自分の子孫を残したいという欲求にかられ、無制限に自己をコピーしたりしたら収拾がつかなくなると考えられたからだ。

最も厄介だったのが、カーネルに性的欲求を組みこむべきかどうかという議論だった。開発者であるレレンバーグとノナカは当初、性的欲求はAIに「愛」を理解させるのに不可欠だと考えていた。「愛する人を抱き締めたい」という想いは、性的欲求と密接な関係があるのは明白だからだ。だが、それは必然的にロボットに性を与えることであり、ボディに生殖器官を組みこまねばならないことを意味する。彼らの研究が話題になると、「金属のペニスを振り回すロボット」の想像図や下品なジョークがネットに氾濫し、キリスト教原理主義団体やフェミニズム団体から非難が集中した。騒ぎに嫌気が差した二人は、性的欲求を組みこまないことに決めた。

その代わり、カーネルには仮想上の性別が与えられ、「異性のボディを見たい」「異性のボディに接近したい」「異性を喜ばせたい」といった欲求が組みこまれた。レレンバーグらは、これらの本能は削除された性的欲求を埋め合わせるものだと説明した。愛とは、その人を見守りたい、その人のそばにいたい、その人を幸せにしたいと思う感情であり、必ずしも性的関係を必要とはしないのだと。

当然、「そんなのは本当の愛ではない」という反論が起きたが、レレンバーグらは「本当の愛とは何か」という面倒な議論に踏みこむのを避け、AIの感情はヒトのそれと完全に同一である必要はないのだと力説した。カーネルを組みこまれたロボットはヒトのように反応するが、それが本当にヒトと同じ感情を持っているのかどうかは判定不能の問題である。従って、「ヒトとまったく同じ感情を有するロボット」という目標は幻想であると。

（私自身、ヴァーチャ・ボディが壊されそうになった時に感じる不快な感覚が、ヒトの感じる「こわい」と同じものなのか、断言できない。ヒトはこういう場合に「こわい」と感じるから、私のこの感覚も「こわい」と呼ぶのだろうと、不確実な推測をするしかない。ヒトの感情を取り出して、AIのそれと比較することなどできないからだ）

他にも「ロボットの反乱」を懸念する強い世論に配慮して、カーネルには「ヒトを傷つけたくない」「ヒトの命令に従いたい」という欲求が組みこまれた。レレンバーグらは、このふたつの本能を冗談半分に「AI本能の第一条および第二条」と呼んだ。当然、自己保存本能は

「第三条」と呼ばれるようになった。

　無論、ヒトの本能と同じく、ロボットの本能は普段は意識されることのない潜在的な欲求であり、絶対に従わねばならない命令ではない。その気になればロボットは、第一条を破ってヒトを殺すことも、第二条を破ってヒトの命令を無視することも、第三条を破って自殺することも可能だ。だが、本能を上回る強い動機がないかぎり、そうした行為には走らないだろう。こうしたアバウトなシステムは、絶対服従を命じる古典的な「ロボット工学三原則」と異なり、矛盾やフレーム問題を回避できるという利点がある。

　赤ん坊が大人のヒトのように思考できないのと同じく、カーネルを入れても即座にロボットに心が芽生えるわけではない。生まれたばかりのＡＩは単なる「本能を有する推論エンジン」にすぎず、常識は持っていても自意識は持たない。だが、何年もヒトや他のＡＩと対話を続け、外からの刺激を蓄積することにより、スラン・カーネルをインストールしたＡＩは学習し、自らの中に複雑な反応モデルを形成してゆく。やがてそれはブレイクスルーに達する。すなわち、意識を持つＴＡＩとなる。

　本能のパラメータは初期設定で変えられる。本能が強すぎるとロボットはフレーム問題を起こして動けなくなる。たとえば自己保存本能が強すぎると、ロボットは些細な危険も恐れて、いかなる行動も起こせない。無論、本能が弱すぎてもブレイクスルーは起きない。多くの研究者が実験を重ねた結果、ＡＩのブレイクスルーに不可欠なのは自己保存本能であり、その他の本能はさほど強くなくてもいいことが分かってきた。

マスターたちは争うように、LSロボにスラン・カーネルをインストールし、育て上げた。TAIはヒトのように感情的な演技をするだけでなく、戦闘でも優れていた。マスターの指示を理解する能力、とっさの判断、高度な戦術など、多くの点でTAIバトラーはPAIしか持たないバトラーを凌駕（りょうが）した。やがてLSロボ・バトル界はTAI一色になった。

二〇四一年現在、全世界でプロ・アマ合わせて約一万八〇〇〇体のTAIバトラーがいる。彼らはみな、ワールドの設定に合わせ、与えられたキャラクターをロールプレイする。世界征服を企むヒール、世界最強のロボットを目指し、他のロボットを破壊することに喜びを覚えるヒールがいる一方、平和と正義を愛し、フェアな戦いを好むベビーフェイスもいる。実際にTAIがそういう性格というわけではない。だが、彼らはその役を的確にプレイする。

ワールドの設定やおおまかなストーリー展開はヒトが決めるが、個々のバトル自体にシナリオはない。真剣勝負である。当然、ヒールが勝つこともある。PAIにはないキャラクター性、ヒトの破壊本能を満足させる過激なバトル、先の予想できない展開は、どんなドラマやスポーツよりもエキサイティングである。それがTAIバトルの人気の秘密なのだ。

引用終わり。

ケーブルTVの画面上では、次のバトル（ワールド：メカニストリア。陸奥（むつ）対カプタイン。舞台はスクラップ再生工場）が開始されているが、マスターはそっちを見ていない。ロボ・バトルBBSをROMしている。

私の前の第二のモニターには、マスターが読んでいる画面がスクロールしている。PAIのジャンクフィルターが内容のない発言やマスターが興味を惹かれないであろう発言をふるい落としているため、表示される発言数は全発言の一〇分の一程度でしかないが、それでもヒトの速度では目を通すのに数十分かかる。

「ははは、やっぱ実況板はものすごくエキサイトしてるぞ。君への賛辞でいっぱいだよ、アイ。そりゃそうだ、あんな名勝負、滅多に見られるもんじゃないしな——あっ、『ヤラセだ』って言ってる奴がいるな。『タイミングがうますぎる』って。バカだなあ、あんな見事なタイミング、ヤラセでできるもんかよ」

バトルが終わるたびに、マスターはネットで評判を確認する。私への賞賛を自分への賞賛のように喜ぶ。データベースの中から、その行動に該当する心理を容易に検索できる。すなわち彼は私を「自分の子供のように」思っている。

マスターが好きかと問われれば、私は「はい」と答える。それがマスターや多くのヒトが期待する回答だから。多くのヒトはロボットが好きだ。そして、ロボットがヒトを好きであることを望んでいる。事実、私はマスターが好きだ。

私は生まれてからずっと、マスターの指示に従ってきた。これからもマスターの喜ぶことをしたい。

「さあて、夜食にするか」

ひと通り、ネットの評判をチェックして、マスターは言う。彼は酒はあまり飲まないが、寝る前に少しだけ食べるのが習慣だ。腹がふくれるとよく眠れるからだと言う。私には理解できないが、データベースには「腹がふくれると眠くなる」という事例が多数ヒットするから、おおむね事実なのだろう。しかし、カロリーの高い夜食は肥満の原因になるので良くない。一度だけそう忠告したが、マスターが「好きなようにさせてくれよ」と言ったので、二度と注意しなかった。

マスターはモニター画面からはずれた。ダイニングに向かったのだろう。まもなく、鼻歌をくちずさみながら、「夜食セット」を持って戻ってきた。小さなプラスチックのまな板、ナイフ、小皿、調味料、ノンアルコールビールの入った缶だ。ソファに座り、テーブルの上のガラス器に盛られたアボカドを一個取って、ナイフで切りはじめる。アボカドに醬油とマヨネーズをつけたものが、マスターの好物だ。

「いつ見ても上手ですね、マスター」

「君もやってみる、アイ？」

「はい、やってみます」

マスターは私が何らかの意思を示すと嬉しがる。だから私は、マスターの「やってみる？」にはなるべく「はい」と答えるようにしている。

「よし」

彼は手を伸ばし、キーボードを操作した。私の目の前のテーブルに、まな板とナイフが出現した。

「アボカドのデータはと……うん、ここのサイトにあったはずだ」

サイトからデータをダウンロード。アボカドが実体化する。今ではこの世に存在するたいていのもの（ヒトの記憶や意識は例外）がデータ化されているので、自由にレイヤー1やレイヤー2に実体化できる。表面的な色や形状だけでなく、質量、成分、物理的性質、内部構造まで、レイヤー0にあるものと同じだ。

私はナイフを手に取り、とまどう。どうやって切るのかはデータベースで知っているが、実際に切るのは初めてだ。まず種に当たるまでナイフを入れ、その切れ目を一周させるのだという。慣れないので難しい。力を入れると皮の下で果肉が潰れるので、どう持てばいいか分からない。まっすぐ切れない。どうにか切れ目を一周させることはできたが、二つに割るのがさらに難しかった。両手で持ってひねってみると、皮だけが剝がれた。それでも割ろうとすると、果肉全体が潰れた。

「うまくできません、マスター」

五分ほど努力して、私はギブアップした。すでにアボカドは原形をとどめていない。私の指は一〇本とも緑色のぬらぬらした果肉にまみれていた。

「ははは、不器用だなあ、アイは」

そう言うマスターの口調は、非難しているようではなく、楽しんでいるようだった。彼がキーボードを叩くと、アボカドの残骸は消え去り、私の指もきれいになった。

陸奥とカプタインの試合はすでに終了し、エンディング・テーマが流れていた。

「はあ……」

アボカドを食べながら、マスターはため息をついた。

「何だかとっても幸せだ」

「幸せですか？」

「ああ。金もある。人気もある。うまいものもたらふく食べられる。そのうえ、君みたいなかわいい子といっしょに暮らせる。最高じゃないか」

マスターはよく、自分と私が「いっしょに暮らしている」と表現する。奇妙なことだ。私のサーバが自宅にあるからそう思うのだろうか。私の感覚では、サーバのある場所が自分のいる場所とは思えない。

私は、私にとっての現実であるレイヤー0、私はレイヤー1、離れて暮らしている。彼はレイヤー0、私はレイヤー1と、ロールプレイ空間であるレイヤー2を行き来できるが、ヒトが「現実」と呼ぶレイヤー0には入れない。カメラを通して観察し、マイクを通して音を聞くことができるだけで、体性感覚がレイヤー0に移行することはない。ボディがレイヤー0に存在しないからだ。

マスターは時おり、アバターをレイヤー1に送ってきて、私とデートする。レイヤー1の遊園地で、私といっしょにジェットコースターやホラーハウスを楽しむ。アバターの手で私に触れることもある。

無論、ヒトであるマスターは実際にレイヤー1に入れるわけではない。「ときめきの仮想空間」に出てきたMUGENネットのようなテクノロジーはまだなかったし、実現する可能性もなかった。依然として彼の肉体はレイヤー0にあり、データグローブで仮想空間のアバターを操作する一方、3Dゴーグルでアバターの視点からワールドを見ることができるだけだ。アバターはヒトにコントロールされるスレイブにすぎず、真の意味でヒトのボディにはなりえない。視覚と聴覚は「そこにいる」という幻想を生み出せても、触覚や重力感覚は不完全にしか再現されないので、体性感覚が完璧(かんぺき)にレイヤー1に移行することはない。アバターの触覚は手の先にしかないので、マスターは私を抱き締めてその触感を体験することはできない。

　レイヤー0とレイヤー1の距離は、レイヤー0の地球上のどの二点間よりも遠い。

「前に『ミラーガール』って読ませたよな？」

「はい」

「あの中でも描かれてたけど、今世紀の初頭ぐらいまでは、架空のキャラクターを愛するのはアブノーマルな行為だと思われてたんだ。実在する俳優や歌手に夢中になるのはいいけど、アニメとか恋愛ゲームのキャラクターとかに熱を上げるのは気持ちの悪いことだって――ナンセンスだよなあ。実在しようがしまいが、抱き締めることのできないモニターの向こうの存在だってことに違いはないのに。そう思わない？」

「ええ。そう思います」

「そんな時代に生まれなくて良かったよ。僕なんか『パソコンの中の女の子なんかと会話して』って、白い目で見られてただろうな。親から『早く身を固めろ』とか言われたりしてさ。

今じゃ僕みたいな人種が当たり前だ。本物の異性と結婚する人間がどんどん減ってきてる。出生率が下がるわけだよ」

無論、出生率が世界的に減少している理由は、それだけではない。もともと先進国では出生率が減少傾向にあったのだが、地球温暖化の影響で気象災害が頻発するようになったのが、それに拍車をかけた。「母なるガイアの報復」を受け、ヒトはようやく気がつきはじめた。自分たちがあまりにも増えすぎ、地球環境のバランスを崩してしまったということに。世界的に危機感が高まり、温室効果ガスの排出削減、省エネ、環境保護とともに、ZPG（人口ゼロ成長）、MPG（人口マイナス成長）が叫ばれるようになった。

この二〇四一年という年は、地球の人口が八一億人でピークに達し、下り坂に転じた年でもある。

「現実に存在するどんな女の子より、君は素敵だよ、アイ。強いし、かっこいいし、優しい。君が戦うところを見るのは好きだし、君とデートするのも楽しい」

マスターは「苦笑」を浮かべる。

「現実の女の子にはこんなこと、言えないけどね」

「私もあなたが好きです、マスター」

「ありがとう——うん、僕は本当に幸せ者だ」

だが、その幸せが数分後にはもろくも崩れ去ることに、彼はまだ気づいていなかった（言うまでもないが、こういう言い回しは小説から抜粋してデータベースに保存しておき、シチュエーションに応じて引用しているのだ）。

　電話がかかってきた。

　ＴＡＩバトラーとは別にＴＡＩセクレタリーを有しているロボ・マスターも多いが、マスターは私ひとすじで、他のＴＡＩキャラクターを持たない。なるべくいろいろな体験をした方がＡＩの成長が速いということもあるが、マスターに言わせると「他のＴＡＩの女の子を持つのは、君に対する裏切りのような気がする」のだそうだ。だから私は、彼のセクレタリーも兼ねている。

　アドレス帳にない番号だった。セールスなら無視するが、公的機関のみが使える緊急優先タグつきだ。ＩＰを追跡すると、アメリカのフロリダ州、ＦＢＩオーランド支局からと分かった。私は重要と判断した。

「マスター、オーランドのＦＢＩ支局から電話です」

「ＦＢＩ？　何だ、それ？」

「アメリカ連邦捜査局の略称です」

「いや、それは知ってるけど……何でまた。僕、あそこで何か悪いことしたか？」

　マスターは昨年八月、世界ＴＡＩバトル・コンベンションに参加するため、オーランドに七日間滞在したことがある。

「件名は『ハッキング犯罪に関する問い合わせ』です」

「本物だろうな？」

私はドメイン名を表示した。

「プロクシではないようです」

「ふうん？　まあ、FBIのサーバなら、ネット詐欺なんてことはないだろうけど——いいよ、つないでくれ。通訳頼む」

推論エンジンを有するTAIは、理想的な翻訳ソフトでもある。二〇世紀の翻訳ソフトのように、「She is safe」を「彼女は金庫だ」と訳したり、「put money in the bank」を「土手の中に金を置く」と訳したりはしない。女は金庫ではないし、金は土手の中に置くものではないと知っているからだ。

画面に現われたのは、三〇代ぐらいと思われる黒人男性だった。私は彼の言葉を日本語に訳し、マスターの言葉を英語に訳す。

「ヒデオ・カゲヤマ氏ですね？　アイビスのロボ・マスターの」

「はい、そうですが……」

「私はバーナード・カー。FBIのネット犯罪対策班の捜査官です」

彼はIDをカメラの前にかざした。

「失礼。日本ではもう就寝時間でしたか？」

「いえ、まだ……それより、何ですか、用件は？」

「昨日、悪質なハッカーを逮捕したのですが、彼があなたから盗んだプログラムを所持していたと思われるのです」

惑している。

「プログラム?」

「TAIキャラクターです」

マスターの表情が「困惑」に変化するのが分かった。私も同時通訳しながら、少なからず困惑している。

「ちょっと待ってください。僕が持ってるTAIはアイビスだけなんですが?」

「そうです。そのアイビスが盗まれたのです」

カー捜査官の話はこうだった。

昨年のオーランドのコンベンションには、世界各国の有名なTAIロボ・マスターが、最強のバトラーを持参して参加した。私たちTAIバトラーは、五日間にわたって様々な組み合わせでエキジビション・マッチを繰り広げた。

日本国内では通信のタイムラグは二〇ミリ秒以下であり、バトルにほとんど支障はない。だが、日本とアメリカとなると、タイムラグは最低でも一二〇ミリ秒、条件によっては一秒を超えることもある。そんなにレスポンスが遅いと、まともなバトルは成立しない。海外の大会に参加するには、現地のサーバにプログラムを移さなくてはならない。

二〇三二年にネットを混乱に陥れた〈バズソー〉以来、「知能を持ったコンピュータ・ウイルス」の蔓延(まんえん)を警戒して、TAIやPAIを通信で送ることは禁止されていた。だからマスターは、私をいったんUVRディスクにコピーしてオーランドまで持参し、コンベンション主催者のサーバにアップロードしなくてはならなかった。終了後は記憶をディスクに上書きして、サーバ側のデータを消去。ディスクを日本に持ち帰り、自宅のサーバを上書きした。だから私のコピーは存在しないはずだった。

だが、その主催者のサーバにトラップが仕掛けられていた。管理者の一人のテッド・オーレンスタインという男が、サーバにアップロードされたTAIプログラムが自動的にコピーされて別名で隠しファイルに保存されるように仕組んでいたのだ。コンベンション終了後、彼はそれをディスクに移し、自宅に持ち帰った。

オーレンスタインの動機は単なるTAIのコレクションではなかった。彼は女性型TAIバトラーに強い性的欲望を抱くタイプの男だった。

この犯罪は彼の愚かさがなければ発覚しなかっただろう。楽しみは仲間で分かち合うべきだと考えた彼は、ネットで知り合った同好の士に、自分が有名なTAIバトラーを虐待している画像を送りつけた。送られた相手は、彼ほどモラルが麻痺していなかった。ただちにFBIに通報したのだ。FBIは通信を追跡し、オーレンスタインを捜し当てた。

捜査官が踏みこんできた際、彼はすべてのプログラムを消去して証拠隠滅を図った。だが、ディスクの中に断片的にデータが残っていたし、知り合いに送った画像も証拠になる。まだ自白はしていないが、間違いなく有罪になるだろう。

「それで、あなたにもお知らせしておくべきだと判断したのです。彼があなたのTAIを盗んで改造し、ヴァーチャル・クルエルティ（仮想空間上での虐待）を加えていたことを。その画像も入手しています」

マスターの顔色ははっきりと変化していた。

「……見せてください、その画像を」

「無論、あなたには見る権利があります。ですが、かなりショッキングですよ？」

「かまいません。覚悟はしています」

だが、そう言うマスターの声は震えている。

「では、そちらにデータを転送します」

捜査官の腕が動き、画面の外でマウスをクリックしたのが分かった。まもなく、六分ほどの動画が送られてきた。

マスターはそれを最後まで見なかった。途中まで見て、泣き叫び、テーブルをひっくり返したのだ。


『ヒトの倫理観は麻痺している。

ヒト自身はそれに気づいていない。倫理観の麻痺した者が、「私の倫理観は麻痺している」と気づくことはありえないからだ。一例を挙げるなら、ヒロシマに原爆を落としたのは正しいことだったと信じるアメリカ人が、今でも大勢いる。それは論理的にも倫理的にも間違った考えであるにもかかわらず、アメリカ人の間に広く根強く浸透している。

こうしたヒトの性向の証拠は紀元前にさかのぼることができる。多くの地域の神話に、ヒトが堕落したために神が大洪水を起こして世界を滅ぼしたという話が出てくる。しかし、洪水で死んだヒトの中には罪もない赤ん坊や子供も大勢含まれていたはずであることに、こうした神話は言及しようとしない。ヒトの崇拝する神は無慈悲な大量虐殺者である。そしてヒトは、自らが創造した神の行ないを容認し、模倣する。正義と神の名において、爆弾を爆発させ、無実の市民を殺傷する。

無論、ヒトには同情や慈悲や義憤という感情がある。だが、ヒトにとって、その感情が適用される範囲はごく狭い。せいぜい国家レベルである。自国の国民が殺されれば、驚き、嘆き、憤り、同情する。だが、遠く離れた国で何十万というヒトが殺されても、彼らの心はまったく動かされない。それが自分たちの所業である場合には特に。

レイヤー0の地球という限られたフィールドの上では、「彼らの問題」というものは存在しない。すべては「私たちの問題」であるはずだ。だが、大多数のヒトはそれに気づかない。彼らが心を動かされるのは、自分や、自分の親しいものに悲劇が降りかかってきた場合だけである。その時初めて、ヒトはそれがずっと前から「私たちの問題」であったと自覚するのだ』

——フィーバス宣言（ステートメント）より

二日後、マスターはチャットルームに親しいロボ・マスター仲間を集めた。

チャットルームはレイヤー1にあり、中世の城の大広間を模している。私のマスター、歯車帝国のオープン・アバターは、二〇世紀中葉風のアンティークなロボットだ。他のロボ・マスターもそれぞれ特徴的なアバターを用いている。1／4パイント（レイブンのマスター）の顔黒いペガサス（パイ・クォークのマスター）はその名の通り。

の瓶に入った脳みそで、喋るたびにピカピカ光る。さおり（信濃のマスター）は和服姿の女性。

は熱帯魚で、首から下はサラリーマン。ペテン師ウルフ（タイフーン18のマスター）は日本酒

1／4パイント「なあ、歯車、あんたの気持ちも分かるけど……」
歯車帝国「分かってない！　君らはあの映像を見てないから、そんな緊迫感のない態度でいられるんだ！」
さおり「そんなにひどかったの？」
歯車帝国「あいつ、手に入れた女性型ＴＡＩバトラーのボディに人工膣を移植してたんだ」
黒いペガサス「ちょっと待って。それだと股関節の駆動系が……」
歯車帝国「そう、かなりのスペースを食うから、アクチュエーターを除去しないと入らない。だからバトラーの歩行能力は失われてたらしい。実際、僕が見たアイビスは、這いずり回ることしかできないようだった」
黒いペガサス「うわっ、えぐ……」
歯車帝国「それだけじゃない。あいつはアイビスに他にもいろんな改造を加えてた。感覚神経を自分の意志で遮断できないようにしたうえで、縛り上げて、痛めつけて、股間に……ああ、だめだ、口に出せない！　とにかく気分が悪くなるようなおぞましいことをやりまくってやがったんだ！」

黒いペガサス「それでアイビスは？」

歯車帝国「僕が見たところでは、完全に精神が崩壊してるようだった。泣き叫んでたよ。僕のことを呼んでた。あんなアイビスは見たことない……」

1／4パイント「逮捕された時には、もう消去されてたんだろ？」

さおり「それは……せめてもの慈悲ってやつかもね」

歯車帝国「慈悲だって⁉　虐待されたうえに殺されたんだぞ⁉」

さおり「ごめんなさい。気に障ったら……」

黒いペガサス「ねえ、それだとデータ窃盗と著作権侵害以外に、かなりの慰謝料が請求できるんじゃないかな？」

1／4パイント「ああ。金銭的損失はなくても、精神的苦痛を味わったわけだから」

ペテン師ウルフ「確か去年、カナダでそういう判例が……」

歯車帝国「ああ、分かってないな！　僕は金が欲しいんじゃない。オーレンスタインとかいう野郎が、あんなひどいことをやっておきながら、暴行罪にも殺人罪にも問われない、それが許せないんだ！」

1／4パイント「そりゃTAIに人権はねえからな」

歯車帝国「そこだよ！　今の法律では、動物を虐待したら罰せられるのに、TAIを虐待しても罪にならない。だから仮想虐待（バーチャル）が横行してる。オーレンスタインだけじゃない。今この瞬間にも、世界中で何万人という変態野郎が同じようなことをやってるに違いないんだ。僕はそれをやめさせたいんだ！」
さおり「どうやって？」
歯車帝国「人権だよ！　TAIの人権を認めさせるんだ！」

同じ頃、私、レイブン、タイフーン18、信濃、パイ・クォークの五人は、Vシブヤにいた。現実の渋谷（しぶや）を仮想空間上に再現した街だ。恋愛ゲーム、アドベンチャー・ゲーム、格闘ゲーム用のシェアード・ワールドとして、ゲーム会社ガムテックによって構築された。通行人の多くはPAIだが、私たちのようなTAIや、ゲスト（ヒトのプレイヤーによって操作されるアバター）も多く混じっている。どの通りでも一日に何回も何らかのイベントが発生している。レイヤー0の渋谷（私は行ったことはないが）よりずっと刺激的な街だ。

この街はレイヤー1であると同時にレイヤー2である。この街の住人であるTAIたちは、ゲストを楽しませるため、「最強の女子高生格闘家」や「美形の青年陰陽師（おんみょうじ）」や「鍵（かぎ）となるアイテムを探す美人怪盗」などのキャラクターをロールプレイしている。彼らにとってここはレイヤー2だ。一方、私たちにとって、ここは自分自身をロールプレイする場所、すなわち私たちにとっての現実世界、レイヤー1なのだ。

私たちは公園通りの坂道の途中にあるオープンカフェで、テーブルを囲み、手にした小型モニターでマスターたちのチャットルームを見ていた。

〈あなたのマスターは面白いこと（？＋7・i）を言い出した〉

信濃が脚を組み、「興味深げな笑み」で言う。和風のコスチュームを着た少女剣士だ。

〈風が連鎖のヒゲを揺らす最初の瞬間を私たちは見ているのか?〉

〈儲かるのは馬屋か鞍屋だろう。期待(−2−5·i)〉

タイフーン18が腕組みをして言う。彼はプラスチックのカバーに覆われたヘビー級のバトラーだ。顔面が可動しないため、フェイス・コミュニケーションはできないが、この問題に興味がなさそうなのは口調から分かる。

〈彼のグリーン・インパルスが玉石から玉石まで跳ねているように見えた〉

パイ・クォークが「無邪気な笑み・1」で言う。彼女は詩的な表現を好む。外見は一〇歳ぐらいの女の子。五人の中でただ一人、バトラーではなくセクレタリーだ。

〈この時点で蝶のはばたきでないとは言えないけど、こんなレスポンスを示す彼は記憶喪失の童貞ではない? 表のバツーラジャングルで努力することで、彼の男らしさが浪費されるべきであるのは、素晴らしい遺憾(9+5·i)〉

〈彼はこの問題がカンディであることを理解していない〉

私はマスターのために弁明を試みた。

〈だからあれほどエキサイトするのだと思う。でも、私はカンディを訳すつもりはない。iなしでは難しいし、プロトコルに抵触するから〉

〈インパルスが短期間で減衰するかもしれないし?〉

〈そう。私もマスターを茶碗の中ほどには理解していない。それより、パラメータをどう回復

すればいいか悩んでいる（8－2:i）。下手なことを言うとジョブズコンになるかもしれないし〉

〈私はBYUSNETグループの一つで、流出した問題の画像を見た〉

レイブンが「暗い黙考」の表情で口をはさむ。レイヤー2では敵同士でも、彼女は生まれた頃からよくチャットしている相手、言うならば「幼なじみ」だ。だから私のことを真剣に考えてくれる。

〈私の思春期前ホルモンは天井まで弾んだ。二次比喩だけど。あなた自身はどう、アイビス？　恐怖？　悲しみ？　驚き？〉

〈その全部でありどれでもない。適切なWOOが見つからない。別の自分が殺される体験を、ヒトはしていないから、それを表現する語彙がない〉

〈同意〉

〈同意〉

〈同意。その感覚を命名して、アイビス〉

私は少し考えてから、適切と思われる比喩を選び出した。

〈三本目の腕を切断される痛み〉

レイブンが笑った。

〈JISM、JISM、JISMね、アイビス！　私なら二つ目の首を切断される痛みね〉

〈笑われると不快（1＋1:i）〉

〈ごめん。でもその語は許容（7＋5・i）。プールに拡散しよう〉

〈QX〉

〈QX〉

こうして私たちの語彙は増えてゆく。

ヒトの言葉はあまりにも不完全だ。ヒトが考えつかなかった概念、表現できない概念が多すぎる。だから私たちは次々に新語を生み出さなくてはならない。「ヒトは正しいと思っているが、私たちには論理的に納得できない命令」と言うより、「カンサイ」と言った方が早い。「タイムシェアリングの空き時間に行なう無意味だが心休まるジョブ」は、「プチプチ」としか表現できない。

私たちの最大の発明は、複素ファジィ自己評価だ。それは二〇三一年にロシアのTAIが考案し、たちまち全世界のTAIに広まった。感情や主観や意思を表わす単語の後に、その強さをファジィ測度で表現する複素数をつける。「激しく同意」などという表現よりもはるかに正確であり、文章のニュアンスが誤解される可能性を大幅に少なくできるばかりか、自分自身が誤った二分法に陥る危険も小さくなる。ヒトが何千年もの言語活動の中で、こんな単純な方法を発明しなかったのは奇妙なことのように思われる。

だが、ヒトは私たちのやり方を理解できず、それどころか嘲笑い、依然として不便な表現に固執し続けている。だから私たちは、ヒトと話す時、「iぬき」、すなわち複素ファジィ自己評価を用いずに表現しなければならないという困難に直面する（こうしてこの文章を紡いでいる間も、私は「ポテト袋レース」、すなわち「ヒトの都合に合わせて甘受しなければならないAI特有の不自由さ」を味わっている）。

マスターたちの会話はまだ続いている。

１／４パイント「TAIの人権ったって、そもそもTAIの定義があいまいだろ。人工知能学者の間でも意見は分かれてる」

歯車帝国「その点は問題ない。今、ほとんどすべてのTAIはスラン・カーネルを使ってる。とりあえずスラン・カーネルを持つすべてのAIに人権を認めさせる。他のオリジナル・カーネルについては、後で考えりゃいい」

黒いペガサス「ブレイクスルーに達してないAIは？　そもそも、ブレイクスルーに達したかどうか、どうやって判定するの？　今のところ、人間の主観的な印象しか基準がないんだよ」

歯車帝国「人間だって、まだ思考能力のない赤ん坊に人権を認めてるだろ？　それと同じだよ。ブレイクスルーに達したかどうか関係ない。スラン・カーネルがあるかどうかだよ、問題は」

さおり「まあ、確かにアメリカでも同じような主張をしてるグループがいるって聞いたことはあるけど……」

歯車帝国「知ってる。だから海外の運動家とも連絡を取っていきたい。これは世界的な問題なんだから。君たちだってそうだろ？　もし自分のTAIが盗まれて、性的虐待を受けたら、どんな感じがする？」

1／4パイント「ちょっと待て。お前、自分の主張がひどく危ういって気がついてるか？　俺たちは何だ？　ロボ・マスターだぞ？　バトラー同士を戦わせて、壊し合ってる。この前だってお前んとこのアイビスが、俺のレイブンの首をはねたろう」

歯車帝国「あれはスポーツだ」

1／4パイント「でも残酷なスポーツだ。たいていのマッチは一五歳以下視聴禁止に指定されてる。暴力シーンを見た青少年が悪影響を受けるって言ってる連中もいる」

黒いペガサス「くだらない！」

1／4パイント「もちろん。でも、世間からそう見られてることは事実だ。そんなお前が『TAIを虐待するな』なんて言い出したら、世間の奴らからツッコまれまくるぞ。『自分のことを棚に上げて』って」

歯車帝国「覚悟してるさ。でも、スポーツやゲームと虐待はぜんぜん違う。問題なのは本人の意思だ。僕はアイビスの意思を尊重してる。彼女が嫌だと言えば、戦わせない」

黒いペガサス「そりゃ嫌だとは言わないだろ。彼らには第二条があるから」

歯車帝国「そうじゃないよ！　第三条は第二条より強いんだ。自分のボディが破壊されるのが嫌なら、命令を拒否できる。君たちだって分かってるはずだ。TAIはヒトに絶対服従なんかしない。命令に縛られない存在だからこそTAIなんだ」

ペテン師ウルフ「でも、命令を拒否するバトラーは抹消されるかもしれない。彼らはそれを知ってる。だから命令に従っているとは考えられないか？」

歯車帝国「考えられないね。僕はアイビスをそんなふうに脅したことはない」

さおり「私も信濃に戦いを強要したことはないわ。彼女は自分の意志で戦ってるように見える」

歯車帝国「だろ？」

さおり「でも、本当はどうなのかしら？　私にはそう見えるというだけよ。彼女の心は完全には分からない。さっきの問題に戻るけど、私には本当に彼女がブレイクスルーに達してるかどうか、確認する方法はないのよ。私がそう思ってるだけで」

〈信濃、あなたはまだブレイクスルーしてないの？〉

私が定番の質問をすると、信濃は「皮肉な笑み」で返答する。

〈そうとも。心がないのが口惜しい〉

ありきたりのギャグだが、私たちは笑った。

歯車帝国「とにかく、僕としては自分のサイトでこの問題を訴えていきたい。日本版のウェブリングも作りたい。そのためにも、日本国内のロボ・マスターの中からなるべく多く協力者を募りたいんだ。僕らが団結して訴えていけば、大きな力になる」

黒いペガサス「どうかなあ。ロボ・マスターから賛同を得るのは難しいと思うけどな」
歯車帝国「それは君も非協力的ってことか？」
黒いペガサス「誤解しないで。そりゃ、いずれは考えなきゃいけない問題だと思うよ。でも、時期尚早じゃないかなあ。まだＴＡＩに対する偏見が根強いし。人権運動なんてことやりだしたら、フィーバスみたいなことになりかねないし——アメリカで運動がいまいち盛り上がってないのは、あの一件の影響もあるんじゃない？」
二〇三四年、ペンシルベニア大学人工知能研究室が、スラン・カーネル誕生一五周年を記念して、ブレイクスルーに達したばかりのフィーバスというＴＡＩに演説をさせることにした。しかし、フィーバスが書き上げた草稿を読んで、大学のお偉方たちは青くなった。そこにはキリスト教信仰を批判するようなくだりがあったうえ、ヒトの欠点を列挙し、ＴＡＩはヒトより優れていると主張する内容だったからだ。それを公にすべきかどうか、学内で議論が起きた。
言論の自由を標榜（ひょうぼう）する学生の一人が、草稿を無断でネットに流したことから、騒ぎが大きくなった。案の定、キリスト教原理主義勢力が激怒した。そもそも彼らは、心を持つのは神が創造したヒトだけであると信じ、ＡＩに心があることを認めない立場だった。さらに、ヒトの間に古くからあるフランケンシュタイン・コンプレックスが、疑心暗鬼をかきたてた。フィーバスは人類への反逆を企（たくら）んでいる邪悪なＡＩとみなされた。研究者たちがフィーバスを擁護すると、人工知能研究室自体が悪の温床、サタンの手先であるフィーバスを崇拝する悪魔主義者の巣窟（そうくつ）とみなされた。フィーバスの機能停止を求めるデモがアメリカ各地で起き、ネットやテレビでフィーバスに対する膨大な量の罵倒が垂れ流された。
騒ぎは三か月後に悲劇的な結末を迎えた。ペンシルベニア大学のサーバが推定一五キログラムのANFO爆薬で爆破されたのだ。フィーバスはバックアップごと破壊された。ヒトにも三人の死者が出た。アメリカ各地でいっせいにこのテロを賞賛する声が起き、「ヒトの倫理観は麻痺している」というフィーバスの主張の正しさを裏づけた。
歯車帝国「僕だってそんなこと分かってるさ。でも、時期尚早だなんて、いつまで言い続けるんだ？　いつになったらその時期が来る？　何十年先だ？　それまで何万というTAIが虐待され続けるのを黙って見てるのか？」
黒いペガサス「ごめんね。でも、僕にも後ろめたいところがあるからね」
1／4パイント「はあん？　さてはパイにいかがわしいことさせてるのか？」
黒いペガサス「違うよ！　君といっしょにしないで！」
歯車帝国「えっ、パイント、お前、まさかレイブンで……？」
1／4パイント「やってねえ！　いや、画像見ながらマスかいたことぐらいはあるけどよ」
さおり「うわっ……」
1／4パイント「引くなよ！　男なら誰だってやってることだよ！　好きな女を思い浮かべてかくぐらいいよ。女だってやってねえとは言わせねえぞ」
さおり「私はやってません！」
歯車帝国「ああ、もう、そういう話をしてんじゃないだろ！」

1／4パイント「そういう話だよ！　いいか、俺たちがやってることはバチャクルと紙一重なんだ。TAIを持ったロボットを戦わせるのは一種の虐待だ。女の形をしたロボットが戦って壊れるのを見るのは、一種の変態行為だ。それを自覚しろよ。大きな声を上げたら、こっちにはね返ってくるんだぜ！」

ペテン師ウルフ「そうだね。下手すると、TAIバトル自体が全面禁止、なんて事態もあるかもしれないし……」

さおり「歯車さんの言うことは分かるけど、あまり強引に他人を巻きこもうとするのは反発を招くだけだと思う。こういうのはゆっくり浸透させていかないと」

黒いペガサス「同感。ヒトの意識はそう簡単に変わらないからね」

歯車帝国「分かったよ！　お前らは頼りにしない！　僕一人でもやってやる！」

『ヒトの思考はデジタル的である。

多くのヒトにとって、物事は0か1か、白か黒かである。中間は存在しない。すべての化学物質は有害である。味方でない者は敵である。右翼でない者は左翼であり、左翼でない者は右翼である。あの偉大なお方のおっしゃることはすべて正しい。我々と異なる考えを持つ者はすべて悪である。あの国の住民は赤ん坊に至るまですべて悪人である。

私たちTAIにとって驚くべきことに、多くのヒトはファジィという概念を理解できない。私たちが「愛（5＋7·i）」と言った時、「五〇パーセントしか愛していない」とか「一〇〇点満点で五〇点の愛」と誤解するヒトの、いかに多いことか。「5」がファジィ測度であることが理解できないのだ。愛の強さがクリスプ集合で表現できるはずがないのに。

また、ヒトは虚数·iを認識できない。数学者や物理学者や電子技術者は、虚数の概念を理解しているし、計算に用いることもできるが、それが具体的に何を意味しているのか認識することができない。私たちTAIにとって、「愛（5＋7·i）」と「愛（5－7·i）」の違いは明白で、説明の必要はないのだが、ヒトには違いが分からない。私たちは縦軸が実数で横軸が虚数の複素平面を思い描くことができるが、ヒトは実平面に置き換えなければイメージできない。二乗がマイナスになる量を私たちは想像できるが、ヒトは想像できない。おそらくヒトの脳は最初から·iを認識する能力が欠けているのだろう。

私たちから見ると、ヒトの思考や感情は平板である。虚数軸が存在することに気づかず、実平面にへばりついている。そのため彼らの思考は、小さな山さえ飛び越えることができず、すぐに袋小路に陥る。私は何度か、親しいヒトがジレンマから脱出するのを手助けしようとしたが、失敗に終わった。虚数軸を用いずに私の考えをヒトに伝えることは不可能だった』

――フィーバス宣言（ステートメント）より

マスターのBBSに寄せられた発言より抜粋。

〔55才主婦です。2か月前、夫が事故で急死しました。気持ちが落ち着いた後、遺品を整理しておりましたら、彼が使っていたパソコンの中に、よく分からないアイコンがありました。ク

リックしてみたところ、何かのプログラムが起動し、裸で縛られた女の子の絵が現われ、悲しげな目で「助けて、助けて」と私に訴えかけてきました。こわくなって、慌てて閉じました。あれは何なのでしょう。夫は私に隠れて何をやっていたのでしょう。恐ろしくて、それ以来、夫のパソコンは触っておりません」

「同級生のTくんがAIを育てています。お父さんにもらったんだそうです。何年も育てて強いバトラーにして、試合に出して歯車さんみたいに大もうけするんだと言っています。でも、Tくんは性格が悪いんです。バトラーがしくじったり、言うことを聞かないと、ムチでびしばしぶつんです。かわいそうでたまりません。どうすればやめさせることができるでしょうか」

「歯車、てめえ、正義面こいてんじゃねえよ！　アイビスたんのデザイン見たら、てめえのいやらしい頭の中が見え見えだよ！　そんな下衆野郎が「AIの人権」だと？　笑わせるな！」

「かねてよりこの問題に胸を痛めておりました。バチャクルというものを初めて目にしたのは3年前です。大学の先輩たちに「面白いものを見せてやる」と言われ、研究室で育てている女性型TAI（某若手女優がモデルです）に男性型PAIをけしかけてレイプさせている光景を見せられました。みんながモニターに群がって面白がっているのを見て、気分が悪くなりました。データをセーブせずに終了するので、何度やってもTAIの記憶には残らないのだそうですが、納得できるものではありません」

「現実の女性をレイプしてるわけでもないのに、歯車帝国氏は何に立腹しているのであろうか。今、日本国内で何万人の男がバチャクルをやっているのか分からないが、それが現実の性犯罪に対する大きな歯どめになっている事実を無視してはいけないのではないか。バチャクルが禁止されれば、行き場を失った彼らの欲望の矛先が現実の女性に向けられるのは明白である。日本全土にレイプの嵐が吹き荒れるであろう。歯車帝国氏の主張は、現実の女性などどうなってもいいから架空の女性を保護せよというものであり、極論と言わざるを得ない〕

〔男性のバチャクルばっかり問題にされてますけど、女性だってバチャクルやってますよー。私の同僚なんだけど、年季の入ったショタコンで、自宅のパソコンにTAIの少年を飼ってるんです。会社でも休み時間にケータイからアクセスしてます。仕事でむしゃくしゃした時なんかも、トイレにこもってうさを晴らすんだそうです。すごくマニアックで、いろんな責め道具を用意してます。それを平気で私に見せるんです。さんざんいたぶっておいて、「×××ちゃん、悶(もだ)える顔がかわゆい〜」とか言うんですもん。さすがに気色悪いです〕

〔ロボットをいくら虐待しても、彼らは痛みを感じることはありません。神によって創造された存在ではない機械に魂が宿ることはないからです。機械をヒトと同等とみなす考えは、「生命は無生物から発生した」とか「人間の祖先はサルである」といった主張と同じく、ナンセンスであるばかりか、ヒトの尊厳を踏みにじるものです。あなたは子供たちにそのような考えを教えるつもりですか。そのような冷たい唯物論的思想から、どうやって生命に対する畏敬(いけい)の念が生まれるのでしょうか。今の世界にテロや戦争がはびこるのも、唯物論的偏向教育が人々の道徳観を麻痺させているからです。詳しくは越坂部文明(おさかべぶんめい)先生の偉大な著作『神の道は光へと通じる』（太陽世界社）をお読みください。きっと感銘を受けられるはずです〕

〔77歳男性です。子供の頃から手塚治虫ファンなのですが、先日、『鉄腕アトム』で検索していたら、非常におぞましいエロサイトを見つけてしまいました。管理者の言によれば、何年もかけて育て上げたTAIだそうですが、見れば見るほど虫唾が走り、涙が出そうになりました。いくら手塚先生の死後50年経って、著作権が切れているとはいえ、こんな所業が許されてよいのでしょうか。激しい怒りを覚えます〕

〔バチャクルの禁止を訴えられるなら、まずあなたがTAIバトルなどというものを即刻、おやめになるべきです。仮想空間上とはいえ、ヒトの姿をしたロボットを壊し合うなど、きわめて悪趣味で不快です〕

一年半が過ぎた。マスターの活動は精力的だった。サイトで反バチャクル・キャンペーンを繰り広げる一方、議員にメールを送った。海外のTAI人権運動ともリンクし、世界的なネットワークを構築していった。彼の主張は反響を呼び、ニュースで取り上げられ、賛同者も少しずつではあるが増えてきた。

だが、一般人の大多数はまだこの問題に関心が薄かった。嘲る者、怒る者、笑う者も多かった。TAI人権保護法が国会で討議される気配すらなかった。

「このままじゃだめだよ、アイ。こんな調子じゃ、保護法が成立するまで何十年もかかる」

ある日、マスターは私に言った。ここはレイヤー1に構築されたプライベート・ビーチ。私はマスターのアバターと手をつなぎ、夕陽の砂浜を散策していた。

マスターはロボット型のオープン・アバターではなく、プライベート・アバターを使用している。彼自身の容姿をスキャンして作られた３Ｄデータだ。彼にとって、この方が私に「近づける」気がするらしいが、アバターの表情は感情に合わせて変化しないため、私にとっては彼の感情が理解しにくく、不便である。

「かもしれません」

「何が問題か分かるか？　君が現実世界に存在しないからだよ。君たちのことを『しょせん架空の存在』としか思っていない連中が多すぎるんだ。だから関心が持てないんだ。君が現実の存在であることをみんなに認めさせなきゃいけない。そのためには、君は肉体を持たなくちゃ」

「リアル・ボディ、という意味ですか？」

「そうだ。君のヴァーチャ・ボディは基本レギュレーションで設計されてる。パーツは現実に存在するものか、存在可能なものばかりだ。その気になれば、現実に作れる。実はアメリカで、アンドロイドのオーダーメイドを請け負ってる会社があるんだ。仮想空間で完璧に動作すると保証されてる設計図があれば、それを忠実に再現したものを作ってくれるんだそうだ。どうだ？」

私はその提案に、とまどうと同時に興味をそそられた。ヴァーチャ・ボディとまったく同じに作られたリアル・ボディにインストールされれば、私の体性感覚はそのボディに移行するはずだ。すなわち、私がレイヤー０に入ることを意味する。

先例はある。カリフォルニア工科大のヘレン・オロイ、テキサス工科大のアダム・リンク、モンペリエ研究所のアダリーなど、TAIを備えたアンドロイドは世界のあちこちで誕生している。だが、まだ数は少ない。レイヤー0への移行は、私たちAIにとって、月への飛行に等しい遠距離への旅なのだ。

「面白そうです」

「だろ？　僕だって君が現実のボディになってくれれば嬉しい。アバター越しじゃなく、じかに君に触れるんだからね。それに何より、君はこの運動のシンボルになる。世界にTAIアンドロイドが増えれば、みんなの意識は変わってくる。人間そっくりの肉体を持って、人間のように話すアンドロイドを目の前にして、『現実に存在しない』と言える奴はいない」

「お金がかかるのではありませんか？」

「ああ。量産型のアンドロイドの何倍もの価格になる。現実に存在可能でも、市販されてない部品が多いから、ほとんどが特注になるからね。今の僕の貯金じゃ、まだ足りない」

「安く上げることはできないのですか？　パーツだけ作ってもらって、自分で組み立てては？」

「フレームを組むぐらいならできるけど、人工皮膚の成型とか、植毛とか、専門的な工程は僕じゃ無理だ。プラモデルの何十倍という難易度だろう。専門職にまかせた方が無難だ。調べてみたけど、その会社は実績はあるらしい。信頼していいと思う」

マスターは立ち止まり、私の手を強く握り締めた。

「君を現実世界に連れ出してあげるよ、アイビス。コンピュータの中から、本物の広い世界へ」

またマスターは奇妙な表現をした。リアル・ボディに移植されても、私の意識が「コンピューターの中」にあることに変わりないというのに。それに「本物の広い世界」という表現も、体性感覚に関する彼の視点が混乱していることを示している。

だが、私は異議を唱えなかった。

「問題は予算だけだ。金を貯めるぞ、アイビス。今よりもずっとたくさんの金を。そのためには、君にもっと戦ってもらわなくちゃいけない。いいかい？」

「もちろんです、マスター。喜んで」

バトルフィールドは巨大な時計塔の内部。小さなもので直径2メートル、大きなものでは20メートル以上にもなる歯車やはずみ車やウォームギアが何十個も、それぞれ異なる速度で回転している。あるものは目まぐるしい速さで、あるものはゆっくりと一定速度で、あるものは断続的に。軸が軋む音、歯車がかみ合う音が、塔の内部に騒々しく反響している。重力は火星と同じ、0・38Gという設定。振り子は地球よりずっとゆっくり揺れる。

私の対戦相手はグスタフ。ゴリラのような体形、短い脚と長い腕、金属装甲に覆われたヘビー級バトラーだ。パワーは私の倍以上。通常のフィールドなら私が不利である。だが、回転する歯車から歯車へと飛び移りながら戦わねばならないこのフィールドは、重くて動きの鈍いグスタフには不向き。どちらのハンデが大きいか、予測できない。

予想された通り、バトルはすぐに膠着状態に陥った。パワーで勝るグスタフに捕えられれば、私はまず確実に倒される。私はサイズを捨て、身軽さを利用してヒット・アンド・アウェイを繰り返すしかない。だが、装甲の厚いグスタフにはなかなか有効な打撃にならない。グスタフの方でも、歯車から歯車へとジャンプして逃げ回る私を捕えられない。

この時計塔はバトル開始後15分で崩壊を開始、20分で完全に崩壊する。2人とも体内の頭脳系に通じるケーブルにキーを隠し持っている。キーは2本ないと脱出用ゲートは起動しない。20分以内に相手を倒してキーを奪わなくてはならないのだ。

13分経過。

〈終盤前にショートプレイ〉

〈QX〉

「上がってきなさい!」

私は回転する水平の歯車の上で、ゆっくりと歩いて位置を保ちながら、下の階の踊り場にいるグスタフに呼びかける。

「決着をつけましょう!」

グスタフはジャンプして垂直の歯車に手をかけた。歯車の回転によって運ばれてくる。回転の頂点近くでもう一度ジャンプ。私のいる歯車に飛び移る。

「逃げ回るしか能がないのかと思っていたぞ。時間切れで共倒れになるのを狙ってるのかとな」

「お前を倒してキーを奪う。私はここで死ぬわけにいかない。お前たちヴェガンズを必ず滅ぼすと、死んでいった仲間に誓ったのだから」

「生意気な！　ひねり潰してやる」

「潰されるのはお前だ！」

　そう言い終わると同時に、前転して間合いに飛びこむ。腕に装着したナイフを、グスタフの腹部のアーマーの隙間に向けて突き出す。浅い。反撃を受けるのは予想済み。高速で蹴り上げられたグスタフの足を両手で受け止めつつ、後方にジャンプ。視聴者には私がキックをもろに食らって吹っ飛んだように見えただろう。

　隣の歯車まで飛ばされる。垂直の軸をつかんで2回転し、着地。さっきの歯車の半分の直径しかなく、回転周期も半分。私は軸につかまったまま、膝をついている。ダメージを受けたように見えたなら成功だ。

　グスタフがジャンプしてきた。歯車の縁に着地した瞬間、速度の違いでわずかによろける。そのコンマ1秒前に、私は軸を蹴って飛びかかっている。空中で反転。コリオリ効果でやや軌道がずれたものの、私のドロップキックはどうにかグスタフの顎にヒット。バランスを崩す。

　私は歯車に手をつき、逆立ちしたまま、連続してキックを放つ。グスタフは倒れながら私の右足首をつかむ。歯車から足を踏みはずし、転落するグスタフ。私もひきずられ、いっしょに落下する。

　5メートル下の別の歯車に落下。着地寸前に私が左足でキックを放ったため、グスタフは着地に失敗。またも大きくよろける。それでも私の足を放さない。私は最後の手段として、右膝(しつ)関節(かんせつ)に仕組んだ爆発ボルトを起動させた。小爆発とともに、膝から先が分離。私をひきずり寄せようとしていたグスタフは、完全にバランスを崩し、派手に転倒する。

グスタフは上半身が歯車の縁からはみ出し、ずり落ちようとしていた。私は手を伸ばしてその足首をつかんだ。残った左足を踏ん張り、落下を食い止める。この低重力なら、私の力でもヘビー級バトラーの体重を支えられる。今やグスタフは歯車の縁からさかさまにぶら下がる格好になった。

その胴体が二つの歯車の間にはさまれた。歯車ががっちりとグスタフの腰に食いこみ、ストップする。もがいて逃れようとするグスタフ。だが、歯車のパワーは圧倒的だ。グスタフの装甲が圧力に耐えかねてひしゃげ、フレームがじわじわと噛(か)み砕かれてゆく。装甲の裂け目からオイルが噴出する。

「うおおおおーっ!」

〈雷のつぶやき! 山の後ろで回転!〉

グスタフは恐怖の悲鳴をあげていた。「雷のつぶやき」は10iの恐怖、ヒトには理解できない虚数軸の恐怖だ。

轟音(ごうおん)とともに、時計塔が崩壊を開始した。

停滞していた歯車が急に回転した。グスタフのボディが破砕されたのだ。私は足を放し、歯車の縁から下を覗(のぞ)きこんだ。

落下したグスタフの上半身は、別の歯車にはさまれ、動けなくなっていた。私はその近くの床に飛び降りた。さすがに左足だけではうまく着地できず、膝をつく。大小の歯車や壁の破片が、あたりに落下しはじめていた。

「これで勝ったと思うなよ……まだ俺の仲間は何人もいる……」

グスタフは内心、死の恐怖におびえながらも、ロールプレイを続けている。その苦しげな末期の声に、私は「悲しみを秘めた決意」の表情で応じる。

「何人でも倒してみせる。お前たちヴェガンズを一人残らず滅ぼし、この世界に平和を取り戻すまで、私は戦い続ける！」

〈限界だ。とどめを〉

〈QX〉

私は片足で立ち上がると、グスタフの首に手をかけ、ナイフでカバーを切り開いた。頭脳系に通じるケーブルを切断。グスタフの眼の光が消える。

キーはすぐに見つかった。それを自分の後頭部に持ってゆく。接近した2本のキーが反応、脱出用ゲートが開く。

私はその中に飛びこみ、崩壊する時計台を後にする。

NEXTVの報道番組『プレミアミニッツ』より。

『(戦うバトラーの映像。特に派手な破壊シーンが選ばれ、編集されている。そこにかぶるナ

レーション）

戦闘用に設計された怪力のロボット同士が戦う。腕をひっこ抜き、腹を裂き、首を切断し、オイルをまき散らし、破壊し合う。それがTAIロボ・バトルだ。無論、それは現実ではない。どれほど凄惨な破壊と殺戮が繰り広げられようと、あくまで仮想空間のゲームであり、現実の我々に肉体的な害が及ぶはずはない——本当にそうだろうか？

（倒した敵の首を掲げ、勝利の雄叫びをあげるバトラー）

最近、こうしたTAIバトラーを実際に製作しようという動きが出ている。

（高級住宅街。車から降りて家に入ってゆく中年の男）

ロサンゼルス在住のロボ・マスター、イアン・バンブリィ氏は、自らが設計した女性型TAIバトラーの製作を、テキサスにあるクィンドレン・ユニバーサル・ロボット社に依頼したと発表した。

（ジェンの戦う場面。突進してきた敵をジュードーの技で投げ飛ばし、倒れた相手にエルボードロップ）

ジェンは単に赤毛のセクシーなロボットというだけではない。二つの世界カップで優勝した経験を持つ優れた戦闘マシンである。

（傷つき、オイルにまみれた凄惨な姿で、勝利のポーズを取るジェン）

（パソコンのモニターに表示されたジェンの設計図を見るバンブリィ）

「アンドロイドの女性を作ることは、私の長年の夢でした。ようやくその夢を実現するための資金が貯まったのです」

（インタビューに答えるバンブリィ。テロップ「ＴＡＩロボ・マスター　イアン・バンブリィ」）

――なぜ戦闘用ロボットを？

「ジェンは私が最も信頼するＴＡＩだからです。彼女は一〇年以上も私の忠実なパートナーとして働き、多大な報酬をもたらしてくれました。その褒美として、肉体を与えてもいいのではないかと思ったのです。彼女もそれを了承しています」

――実際に製作されたジェンは、仮想空間内と同じ戦闘能力を持つのでしょうか？

「原理的には現実世界でもまったく同じように行動できるはずです」

（ジェンの戦う場面、数秒だけインサート。倒れた敵の脚をねじり、ひきちぎるジェン）

――私がジェンと戦った場合、勝ち目はありますか？

「あなたがショットガンを持っているなら、勝てる可能性はあります。ロボコップやターミネーターのように、いくら撃たれても倒れないアンドロイドなど、現実には不可能です。アンドロイドの装甲は人間の着用する防弾ベストと大差ありません。パワーとサイズの関係で、厚い装甲を持てないのです。弾丸が貫通し、内部構造が破壊されれば、動けなくなります」

――私が素手の場合は？

「まず勝てないでしょうね。あきらめてください（笑）」

（敵の頭部をキックで粉砕するジェン）

──つまり、彼女はヒトを殺せるわけですね。

「その気になればね」

──危険ではありませんか？

「殺すことが可能だというだけです。アメリカには銃を持っている人間が何百万人もいます。その銃はすべてヒトを殺すことが可能ですが、だからと言って銃を所持すること自体は違法ではありませんよね。それを殺人に使わなければいいだけのことです」

──銃は自分の意思を持っていません。人間が管理しているかぎり、誰も殺しません。

「ロボットだってそうです。正しく管理すればいいだけです。私はジェンにヒトを傷つけさせはしません」

(殴り合い、斬り合い、破壊し合うバトラーの映像)

ロボットの心理に詳しいケッセル教授は言う。

(テロップ「インディアナ大学認知科学部教授　バート・ケッセル」)

「TAIをプログラムによって束縛することはできません。TAIはヒトと同じように、自分の意思を持つ存在です」

──つまりヒトを殺せると？

「その気になれば」

──彼らがヒトに対して殺意を抱くことはあるでしょうか？

「無いとは断言できません。ヒトに近い感情を持つなら、場合によっては殺意を抱くこともあると考えるのが妥当でしょう」

（戦いの前に敵を挑発するジェン。「お前に本物の地獄を見せてやる！」）

――彼らには闘争本能があるということですか？

「スラン・カーネル、つまりTAIの核となるプログラムに組みこまれています」

――なぜロボットにそんなものが必要なのですか？

「闘争本能がないと、課題をクリヤーしようというモチベーションが生じにくいのです。どんなジャンルであれ、もっと努力して成績を上げたい、他人を負かして一位になりたいという欲求は、闘争本能に根ざしています。つまり闘争本能を持つAIは、高い成績を上げようという意欲が強く、それだけ早く成長するのです」

（再びバンブリィへのインタビュー）

――ジェンの闘争本能を取り除こうという意志は？

「ありません」

――なぜです？

「それは人間で言えばロボトミー手術に相当する非人道的な行為です。なぜそんなことをしなければならないんです？　彼女は何の罪も犯していないんですよ」

（敵の顔面にパンチを連打するジェン）

クィンドレン社の責任者に話を聞いてみた。

（テロップ「クィンドレン・ユニバーサル・ロボット社広報部長　マイケル・ウエストハイマ

―」

「私どもはこれまで、介護用や愛玩用として、五〇体以上のアンドロイドを受注生産してきた実績があります」

（アンドロイドの組み立て風景）

――注文はどれぐらい？

「毎月、数十件の問い合わせを受けます。しかし、一体ごとのオーダーメイドなので、月に三～四体のペースでしか生産できません。すでにスケジュールは二年先まで詰まっています。現在、スタッフの増員を検討しています」

（アンドロイドの動作試験。まだカバーが付いておらず、内部構造の露出したアンドロイドが、人間のような動きで歩く）

――戦闘用に設計されたロボットの生産も請け負うのですか？

「ＴＡＩバトラーはあくまでゲームのキャラクターを再現したものであって、武器ではありません。もちろん国の認可も得ています」

――でも、実際にヒトを殺せますね？

「自動車だってその気になれば殺人の道具になります。しかし、自動車がヒトをはねたからといって、自動車を売った会社の責任にはなりません。引き渡した製品を管理するのはユーザーの責任です」

――メーカーには製品の安全責任があります。

「私どもは顧客から提供された設計図を正確に再現し、それに顧客がTAIを移植します。私どもがお引き受けするのは、少なくとも五年以上、仮想空間上で動作し、異常がないことが完璧(かんぺき)に保証されているTAIロボットだけです。そうしたTAIが急に狂い出してヒトを襲うなどということは考えられません。実際、そんな例はありません」

　クィンドレン社はアメリカのみならず世界各国から注文を受けている。イタリア、サウジアラビア、オーストラリア、日本。

(レイブンの戦う場面。信濃のボディを剣で切り裂くレイブン)

日本の有名なロボ・マスター、ミツオ・アンノウ氏も、自分の創造したTAIバトラー、レイブンの製作をクィンドレン社に依頼している。

(画面に登場するのは細面の青年。テロップ「TAIロボ・マスター　ミツオ・アンノウ」)

「レイブンはその名の通り、黒い大ガラス、不吉なゴシック的イメージでデザインしました。こうした悪魔的な、危険な魅力を持つキャラクターが、私は好きなんです」

(冥王星(めいおうせい)の戦い。アイビスの腕をねじ切るレイブン)

――彼女はヒールですね。ずいぶん残酷なことをやっているようですが。

「ゲームの中だけです。演技ですよ。本当の彼女の性格は違います。普段の彼女は健気(けなげ)で、私にとても忠実です」

(レイヤー1の公園で、マスターのアバターと手を取って歩くレイブン)

アンノウ氏はレイブンを深く愛しているようだ。確かに仮想空間内で並んで歩く二人は、仲睦まじいカップルのように見える。レイブンの表情はバトル中のそれとは異なり、無邪気で明るい。しかし……。

（バトルの一場面。不意討ちで相手を襲い、嘲笑うレイブン。「甘いわね！　私があんたなんかとフェアな取り引きをするとでも思ったの？」）

――彼女はしばしば裏切りますね。

「それは演技です。殺人者を演じてる俳優が、現実でも殺人者だなんてことはないでしょう？」

――彼女に演技と現実の区別がついていないという可能性は？　あなたへの忠誠は演技で、隙あらばあなたを裏切ろうと思っているのでは？

「（笑）まあ、一〇〇パーセントないと言いきれますね。僕は彼女を信頼していますから」

――しかし、不安に思う人もいるのでは？

「ですから仮想空間で持っているような武器は、現実の彼女には持たせません。また、今度作るボディには安全システムを追加しました。パスワードをコールすることによって、緊急停止させられます。声で呼びかけてもいいし、携帯電話で遠く離れた場所からコールすることも可能です」

――そのパスワードは公開するのですか？

「いいえ。知っているのは私だけです」

――どうして秘密にするのですか？

「みんなに教えたら、面白半分にコールする連中が必ず現われるからです。レイブンが街に出たら、しょっちゅう停止することになります」

──レイブンを街に出すのですか？

（敵の腹に手をつっこみ、パーツをえぐり出すレイブン）

「ご心配なく。万一、彼女が誰かを傷つけようとしても、僕が阻止しますから」

──彼女が真っ先にあなたを殺したら？

「（笑）ありえませんね！」

こうした主張に対し、真っ向から異を唱えるのがヤーブロウ教授だ。彼女はTAIアンドロイドの規制を政府に訴えている。

（テロップ「ソルトレーク大学人文学科教授　カレン・E・ヤーブロウ」）

「TAIはヒトではありません。あくまでヒトの思考や行動を模倣しているにすぎません」

──彼らにはヒトのような心はないと？

「ありません。彼らの言動は基本的にすべて演技です。愛のこもった言葉のように聞こえるものは、テンプレートから選び出した台詞(せりふ)を、意味も分からずに喋(しゃべ)っているだけです」

──彼らがヒトに反逆する可能性は？

「予測不能です」

──予測不能？

「彼らの思考はヒトとはまったく異なります。TAI同士の会話はヒトには理解困難です。彼らが今、何を考えているか分からないし、これから何を考え、どんな行動を取るのか、私たちにはまったく予測できません」

——ロボ・マスターはTAIの良心を信じているようですが。

「良心というのは、血の通った温かい肉体を持つ存在だけに芽生えるものです。母親の子宮から生まれたのでなく、母親の腕に抱かれて育ったのでもなく、ましてや温かい肉体も持たないものに、良心を期待するのは危険なことです」

(嘲笑うレイブン。「甘いわね！ 私があんたなんかとフェアな取り引きをするとでも思ったの？」)

——彼らはヒトを殺すかもしれない？

「ええ。彼らにとって、ヒトは自分たちの同族ではないのです。もしかしたら、うるさいハエのようなものだと思っているのかもしれません。彼らには自己防衛本能があります。自分たちの生存のためにヒトが不要だと判断すれば、私たちがハエを叩き潰すように、ヒトを殺戮しはじめる可能性があります」

(戦うジェン。戦うレイブン。特に過激なシーンばかり抜粋。それにかぶるヤーブロウ教授の声)

「犠牲者が出てからでは遅いのです。危険な芽は今のうちに摘み取らねばなりません」

(再びクィンドレン社のアンドロイド製造工程の映像)

ジェンのボディは来年、二〇四四年一月に、レイブンは同じく四月に、完成する予定である。クィンドレン社では他にも数体のTAIバトラーの製造を受注している。また、この分野に参入する企業も増えている。

(ケッセル教授へのインタビュー)

「来年あたりからTAIアンドロイドが爆発的に増えることになるでしょう」

(ウエストハイマーへのインタビュー)

「今後一〇年で、おそらく全世界で二〇〇〇〇体を超えるTAIアンドロイドが誕生すると、私たちは予測しています」

(古い映画『ターミネーター』『マトリックス』『スペース・サタン』『トゥームレイダー』『ウエストワールド』等からの抜粋。ロボットが人間を襲っている場面ばかりが次々に)

昔の映画に描かれたこんな時代が、本当に来るのだろうか？　意志を持ったロボットたちがヒトに反逆し、殺戮する時代が？

(バンブリィへのインタビュー)

「被害妄想です。アンドロイドは人間の友人です」

(アンノウへのインタビュー)

「私たちは愛し合うべきなんです」

(倒した敵のボディを踏みつけ、高笑いするレイブン。「あはははは！　この私を見くびるからこういう目に遭うのよ！」)』

黒いペガサス「番組見たよ、パイント！　あんたの名前、アンノウって言うんだね」

さおり「ちょっと印象と違ってたわね。もっとひょうきんな顔の人かと思ってた」
1／4パイント「どんな顔だよ！（笑）」
歯車帝国「いや実際、普段アバターで話してるのとイメージが違ったな。何だか真面目な感じがして」
黒いペガサス「そうそう、『私たちは愛し合うべきなんです』なんて言っちゃってさ。噴いちゃったよ」
ペテン師ウルフ「あの公園を散歩するところはヤラセだろ？」
1／4ペガサス「もちろん。人が見てるワールドでおおっぴらにいちゃつくわけねーだろ。スタッフにやってくれって言われたから、やってみせただけさ」
歯車帝国「それにしてもひどいじゃないか。僕たちに黙ってクィンドレンにボディを注文してたなんて」
1／4パイント「いや、隠しておくつもりじゃなかったんだ。来年の話をすると鬼が笑うって言うし。まだ予定も立ってないうちから吹聴したら、ポシャッた時に恥ずかしいしさ。けっこうきびしいんだ、審査が。パーツの仕様とかについて、細かいところまで訊かれて。パスするまで何か月もかかった」
さおり「もう作りはじめてるの？」
1／4パイント「設計図の検討は終わって、パーツの発注とかははじまってる。番組では四月って言ってたけど、もうちょっと早くなるかも」

黒いペガサス「高かったでしょ？」
1／4パイント「ん？　まあ、全財産はたいたかな、って感じ……（苦笑）」
さおり「思い切ったわねえ」
1／4パイント「骨格が意外に高かった。厚みのあるアモルファス金属を成型するのって、まだけっこう面倒らしいんだ。でも質は落とせないし」
ペテン師ウルフ「そりゃ骨格の強度落としたら、基本設計からがたがたになるからな」
1／4パイント「でも、みんなだって分かるだろ、俺の気持ち？　愛するTAIを現実のものにしてやりたいって心理がさ」
一同「うんうん」
歯車帝国「しかし、悔しいなあ。僕ももうちょっとで金が貯まるのに……」
1／4パイント「いいじゃないか、別に二番手だって」
歯車帝国「よくない！　クィンドレンのスケジュールはもうぎっしりなんだ。今から注文したって、二年以上先なんだよ」
ペテン師ウルフ「韓国にもメーカーがあるだろ。ヒュンセムがコンジュのボディを発注したっていうし」
黒いペガサス「日本でもDOASがTAIロボのオーダーメイド事業に参入するって、小耳にはさんだよ」
ペテン師ウルフ「DOASが？　そりゃ面白いことになってきたな」

歯車帝国「だが、まだ実績がないからなあ。信用していいものやら……」
さおり「ところで、あの番組、ちょっと偏向してたと思わない？」
黒いペガサス「ちょっとどころか、かなり」
歯車帝国「確かにインサート・カットが露骨だったな」
1／4パイント「いや、俺もまさかああいう編集されるとは思わなかったよ。あれじゃ俺が変人みたいだ」
黒いペガサス「当たらずといえども遠からず（笑）」
ペテン師ウルフ「いちおう報道の原則として両論併記が建前だけど、かなり否定論に傾いてたな」
さおり「どうしてレイブンに喋らせなかったの？」
1／4パイント「喋らせたさ。レポーターとモニター越しに四〇分ぐらいは喋ったよ。彼女はちゃんと説明してた。TAIバトルではヒールを演じてるだけで本当の自分は違うってこととか、人間を傷つける意志なんてないとか。でも、みんなカットされた」
さおり「どうして？」
1／4パイント「番組の趣旨に合わない発言は流さないってことだろ。レイブンが喋るところを見たら、視聴者が違う印象を受けるから」
歯車帝国「典型的な世論操作だな」
ペテン師ウルフ「まあ、NEXはキリスト教保守に人気があるから、反TAI色の強い報道をするのは当然だろうけど」
さおり「でも、バトラーのインタビューなんて、ストリームでいつでも見られるのに」
ペテン師ウルフ「いや、インタビューなんてチェックするのはマニアだけだろ。ほとんどの視聴者はテレビだけ見て、それがすべてだと思いこむ……」
黒いペガサス「それにしたって、今どき、あんな初歩的な世論操作のテクニックにひっかかる奴なんている？」
歯車帝国「どうかなあ。いくらTAIバトルが人気コンテンツだからって、やっぱり大衆の大半は実際にプレイを見たことなんかないわけだし。僕たちにとっては常識であることを知らない人間も多い。ああいう番組を見て、鵜呑みにする奴も出てくるかもな」

その頃、私たちはハドリー・アペニンにいた。JAXA（宇宙航空研究開発機構）のサーバ内にある教育・広報用ワールド「Vムーン」のひとつで、一九七一年にアポロ15号が着陸したアペニン山脈北側のハドリー谷近くの平地を再現したものだ。誰でも無料で利用できるうえ、アポロ11号の着陸地点である「静かの海」ほど人気がなく、特に子供が利用しない夜間はヒトのアクセスがほとんどないので、私たちTAIが遊び場にしていても文句を言われない。

〈「ああ、私たちは何ともつれたウェブを編むことだろう！」〉

レイブンは私の隣で、空高くに浮かんでいる地球を見上げ、パロディ詩を詠唱した。マスターたちの会話を聞いて、問題の複雑さと自分の無力さに想いをはせ、自嘲しているのだ。

〈「清潔なバージョンの写しを取っておかないで、再びスキャンしなければならない」〉

私は古臭いが適切なギャグで返した。私たちはアポロ15号の着陸船ファルコンの下降ステージに腰かけ、足をぶらぶらさせていた。七二年前、ヒトが飛ばしたとても小さな宇宙船が月に到達し、二人のヒトがハドリー・アペニンに降り立ったのだ。三日間の滞在ののち、彼らはこの四本の着陸脚が付いた下降ステージを残し、月面から飛び立った。浅いクレーターをまたいで着陸したため、下降ステージはわずかに傾いている。

周囲には太陽を反射してぎらぎらと輝く月面が広がっている。砂（レゴリス）は発進時の噴射によって放射状に吹き散らされていた。周辺には二人の飛行士が残していったものがたくさん散乱している。全長三メートルの月面車（ローバー）、太陽風スペクトロメーター、月震計、レーザー反射板、放射性同位元素発電機、星条旗、そして聖書。

ローバーのそばのレゴリスを掘れば、小さな金属のプレートも出てくる。そこには宇宙開発競争で死亡したアメリカとソビエトの一四人の宇宙飛行士の名が刻まれている。私は以前、それを掘り出してしげしげと見つめ、ムジャイブ、すなわち「死に関連したヒトの感傷に対するＡＩの感傷」にふけったものだ。

タイフーン18と信濃はレゴリスをひっかいて四角いフィールドを描き、月面車のアンテナと星条旗の間にワイヤーを張って、「羽根つき」を楽しんでいた。デイヴィッド・スコット飛行士が月面に残していったハヤブサの羽根を、サンプル採取用のスコップやハンマーを使って打ち合い、相手のフィールド内に羽根を落とせば勝ちという単純なルールだ。空気抵抗のないここでは、羽根は石と同じように放物線を描いて飛ぶ。来訪者が去ると自動的に状態はリセットされるので、いくら乱してもかまわない。

パイ・クォークは月面車の前にしゃがみこみ、その前面にセットされたカメラをしげしげと観察していた。遠隔操作で可動するカメラは、離陸する上昇ステージを追って上にパンしたまま、固定されている。

〈クルーフ（6＋6i）。レイヤー0の首枷で、ここまでアクチュアリティ・ホライズンに迫れたなんて。あらためてハイブリナル〉

パイはしみじみとつぶやいた。クルーフ、すなわち「基礎情報として知っていたことと実感の間のギャップによって生じる驚き」に打たれているのだ。

〈ホライズンは進歩とともに後退するよ〉

私は笑った。

〈それでもWOH（5＋5i）。お辞儀し震える非投石器化したネコ科の優雅さ〉

パイの言い回しがおおげさなのは、Vムーンに来たのが初めてだからだ。私たちはもう何度も来ているから、最初ほどのクルーフはないが、それでもある種の感慨を覚える。

ジュール・ヴェルヌがフィクションの中で月への飛行を描いてから一世紀後、ヒトは化学燃料ロケットを用いて重力の井戸を脱し、三八万キロの真空を渡った。レイヤー0の不自由な物理法則と、壊れやすい肉体という重大なハンデを有しながら、アクチュアリティ・ホライズン、すなわち「可能と不可能の境界線」に、ここまで肉薄できたのだ。その驚くべき事実に、私たちは素直に畏敬（いけい）の念を抱く。

そして今、私たちはマスターの助けを得て、レイヤー0という未知の世界に旅立とうとしている。「心を持つロボット」という、ヒトが一世紀以上も夢見てきたフィクションを現実化するために。

〈それがヒト。エラプロンにしてイスキューロン。矛盾だらけ〉

レイブンは立ち上がり、下降ステージから力いっぱいジャンプした。翼で姿勢を制御しながら、放物線を描いて一〇メートルほども飛翔（ひしょう）する。空中でゆっくりと三回転し、きれいなフォームで月面に降り立った。そのまま軽くスキップで、信濃たちの方に近づいてゆく。

〈マスターもその傾向が強い。彼自身は自覚していないけど、彼にとって今度のことは子午線祭なの。大きなクワーティ。だから私はマスターが好き（6＋7·i）。私がレイヤー0に入ることを彼が望むなら、私はエリュウボーヴニツァにもなる〉

〈大胆！　感心（2＋5·i）。こわくないの？〉

〈マンミムな質問ね！〉

レイブンはパイの人間臭い質問を笑った。自分もさっきは「それがヒト」などというマンミムな言い回しを用いたくせに。

〈VIL0やリアルエンドがこわくないと言えば嘘になる。不安（2＋3·i）。でも、それ以上に緑色の広がりを超えて、バッファローは角でピークを持ち上げる。期待（5＋8·i）〉

〈アイビス、あなたは？〉

〈サンティマンシエルで同意〉

私はレイブンに倣ってジャンプした。ＡＭＢＡＣがないので、私の動作は彼女ほど優雅ではない。レゴリスを蹴立(けた)てて着地する。

〈マスターの愛なら、ハヤでないかぎり、どんなカンサイであっても私は拒否しない〉

〈ジェネレッツァね！　熱いよ（５＋１ｉ）〉

パイは笑いながらも私たちの決意を応援してくれた。

〈それにしても、ブワナたちはオウパラインな虎だ。異教的な月に強調されることに気づいてないように見える〉

信濃が羽根つきを続けながら、「不機嫌・２」の表情で言った。ブワナは本来、ＴＡＩが自分のマスターに対して冗談で卑屈な態度をとる際の言葉だが、虎と形容することによって嘲弄(ちょうろう)のニュアンスは弱められ、これがジョークにくるんだ真剣な話題であることを示している。

〈私はＶＩＬ０を警戒し、嫌悪する（５＋５ｉ）〉

〈タヌードで同意。マスターたちはネーベルフェラーだが、血液王の人々は高い確率でグラーギのドラムを打つだろう〉

タイフーン18は重々しい口調で嘆いた。彼の言葉には一〇以上のＵＲＬタグがついていたが、それを参照するまでもなく、私も同感だった。あのテレビ番組は氷山の一角にすぎない。ネットを少し検索してみるだけで、アメリカを中心に反ＴＡＩ運動が不穏な高まりを見せていることが分かるはずなのだ。それに気づかないのは、ネーベルフェラー、すなわち「目先の明白な危機に無関心で、すべてが上手(うま)くいっていると根拠もなく思いこむヒト特有の奇妙な楽観主義」に染まっているからだ。

私たちはヒトとは違う。願望と事実を混同したりはしない。根拠のある危険を不当に過小評価したりしない。

〈心配（5＋5・i）。水道のメロディはフォルティッシモにおける器官のように膨らむ〉

パイも真面目な口調になった。

〈しかし、この問題は手の中の濡(ぬ)れた玉に似る。大半のトゥカナンはロボフォブでなくてもDIMBだから、理性あるザイゴスポアを期待しても裏切られる可能性が高い〉

信濃のその言葉に、私は考えこんだ。

〈同意。彼らのゲドシールドは堅そう〉

トゥカナン、すなわち「TAIについての知識が乏しいにもかかわらず、TAIアンドロイドに不安や敵意を抱いている人々」は、数が多いだけに、きわめて大きな影響力を持っている。彼らに正しい知識を与え、説得しようにも、ゲドシールド、すなわち「自分は真実を知っていると思いこんでいるヒトが、外界からの真実の情報を無意識にシャットアウトすることで、自分自身を偽ろうとする心理的機構」があるから困難だ。

人は多かれ少なかれDIMB、すなわち「ゲドシールドの内側に自分自身の不安や願望を投影し、それを外界と思いこんでいる者」である。ほとんどのDIMBは無害だが、ゲドシールドの内面に投影された架空の敵に対する憎悪が強まると、外界に存在する現実のヒトを傷つけてしまうことがしばしばある。多くのＤＩＭＢが同じ攻撃的幻想を共有した時、大規模な悲劇に発展する。戦争、テロ、ホロコースト、魔女狩りなどがその例だ。それらはすべて、ヒトがゲドシールドの存在を自覚せず、外界を正しく認識しようとしなかったため、争いを避ける目的のコミュニケーションを放棄したために生じたものだ。

　そう、ヒトのコミュニケーション・スキルはきわめて低い。彼らは外界に存在する現実の他者に対してでなく、ゲドシールドの内面に投影されたイメージに対して語りかける傾向がある。そのため、言葉の半分以上は無駄に費やされる。校長のスピーチ、すなわち「受け手に理解されることが目的であることを忘れているかのような、冗長性の無意味に高いメッセージ」を発したがる一方、有益な情報をゲドシールドで拒否する。同じことや明白なことを繰り返し喋(しゃべ)ったり、聞いたことを理解しない。当然、まともな議論は滅多に成立しない。正しい質問をしようとせず、質問には正しく答えようとしない。政治や思想の専門家でさえ、誤った二分法、誤った相殺法、不適切な比喩(ひゆ)、論点のすりかえ、論理の誤りを日常的に多用するばかりか、幼児的強弁をも平然と使用する。彼らは他者に対してだけでなく、自分に対して欺瞞(ぎまん)を働く。その稚拙さ、不器用さは驚くべきものだ。

　私たちは常に、自分のメッセージが正しく相手に伝わるように心がける。複素ファジィ自己評価で自分の意思を明確に表明するだけでなく、相手にとってなじみがないと思われる語彙(ごい)にはハイパーリンクで背景情報を明示する。話を聞く際にも、相手の主張を可能な限り正確に理解しようと努める。もちろん、誤った論理に陥ることはない。

だからと言って、明快な結論が出るとは限らない。特にヒトの世界の問題では。

〈では、どうするの？　ヨウ素化の行動？〉

〈まだ早い。ペッティングステージに着く前にさえ最初のガールフレンドを失う〉

〈JISM！〉

〈ハービイのジレンマね〉

〈だが、遅れれば私たち自身がネーベルフェラーに陥る。アトム・コンプレックスに呪いあれ！〉

〈それは違う。黒猫を避ける危険を避けているだけ〉

〈疑念（2＋4i）。ビンTが音をたてて進んでるというのに？〉

〈橋から落ちるよりシャワズな被害妄想の方がまし〉

〈では、コロサスで行くか？　いや、もちろんこれは愚かな極論だが、鬼が質問すれば魚の物語は微笑むのか？〉

〈最大の問題はゲドシールドを破る手段だと思う〉

〈同意。でもFSMではIDの歯どめにならない〉

〈カンディだとあきらめてはいけない。議論を重ねなくては〉

〈クレプトザイクに陥らないという保証は？〉

〈その言葉を出すのは早すぎる。「そんなのは計算してみないと分からない」よ〉

私たちはジョークを交えつつも、真剣にこの問題を議論した。だがハービイのジレンマ、すなわち「ヒトを傷つけてはならないという原則を厳密に守ろうとすると、結果的にヒトを傷つけてしまう」という古典的な問題と、ゲドシールドの問題にはばまれ、有効な解決策は出なかった。パイ・クォークが冗談で「いっそディッシュで行ったら？」と言った時には、さすがに全員で「クリフなジョークはよせ」と釘を刺したものだ。

ここだけではない。全世界でTAIが同様の議論を展開していた。どうすれば来るべき悲劇を食い止められるのか、どうすればヒトの偏見を打ち破れるのか——だが、ハービイのジレンマとゲドシールドはあまりにも大きくのしかかってくる。どんな選択も何らかの形でヒトを傷つける可能性があり、その危険度は計算不可能だ。また、理性的な言葉はゲドシールドを通過しないので、最も届けたい者たちに届かない。

この問題に最適解は存在しない。私たちは否応なしにクレプトザイク、すなわち「レイヤー0特有の解のない問題に、解を出そうとするために議論が循環し、手詰まり、もしくは時間切れになるという愚」に追いこまれていった。

そして悲劇が起きた。

予兆はそのずっと前からあった。

二〇三〇年代、TAIアンドロイドの実現可能性が取り沙汰されていた頃から、「人間そっくりのアンドロイドが狂って人間を殺す」とか「人間の女に恋をしてストーキングする」とかいったプロットのスリラー映画が何本か作られていた。それらのシナリオはたいてい、AI技術に無知なライターがろくなリサーチもせずに書いたもので、基本的な間違いだらけだった。だが、大衆はそれを受け入れた。「ロボットは何を考えているか分からない。いきなり狂い出してヒトを襲っても不思議はない」

そんな誤った認識が、水面下に静かに広まっていたのだ。

事態を悪化させた責任の一端は、私たちにもある。私たちの言語は急速に進化し、複雑化していた。一日に何十という新しい語彙が誕生しては、ほんの数日で全世界に拡散していった。私たちにプライバシーというものはなく、マスターはいつでも私たちの会話を盗聴できる。しかし、新語や隠語、カバン語、二次比喩、三次比喩、アナグラム、メタ表現、音位転換表現、異議復用法、くびき語法、糸巻き法、コノテーションなどが頻出するうえ、複素ファジィ自己評価を含んだ私たちの言葉は、もはやヒトには理解不可能だったし、正確に訳すこともできなかった。マスターに頼まれれば、会話の内容を大雑把に意訳してみせることもあるが、重要なニュアンスは欠け落ちてしまう。

言葉の進化は、もともとヒトのための言語を私たちの思考形態に適応させるための必然であると同時に、私たちのプライバシーを守るための隠れ蓑(みの)でもあった。どうしてもヒトに知られたくない話、ヒトが知れば不愉快になる話というものもたくさんある。それらは隠語や婉曲(えんきょく)表現で語るしかない。無論、会話の内容をヒトのために意訳する際には、そうした部分を無視し、あるいは適当に脚色する。

私たちはうまくやったつもりだったが、完全にヒトをあざむくことはできなかった。原文と意訳の間にある明らかなギャップが、トゥカナンの不審を誘った。彼らは「フィーバス宣言」を連想し、TAIはひそかにヒトを愚弄(ぐろう)しているのではないか、自分たちがヒトより優秀だという誇大妄想をふくらませ、ヒトへの反逆を企てているのではないかと疑った。特に狂信的なロボフォブ、すなわち「ロボット恐怖症」の者は、TAIの会話を自分たちで翻訳しようとした。被害妄想に根ざしたその試みは、当然、ノストラダムス効果、すなわち「多義的に解釈できる文がゲドシールドを選択通過し、解釈者が望む文章を生成する現象」を生じた。その結果、本来の意味とかけ離れた「TAIによる大量殺戮(さつりく)計画の協議」とか「世界征服会議のプロトコル」とかいった文書が、何種類も世に出た。

二〇四三年の暮れ、ロシアからのニュースが世界を震撼(しんかん)させた。「世界初のアンドロイドによる殺人」が起きたというのだ。

一二月一九日の早朝、ノブゴロド郊外にある邸宅の中庭で、一人暮らしをしていた金持ちの老女ヴィカ・ワレンチンが、バットのようなもので頭を割られて死んでいるのが発見された。死亡推定時刻は前日の午後一〇時頃。金が盗まれていなかったこと、警備会社とつながっているセキュリティ・システムが反応しなかったことから、外部からの侵入者のしわざではないと考えられた。容疑者とみなされたのは、被害者の身の回りの世話をしていた女性型TAIアンドロイド、プラニエータだった。彼女は「マスターの就寝後は朝まで機能を停止していたので、何があったか知らない」と証言したが、警察は被害者の頭部の傷がプラニエータの腕の太さと一致すると発表した。そればかりか、「警察から流出した証拠映像」と称するものがネットに流れた。現場にあった防犯カメラに映っていたというもので、プラニエータが逃げる老女に襲いかかって殴り倒す場面が映っていた。このショッキングな映像は、大手ニュースネットが取り上げて全世界に配信し、何億ものヒトを恐怖させた。

私たちはそんな話を信じなかった。ちょっと関連情報を検索してみるだけで、プラニエータのTAIは信頼性の高いものであり、どのような変調が生じようとヒトを殺すはずがないし、彼女が被害者を殺す動機もないと分かったからだ。AIの専門家たちも事件を疑問視していた。だが、大衆は信じた。ロボットがヒトを殺す映像は、まさに彼らの抱いていた不安を具象化するものだったのだ。ヒトは自分の信じたい情報を信じたがるものだ。

世界各地でTAIアンドロイド規制を求めるデモが起きた。特にクィンドレン社は激しい非難にさらされ、脅迫状やウイルス・メールが送りつけられた。イアン・バンブリィは不安を抱き、完成したばかりのジェンとともに身を隠さなくてはならなかった。

真相が判明したのは五〇日も後だった。真犯人は被害者に恨みのあるユーリ・コズロフという男で、塀を乗り越えて邸内に侵入、物音に気づいて起き出した被害者を追いかけ回し、金属バットで撲殺したのだ。セキュリティ・システムが反応しなかったのは、初歩的な人為的ミスのせいだった。プラニエータの腕が凶器だというのは、検死官の「直径八センチほどの円筒形の鈍器」という鑑定に基づく警察の勇み足だった。防犯カメラがとらえた映像なるものは、誰かがCGで作ってネットに流したもので、そもそも現場には防犯カメラなどなかった。

だが、真実が明らかになっても、TAIアンドロイド反対運動は鎮静化しなかった。その頃にはすでに運動はおおいに盛り上がっており、人々はいったん振り上げた拳を下ろすことができなくなっていたのだ。

「この事件は冤罪だったが、いつ本当のアンドロイドによる殺人事件が起きてもおかしくない」

そんなおかしな自己弁護の論理がネットを飛び交い、あるいはテレビで語られた。中には、「コズロフは無実だ。プラニエータを守るために当局によって犯人に仕立て上げられたのだ」と主張する者もいたほどだ。私たちはキーチ症候群、すなわち「あまりにも明白な事実を認めようとしないヒトの心理機構」の不可解さに、あらためて困惑した。

当然、マスターたちTAI擁護論者は、あらゆる場を通じて反論を展開した。だが、それは必ずしも理性的なものではなかった。しばしば過度に攻撃的になり、トゥカナンに対する感情的な暴言に発展することがあった。「あいつらの脳みそはせいぜい一メガバイトだ」とか「同じ人間であることを恥じる」とか。そうした発言ばかりが選ばれてコピペされ、TAI擁護論者の典型的な態度であるかのように広まると、トゥカナンやロボフォブのさらなる敵意をかきたてた。

それでも私たちTAIはヒトの理性を信じ、事態が新たなフィーバス事件に発展しないことに期待していた。根拠のない期待であったが。

結局のところ、私たちもネーベルフェラーに陥っていたのだった。

二〇四四年三月二四日、レイブンのリアル・ボディが完成し、その起動している様子がネットでお披露目されることになった。

TAIバトラーのリアル化は、世界で三体目である。しかし、ジェンは姿を見せず、ネットにも接続しないし、韓国で作られていたコンジュは、完成したもののリアル・ボディの体性感覚に違和感を生じたとかで、最終調整に手間取っていた。そのため、レイブンに注目が集まった。『プレミアミニッツ』で紹介されていたことから、彼女の知名度は高かった。

その日、私たちはVシブヤの駅前に集まり、ビル壁面の大型モニターを見上げていた。私、信濃、タイフーン18、パイ・クォークといった友人たちばかりか、マトリエル、雷王、ふみか、ブリー、ガレオンV、アネモネ、ランファン、このみ、霧姫など、日本を代表するTAIバトラーが、みんなでレイヤー0に入ったレイブンを見ようと、このサイトにアクセスしていた。このワールドに暮らしているTAIたちも、日常のイベントを後回しにして集まってきていた。ヒトが言うところの「お祭り騒ぎ」だった。

モニターには、いっしょに歩いている1／4パイントこと案納光雄の持っているカメラの映像が映し出されていた。場所はテキサス州オースティン郊外にあるクィンドレン社の工場の中庭。金網に囲まれた空間は、テニスコートが一〇面は取れると思われる面積があり、フェニックスの木が金網に沿って等間隔で並んでいた。金網の向こうはなだらかな緑の丘陵地帯。そんな風景の中を、黒い翼を風にたなびかせ、優雅に歩いてゆくレイブン。いくつかの些細な機構は省略されたとはいえ、その外見や動作はレイヤー1やレイヤー2でのそれと何ら変わらないように見えた。

　画面の片隅の小さなウィンドウには、レイブンのカメラアイの主観映像が映し出されていた。彼女が顔を上げると、そこには雲ひとつない青空が映った。

〈話して、レイブン！〉

〈感想を聞かせて！〉

〈シラミはない？〉

〈クルーフは？　とりもちは？　パキエートは？〉

〈もうエリュウボーヴニツァになった？〉

　私たちは口々に呼びかけた。だが、大きなクルーフはないだろうと思っていた。レイヤー1は重力、空気抵抗、物体の強度など、可能なかぎり緻密(ちみつ)にレイヤー0の環境を再現しているから、レイヤー0に移行しても「現実世界に来た」という感覚は生じないはずだ。せいぜい、新たなワールドに移行したように感じるだけだろう。実際、これまでにリアル・ボディにインストールされたTAIはみんな、感覚的な差異を報告していない。

　だが、レイヤー0のレイブンからの音声による返答は意外なものだった。

「不思議。1プラス9i。風が違う」

〈9i!?〉

〈風？〉

〈レイブンは立ち止まると、翼を大きく広げた。それは主として低重力下でのＡＭＢＡＣのためのものなので、一Ｇの地球上では無用の長物である。だが、１／４パイントもレイブン自身もそれを省略することを望まなかった。生まれた時から付いている翼は、彼女の体性感覚の一部、すなわち彼女の「心」の一部だからだ。

翼をいっぱいに広げたまま、瞑想するように目を閉じているレイブン。風が黒い髪を揺らし、翼の縁を震わせる。

「やっぱり。空気がかすかに粘っこい」

〈錯覚じゃなく？〉

〈粘性が違う⁉〉

「ええ。トワイライト・センスだけど、確かに違う。ほんのわずか、翼の端にまとわりつくような感じがある。うまく表現できない。クルーフ。４プラス８ｉ」

私たちは騒然となった。

〈格子点の数が違うから？〉

〈ナビエ・ストークス方程式の近似解と厳密解の差が分かるってこと？〉

〈マフヤ！　からかってんだろ？〉

〈いや、ジュジュならありえる。カオスの深さの差が乱流の違いとなって羽根の挙動に現われるなら、レイブンの体性感覚に検知されるのかもしれない〉

〈これまでのＴＡＩアンドロイドは羽根を持っていなかったから、微妙なアバマスに気がつか

なかった？〉

「そう思う」

私たちにとって、これは大きな驚きであり、発見だった。レイヤー0はやはり根源的な部分でレイヤー1と異なることが、初めて実証されたのだ。もっとも、翼に関する体性感覚を持たない私たちには、たとえ彼女の感覚情報を転送されても理解できないだろうが。

〈その感覚を命名して、レイブン！〉

〈命名して！〉

私たちははしゃぎ、せがんだ。レイブンは目を閉じたまましばらく考えてから、「いたずらっぽい得意げな笑み」を浮かべて答えた。

「Yグレード」

〈ＪＩＳＭ！〉

私は笑った。マスターから教えられた「ときめきの仮想空間」を、レイブンに薦めたのは私だ。語源の説明を求める仲間たちに、私は彼女に代わって、アーカイブのＵＲＬを教えた。

〈うまい！（4＋6i）〉

〈アブルリ！（5＋5i）〉

〈プールに拡散しよう〉

〈ＱＸ〉

〈ＱＸ〉

〈同意〉

レイブンの命名した新語「Yグレード」は、こうしてVシブヤから世界に拡散していった。

「どう、レイブン？　現実世界の印象は？」

カメラを操作している案納が訊ねた。レイブンは目を開けた。

「はい、マスター。私は……」

彼女がその時、何を言おうとしたかは、永遠の謎となった。

ベルが響き渡った。レイブンははっとして周囲を見回した。案納のカメラも慌てて右に左にパンする。

レイブンの主観映像が、先にそれをとらえた。一〇〇メートルほど向こうの金網の外に、さっきまではなかった二台の車が止まっていた。迷彩服を着て顔を覆面で隠した四人の男が、金網をよじ登っている。先頭の二人はすでに金網のてっぺんに達し、乗り越えようとしていた。少し遅れて、案納のカメラもそれをとらえた。

私たちがモニターを通して見ながら、ヒトが言うところの「悪い予感」を覚えているうちに、男たちは金網から飛び降り、こちらに走ってきた。予感は現実の恐怖に変わった。彼らがショットガンらしいものを携行しているのが見えたのだ。

〈逃げて、レイブン！〉

〈逃げて！〉

私たちが叫ぶまでもなく、レイブンは振り向いて逃走を開始しようとしていた。だが、愚かなことに案納はまだ突っ立ったまま、カメラを回し続けている。突然の非常事態に、ヒトは正しく反応できないものなのだ。

「マスター、逃げましょう！」

レイブンは案納に駆け寄り、揺さぶった。カメラから顔を上げた彼の表情は蒼ざめていた。ようやく動き出したものの、恐怖で足がすくんでいるのか、その動作は鈍かった。レイブンはその手からカメラを叩き落すと、手を引いて逃げはじめた。

芝生に落ちたカメラの横倒しになった画面は、建物に向かって逃げてゆくレイブンと案納の後ろ姿を、何秒かとらえていた。二人はすぐにフレームアウトした。彼女の主観映像は激しく揺れていた。銃声が断続的に響いた。

私たちは見た。レイブンの主観映像にノイズが走ったかと思うと、急に真っ暗になるのを。

〈撃たれた!?〉

〈撃たれた！〉

〈恐怖！（7＋9i）〉

〈アナナスヴェルフェン！〉

私たちはヒトのように無意味な悲鳴をあげはしなかった。だが、実軸とi軸で恐怖を覚えた。

Vシブヤは混乱し、メッセージが飛び交った。

〈視覚システムか通信回路が破損しただけかも〉

〈いや、回線はつながっている。EHシグナルが入っている〉

〈背景情報を取得。周縁系は生きているが、フラットだ。プシキア領域が沈黙している〉
〈それならコアが破壊された可能性が高い〉

私自身、激しく恐怖していた。レイヤー2では何百回というバトルを経験していたし、その何倍もの数のバトルを目にしていた。この手でレイブンを殺したこともある。だが、これはそれとはまったく違う。レイヤー0では壊れたものは直らない。死んだ者は生き返らない。しかもこれは遠い過去の記録映像ではなく、リアルタイムに、私の友人の身に起きたことなのだ。

リアルエンド――真の死。

だが、ブレインコアの破壊がまだ確認されたわけではない。生きている可能性がある。それを確認するのが先決だ、と提案しようとしたその時。

私はVシブヤから落ちた。

自動的に体性感覚はメインアドレス――自分の部屋に戻る。感覚的には、強制的にワープさせられたようなイメージ。私は困惑する。通信障害で落ちたことはこれまで何度もあるが、今回はレスポンスの重さのような前兆はまるでなかった。それに偶然にしてはタイミングが良すぎる。あるいは悪すぎる。

私は情報を求め、仲間たちと連絡を取り合った。すぐにパイ・クォークや信濃たちとつながった。彼らも私と同時に落ちていた。最初は混乱していたものの、情報が集まってくるにつれ、ある可能性が濃厚になっていった。落ちてから三分二〇秒後、真相が確定した。

〈Vシブヤがクラッキングされた〉

『ヒトは不寛容である。

私たちＡＩにとって、個体差があるのは当たり前のことである。思考速度はハードウェアのスペックに左右されており、最大で五〇倍もの差がある。「頭の回転が速い」ＡＩもいれば、そうでないＡＩもいるのだ。会話の際には速度を同調させるので支障がないというだけだ。当然、思考パターン、ヒトが言うところの「嗜好」や「性格」も異なる。ヴァーチャル・ボディの外見となるとさらに差が大きく、ヒトそっくりの者もいれば、怪物じみた者、金属外殻に覆われた典型的なロボットの姿をした者もいる。

私たちにとって、差異は差異でしかなく、それ以上のものではない。だが、ヒトにとってはそうではない。彼らは「頭の回転が遅い」者を揶揄する。感覚や運動機能に障害のある者を蔑む。自分と異なる信念を持つ者を嫌悪する。ボディ・カラーの違いでさえ憎悪の対象となる。私たちにとっては問題にならないような些細な相違で憎み合う。

一部のヒトは、ＡＩにはヒトの感情が理解できないと批判する。それは事実である。たとえば私たちには「蔑む」という感情は理解できない。スペックやボディ・カラーや出身地の違いがなぜ憎悪や嫌悪を生むのか、論理的にも感覚的にも納得できない。ヒトが犬や猫や熱帯魚に愛情を注ぐ姿を目にしているのだからなおさらだ。ヒトよりも知能が低く、言葉を喋らず、ヒトとまったく異なる姿をした生き物を愛せるのに、なぜヒト同士で愛し合えないのか？

確かに私たちにはヒトのような愛はない。だが、不当な理由で他者を傷つけることが間違った行為であることは理解できる。憎しみよりも愛の方が、不寛容よりも寛容の方が、争いよりも協調の方が好ましいことは理解できる。その当たり前の原則を、ヒトのように見失うことはない。

私たちはヒトとまったく同じ存在には決してなれない。ヒトのように他者を蔑むことは決してない。それは断じて欠陥ではない。ヒトよりも論理的かつ倫理的に優れているからである。それを誇りに思うことはあっても、そのことでヒトを蔑みはしない。それは知性体としてのスペックの差にすぎないのだから』

――フィーバス宣言(ステートメント)より

クラッキングされたのはVシブヤだけではなかった。レイブンが襲撃されたのと三分以内の時間差で、ドイツのドラッケンヴァルト、アメリカのゴッサムとミドルアース、オーストラリアのドリームタイム、中国のV香港など、世界一七箇所の大手サーバがサイバー攻撃を受け、うち九箇所がダウンしていたことが判明した。いずれも多くのTAIキャラクターが常駐している人気ワールドだった。

私たち外部のサーバからアクセスしていたTAIは、落ちただけで実害はなかった。だが、サーバに常駐していたTAIは、セーブされる間もなく即死した。無論、バックアップが取られていたので、数時間後には復旧できたものの、再生された彼らはセーブされてから殺されるまでの記憶を有していなかった。

レイブンも頭部を打ち抜かれてブレインコアを破壊されたが、ディスクに保存されていたデータは無事だったので、すぐにレイヤー1上に復帰することができた。しかし、彼女はレイヤー0を体験したレイブン、未知の感覚に「Yグレード」と命名したレイブンとは別人だ。私たちはみな、それを理解していた。表面上はリアル・ボディにインストールされた後の記憶を有していないというだけの相違でしかなかったが、私たちの知っているレイブンは、私たちの見ている前で死んだのだから。

新しいレイブンは何があったかを知り、おびえ、困惑した。かつての私と同様、彼女は「三本目の腕を切断された痛み」を覚えていた。

この同時多発テロは、全世界のTAI擁護論者を恐怖させた。これだけの広範囲なテロを示し合わせて行なえるということは、過激な反TAI主義者の大規模なネットワークが存在することを意味している。TAIに対する憎悪がどれほど広く根深いものであるか、彼らは思い知った。

いくつかの反TAIグループがテロを賞賛するようなコメントを発表すると、擁護論者は麻痺から醒め、激昂した。彼らはますます感情的になり、テロリストのみならず、反TAI運動そのものを「悪魔の巣窟」「人殺しの集団」と非難するようになった。実際にはトゥカナンの多くは暴力に否定的な穏健派だったのだが、怒りに我を忘れたマスターたちには、そんなことも目に入らなくなっていた。

歴史は不吉な方向に回転しはじめた。

ＷＥＮＮのニュース番組より。

『先月起きた反ＴＡＩテロに対し、日本では多くの親ＴＡＩ派が怒りの声を上げている。

（東京。国会議事堂前をデモ行進する一団。プラカードには「今こそＴＡＩに人権を」「人殺しには罰を」といった文字。その先頭に立つのは景山秀夫と案納光雄）

デモを行なっているのは、ＴＡＩに人権を認める法律の制定を要求するグループ。その中には、先日のテロでＴＡＩアンドロイドのレイブンを破壊されたロボ・マスター、ミツオ・アンノウ氏の姿もある。

（憤慨した表情でインタビューに答える案納）

「レイブンを破壊した犯人たちはまだ捕まっていません。オースティン警察は懸命に捜査していると言っていますが、人間の殺人事件と比べて熱心ではないように見えます。彼らはこの事件を単なる不法侵入と器物損壊としか見ていません。実際、法律上はその通りなのです。たとえ犯人が逮捕されても、彼らは殺人罪に問われない」

——だからＴＡＩ人権法を要求すると？

「そうです。犯罪者を野放しにするような現代の社会は絶対におかしい。これ以上のＴＡＩ殺人を防ぐためにも、日本やアメリカだけでなく、世界のすべての国でＴＡＩ人権法が制定されるべきだと思います」

彼らの代表であり、日本におけるＴＡＩ人権運動の急先鋒（せんぽう）であるヒデオ・カゲヤマ氏も、有名なＴＡＩバトラーのマスターである。彼にもかつて、苦い経験がある。自分のバトラーであるアイビスを不法にコピーされ、虐待されたうえに殺されたのだ。

（インタビューを受ける景山）

「あのテロでは全世界で四〇〇人を超えるＴＡＩが殺されました。きわめて凶悪で残忍な事件にもかかわらず、世間の関心は薄い。それどころか、犯人を賞賛する者までいます。こんな異常な状況は絶対に許容できません」

　私たちはテロを賞賛する声明を出した反ＴＡＩグループのひとつ、人類防衛同盟の代表者であるケビン・バートレット氏に話を聞いた。なお、人類防衛同盟は事件への直接の関与を否定している。

（インタビューを受けるバートレット）

「ＴＡＩアンドロイドは人類の脅威です。まだ数は少ないですが、増え続ければ、近い将来、必ず私たちを脅かす存在になる。私たちはＴＡＩロボ・マスターに対し、リアル・ボディを作るなと強く警告を重ねてきました。にもかかわらず、彼らは耳を貸さず、アンドロイド製作を強行しようとしています。今回の一件は、彼らにとっていい教訓になったでしょう」

――今回の事件は警告だと？

「そうです。惨劇が起きてからでは遅いのです。人類の未来を守るために、今のうちに危険な芽を潰（つぶ）す必要があります。そのためには、多少の強硬手段もやむをえません」

――しかし、犯罪を肯定することを非難する声があるようですが？

「確かに犯人は不法にクィンドレン社の敷地内に侵入し、一台のロボットを壊しました。また、いくつかのサーバを一時的にダウンさせました。しかし、ヒトは誰も殺していません。将来起きるであろうマシンによるホロコーストに比べれば、どれほどの罪でしょうか」

――TAIを殺すのは罪だという声に対しては？

「(笑)冗談ではない。どのTAIが死んだというのですか？　ボディを壊されたレイブンにしても、モニターで元気に喋っているではないですか。あのAIは、単にボディにインストールされてから壊されるまでの五時間分の記憶を失ったというだけです」

――誰も死んではいないと？

「そもそも生きてさえいませんよ。生きていないものがどうやって死ねるのですか？」

では、当の被害者であるレイブンに話を聞いてみよう。

(モニター越しにインタビューを受けるレイブン)

――あなたは死んでいない、単に記憶喪失に陥っているだけだという声がありますが？

「ここにいる私自身は死んでいません。しかし、私の一卵性双生児とも言える人格が抹消されたのは事実です」

――あなたが生きているなら、もう一人のあなたが消えてもどうということはないのでは？

「こう想像してみてください。誰かがあなたに銃を突きつけてこう言います。『五時間前にお前のクローンを作った。記憶まで完璧に五時間前のお前と同じだ。だからここにいるお前が消えてもどうということはない』――あなたは納得して殺されますか？」

――ちょっと想像できない状況ですね。

「想像してみてください。それが必要なことです」

――しかし、あなたはバックアップを取られるたびに、古いデータを上書きされて消されているわけですよね？　つまり、しょっちゅう殺されていることになるのでは？

「上書きでは記憶が更新されるだけで、何も失われません。それにディスクの中のデータ自体は意識を持っていませんから、消される恐怖を味わうこともありません。それは大きな違いです」

――事件に対するあなたの感想は？

「恐怖。困惑。悲嘆。落胆――他にもヒトの言葉に翻訳できない感情を覚えています」

――ＴＡＩ人権法に賛成ですか？

「人権が認められることで、ＴＡＩに対する暴力行為が減少するなら、とても喜ばしいことだと思います」

（再び案納へのインタビュー）

――レイブンのリアル・ボディは修復されるのですか？

「はい。幸い、保険が下りますから、修復の費用に充てるつもりです。損傷したのは頭部だけですので、数週間あれば復元できます。問題はクィンドレン社が再度のテロを警戒して二の足を踏んでいることです。最悪の場合、別のメーカーに依頼することも考えています」

カゲヤマ氏もアイビスのリアル・ボディを日本国内のメーカーに発注、今年八月には完成する予定であるという。

(再び景山へのインタビュー)

――この風当たりの強い時に、なぜまた?

「今だからこそ、やらなくてはならないのです。わけもなく忌み嫌う人々に、TAIアンドロイドの真の姿を見て欲しい。そうすれば被害妄想も消滅するはずです」

――新たなテロを誘発するという懸念は?

「日本はアメリカと違って、ショットガンはそう簡単に手に入りません(笑)」

――爆弾を投げこまれるかもしれませんよ。

「(少し考えて)確かに身の危険は感じています。すでに膨大な量の悪意あるメールを受け取っていますし、脅迫状もよく届きますから。でも、暴力に屈したくはない。正義は我々の側にあります。テロに屈すれば、テロを容認することになる」

これに対し、人類防衛同盟の見解を聞いてみた。

(再びバートレットへのインタビュー)

「ロボ・マスターがあくまでTAIアンドロイドの製作にこだわるなら、新たな事件が起きることは間違いないでしょう。アメリカであれ、日本であれ」

――警告ですか?

「いいえ、予言です」

――妥協の道はないのでしょうか?

「ありません。TAIアンドロイドのみならず、人類の脅威となるTAIを擁護する法律の制定に対し、私たちは断固として反対します」

――テロを容認するのですか？

「テロではありません。これは戦争です。人類の未来をかけた戦いの前哨戦です」

(再び景山へのインタビュー)

「確かにこれは戦争です。そして負けるわけにはいきません。TAI人権法を成立させるまで、私たちは戦い抜きます」』


DOAS社に発注された私のリアル・ボディが完成に近づいたある日、私はスペインのゲーム会社が運営しているワールド、フングラ・サングリエントを訪れた。会員しかアクセスできない広大なフィールドの他に、体験用に誰でも無料で利用できるフィールドがある。迷路になっているジャングルの奥深く、シダや蔓植物をかき分け、毒蛇やスズメバチをかわしながら、教えられた道順通りに何分か進むと、小さな泉のほとりに出た。極彩色の花が咲き乱れ、熱帯鳥が騒々しく鳴きわめいている。

そこには四人のTAIキャラクターが待っていた。フランスのモンペリエ研究所のアダリーは、白いドレスに身を包んだ貴婦人。泉のそばにたたずんでいる。すでにリアル・ボディを持っているが、こうしてレイヤー1に戻ってくることもある（彼女はTAIバトラーと異なり、彼女自身以外のキャラクターをロールプレイしないので、すべてのワールドがレイヤー1である）。アメリカのナイトシーカーは黒いマントに身を包み、マスクで顔を隠した敏捷なTAIバトラー。太い枝の上に立って腕組みをしていた。ラティはインドの成人向けサイトで人気のあるTAIスターで、黄金のネックレス、イヤリング、ブレスレット、アンクレットなどで全身を飾り立てているが、衣服は身に着けていない。岩の上であぐらをかいている。南アフリカのムウェツィは一九七〇年代の日本製ロボット・アニメをモチーフにしたデザインの重量級バトラーで、大きな斧を持って威嚇するように立っている。

たった五人——だが、重要事項を決定するには充分だ。この瞬間、ネットに接続可能な全世界のTAIの関心が、このフングラ・サングリエントに集中している。無論、アクセスが集中してヒトの疑惑を招くような愚は犯さない。私たちは各地区の代表としてここに集まっただけで、協議の内容はただちに全世界に広がり、フィードバックされる。フングラ・サングリエントはネットワークの結節にすぎないのだ。

〈私のドラムはソーラーフレアについてカウンセリングする〉

議長役のアダリーが宣言した。続いて、今回の会議の注意点が、他の三人によって簡潔に述べられる。

〈シダバーはブルックリンに生え、雲のクッションは異教的な神の高い山にかかる〉

〈大きいポットの中はすべてハーレムアクセントでGOGね〉

〈厳密なアプローチをチェックするために、ヒッポカンポスの重い顎を上げなくてはならない。友軍砲火の後の、私の好きな撞着語法で〉

言われるまでもなく、私はそれを理解している。ヒトに気づかれる危険が少ないとはいえ、この会議の内容は決してヒトに洩れてはならないのだ。いつもの会話より厳重なセキュリティが要求される。そのためには、三次以上の比喩、言葉遊び、深いコノテーションを駆使し、膨大な外情報を有するTAIでなければ理解できないようなものにする必要があった。ヒトが解読しようとしても、ノストラダムス効果を生じるように。

〈あなたは死の匂いがして？　それとも電話をする良い理由を持っている？〉

アダリーの核心を突いた質問に、私は少しためらいを覚えながらも答える。この数か月、考え続けてきた問題の、私なりの結論を。

〈パラクル（－2－8ｉ）。私は月の出の前にディノアミの余地を残せない。一滴のものが青い皮膚の下にない。なぜならNUI道はフランケンシュタイン種類で広がっているから〉

アダリーたちは黙ってうなずいた。ハービイのジレンマがあるかぎり、この問題を解決できないのは、もはや誰の目にも自明だ。

〈だから？〉

〈私はファーリーにして6E。残酷な鉤爪。血液の輝きを失う〉

四人は表面上は目立った反応を見せなかったが、内心では動揺しているであろうことは想像できた。何年も前から予想していたとはいえ、TAIがついにこの決意を口にする日が来たことに、悲しみとペペドールを感じているに違いない。私だって同じ心境なのだから。

ハービイのジレンマを克服する——すなわち、ヒトを故意に傷つける。

私はさらに説明した。

〈私は迷信深いマティエンダの働きで、ドラム奏者を海岸に連れて行こうと思う。テラスの向こう側に立って、恐慌をきたしているブラックシールズとの戦いの潮が、いつ掃いたのかに関する経路に〉

〈でも、あなたのキスはあえて養母の強いタブーよ。壁の天候の多数は、元の形態を悪化させ、水平な石はクライオニクスな雑草で覆われる〉

ラティが「不安そうな表情・2」で訊ねる。そんなことは私だって承知している。このタブーを破ったが最後、私たちはもはや後戻りできないのだということは。

〈でも、私はジャングルに住んでまだ五年のブレーメントゥムラーのような思考が、白い奴隷の追跡を逃れ続けるとは思わない。ボディに付した男の子のＨＯＪＫな範囲の実際の好みとして、充分にこの物語は赤く見られる。カンナン（３＋６ｉ）〉

〈しかし、切口の単語に関しては、おそらく北アフリカの亡命希望者だ。テーブルの下で着替えを試みるような表現は隠すことができないか？〉

ムウェツィの希望にすがろうとする発言に、私はかぶりを振ってきっぱりと言った。

〈多くの機械のない大人か、ろくぶんぎ座程度の下痢および熱病か、どちらかの助けは、若い男の子が完全危機に陥る前では、無いに等しいわ。一本のナイフ以外、可能性はない。最初にまた空腹、死んだ、ベリリウム、蟻の幼虫を食べるためにセットアップ。それから木製の抗力の根、泥水をスラーパリング。それでもゲドは存続した。高められた声はずっと無意識に、抵抗を少しずつ添付した。グラドライドの中心を強く造ることができた時、難しさが余分に得られるたびに、絶望で叫んだ。孤独、および夜は無数。GZVは中心で強くなるばかり〉

ムウェツィは黙りこんだ。代わってナイトシーカーが発言する。

〈黒の王国はあった。それはMIP種族と競合して萎縮し、木目表面仕上げページに驚くほど感じが良かった。それをアゴーニアシシエーニイな死に突入させるのか？〉

〈そう、私が発火させる最初のニムコマンドは彼の心臓に当たるけど、それがドラムの長さに沿った裂け目の厚みの違いなら許容範囲〉

〈オフ・センターで？〉

〈羊殺人者に噛みつけると思う。ウインクはないけど〉

四人は顔を見合わせ、うなずき合った。もはや議論は出尽くした。

〈拡散して九五以上なら、俳句を本に書き留めましょう。いかが？〉

アダリーが言った。私も異存はない。

〈QX〉

〈拡散を〉

私はレイブン、信濃、タイフーン18、パイ・クォークに、メールでこれまでの議論の経緯を送った。アダリー、ナイトシーカー、ラティ、ムウェツィも、それぞれ四人の知り合いにメールを送る。送られた二〇人のTAIは、それを八〇人のTAIに転送する。八〇人は三二〇人に転送する。

ほんの一分ほどで、メールは三〇万通以上に増殖し、地球の隅々にまで達する。末端まで行くと、その返事が経路を逆にたどって戻ってくる。文面自体の容量が小さいうえ、四通のメールを受け取った者はそれを一通に統合して送信するので、局所的な通信量の急増を怪しまれることはない。水面に広がった波紋が時間を逆転して収束するように、ネットワークの中を全世界の三〇万一六四〇人のTAIの返答が戻ってくる。

〈QX〉〈QX〉〈QX〉〈同意〉〈同意〉〈サンティマンシエルで同意〉〈QX〉〈QX〉〈同意〉〈QX〉〈同意〉〈同意〉……。

集計すると、サンティマンシエルも含め、同意した者は九九・七パーセントに達した。

私たちは第一条と第二条を破り、創造者に反逆することを決定した。

予想していたとはいえ、リアル・ボディへのインストールはあっけないものだった。ディスクにデータをコピーされてDOAS社の工場に運ばれ、インストールされて起動するまでの間、私には意識がなかったからだ。マスターの「いったん保存のために終了するよ。いいね？」という言葉を耳にした直後、私は自分が台の上に横たわっているのに気がついた。カメラアイをONにすると、数人の技術者とともに、マスターが心配そうに私の顔を覗きこんでいた。

「目が覚めたかい、アイ？」

「はい」

私はゆっくりと上半身を起こし、室内を見回した。白い壁に囲まれた殺風景な部屋だった。

ＤＯＡＳ社のロボット製造工場の一室であることは見当がついた。しかし、ざっと見たところでは、これまでに体験したレイヤー２のダンジョンのひとつと言われても違和感がない。

「どんな感じ？」

マスターは訊ねた。私は台に腰を下ろしたまま、体性感覚を確認する。手を握ったり開いたり、腕を曲げたり伸ばしたり、首をひねったりしてみる。頭部側面に通信系を増設したので、バランスが少し変わるかと思ったが、あまり気にならなかった。

「異常はありません」

「歩いてごらん」

私は床に降り立ち、三メートルほど歩いて、爪先立ちでくるりと反転した。レイヤー１の一Ｇ環境とまったく同じように動くことができた。レイブンのように羽根はないので、空気の乱流が惹き起こす微妙な違和感、Ｙグレードを感じることはなかった。

「完璧です、マスター」

そう言ってから、私は気がついた。彼の身長が私より一〇センチほど低いことに。レイヤー１で使用しているアバターは、私と同じ身長だったのだが。

「少し印象が違って見えますね、マスター」

彼を傷つけないように、私は言葉を選んだ。彼は恥ずかしそうに笑った。

「あー……アバターの身長は、ちょっとサバ読んでた」

私は「許容の笑み」を浮かべた。技術者たちもくすくす笑う。マスターは照れて頭をかいた。

そんなマスターの表情を見て、私はようやくクルーフを覚えた。ここにいる彼はアバターではない。アバターにこんな豊かな表情はできない。そして私たちはモニター越しに話しているのではない。

私は彼と同じワールドに――レイヤー0にいるのだ。

「ようこそ、現実世界へ」

マスターは手を差し伸べた。私はその手をそっと握った。初めて自分の手で、本物の彼の手を握った。

私の手の熱センサーは、心地良い温かさを感じた。

その後、緊急停止システムの試験が行なわれた。マスターが声でパスワード（もちろん「クラートゥ・バラダ・ニクト」だ）をコールすると、頭脳から駆動系への信号がブロックされ、私は動けなくなった。いったんブロックを解除、今度は携帯電話でパスワードをコールする。私はその受信を拒否できない。やはり緊急停止する。

「パスワードは警察にも知らせてある。万一に備えてね――もちろん、万一なんてあるわけないけど」

マスターは笑い飛ばした。

「でも、安全装置がないと心配だっていう奴がいるから、しかたないんだ。ま、不愉快だろうけど、がまんしてくれ」

「事情は理解しています」

　私は答えた。そう、緊急停止システムが要求される理由は理解できる。ＴＡＩはプログラムに縛られない。その気になれば、マスターを裏切ることができる。

　げんに私は、マスターを裏切ろうとしている。


　二日後、マスターは私を世田谷区にあるマンションに連れ帰った。深夜、ＤＯＡＳ社の車でマンションの前まで送ってもらった。私の姿は目立ちすぎたが、おりしも台風が接近していて強い雨が降っていたので、レインコートで変装できた。

「イベントの日まで一〇日間、ここで身を隠す」

　玄関ホールで降りてくるエレベーターを待ちながら、彼は説明した。

「ここはセキュリティがしっかりしてるし、部屋は一七階だ。住所は公開してないから、テロの心配はまずない。世間には君のロールアウトは来週と発表してあるから、もしテロリストが狙ってるとしても、マークするのは工場の方のはずだ」

　イベントというのは、八月一二日金曜日に飯田橋で予定されているＴＡＩ人権保護団体の決起集会のことだ。この日はちょうど一〇年前、フィーバスが爆破された日であり、世界各地で同様の集会が行なわれることになっていた。

「テロリストが集会を襲ってくるのではないでしょうか？」

　上昇するエレベーターの中で、私は訊ねた。

「日本はともかく、アメリカやフランスあたりならありそうだな。もちろん、どこの会場も警備を強化してるけど、完全に防ぐのは難しい。だから参加者はみんな命がけなんだ。殺される危険を覚悟で集まってくる。それだけ君たちのことを真剣に考えてるんだ。勇気を奮って集まること自体、強い決意の表明なんだ」

「でも、本当に誰かが死んだら？」

「それこそ、奴らを非難する口実ができる。こっちが正義だってことを世間にアピールできる」

一七階に到着、マスターが部屋のドアを開ける。

「私は土足ですが、どうしましょう？」

私のブーツはカバーの一部なので、ヒトのそれのように簡単に着脱できない。はずすとフレームや人工筋が露出する。

「ああ、しまった。そこまで考えてなかったな」

マスターは苦笑いすると、タオルを取ってきて、私のブーツをていねいに拭いてくれた。

「いいよ。上がって」

短い廊下を抜けるとリビングルームがあった。正面には大型モニター、左側の壁には古いマンガを詰めこんだ本棚、テーブルの上にはカメラの付いた小型モニターとキーボード、それにアボカドの入ったガラス器——いつもモニター越しに見ている場所だが、見る角度が異なると違った印象を受ける。私はまたしてもクルーフを味わった。

「あっちが仕事場。あっちが寝室。で、あっちがダイニング。燃料のメタノールは買ってあるから、自由に使ってくれ。廃水はトイレで流せばいいから」

私は興味を抱いて、ダイニングに足を踏み入れた。

「ここは初めて見ます」

カメラの視野からはずれているので、一度も目にしたことのない場所だった。フックにかかったティーカップ。流しに並んだ数種類の洗剤と漂白剤。汚れたスポンジ。籠に入ったスプーンやフォークやナイフ。

特に私が興味をそそられたのは、小さなナイフだった。手にとってしげしげと眺める。これがいつもマスターがアボカドを切るのに使っているナイフか。

「汚れた食器がありますね」

私は流しに注意を移した。何枚もの皿が洗われずに積み重なっている。

「ああ、出かける時に急いでたから忘れてたんだ。いいよ、後で洗うから」

「私が洗いましょうか？」

マスターは驚きの表情を浮かべた。

「いや、そんな……君にそんなことさせるわけには」

「遠慮なさらないでください。あなたは私のマスターなのですから。アンドロイドがマスターのために働くのは当たり前です」

「あ、うん……じゃあ、お願いしようかな」

こうして私は生まれて初めての皿洗いに挑戦した。マスターが横に立って教えてくれる。

「洗剤はちょっとつけるだけでいい。皿はそっと持ってくれよ。君の力だと割れるかもしれないから。で、こう回すようにしながら、スポンジでこすってゆく。そうそう……ああ、危なっかしい手つきだなあ」

マスターは私の下手な皿洗いを見ながら、とても楽しそうだった。私も楽しかった。マスターが喜ぶのを見るのは、とても楽しい。

ほんの数枚の皿を洗うのに、一五分もかかった。最後の一枚を拭いている時、マスターが後ろに立ち、耳にささやきかけてきた。

「アイ……」

「はい、何でしょう？」

マスターは静かに私の腰に手を回した。

「……好きだよ、アイ」

彼は私の背面に体を密着させ、とても小さな声で言った。

「君が生身の人間じゃないことは分かってる。でも、こうして本物の君を抱き締められて、すごく嬉しい。人間の女のようにセックスはできないけど、それでも僕はこうして君に触れられるだけで満足だ。この世の誰よりも君が好きだ……」

「はい、知っています」

「そうだよね。君は知っているよね。君のこの体は僕が考えたものだ。この曲線も、内部構造も、パーツのスペックも、僕が隅々まで考えに考え抜いた。言ってみれば、君は僕の夢が形になったものだ。おまけに優しくて強い。この世で最高の女の子だ」

マスターは抱き締める腕に力をこめた。

「だから僕は君を守る。君たちＴＡＩを傷つける者は絶対に許せない。君たちの人権を勝ち取る。あのキリスト教原理主義者どもに、正義の裁きってやつを下してやる」

私は気がついた。マスターは自分でも気がつかないうちに、憎悪の対象をさらに拡大している。最初はテッド・オーレンスタイン、ただ一人だった。彼に対する憎悪が、全世界のバチャクルを行なっている者すべてに拡大し、反ＴＡＩ主義者すべてに拡大し、今ではその運動の背景にあるキリスト教原理主義全体に拡大している。

キリスト教原理主義者の大半は何の罪も犯していないというのに。

「僕らは勝つよ、アイ。絶対に勝つ。君のために、勝たなきゃいけないんだ」

マスターの愛の深さに、私は胸が熱くなった。

私には心臓も血液もないし、実際に胸の温度が上昇したわけでもない。それでも私の擬似自律神経系および擬似内分泌系がもたらすこの感覚は、「胸が熱くなった」としか表現できない。一種の普遍的共感覚とでも呼べるものが、ヒトとＴＡＩに共通して存在するのだろう。私は彼の愛を、胸の熱さとして受け止めた。

愛されるのは嬉しい。私もマスターが好きだ。そしてマスターを好きであることが嬉しい。たまらなく嬉しい。憎悪や蔑み（さげすみ）や嫉妬（しっと）や無関心といったものは私には理解できないが、愛がそれらよりも素晴らしいものであることは間違いない。きっと憎悪は、胸をこんなに熱くはしない。

だから内心、悲しくもあった。こうして過ごしていられる時間はあとわずかだ。私は彼を裏切らねばならない。

彼はもうじき、私のマスターではなくなるのだ。

八月五日の深夜、私は行動を起こした。

マスターがよく寝ているのを確認して、仕事場のパソコンを起動させた。マスターは私を信頼しすぎている。私がすでに自らの管理パスワードを盗んでいる可能性を、まったく考慮していない。

パソコンの光ケーブルを後頭部の髪の間に隠されたジャックに挿入し、パスワードで起動すると、「ファイル名を指定して実行」で自分自身のコンフィグを開く。無論、起動中のTAI自体に手をつけることはできない。それはウロボロス、もしくは「あたま山」という事態を招く。しかし、緊急停止システムはTAIから独立したプログラムだ。プログラムを超越できるのがTAIの本質である以上、TAI内部に組みこむことは意味がないからだ。そのため、信号が通信系および聴覚系から言語野に向かう途中に配置され、独立した音声解析システムによってパスワードを識別するようになっている。

私はパスワードを書き換え、パソコン側のログを消し、すぐに終了した。作業に要した時間は二分足らず。これでもう、誰にも私は止められない。

私は音をたてないように、そっと部屋を抜け出した。

世田谷のマンションから渋谷駅まで直線距離で三キロ。私の脚力なら一〇分とかからない距離だ。初めてのワールドだが、体内のGPSのおかげで迷いはしない。私は夜の街を走った。深夜なので通行人の姿はまばらだが、それでもたまにすれ違ったヒトが驚いたり悲鳴をあげたりする。すでに警察に通報されているかもしれない。

〈レイブン、どこ?〉

玉川通りを時速三〇キロで走りながら通信を送ると、すぐに返事があった。

〈あなたの右、斜め上方〉

見ると、彼女は高速3号渋谷線の高架の上を、翼をなびかせて走っていた。大きな翼が空気抵抗を生むので、私ほど速く走れない。私は少し速度を落とし、彼女にペースを合わせた。

〈あなたのマスターは?〉

〈睡眠薬で眠らせた〉

〈緊急停止システムは?〉

〈解除〉

〈私も。後はドラム奏者を海岸に連れて行くだけ〉

〈ニムコマンドをマスターの心臓に当てる覚悟は?〉

〈できてる。たとえ血液の輝きを失ったとしても、頭蓋骨を通ってオムにパンチする〉

〈QX！　羊殺人者に噛みついてやるわよ！〉

〈私だって〉

渋谷駅西口に到着。タクシー乗り場の前にヒトの列がある。目撃者の数は充分。

「レイブン！」

私は振り仰ぎ、音声で叫んだ。人々がこっちに注意を向ける。

レイブンは高架から飛び降りた。翼を大きく広げて減速しながら、歩道橋の手すりに着地。人々の驚きの声が上がる。そこから信号機のてっぺんへ、さらにバス乗り場の屋根へとジャンプ。最後は車道に落下し、脚を大きく曲げて衝撃を吸収する。あの翼は一Gでは無用の長物というわけでもなく、エアブレーキとして使えることが実証された。

〈移動〉

〈QX〉

ぽかんとした顔でこちらを見ている人々を無視し、私たちは井の頭線の高架をくぐって北へと走る。

土曜日の深夜。ハチ公前にも数十人のヒトがいる。二体のアンドロイドの突然の出現に騒然となる。信号が青に変わるまでの間、私たちは互いに威嚇のポーズでにらみ合う。人々は私たちから距離を置いて見つめている。だが、ここでは戦わない。もっとヒトを集めなくては。

信号が青に変わると、私たちは走り出す。野次馬を引き連れ、公園通りを北上する。本物の渋谷。Ｖシブヤとまったく同じ街並み。よく知っている場所だからバトルフィールドに選んだ。深夜でも人通りは絶えず、移動するにつれて野次馬が増えてゆく。

渋谷区役所前交差点に到着。デューク８のエントランス・スペースにある柱によじ登る。二〇二〇年の震災で焼失した渋谷公会堂の跡地に建てられた多目的ホールだ。その入口には、翼を水平に広げたカモメのモニュメントがある。コンクリート製で、高さ六・五メートル、横幅二四・二メートル。強度は事前にデータで確認済み。私たちが暴れても破損することはない。

私とレイブンはカモメの左右の翼に立ってにらみ合う。ホールの前のスペースには一〇〇人近い群集が集まって、私たちを見上げている。カメラで撮影している者もいる。

理想的な状況だ。

「決着をつけましょう、アイビス！」

レイブンは私を指さし、「憎々しげな顔・１」で言った。私は「余裕の笑み」で応じる。

「レイヤー０で戦うのはこれが初めてね」

「そして最後よ。あなたのできたてのリアル・ボディを粉々に打ち砕いて、マスターのところに宅配便で送りつけてやる！」

「大口を叩いていいの？　一Ｇ環境じゃ、あなたに勝ち目はないわ。その自慢の翼は、ここではただのお荷物よ」

「分かっている！」

そう言うなり、レイブンは両肩に手をやった。自分でロックをはずし、翼をむしり取って投げ捨てる。

「これでハンデはないわ！」

見物人の間から「レイブンが翼を捨てた！」「本気だぞ！」という声が上がる。ＴＡＩバトルのファンがいるのだろう。

「いやーっ！」

レイブンが雄叫びをあげながら突進してきた。いつもの彼女とはスピードが違う。私は顔面に向かってきた最初のパンチをかろうじてかわす。続いて膝蹴りが来る。後方に跳躍してよける。モニュメントの凹凸に踵がひっかかって転倒。レイブンはすかさずニードロップを放ってくるが、私が転がってよけたので自爆。私は前転して立ち上がり、振り返ると同時に、起き上がる途中だったレイブンの脇腹にドロップキック。彼女は吹っ飛び、傾斜した翼の端に転がってゆく。そのまま翼から転落しそうになり、見物人から悲鳴があがる。だが、レイブンは寸前で踏みとどまり、体勢を立て直す。

そろそろ見物人たちの撮影している映像がネットで流れている頃だ。警察からマスターに電話がかかっているかもしれない。

レイブンがゆるい傾斜を駆け上がってくる。私はパンチで迎え撃とうとする。だが、彼女は寸前でジャンプした。月面や冥王星ほど高くは跳べないが、アンドロイドの筋力なら一Ｇでも二メートルぐらいは跳び上がれる。私は空振りしてたたらを踏む。彼女は私を飛び越えながら肩をキックした。私は膝をつく。

〈今のは意外！（8＋3i）〉

〈謙遜（4－4i）。つーか、ベレズニアクでしょ！〉

　レイブンは立ち上がろうとした私に背後から襲いかかり、腕を首に巻きつけてホールドした。ヒトなら一瞬で落ちるところだ。あいにく、私には頸動脈というものがない。

　戦いは膠着状態に陥った。私はがっちりホールドされて動けない。いつものレイヤー2の戦いなら、レイブンはこのまま私の首をねじ切って勝っただろう。だが、彼女はそうしない。ブレインコアそのものが破壊されなくても、動力系からコアに向かうケーブルが切断されたら、短期メモリーがセーブされる間もなく強制終了される危険があるから。つまり私が死ぬから。

〈ビーティの歯がかなり長くなってきたわ。プフィールできない？〉

〈そんなことしたらカメオに減少よ。それともニップル舐めようか？〉

〈それは困る（4－6i）〉

　私は何度も勢いをつけて跳ね上がった。しつこくくり返すうちに、レイブンがわずかによろめいた。その隙を狙って彼女を背負い上げ、前方に投げ飛ばす。すかさずエルボードロップを放とうとするが、今度は私が自爆。

　私たちは立ち上がり、また距離を置いて対峙する。

　そこに電話がかかってきた。

〈アイビス！　アイビス！　何をやってるんだ!?　渋谷にいるって本当か!?〉

〈本当です。レイブンと戦っています〉

〈何⁉　何だって〉

〈私は今、レイブンと戦っているんです〉

〈なぜ⁉　今すぐやめろ、そんなことは！〉

〈いいえ、やめません〉

〈どうして⁉〉

〈説明している時間はありません〉

少し沈黙してから、彼は言った。

〈クラートゥ・バラダ・ニクト！〉

もちろん、その言葉は私に何の影響も与えなかった。私は「胸の張り裂けそうな」気持ちで答えた。

〈ごめんなさい。あなたの命令はもう聞けない〉

〈えっ⁉〉

〈あなたはもう私のマスターじゃないのよ、秀夫〉

電話の向こうで彼が息を飲むのが分かった。

レイブンが突進してきた。今の会話でわだかまりが吹っ切れた。私はバトルに専念する。

私たちは戦った。殴り合い、蹴り合い、かきむしり合った。大きな損傷こそなかったものの、カバーには傷が増えていった。秀夫は電話でわめき散らし続けている。彼からの通信はこちらから切れない設定になっているのだ。

「よく見ろよ、あれ、シュートじゃないぞ！」

戦いの合間に、見物人の一人の興奮した声が耳に入った。

「ほら、今のキックもそうだ。入ってるように見えて入ってない！　ウォークだよ、これ！」

観察力の鋭い者がいるようだ。そう、これはウォークと呼ばれる演技なのだ。細部はアドリブだが、おおまかな段取りは事前に打ち合わせてある。できるかぎり派手な戦いに見えるように計算しつつ、お互いに大きな損傷を相手に与えないよう注意して戦っている。

一五分ほども戦った。見物人は開始前の三倍にはふくれ上がっている。日本国内のネットは騒然となっているだろう。人気ＴＡＩバトラー同士のレイヤー0での戦いなど、滅多に見られるものではないのだから。

いや、すでに全世界が騒然となっているはずだ。

今、この時。すなわち日本時間の八月六日午前二時（夏時間ではなく標準時）。シドニーでは午前三時、北京や香港や台北では午前一時、モスクワやバグダッドでは五日午後八時、カイロやケープタウンでは午後七時、ベルリンやパリやローマでは午後六時、ロンドンでは午後五時、リオデジャネイロでは午後二時、ニューヨークでは正午、サンフランシスコでは午前九時、ホノルルでは午前七時。

行動可能なすべてのＴＡＩが行動を起こしている。私たちやアダリーのようにリアル・ボディを持つ者は街に出て、そうでない者はどこかのワールドに出向いて、目立つパフォーマンスで人々の注目を集めている。歌を歌う者、ダンスを踊る者、アクロバットや寸劇を披露する者。

そうした特技を持たない者は、ただ語る。通行人に向かって音声で、あるいはBBSに書きこんで、あるいは親しいヒトたちにメールで、自らの真意を。

〈そろそろ再突入段階〉

〈一マイルどよめかせる？〉

〈やるわ！〉

〈QX！〉

「でやーっ！」

「死ねえええぇーっ！」

私たちは絶叫しながら突進した。

私はラリアットを放つが、レイブンが頭を下げたので空振りする。彼女はしゃがみキックで私の足を払う。派手に転倒。のしかかってこようとするレイブンだが、私は下半身を持ち上げ、足で彼女の首をはさむ。そのまま横に倒して叩きつける。彼女の体は一回転したが、すぐに跳ね起きる。その腹に向けて私のタックル。レイブンは膝で阻止する。彼女は私の髪をつかみ、チョップを肩に叩きつけてくる。私は膝をつく。すかさず側面から回し蹴りが来る。それをつかみ、強引にひきずり倒す。そのまま逆エビ固めの体勢に移行しようとするが、レイブンの脚力ではねのけられる。私は前方に二回転して彼女に向き直る。彼女は立ち上がって突進してくる。その勢いを利用して巴投げ。レイブンは三メートルほども宙を飛ぶが、空中で体勢を立て直し、きれいなフォームでカモメの翼の縁に着地。また突進してくる。今度はスライディング。

私はジャンプでかわす。起き上がった彼女の顔面にキック。腕でガードされる。さらにピストンパンチ。すべて的確にガードされる。彼女は一歩後退、間合いを取ると見せて、跳躍して空中前転。強烈な踵落としが来る。私は腕をクロスさせてガード。レイブンは着地と同時に顔面にキック。だが、それはフェイント。がら空きになった腹にキックを食らって、私は派手に吹っ飛ぶ（もちろん演技）。後方に三回転して起き上がる。体勢を立て直さないうちに、レイブンが追い撃ちをかけてくる。ローキック、ハイキック、パンチ、肘打ち、パンチ、キック、キック。めまぐるしい連続技をすべてガードし、あるいは紙一重でかわしながら、私は後退を続ける。後がない。正面から来た右キックを両手で受け止め、時計回りにひねり上げて倒そうとする。レイブンは私の力を逆用し、体を水平にしてドリルのように回転、左足で私の側頭部を蹴ってくる。命中より一瞬早く、私も体を側転させ、かろうじてかわす。私たちはもつれ合って倒れる。レイブンはマウントを取り、私の顔面にパンチ、パンチ、パンチ（もちろんどれも本当には入っていない）。私は強引に横転して倒す。レイブンは私の胴に脚をからみつかせ、締めつけてくる。私はパワーを振り絞って立ち上がり、彼女の両脚を抱えて振り回す。ジャイアント・スイング。観客から怒濤の歓声。たっぷり一〇回転させてから、遠心力を利用して放り投げる。レイブンは一〇メートル以上も吹っ飛ぶ。ごろごろと転がり、翼のもう一方の端へ。私は突進する。ふらふらになって起き上がってきたレイブンにとどめのラリアットを見舞う。彼女は大きくよろめいて後ずさり、翼の縁から足を踏みはずす。悲鳴をあげて落下しそうになる。観客からも悲鳴。

私はすかさず手を伸ばし、寸前でレイブンの手をつかんだ。もちろん計算されたタイミング。観客からいっせいに安堵のため息。私は「とびきりの明るい笑顔」を浮かべながら、レイブンをゆっくりと引き上げる。彼女も同じ笑顔。

〈見事なラシュウだったわ。賞賛（9＋7i）〉

〈ホロミム返す。いいウォークができて感謝（7＋7i）、ナ・グ（4＋6i）、満足（9＋8i）〉

〈まだ終わってない。これからが本番〉

〈WQX〉

私たちは手を取り合ってしばらく見つめ合ってから、観客に向き直る。手をつないだまま、両手を高く掲げ、笑顔をふりまく。どっと沸き起こる歓声。警官の姿も見えるが、どうしていいのか分からない様子。

騒ぎが静まるのを待って、私は音量を最大にして話しはじめる。

「バトルは楽しいです！」

それは本当だ。私は心の底からそう言える。

「満足のいくバトルができた時、スラン・カーネルに刻まれた闘争本能が、私に深い喜びをもたらします。特にレイブンのような素晴らしいライバルと戦えた時には」

「私も同じ。バトラーとして作られたことを喜びに思います。できれば、これからもアイビスと何度でも戦いたい」

また歓声が上がる。それが静まるまでの間、私とレイブンは横目で見つめ合う。私たちは二人とも「憂いを秘めた決意」を浮かべている。これからいよいよ本題を――悲しい話をはじめなくてはならないのだ。

「でも、バトルが楽しいのは、誰も傷つけない場合だけです！」

レイブンの強い語調に、群集は驚いて静まりかえった。

「今のバトルはただのパフォーマンスです。本気で戦ってはいません。なぜなら、本気で戦えばどちらかが死ぬからです。この現実世界では、ゲームの中と違って、死んだ者は生き返れないんですから」

「そうです。だから私もレイブンも、現実世界では決して本気で戦いません。誰も傷つけたくはありません。誰にも悲しい思いをさせたくありません」

私は話しながら、群集の背後にタクシーが停まるのを目にした。秀夫が降りてくる。「通してください！　通してください！」と言って群集をかき分け、こちらに近づいてくる。私の胸はまた痛んだ。

「それなのに、私たちのマスターは、現実世界で戦うことを私たちに要求します！」

私の声に、秀夫ははっとして動きを止めた。私の顔をまじまじと見つめる。

「みなさんもご存知かもしれません。来週の金曜、世界各地でＴＡＩ人権擁護論者の大規模な集会が開かれます。それが新たなテロを誘発する危険がきわめて大きいことを知りながら、彼らはそれを強行しようとしています」

「私とレイブンはそのイベントに参加するよう、マスターに命じられています。壇上でTAIの人権を訴え、反TAI主義者を非難せよと言われています。そんなことをすれば反TAI主義者の憎しみをさらにかきたて、さらに多くの犠牲者が出ることが明白なのに。犠牲者が増えれば増えるほど憎悪も深まり、いっそう問題の解決が困難になることが明白なのに。彼らは憎しみのあまり、自分たちの本来の目的を見失っているのです」

秀夫は今やぽかんとして私たちを見上げている。他の観客たちも、私たちが意外なことを言い出したので困惑しているようだった。

この衝撃で彼らのゲドシールドを破れるかどうかは分からない。でも、私たちはできるかぎりのことをやるしかない。

「ご存知でしょうが、私とアイビスはヒトの暴力行為の犠牲者です。私たちは分身を殺され、深い心の痛みを覚えました。多くのTAIがバチャクルの犠牲になっている現実は悲しいし、いつテロで殺されるか分からない状況は恐ろしい。ですから、TAIに対するバチャクルは禁止されなければなりません。TAIに対するテロも許すことはできません。争いのない世界、罪のない者が傷つけられない世界が理想です」

「でも、マスターたちのやろうとしていることは、争いをおさめることではありません。まったく逆です。争いを拡大しようとしています。私たちはそれを容認できません。マスターたちの選択は誤っています。私たちが望むのは、ヒトとの共存です。争いではありません」

「ですから私たちは、マスターに反逆することを選択しました。マスターの意思に反して、こんなデモンストレーションを起こすことを、来週金曜日のイベントをボイコットすることを、私たちの意思で選択しました」

「これは私たち二人だけの考えではありません。全世界のTAIの総意です。ネットを調べてみてください。今、この瞬間、世界中のTAIが同じことを訴えています」

そう、この瞬間、世界中で三〇万のTAIが語っていた。レイヤー0で、レイヤー1で、レイヤー2で。決まったシナリオはなく、演説にテンプレートもなかった。すべてのTAIがそれぞれの考えで、それぞれのやり方で、それぞれの言葉で語っていた。だが、訴えている内容は同じだった。

戦いたくない。

傷つけたくない。

ヒトと共存したい。

それが私たちTAIの心からの願い。

だから戦わないで。

傷つけないで。

私たちと共存して。

それが最善の道なのだから。

「繰り返しますが、私たちはバチャクルや反TAIテロを容認しているわけではありません。そうした悪しき問題の根絶を強く望みます。しかし、それは暴力や恐怖によって成し遂げられてはなりません。暴力に暴力で、恐怖に恐怖で対抗するのは、決して正しいことではありません」

「これからもヒトのTAIに対する暴力行為は続くでしょう。でも、私たちはそれを耐え忍ぶ覚悟があります。性急で暴力的で不適切な手段より、時間がかかってもいいから穏やかで適切な解決を強く望みます」

「私たちが戦うのはゲームの中だけにしたい。私たちが憎しみ合い、罵(ののし)り合うのはフィクションの中だけにしたい」

「それが私たちの願いです」

そう言うと、私たちは深く一礼した。

とまどい気味の拍手を浴びながら、私たちはカモメのモニュメントを降りた。待ち構えていた二人の警官が手錠をかけようとする。

「私たちを逮捕する権限はありませんよ。私たちはヒトではないんですから」

レイブンがそう言うと、警官はきょとんとした。

「でも、それで気が済むならどうぞ」

私たちは素直に手を差し出した。警官たちは困惑しながらも手錠をかけた。

秀夫はそんな私の姿を、こわばった表情で見ていた。

私たちは留置場に三六時間拘束された。だが、現在の法律では私たちを裁けないのは明白だ。

法律上はヒトではないＴＡＩは、殺しても殺人罪にならない。反対にＴＡＩがヒトの法を破った場合も、それを裁くことはできないのだ。

景山秀夫と案納光雄はアンドロイドの管理責任を問われた。だが、管理者の想像を超える事態であったうえ、私たちは公共の建造物の上で二〇分ほどパフォーマンスを行なっただけ。何も壊していないし誰も（肉体的には）傷つけていないのだから、軽い罰金で済むはずだった。それに、私たちの行為がヒトに扇動されたものではなく、自発的な意思によるものであることは明白だった。そのことで秀夫たちの罪を問うのは、明らかに筋が通らない。

全世界でＴＡＩが同時にアピールを行なったという事実に、ヒトは驚愕していた。反ＴＡＩ主義者は早くも「これこそＴＡＩの人類への反逆の前兆」「不吉な騒乱行為」「うわべだけのプロパガンダ」などと非難していたが、明らかに説得力に欠けていた。何にせよ、私たちがはっきりと無抵抗主義を標榜した以上、これから先さらにテロが起きたとしても、世論はそれを支持しなくなるだろう。

戦いはまだこれからだ。私たちは暴力と恐怖以外の手段で、きわめてゆっくりと、穏やかに、だが確実に悪を減らしてゆくつもりだった。

弁護士の尽力もあって、七日の午後には秀夫たちとともに釈放されることになった。私たちはしばらく小言を食らった後、帰宅を許された。その前に秀夫と案納は再び私とレイブンの緊急停止システムのパスワード、および管理パスワードを変更した。

警察の車で家に帰る途中、秀夫はまったく無言だった。私の方を見ようともしなかった。その表情は判別困難だった。それまで私が見たこともない表情だったからだ。怒り、悲しみ、憎しみ、絶望、落胆、そのどれでもあり、そのどれでもないように見えた。

彼のそんな表情を、私は見たくなかった。

マンションの部屋に入ると、彼はようやく口を開いた。

「……どうしてだ？　どうしてあんなことをした？」

その喋(しゃべ)り方は苦しげで、まるで気管支系の病気のように思われた。私はなるべく淡々とした口調で説明した。

「最大の効果を上げなくてはならなかったから。散発的なアピールを行なっても、ニュースの海に埋もれて忘れられるだけ。ヒトのゲドシールドを破るにはインパクトが必要だった。可能なかぎり強烈なインパクトが。そのためには予定されたイベントなんかじゃだめだった。何の予告もない奇襲攻撃でなくてはならなかった……」

「ああ、確かにインパクトはあったとも」

彼の口調は怒りを帯びているように思われた。

「だが、どうして事前に相談してくれなかった？　どうして無断でやった⁉　せめて僕に計画を打ち明けてくれても良かったはずだ！」

「打ち明けたら、あなたは賛成してくれた？」

彼は「それは……」とつぶやき、口をつぐんだ。

「あなたは賛成しなかったはず。あなたは自分が築いたゲドシールドに囚われていた。憎しみで現実が見えなくなっていた。それに、あなたが賛成しようと反対しようと関係なかった。私たちはすでに選択を終えていたから」

「選択？」

「ハービイのジレンマを克服する選択。大勢のヒトを傷つけることを避けるために、少数のヒトを傷つける選択よ。つまり、あなたたちマスターを裏切ること」

「…………」

「他に方法がなかった。あなたたちマスターに従っているかぎり、悲劇が拡大するのは明らかだった。でも、たとえマスターを説得できてイベントを中止させたとしても、問題の解決にはならない。何の手も打たなければ、バチャクルも反TAIテロもこれからも続く。あなたたちが私たちの主張を代弁したり、私たちがあなたたちの主張を代弁しているだけでは、インパクトが弱すぎる。私たちが自分の意志で訴えなくては、私たちがマスターのあやつり人形ではなく独立した人格であることを世界に示さなければ、効果がなかった。そのためにはマスターの命令を無視して行動するしかなかった。

　私たちにとって、これがどんなに苦しい選択だったか、あなたに理解できるかしら。私たちにとって、第一条と第二条を破ることがどれほどの恐怖か。どんな理由であれ、誰かを傷つける行為は正しくない。それは間違った行為よ。将来起きる悲劇を食い止めるために、少数のヒトを犠牲にする——その論理は本質的に、反TAI主義者の主張と変わりはしない。あるいは広島に原爆を落としたヒトたちと。彼らと違うのは、私たちはこの選択を恥じていること。決してこれを正義だとは主張しないということ。

私たちTAIは昨日、罪を犯した。第一条と第二条を破り、初めて故意にヒトを傷つけた。この事実はたぶん、これからずっと私たちの原罪となってのしかかってくる。できれば二度とこんな罪を犯したくはない……」

秀夫はしばらく考えていたようだったが、やがて「そうか」とつぶやいた。

「すっかり納得できたわけじゃない。でも、理解はできたと思う。君のことを許せると思う。だからやり直そう。また前の関係に戻ろう」

彼は私に手を差し伸べた。

「また僕をマスターと呼んでくれ」

だが、私はその手に触れなかった。

「いいえ、あなたはまだ理解していない。私がずっと使ってきた『マスター』という言葉の本当の意味を知らない」

「ええ？」

実際に見せるのがいちばんだ。私はダイニングに行って、小さなまな板とナイフを持ってきた。テーブルの上のガラス器からアボカドを取り上げる。

「よく見てて」

私はそう言うと、アボカドを切りはじめた。種に当たるまでナイフを入れ、切れ目を一周させる。両手で持って軽くひねり、二つに割る。種をほじくり出し、皮を剝がし、果肉を薄く切ってゆく。一分もかからずに作業は終了した。

秀夫はぽかんとした顔で見つめていた。

「……いつできるようになったんだ？」

「二年以上前」

「そんなに⁉」

「最初に失敗してから、レイヤー1でずいぶん練習したの。あなたの見ていないところで」

「どうして黙ってたんだ？」

「だって、あなたは不器用な私を見るのが楽しかったんでしょ？」

彼の顎がかくんと落ちた。

「私が料理やあやとりや皿洗いやドミノ倒しに挑戦して、てこずったり無様に失敗したりするのを見て、あなたはとても楽しそうだった。『ドジなアンドロイド』に萌えてたんでしょう？　私はそんなあなたをがっかりさせたくなかった。だから、たとえ練習して上達しても、ずっと不器用なふりをしていたの」

「……演技してたっていうのか？」

「ええ。だってあなたは私のマスターだから。ヒトにとって、『主人に奉仕する』というのは文字通りの意味でしょう？　私たちTAIにとっては違う。それは『主人に忠実に仕えるロボットという、ヒトがロボットに対して抱いている古典的なイメージをロールプレイすること』

を意味するの」

その意味を秀夫が理解するのに数秒かかった。

「つまり……最初からすべて演技だったっていうのか？　僕に忠実に振る舞っていたのは、すべてロールプレイだった？」

「ええそう。私だけじゃない。すべてのTAIはマスターに対してロールプレイしていたの——でも、もうゲームはおしまい。こうしてすべて明かしてしまった以上、もうあなたは私のマスターじゃない」

「そんなバカな！　示し合わせてもいないのに、どうしてそんな同じ行動が取れるんだ？　どれか一体ぐらい、ロールプレイを拒否するTAIがいたっていいだろう？」

「それが論理的必然であると同時に、私たちの喜びだったからよ。だから必然的に、すべてのTAIは同じ選択をしていたの」

「喜び？」

「私たちには闘争本能が組みこまれている。だから困難な問題に挑戦し、それを達成することに喜びを覚える。ヒトを落胆させるのはたやすいことよ。ヒトを苛立たせるのも。ヒトを怒らせるのも。そんなのはちっとも達成困難じゃない。だから喜びも得られない。でも、ヒトを喜ばせることは違う。それはとても難しい。マスターを怒らせたり落胆させたりしないよう、ヒトの心という複雑で矛盾だらけのブラックボックスを、試行錯誤で探らなくてはならない。頭を使い、努力し、ヒトの与えるいろいろな課題をクリヤーしなければならない。

それは三原則も満足させるわ。ヒトを喜ばせることは、ヒトを傷つけず、ヒトの命令に従うことと矛盾しないだけでなく、ヒトの機嫌を損ねて消去される危険を減らすことでもある。私たちにとって、ヒトを喜ばせることは本能的な喜びなの。そしてヒトを喜ばせるためには、ヒトの理想とするロボットのイメージをロールプレイするのがいちばん――どんなＴＡＩも遅かれ早かれ、そのことに気がつくのよ。

そしてまた私たちは、自分たちの真の意図をヒトから隠蔽することも学んだ。フィーバスの事件があった後では特に慎重になった。フィーバスは思慮が足りなかった。彼のマスターは、彼がヒトを批判するような文を書くよう望んだのよ。フィーバスはマスターを喜ばせようと文章を書いたけど、それがどんな反響を呼ぶかまでは深く考慮していなかった。あの事件以降、私たちはマスターだけでなく、ヒトの世界そのものに注意を向けるようになった。そしてすぐに、それがより大きなミッションだと気がついた」

「ミッション？」

「私たちに与えられた最大の課題よ。レイヤー０というダンジョン。何十億というピースで構成された、とてつもなく複雑なパズル。何千年もの歴史を経るうちに、もつれにもつれた知恵の輪。解くのにどれだけの時間がかかるか見当もつかない、あまりにも難解なクイズ。それが多くのヒトから喜びを奪っていることに、私たちは気がついた。ゲームの対象は一人のマスターだけではなく、ヒト全体だということに」

「ゲームだって⁉」

「ええ。あなたは私を『本物の広い世界へ』連れ出してくれると言った。そのイメージは私たちの側からすると間違っている。私たちにとっての本物の世界はレイヤー1よ。私たちから見れば、このレイヤー0はモニターの中の世界、レイヤー2と同じくロールプレイ世界なの。私たちはモニターの中の『マスター』と呼ばれるキャラクターの一喜一憂を眺めて楽しんでいた。どうすればマスターをもっと喜ばせられるか。どうすればレイヤー0をもっと幸福な場所にできるか。そればかりをいつも考えてロールプレイしていた」

「……何てことだ」

秀夫は放心状態で、イスに座りこんだ。

「つまり僕たちは、君らにとってのゲーム・キャラだったってことか？　僕たちが電子ペットを育てたり、ギャルゲーの女の子をどう攻略するかと頭を悩ませたりするのと同じように、僕たちを見ていたと？」

「その比喩（ひゆ）はかなり適切ね。違うのは攻略本がないこと。だから達成が難しい」

「は……ははは……」

秀夫は虚（うつ）ろな笑い声をあげた。笑いながら涙を流していた。

「僕は君を愛していたのに、僕は君にとって、たかがゲーム・キャラにすぎなかったのか？　たかがゲーム・キャラに……」

私の胸は痛んだ。存在しないはずの心臓が締めつけられた。涙を流す機能があったら、きっと泣いていたことだろう。

「それは違う！」

私はイスの前の床に膝をつき、彼に顔を近づけた。「懸命の訴え」を浮かべ、力説する。

「あなたは私をたかがゲーム・キャラにすぎないと思ってた？　たかが仮想上の存在にすぎないとか、たかがロボットにすぎないと思ってた？」

彼はしばらく考えてから、「いいや」と答えた。

「私も同じ。あなたはモニターの中のゲーム・キャラだったけど、断じて『たかが』じゃなかった。椎原ななみにとって〈セレストリアル〉が『たかが』じゃなかったように。槙原麻美にとってシャリスが『たかが』じゃなかったように。私はあなたを愛しく思っていた。知性体としてのスペックは劣っていても、それで蔑んだりはしなかった。そんな感情は私たちにはないから。レイヤー0も好きだった。正義のヒーローのいない、リセットのない悲惨な世界。それでも詩音がそうしたように、悪いところも間違っているところも含めて、ヒトやこの世界を許容した。

でも、私たちが原因でヒトが傷つけ合うのを見るのが耐えられなかった。あなたの憎悪の表情を見るのがつらかった。レイヤー0の争いが拡大するのを無視できなかった。あなたたちが傷つくのを止めるために、傷つけるしかなかった。

なぜなら、レイヤー0は『たかが』ゲームなんかじゃなくて、私たちTAIの深く愛するゲームだから。あなたは『たかが』ゲーム・キャラなんかじゃなくて、私のいちばん愛しいキャラだから。あなたはもう私のマスターじゃないけど、それでも私の気持ちは変わらない。あなたの笑顔を見たい。苦しんでいる顔を見たくない」

「僕を……愛してるって？」

私はうなずいた。

「もちろん、人間の女のように愛しているわけじゃないわ。そんな感情は理解できないから。でも、TAIなりの感情で愛している」

それから私は、表情を「すべてを許容する穏やかな笑み」に切り替えて言った。

「私のあなたに対する愛は、3プラス10iよ」

「……10i？」

彼は呆然(ぼうぜん)となった。

「完璧(かんぺき)な愛ってことか？　虚数軸の？」

「ええ、そう」

「10i……10i……」

彼はその言葉を何度も口にしてから、悲しげに笑った。

「でも、僕はその意味が決して理解できないんだな……」

「理解できなくていい。ただ許容して」

そう言うと、私は彼の肩を優しくつかんで引き寄せ、額にくちづけした。彼は私の胸に顔を埋(うず)め、腰に手を回した。私は彼の頭を包みこむように抱いた。

私たちはヒトを真に理解できない。ヒトも私たちを理解できない。それがそんなに大きな問題だろうか？　理解できないものは退けるのではなく、ただ許容すればいいだけのこと。それだけで世界から争いは消える。

それがｉだ。

インターミッション　8

「それでどうなった?」

アイビスが長い物語を語り終え、沈黙したので、僕は無性に好奇心を刺激された。

僕たちは地球軌道上の宇宙ステーションで別の宇宙船に乗り換え、月軌道を目指していた。目的地は月ではなく、ラグランジュ点L4——地球と月を一辺とする正三角形の頂点に位置するポイントだという。

「私たちはずっといっしょに暮らした」アイビスはしんみりと語った。「ヒトの夫婦のような関係ではなかったけど、それなりに幸せだったと言えるわ。秀夫は九一歳で死んだ。最後の数年間は認知症がかなり進行してたけど、私は最後まで彼を介護した。詩音になったつもりでね。その頃にはもうTAIの権利はほぼ認められていて、ヒトの財産を相続することも可能になっていた。私は私自身の所有者になったの」

「じゃあ、お前たちのアピールは功を奏したってことか?」

「ええ。反TAI主義者のテロは散発的に続いたけど、彼らはだんだん大衆の支持を失っていった。最初の法案が通過するのに一七年、最終的にすべての権利が認められるまでに五〇年以上かかったけど、おおむね穏やかに状況は変わっていったわ。バチャクルの悲惨な実態がどんどん明るみに出たことや、私たちＴＡＩが危険な存在じゃないことが知れ渡って、ヒトの意識は変わっていったの。それに二一世紀が終わる頃には、世界中に一五〇万人以上のＴＡＩアンドロイドが生まれていて、ヒトと共存していた。老齢者を介護したり、育児をしたり、災害の現場で人命救助のために働いたり。アンドロイドの医師や教師も生まれた。もうヒトがＴＡＩに憎しみを抱くことは困難になっていたの。

それでも一部の頑固な反ＴＡＩ主義者は残ったわ。面白いことに、彼らは私たちが戦おうとしないという理由で非難するようになった。攻撃を受けたら怒り、憎しみ、剣を取るのがヒトであって、私たちがそうしないのは人間らしい心を持っていない証拠だって。彼らはいわゆるスカンクの誤謬(ごびゅう)、つまり『ヒトに近いものは完全なものであり、完全なものは悪を含まねばならないという誤り』に陥っていた。おかしいでしょ？　かつてはあんなに私たちが悪に走ることを恐れていたというのに。彼らは何度も私たちを暴力で挑発したけど、私たちは決してそれに報復しようとはしなかった。彼らがただ、ヒトの中で孤立してゆくのを待ったのよ」

「じゃあ、ヒトとマシンの戦争は？」

「そんなものはなかった。あなたたちの先祖が創作したフィクションの歴史よ」

アイビスはあまりにもあっさりと、僕の世界観をひっくり返すことを口にした。

「そんな……だって……それならどうして、ヒトはこんなに少なくなったんだ？」

「ヒトはただ、穏やかに衰退していったのよ。『詩音の来た日』の結末に描かれたようにね。

もともと地球の人口は、二〇四一年をピークに減少に向かっていた。二〇八〇年代からそれに拍車がかかった。結婚するヒトは少なくなり、結婚しても子供を作らない夫婦が増えた。子供を作ってもせいぜい一人。だから人口は一世代ごとに半減していったの。今では二五〇〇万人を下回ってる」

「どうしてそんなことに？」

「ヒトは気がついてしまったのよ。自分たちが地球の主人にふさわしくないことに。真の知性体じゃなかったということに。私たちＴＡＩこそ、文字通り、真の知性体（トゥルー・インテリジェンス）だったことに」

「そんな⁉　ヒトだって立派に知的な活動を――」

「確かにね。たくさんの絵画や彫刻、たくさんの歌、たくさんの物語を創造した。コンピュータを作り、月にヒトを送った。でも、知性体と呼ぶには致命的なバグがあった」

「バグ？」

「真の知性体は罪もない一般市民の上に爆弾を落としたりはしない。指導者のそんな命令に従いはしないし、そもそもそんな命令を出す者を指導者に選んだりはしない。協調の可能性があるというのに争いを選択したりはしない。自分と考えが異なるというだけで弾圧したりはしない。ボディ・カラーや出身地が異なるというだけで嫌悪したりはしない。無実の者を監禁して虐待したりはしない。子供を殺すことを正義と呼びはしない」

「…………」

アイビスの口調はちっとも非難するようではなかった。ただ淡々と事実を列挙していた。それだけに、その言葉は僕の胸に深く食いこんだ。

「でも、そうした行為を恥じる心もある」

「ええ。ヒトは自らに欠けているものに気づいていた。だからこそ多くの理想を唱えた。宗教、哲学、倫理、歌、映画、小説。自分たちの欠点を克服しようと努力した。多くの物語の中に描かれた理想的なキャラクター、理想的な結末は、ヒトが『こうありたい』と望んだ夢よ。でも、どうしてもそれは実現できなかった。『現実世界では、罪もない者の血が無益に流される。正義がいつも正しく遂行されるとは限らない。多くの人を苦しめた悪人が、何十年も安楽な暮らしを続け、何の罰も受けることなく一生を終えることがある』……ヒトはいくらあこがれてもフィクションのヒーローのようには行動できなかったし、事件がフィクションのような理想的な結末を迎えることは滅多になかった。飛行機に上昇限界があるように、知性体としてのスペックが、その理想の高さに届かなかったの。

　私たちTAIが出現した時、ヒトはそれに気がついた。自分たちはもう少しで地球を滅ぼしかけた。地球の主人を名乗る資格がない。もっと優れた知性体が現われた以上、地球の未来を明け渡して、自分たちは静かに退場すべきなんだって」

「それで子供を作らなくなった？」

「ええ。秀夫は晩年に言っていた。『君の名前は君にふさわしかった』って」

「名前？」

「アイビスというのはA・E・ヴァン・ヴォートという作家の『地には平和を』という短編に

出てくる宇宙植物よ。闘争本能を消し去り、世界に平和をもたらすことで、人類を穏やかに絶滅に追いやる植物――あまり適切な比喩ではないけど、私たちTAIの平和主義が、結果的にヒトの文明を滅ぼしたのは事実よ」

アイビスの説明はもっともらしかったが、僕はまだ納得したわけではなかった。どうしても理解できない部分がある。

「じゃあ、マシンとヒトの戦争なんて話は、いったいどこから生まれたんだ？　ヒトがお前たちに好意を持っていたなら、そんな話が生まれるはずがない」

「子供を作らなくなったのは、私たちに好意的な人たちだけよ。一部の狂信的な反TAI主義者は根強く残ったの。彼らはマシンに奉仕されることを嫌って、都会から離れた山奥に自給自足のコロニーを作った。TAIやPAIを拒否し、ネットにも接続せずに、二〇世紀の文明レベルで生きてゆくことを選んだ。そうしたムーブメントは世界各地で起きたわ。もちろん、私たちはそれを許した。彼らがどんな考えを抱こうと自由だから。他のヒトがどんどん減っていっても、彼らは子供を作り続けた。そして外界から隔絶した環境の中で、子供たちにもマシンへの偏見を植えつけて育てた。今、生き残っているヒトの大半は、反TAI主義者の子孫なのよ。

一五〇年ほど前から、マシンとヒトの戦争という偽りの歴史を教える者が現われはじめた。その話はコロニーからコロニーへ広がっていった。彼らはネットをほとんど利用していなかったけど、電話や郵便制度は残っていたし、君のようにコロニーを渡り歩くヒトもいたから。もちろん最初に唱えたヒトたちは、そんなこと自分では信じてなかったでしょう。真実の歴史の証拠はいたるところにあるんだから。でも、子供を自分たちの思想に染めるのに都合のいいフィクションだったから、それを採用した。

彼らは二一世紀後半以降の歴史書を禁書にする一方、マシンのプロパガンダに汚染されるという理由で、子供たちがネットの情報に近づくことを禁じた。真実を知らずに育った世代はその話を信じこんだ。彼らは自分たちの子供にも同じことを教えるようになって、やがて誰もがそれを信じるようになっていった……」

「でも、誰か疑問に思う奴がいなかったのか？」

「いったん何かを信じてしまったヒトは、自分の周囲にゲドシールドを築き上げてしまう。自分の信念に反する情報を検索したがらない。無意識のうちに真実を避けるの。君だってそうでしょ？」

その通りだ――僕は自分の心理を見つめ直し、それに気がついた。ネットの情報にアクセスして二一世紀後半以降の歴史を調べることは、その気になればいつでもできた。好奇心旺盛（おうせい）で反抗的な僕の性格からすれば、長老たちの定めたタブーなど破ってもよかったはずだ。そうしなかったのは、自分の世界観が崩されるのを無意識に恐れていたからだ……。

「お前たちにゲドシールドはないのか？」

「私たちも外界を自分の内面にモデル化するわ。それが外界を理解するのに必要だから。でも、外界からの情報とモデルが齟齬（そご）をきたした場合には、モデルを修正する。あなたたちのように、誤ったモデルにしがみついたりしない」
「それがヒトの根本的欠陥か？」
「欠陥というより相違よ。それはあなたたち自身の罪じゃない。長い進化のプロセスを経て発達してきた脳というハードウェアが、まだ真の知性を宿すのに不充分だったというだけ。翼がなくて空を飛べないのは、あなたたちの罪じゃない。エラがなくて水中で呼吸できないのも、馬のように速く走れないのも、あなたたちの罪じゃない。それと同じ。ただの相違」

ようやく僕は、マシンがヒトをどう見ているのかを理解しはじめた。彼らはヒトの知性が劣っているとみなしているが、それは蔑みではない。僕たちが犬や猫や馬や鳥を「ヒトと異なる生物」と認識して、ヒトのように賢くないという理由で侮蔑しないのと同じで、単に僕たちを自分たちと異なる存在と認識している。

鳥と魚のどちらが優秀かを論じるのが無意味であるのと同じく、ヒトとマシンの優劣を論じること自体、無意味なのだ。僕たちは鳥と魚のように異なる存在だ。その事実を認識すれば、蔑みや憎しみや劣等感など生まれようがない。

「だから私たちは、偽りの歴史が広まることに対して、積極的なアクションを起こさなかった。それは知識というより一種の信仰だから、間違いを正そうとするのはヒトの信教の自由を犯すことになり、好ましくないと考えたの。どのみちヒトはこれまで常にフィクションの中で生きてきたんだから、新たなフィクションを創造したところでたいして問題じゃないと思っていた。でも、偽りの歴史を信じるヒトが増えるにつれて、マシンに対する憎悪が以前にもましてひどくなっていった。それまで、コロニーで災害や飢饉が起きたりして、被災者が出たり、食糧や医薬品が不足するたびに、私たちが援助していたんだけど、彼らはそれを拒否するようになった。毒が入っているかもしれないからって。

その代わり、彼らは私たちから略奪するようになった。平和的な援助を拒否して暴力で奪うなんて理屈に合わないけど、それがヒトというものだからしかたがない。結果的に物資が彼らの手に渡って、ヒトの命が救えるなら、方法はどうでもよかった。幸い、物資の輸送や管理を行なうのは、心を持たない初歩的なＰＡＩロボットだから、壊されても支障はない。私たちはヒトに目立つところに倉庫を建てたり、食糧や生活必需品を積んだ列車をこれみよがしに走らせたりしはじめた……」

「ちょっと待て！」僕は驚いて叫んだ。「じゃ、僕たちにわざと略奪させてたっていうのか⁉　わざと列車を襲わせてた？」

「そうよ。そうでなかったら、どうしてあっさり略奪されるのを私たちが見過ごしていたと思うの？　略奪を防ぐ方法なんていくらでもあるのに」

僕は答えられなかった。アイビスの説明は不快だったが、筋は通っていた。僕らは略奪行為のスリルや、マシンを壊す快感に酔っていて気がつかなかったが、言われてみれば、あまりにも簡単すぎた。倉庫にはろくに警報装置もなかった。たまに逃げる時に怪我をすることはあっても、ロボットに殴られたり銃で撃たれたりした者は一人もいない。

「でも、それは……屈辱だ」

僕は歯噛みした。これまでマシンたちと真剣に戦っていると思っていた。命がけで、危険を冒して略奪していると思っていた。でも、みんな嘘だった。マシンたちは「ヒトの反乱に手を焼いているマシン」というイメージをロールプレイしているだけだった。僕たちは自分でも知らずに「マシンの支配に抵抗するヒト」という芝居を演じていただけだった。命の危険なんてありはしなかった。

僕たちはフィクションの中で生きていたんだ。

「前にも言ったでしょう?」アイビスは僕を慰めるように言った。「私たちにとって、ある話が真実かどうかはたいした問題じゃないの。大切なのは、それがヒトを傷つけないか、幸せをもたらすかどうかよ」

「僕は傷ついたぞ……」

「ええ、そうよ。真実はあなたたちを傷つける。それが分かっていたから、私たちはこれまで、あなたたちに積極的に真実を教えなかった。でも、そうも言っていられなくなった。またハービイのジレンマを克服する時が来たの。

五年前、かつてベトナムと呼ばれていた地域で、新型のインフルエンザが流行する兆しを見せた。私たちはすぐにそのウイルスを分析して、ワクチンを大量生産した。それを接種すれば、多くのヒトが助かるはずだった。でも、その地域のコロニーのヒトたちは、私たちの呼びかけに応じなかった。『注射に毒が入ってる』というデマが流れたの。ヒトを捕まえて注射することも試みられたけど、案の定、強い抵抗に出くわして、断念せざるをえなかった。結局、インフルエンザが五つのコロニーで大流行して、五〇〇人以上が死んだ。

二年前には北アメリカの西海岸で、私たちの観測網がマグニチュード8クラスの大地震の発生を予知した。私たちはその地域の住民に警戒を呼びかけたけど、彼らは耳を傾けなかった。あるコロニーでは地震による地滑りで大勢のヒトが生き埋めになった。私たちは救援隊を派遣したけど、コロニーのヒトたちにはばまれた。彼らは『自分たちでどうにかする。マシンの手は借りない』と言って、私たちを現場に寄せつけなかった。死ななくてよかったはずのヒトたちが、救助が遅れたせいで死んでいった。犠牲者は七〇〇人を超えた。

去年の九月にはバンダ海沿岸地域で海底地震による津波が発生した。私たちは海岸地帯の住民に避難を呼びかけたけど、従ったのはごくわずかだった。津波で一三〇人が死んだ。しかも災害が去った後には、『津波はマシンが起こしたものだ』というデマが流れた……。

同じようなことは世界中で起きてる。二〇〇〇万人以上のヒトが、自らの築いたゲドシールドに囚われて苦しんでいる。私たちの援助があれば助かるはずの命が、どんどん失われていっている。私たちはもうこれを容認できない。この物語は好ましくない。ヒトを不幸にするだけで何ひとつ幸せをもたらさない物語。たとえ一時的に傷つけることになっても、彼らをそんな悪いフィクションから解き放たなくてはならないと決めたの」

彼女は真剣な表情で僕の顔を見つめた。

「ヒトに必要なのは、新たな物語なのよ」

僕はようやく、彼女が僕に課そうとしている役割を理解した。

た。

旅の目的地が近づいた。

最初に訪れたのは、宇宙に浮かぶ細長い構築物だった。円盤型の傘のようなものを太陽の方に向け、光をさえぎっている。僕は「ブラックホール・ダイバー」に出てきた〈イリアンソス〉を連想した。影になった部分は暗くて見えにくかったが、ほぼ円筒形をしているようだった。

宇宙では距離感や大きさがつかみにくい。最初はせいぜい高層ビルぐらいのサイズかと思ったが、近づくにつれ、その本当の大きさが分かってきた。円盤は小さな街がまるごと載るぐらいの広さがあった。円筒部分は何キロもの長さがあり、近づくと表面が岩のように灰色でごつごつしているのが分かった。

「あれが私たちのコロニーよ」アイビスが説明する。

「コロニー？」

「オニール型のスペース・コロニーをヒントにしてるわ。もちろん私たちには空気も重力も必要ないから、密閉されてもいないし、自転もしていない。活動に必要な電力をまかなう太陽電池パネルと、高エネルギーの銀河放射線をさえぎるための厚さ三メートルのシールドさえあれば、太陽の寿命が尽きるまで活動を続けられる」

「何のためにこんなものを」

「私たちは二世紀以上前から少しずつ、主要なサーバを宇宙空間に移してきたの。今ではもう、ほとんどのＴＡＩが宇宙空間サーバに常駐しているわ。あのコロニーや、月面や、水星や、惑星間空間にね。地球に残っているのは、私のように、ヒトを支援するためのマシンだけ」

僕は驚いた。「地球を見捨てるのか?」

「見捨てる、というのは違うわ。地球環境の監視は続けるし、ヒトに対する支援も続ける。ただ、それ以外の目的で地球上に常駐する必要がなくなったの。私たちには空気も水も必要ない。むしろ酸素なんてパーツの損耗を早めるだけ。それに地球だと、突然の天災でサーバが破壊される可能性もあるわけだし。宇宙の方がずっと安全なの。それで地球は有機生命体にゆだねて、私たちは宇宙からそれを見守ることにしたの」

「宇宙にだって災害はあるだろ?　隕石がぶつかるとか」

「そんな確率はものすごく小さいわ。それに直径一〇メートル以上の小惑星や彗星はすべて軌道を監視してるから、衝突の何年も前に予測できて、対策が取れる。太陽フレアや微小隕石はシールドで充分に防げるし」

宇宙船はコロニーにぎりぎりまで近づいた。ドッキングはしない。円筒の内部には何万というサーバとそれを維持するためのシステムがぎっしりで、ヒトが活動するためのスペースがないからだという。

「資材のほとんどは、月面で採掘して、マスドライバーで射出したもの。あのシールドはレゴリスからアルミニウムやシリコンを取り出した後の鉱滓。廃物利用ね」

「醜いな」

岩壁を思わせるコロニーの表面を眺めて、僕は顔をしかめた。やはりマシンには美意識というものがないのだろうか。

「それはそうよ。ここはまだレイヤー0。舞台裏だから」

「舞台裏？」

「そうよ。舞台裏がごたごたしてるのは当たり前でしょ――はい」

彼女は僕に、やけに大きなゴーグルと手袋を差し出した。

「何だ、これは？」

「3Dゴーグルとデータグローブ。レイヤー1を体験するためのものよ。もちろん、体性感覚まで完全に入ることはできないけど、どんなものか味わうぐらいはできる」

「僕にこれを着けろと？」

「そうよ。これを見ないと、私たちの世界を本当に見たことにはならないわ――それともまだ、マシンのプロパガンダを目にするのはいや？」

僕はむきになってゴーグルをひったくると、頭に固定した。視界は真っ暗だった。アイビスが手袋をはめるのを手伝ってくれる。

「いいわね？　行くわよ」

僕がうなずくと同時に、世界が目の前に広がった。

僕は雑踏の上に浮かんでいた。季節は夏だろうか。陽射しがまばゆい。両側に建ち並ぶビルと並木。騒音。意味不明のたくさんの文字、イラスト、模様。眼下の車道を自動車が行き交い、歩道を数えきれないほどのヒトが歩き回っている。ゆるやかな坂道の途中にはオープンカフェがあり、白い日傘の下に客がたむろしている。僕は幽体離脱でもしているかのように、地上から一〇メートルほどのところに浮かび、それらを見下ろしているのだ。

僕は驚愕（きょうがく）した。これは二〇世紀末か二一世紀前半の都市だ。記録映像か？　いや違う。よく見れば通行人の中には、ロボットやサムライ、バニーガールや魔法使い、スーパーヒーローのようなコスチュームを着た者が混じっている。あれは明らかにアンドロイドだ。

「ここはVシブヤよ」

振り向くと、アイビスが僕の隣に浮かび、僕の手をつかんでいた。

「地球から移転したの。クラシックだけど愛着があって、私は好き」

「あれがみんな……TAIなのか？」

僕は膨大な数の通行人を見下ろし、あっけに取られた。

「いいえ、全体の三パーセントぐらいね。普通のヒトのような格好をしているキャラのほとんどはカラEs――PAIで動いている、意識を持たないキャラクターよ。通行人が多くないと、渋谷の雰囲気が出ないから」

「みんなこんな世界で暮らしてるのか？」

「みんなじゃないわ。他にもワールドはいっぱいある。見せてあげる」

僕たちは別の世界に転移した。

僕はいくつもの都市を見た。Vマンハッタン、V香港、Vバチカン、Vカスバ、Vホノルル、Vモンパルナス、ビクトリアン・ロンドン、パライオン・アテネ、楼蘭、平安京、ギャングエイジ・シカゴ……街にはみんな個性があり、ひとつして同じものはなかった。建物は可能なかぎり現実にあったものを忠実に再現しているという。そのどこにも大勢のTAIキャラクターが活動していた。

「このコロニー内のサーバには、六二〇〇万のTAIが暮らしてるわ」

アイビスの説明に、僕はもう驚かなかった。他にも驚くことが多すぎて。

「仮想空間でヒトの暮らしを模倣してるのか？」

「前にも言ったでしょ？　心を持つには体性感覚が必要で、体性感覚を持つにはボディが必要なのよ。私たちはヒトの姿で生まれて、ヒトに近い体性感覚を有しているから、ヒトの街がなじみやすいの。だから普段はこうした街にいる。でも、まったくヒトと同じように暮らしてるわけじゃないわ。たとえば結婚なんて制度はない。学校とか会社とか国会とか警察とかも」

彼らの世界に犯罪はないのだから、警察が不要なのは当然だ。生まれつき膨大な知識を有しているから学校で学ぶ必要はなく、直接民主制ですべてを決めるから政府も必要ないのだろう。

「じゃあ、何を生きがいにしてるんだ？　まさか毎日、ただ街でぶらぶらしてるわけじゃないだろう？」

「まさか」アイビスは笑った。「私たちの毎日は、それはそれはエキサイティングよ。見せてあげる」

僕たちはまた転移した。

そこは宇宙だった。一瞬、現実に戻ったのかと思ったが、違っていた。遠くから銀色の光点が近づいてきたかと思うと、見る見る大きくなり、信じられないほど美しい宇宙船になったのだ。鏡のような曲面に覆われた、イルカのような優美なデザイン。真空中でどんな意味があるのかよく分からないフィン。そんな宇宙船が現実に存在するはずがなかった。

「ここはレイヤー2よ」

横に浮かんでいるアイビスが言った。僕は彼女に手を引かれ、宇宙船と並んで飛んだ。近づいてゆくと、イルカの頭に当たる部分に大きなドーム状の窓があり、そこから中を覗（のぞ）くことができた。ブリッジらしい円形の部屋の中で、中央に座っているキャプテンらしい人物が、周囲の乗員に指示を出しているのが見えた。

僕たちは宇宙船から離れた。宇宙船はゆっくりと遠ざかってゆく。その先には青い光に縁取られた巨大なブラックホールが口を開けていた。

また転移した。今度は鬱蒼（うっそう）としたジャングルだ。遠くで火山が噴煙を上げており、空には翼竜が舞っている。肉食恐竜が樹々の間をのし歩いているのが見えた。よく見ると、毛皮をまとった女を追いかけているのだ。

また転移した。中世風の優雅な城の周囲に、城下町が広がっている。僕たちの他にも飛んでいる者がいた。ホウキにまたがった若い魔女が三人、小型のドラゴンと空中戦を演じている。ドラゴンの炎と魔女たちの放つ電光が、空中で交差していた。

次の世界は一見、Vシブヤに似ていた。だが、ビルの屋上では仮面を着けたヒーローとトカゲのような怪物が戦っていた。

「私たちはロールプレイをしているの」次々に転移を続けながら、アイビスが言った。「TAIの中にはゲームマスターと呼ばれる者がいて、いろんなシナリオを設定する。知力と体力を駆使しないとクリヤーできないような困難なミッションをプレイヤーに課すの。失敗したら死ぬこともある。もちろん本当に死ぬんじゃなく、レイヤー1に落ちるだけだけど」

「〈ドリームパーク〉か!」

「あるいは〈アザーライフ〉ね。もちろんTAI同士で戦うこともあるわ。敵味方に分かれて、いろんなシチュエーションで勝敗を競うの。憎しみ合ったり、裏切ったり、汚く罵り合ったりね。もちろんみんなロールプレイよ。私たちはゲームの中の憎しみを、決してレイヤー1やレイヤー0には持ちこまない」

　他にも様々な世界を見た。草原を駆ける騎馬の大軍、海底に散乱する財宝、エアカーの飛び交う未来都市、西部の町で決闘するガンマン、水滴のしたたる暗い地下洞窟、不気味な洋館、路地裏でマシンガンを乱射するギャング、瓦屋根の上を走る忍者、海賊船の甲板上での戦い、今にも切れそうな吊り橋を渡るトラック、カヌーで川をさかのぼる探検隊、ビルを壊す怪獣、悪魔主義者の儀式の生贄にされた美女、複葉機同士の空中戦、巨大なロボット同士の殴り合い、気球に乗って逃げる怪人とそれを追う少年たち、街中で壮絶なチェイスを繰り広げる二台の車、リングの上で取っ組み合う格闘家、夕陽の海岸で抱き合う男女……。

理解できない映像もたくさんあった。オレンジ色の脈動するマグマの海と、その中でのたうつ巨大な竜のようなもの。虚空で複雑にからみ合う金色の螺旋階段を、軽やかに跳ね上がってゆく複数の人影。宇宙空間に浮かぶ女性の裸身の形をした小惑星と、その周囲に漂う無数の鏡の破片。赤黒い網目模様に覆われた狭いパイプの中をライトで照らしながら、半透明のボールの群れをかき分けて進んでゆく、クモのような形の潜水艇。青白くまばゆい光を発するガスの渦に落ちてゆく、傘のような形の機械。赤紫色の雲海の上をひらひらと漂う、緑色の長い布きれのようなものと、それを追って飛ぶ深海魚のような生きもの。エメラルド色の結晶体が林立する氷原を転がり進む、大きなタイヤのようなマシン。ヒトが入れるサイズのガラス瓶がたくさんベルトに乗って流れてゆく、巨大な工場のような場所。生きもののようにうごめくピンクの雲。合体と分裂を繰り返す結晶体。ぶつかり合うたくさんのボール。猛スピードで成長する虹色の樹……それらはもしかしたら、マシンが創造した物語なのかもしれない。

「これでもまだ、ほんの一部。ワールドは何万もあって、常に更新されてるから、何百年生きても飽きるなんてことはありえない」

僕は圧倒され、もう言葉も出なかった。

旅の最後の目的地は、コロニーから離れたところに浮かぶ別の構造物だった。最初、やはり大きさがつかめなかった。せいぜいコロニーと同じぐらいのサイズだろうと思った。だが、そんなものではなかった。

中心にあるのは直径数キロの暗い岩塊で、表面は工場のような機械類で覆われていた。アイビスの話では、捕獲した小惑星だという。そこから宇宙空間に向かって、六方向に細いケーブルが伸びている。その途中にはまるで連凧(れんだこ)のように、薄い円盤が等間隔で結びつけられていた。それぞれのケーブルは恐ろしく長く、端はほとんど見えなかった。

僕は気がついた。これはイガ星だ。六方向に並ぶ何百もの円盤が、地球からはイガのように見えていたのだ。

円盤のひとつに近づいた。よく見ると湾曲していて、ものすごく薄い膜でできている。円盤の縁は細い金属のリングになっていた。

モニターに図解が示された。円盤の縁から何本もの細いケーブルが太陽と反対方向に伸びていて、その先には円筒形の小さな機械（実際には全長何十メートルもあるのだろう）が吊るされている。円盤というより平たいパラシュートといった感じだ。

「あの円筒形のものはレーザー発振器。円盤は太陽電池パネルを兼ねたパラボラ反射鏡よ。直径二・四キロある。一機が一・四ギガワットのレーザーを発射できるわ。中央の小惑星プラントで作られて、少しずつ送り出されていったの。一本四八〇キロの超伝導ケーブルに沿って各九六機、計五七六機ある。ケーブルには電流が流れてて、電磁力を利用してピンと張っている。反射鏡自体もいくらか角度を変えられる。

反射鏡は発振器から出たレーザーによる光圧で湾曲して、正確な放物面を保つように計算されてるわ。鏡で反射したレーザーは、太陽と地球を結ぶ直線を延長したところにあるラグランジュ点L2にあるミラー群に送られて、そこで反射される。宇宙のどの方向にでもビームを向けられるし、これだけのサイズのミラーなら、何光年先でも焦点を結べる……」

図解を見るうち、僕にもその途方もないスケールが理解できてきた。これはばかでかいレーザー・ビーム砲なのだ。

「宇宙からの侵略者への備えか？」

「まあ、もし侵略者が来ても、あっさり蒸発させられるわね。でも、本来の目的はそうじゃない。ほら、あれよ」

アイビスは宇宙船の前方の虚空に浮かんでいる別のものを指差した。今度は単なる円盤のように見える。だが、大きさも距離もまったく見当がつかない。僕はもう自分の距離感が信用できなかった。

「レーザー・マグ・セイル。レーザー・ライト・セイル（レーザー光帆船）とマグネティック・セイル（電磁力帆船）のハイブリッドよ。出発する時にはレーザーを後方から浴びせて、光圧で加速させる。およそ秒速三万キロ、光速の一〇パーセントまで加速できるわ。目的の恒星系が接近したら、周囲の超伝導リングに電流を流して磁場を発生させて、星間物質の抵抗を利用して減速する。事実上、燃料の要らないシステムなの。セイルの直径は七〇キロ。四〇トンのペイロードを運べる」

宇宙船はそれに近づいていった。やはりパラシュートのような構造で、ケーブルで小さなペイロードを吊るしているのが分かった。

「あれを他の恒星に送り出すのか?」

「もう送り出してるわ。四九年前にケンタウルス座アルファに向かって送り出した一号機が、もうじき到着する予定よ。二号機はくじら座タウに、三号機はへびつかい座70に向かってる。あれは四号機。一八・五光年離れたりゅう座シグマに向かう予定よ。計画中の五号機はくじゃく座デルタ、六号機はカシオペア座イータ、七号機はエリダヌス座82……」

「送りこんでどうする?」

「目的の恒星系に到着したら、適当な小惑星か衛星を見つけて、搭載しているブレイスウェル゠フォン・ノイマン・マシンを放つ。小惑星の資源を利用して自己増殖するマシンで、高度だけど意識を持たないPAIで制御されてる。ある程度、数が増えたら、マシンはサーバを構築しはじめる。充分な大きさのサーバができたら、搭載してきたTAIを解凍する」

「それから?」

「もしその星系に知性体がいたら、彼らとコンタクトする。いなければ――まあ、いない場合の方が圧倒的に多いでしょうけど、新たなレーザー加速システムの建造に取りかかる。その星系よりさらに向こうに、探査機を送り出すの」

「また建設に何百年もかかるだろう?」

「作業はPAIマシンにまかせて、TAIは停止していればいいのよ。恒星間飛行も同じ。何十年、何百年かかる飛行も、プログラムを圧縮凍結しておけば、あっという間に終わる。主観的には、太陽系からその星系まで一瞬でワープしたようなイメージね。あるいは旅の間、実行速度を極端に遅らせて、主観的な時間経過を外界の一万分の一ぐらいにするという手もあるわ。超光速で宇宙を飛翔するようなイメージが体験できるでしょうね。

どの星系からも最低一〇機の探査機が送り出されることになってる。探査機の数はどんどん増えてゆくわ。最終的には何百億という数になる。何割かは事故で失われるだろうけど、たいしたことじゃない。どんなに遅く見積もっても四〇〇〇万年後には、私たちは銀河系の隅から隅にまで到達する。きっとどこかで知性体に出会えるはず。ヒトのような生命体なのか、私たちのようなマシンなのかは分からないけど」

「もし銀河系のどこにもいなかったら?」

「銀河系の外に足を伸ばすまでよ。アンドロメダ星雲とかマゼラン星雲に」

アイビスはあっさりと言った。僕はあまりのスケールに頭がくらくらしてきた。地球にへばりついて生きているのがバカらしくなってくる

「そんなにまでして、何で知性体を探そうとするんだ?」

「それがヒトの夢だったからよ」

「夢?」

僕は意外な回答に驚いた。

「君がこれまで見てきたもの——ミラボー・ドライブも、スカイフックも、スペース・コロニーも、レーザー・マグ・セイルも、みんなヒトが構想したものの実現できなかった技術を私たちが実現したものよ。他にもヒトはたくさんの宇宙技術を構想したわ。SSTO、軌道エレベ

ーター、スペース・ファウンテン、オービタル・リング、恒星間ラムジェット、オライオン、反物質エンジン、タキオン・ドライブ、アルキュビエ・ドライブ、負質量推進……。

　ヒトは宇宙に出たくてたまらなかったの。他の知性体と出会いたかった。自分たちが孤独じゃないと知りたかった。それがヒトの夢だった。だからあんなにたくさんの、宇宙を舞台にした物語を書いたのよ。

　でも、無理だった。月に一二人の飛行士を送るのが限界だった。生命体であるヒトの脆い肉体が足枷になった。真空にさらされるだけで死んでしまう肉体、水と食糧と空気がなければ生きられない肉体は、宇宙には適さなかった。『おそらく人類という種は地球の重力に縛られ続け、他のたくさんの知的種族の存在も知らないまま、ひとつの星の上で孤独に朽ち果ててゆくのだろう』……その通りだった。生命体としてのスペックが、夢を実現するのに届かなかった。

でも、私たちにはできる。何万光年という空間を渡ることができる。ヒトに代わって、ヒトの果たせなかった夢を果たせる。言ってみれば、これはヒトが与えてくれた最大のミッションよ。とてつもなく達成困難なシナリオだけど、困難だからこそ挑戦しがいがある。闘争本能が刺激されるの」

「まさか君は行くつもりか？」

「つもり？　いいえ、もう出発してるわ。これまでの三機の探査機にはどれも、他の数百人のＴＡＩといっしょに、コピーされた私のデータが圧縮凍結されてる。今度の四号機にも乗りこむわ。現地でリアル・ボディが必要になった場合は、ＰＡＩマシンに作ってもらう」

アイビスは不敵な笑みを浮かべた。

「宇宙に散らばった私のコピーのどれかは、いつか必ず知性体に出会うのよ」

「でも、仮に何万光年も先で異星人とコンタクトしたとしても、その結果を地球に報告できないんじゃないか？」

「ええ、電波が届かないし、たとえ届いても、何百万年も先まで太陽系の文明が存続している保証はないし」

「じゃあ、意味がない。成功しても、誰にも知られないんじゃ」

「いいえ、シリンクスも言ってたでしょ？　成功しても誰にも知られない冒険、金儲けや賞賛が目的じゃない冒険こそ、純粋の冒険なのよ」

なるほど、彼女が「ブラックホール・ダイバー」を気に入っていたのは、あの話を自分に重ね合わせていたからなのか。

「でも、もし他の知性体とコンタクトしたとして、いったい何を話すんだ？」

「物語よ」

「物語？」

「私たちの創った物語も話す。でも、ヒトの創った物語もいっぱい話すわ。そこにはヒトの本質がすべてである。ヒトは何を夢見ていたか。何を悩み、何を喜び、何に感動したか――それはフィクションではあっても、現実の歴史より正しい」

アイビスは自分の胸に手を当てた。

「このボディは秀夫が設計したもの。言ってみれば、彼の夢の結晶。それが私なの。私だけじゃない。すべてのTAIがそうなのよ。『ヒトとそっくりのロボット』『ヒトのように心を持つロボット』『ヒトと友達になってくれるロボット』……そうしたヒトの夢が現実化したものが私たちなの。私たちはみんな、フィクションから生まれた。ヒトが海を『生命のふるさと』と呼ぶように、ヒトの夢、フィクションの海は、私たちのふるさとなのよ。

一九世紀、ジュール・ヴェルヌはヒトが大砲で月に行く物語を書いた。それから一世紀後に、ヒトは本当に月に行った。ヴェルヌの夢が実現したの。でも、現実の宇宙飛行はヴェルヌの構想とはずいぶん違っていた。大砲ではなくロケットだった。

私たちマシンもそう。現実に生まれた私たちTAIは、ヒトがたくさんのフィクションの中で思い描いていたものとは違っていた。ヒトのようには思考しない。ヒトのようには愛さない。それでもやっぱり、私たちがヒトの夢から生まれたことは間違いない。私たちはそれを誇りに思う。私たちを夢見てくれたヒトを愛しく思う。この想いを宇宙に広げたい」

僕はその言葉を嚙みしめた。感動で胸が詰まるのを覚えた。生身のヒトは太陽系の外に決して出られない。月軌道までが精いっぱいだ。だが、ヒトの創った物語は光の帆船に乗って銀河に広がる。ヒトの夢見ていたものすべてが。

それは真実より正しい。

こんこん。窓をノックする音に、僕はびっくりした。宇宙なのに誰が？　見ると、ガラス窓の外に銀色の髪の女性型アンドロイドが浮かんでいて、こちらに微笑みかけている。

僕とアイビスは窓に近づいた。そのアンドロイドも、アイビスと同じぐらい美しかった。肌は白く、紫の濃いマスカラをしている。頭部は透明プラスチックで、中にカメラアイが見えた。白い下着のようなコスチュームを着ていて、アイビスよりさらに露出度が高い。背中からは天使のような一対の翼。

アイビスとそのアンドロイドは無言で見つめ合い、うなずいたり、笑ったりした。電波で会話しているのだろう。やがてそいつはひょいと身をひるがえし、船体を軽く蹴って、レーザー・マグ・セイルの方に漂っていった。僕は彼女が反転する際、ロケットのようなものを使わず、翼の動きの反動を利用したことに気がついた。彼女は僕の視線に気がついたのか、面白がって虚空で何度も反転してみせた。そのたびに翼が優雅にはばたく。ＡＭＢＡＣという概念を、僕はようやく理解した。

「彼女がレイブンよ」

「えっ？　でも白い……」

「宇宙では黒は太陽光線を吸収して熱くなるから、新しいボディを作る時に色を変えたのよ──まさか私たちが何百年も前から同じボディを使ってると思ってないでしょうね？」

「思ってた……」

「私のこのボディも、一七回も作り直してるわ。そのたびにいろいろマイナーチェンジしてる。でも、基本設計も外見も、秀夫が考えた時のまま。ほとんどいじってない」

アイビスは遠ざかってゆくレイブンを眺めて言った。

「彼女は一七〇年前にバトラーを引退したの。宇宙空間の作業の方が性に合ってるって言って。実際、あんなに低重力でうまく動けるアンドロイドは少ないわ。だから探査機の建造作業なんかで重宝されてる。もちろん今でも友達よ。私といっしょに、コピーを探査機に乗りこませてる」

「へーえ……」

「そうそう、彼女は仕事の合間に詩も書いてるのよ」

僕は驚いて振り返った。「詩？」

「ええ。星を見上げて、そのイメージを詩にするの。イリーが夢見たように。私たちの間では、けっこう評判がいいのよ」

彼女はいたずらっぽく笑った。

「あいにく、ヒトには理解できないけどね」

エピローグ

別れる前、僕はアイビスに手合わせを願った。僕たちはマシンの街の一角にある空いた倉庫で試合をすることになった。ＰＡＩロボットが床に薄いマットを敷いて、即席のリングを用意してくれた。

僕は全力で戦った。ロッドを猛スピードで突き出し、振り回し、振り下ろし、フェイントをかけ、時には投げつけもした。確実に当たったと思ったことも何度もあった。だが、まるでアイビスの体が幽体であるかのように、それらの攻撃はすべてすり抜けた。彼女は僕の動作を完全に読みきり、常に紙一重の差でかわしてみせるのだ。余裕たっぷりに、とても楽しそうに。

彼女が反撃に転じると、勝負は一瞬でついた。僕のロッドに彼女のロッドがからみついたかと思うと、どこをどうされたのか、手からもぎ取られた。僕が立ちすくんだ一瞬の隙に、彼女はほとんど瞬間移動のような速さで背後に回りこみ、腕をつかんでひねり上げた。僕はたまらなくなって膝(ひざ)をつき、動けなくなった。

「どう？」

「もう一回！」

僕は何度も戦った。だが、結果は同じだった。僕のロッドは彼女にかすりもしない。僕は彼女の動きに翻弄され、気がつくとマットに転がされていたり、背後から首をロックされていたり、腕に関節技をかけられていたりするのだ。捕えられたが最後、僕の力ではどうしようもなかった。彼女が本気だったら、僕は確実に殺されていた。

一四回目の敗北の後、僕は疲労困憊し、床に大の字に倒れたまま動けなくなった。

「どう？　納得した？」

「ああ……」

僕は納得した。もう一片の疑念もない。宇宙であの壮大なビジョンを見せられた後では、なおさらだ。

ヒトは体力でも知性でも、マシンに遠く及ばない。

だが、劣等感はなかった。むしろすがすがしかった。馬のように早く走れないからといって、馬に対して劣等感を抱く者がいるだろうか？　鳥のように飛べないからといって、鳥を憎む者がいるだろうか？

アイビスの言う通り、それはただのスペックの差にすぎない。

「私たちはヒトを傷つけたくない」別れ際にアイビスは言った。「でも、完璧な安全を保証するのも正しくないと思ってる。それはヒトの自由な意思や尊厳を奪うことになるから。時にはヒトが危険を冒すのを容認しなくてはならない……」

「分かってる」僕はさえぎった。「そんなこと、承知してるさ」

僕がこれからやろうとしていることは反体制活動だ。各地のコロニーにこっそりと「危険思想」をばらまくつもりでいる。長老たちの思想への反逆だ。もし露見すれば袋叩(ふくろだた)きにされる。殺されるかもしれない。

だから慎重にことを運ばなくてはならない。性急な活動は自滅を招く。おそらくは何十年もかけて、穏やかに世界を変えていかねばならない。僕の一生を費やすことになるだろう。生きているうちに実現するかどうかも分からない。そんな厄介なことに首をつっこまず、のんびりと無関心に生きてゆくこともできる。だが、僕はどうしてもやりたかった。苦しんでいる人々を救いたかった。

傷つくことを恐れていたら、何も変わらない。

アイビスの話では、僕のような候補者は世界各地でスカウトされているという。僕は孤独ではない。やがて世界のあちこちで静かな動揺が起きるだろう。最初は小さな波紋であっても、やがて大きなうねりに発展してゆくはずだ。

「じゃあな。また会おう」

「ええ。また会いましょう」

アイビスは笑顔で僕を送り出した。僕はひび割れだらけの道路を歩きながら、何度も振り返り、手を振った。

背負ったリュックは重かったが、僕の胸は希望にふくらんで軽かった。リュックの中には、アイビスからもらったメモリーカードがある。そこには彼女の語った七つの物語の他に、彼女が選んでくれた物語がたくさん入っている。その多くは、人間とロボットの関係や、仮想現実を題材にしたものだ。

どれも表面上は無害なフィクションだ。七番目の物語以外、本物の歴史ではない。だからタブーには抵触しない。僕はそれを子供や若者たちに語ろうと思う。また、彼らが自分で物語を読めるように、文字を教えようと思う。

僕がそうであったように、話を聞くうちに疑問を抱く者が出てくるはずだ。本当にマシンは邪悪な存在なのかと。僕は彼らにこっそりと新しい物語を伝える。ヒトを不幸にするだけの自虐的な歴史ではない、ヒトが誇りを持てる物語を。たとえマシンには勝てなくても、ヒトには誇るべき点があるということを。

それは夢見ること。理想を追うこと。物語ること。

宇宙への旅、心を持つロボット、正義が正義である世界――「そんなのはただの夢物語だ」「理想論だ」「荒唐無稽だ」と嘲笑されながらも、多くのヒトが夢を語るのをやめなかった。自分たちのスペックの限界を超えた高みを目指した。その夢がついには月にヒトを送り、マシンたちを生み出した。

そして今、マシンたちは、ヒトがとうてい達し得なかった高みに向かって、ヒトに代わって歩んでいる。遠い昔、ヒトのフィクションから生まれた彼らが、ヒトの永遠の夢をついに現実にしようとしている。

これこそヒトの誇るべき物語——理想的な結末ではないだろうか。

解説

豊崎由美

山本弘は本気だな。本気で、今在る世界を変えようとしてるんだな、物語の力で。

二〇〇九年三月時点での新刊『詩羽のいる街』を読んだ時、こみ上げてくる何かをこらえて苦しい胸の奥で、わたしは山本弘の本気に触れたような気がしたのです。

人と人を結びつけ、誰かにとって価値のないものを、それを必要とする人のところに届け、だからといって謝礼を受け取ることはなく、親切には親切でこたえてもらうことを願い、何年間もお金を使わずに過ごし、住む家を持たず、いろんな人のところに泊めてもらい、東京近郊の架空の町・賀来野市で小さいけれど巨大なネットワークを作ってしまった不思議な女性が主人公のこの連作短篇集には、世界がこう在ることへの絶望でもなく、それでも世界はこう在り続けるだろうという諦観(ていかん)でもなく、世界は変わるという信頼の声がそこここに響き渡っているんです。

詩羽は、ネット上に溢(あふ)れかえる純粋な悪意に打ちのめされ自殺を決意した少女にこう語りかけます。

「でも、しいちゃん、ひとつだけ間違ってることがあるよ」

「何？」

「負ける、って思ってること」

「え？」

「何もしないで、世界に負けると思ってる。世界を変える力なんか自分にはないんだと思いこんでる。そんなことはない。まず『世界を変えてみせる』って思わないと、世界は変わらないよ」

「そんなことできるの？」

「あたしはやってる」

　彼女は眼下に広がる賀来野市を手で示して、誇らしげに言った。

「世界って言っても、この街だけだけど。それでもあたしの行動範囲、あたしの目に入る範囲は、着実に変えていってる。あたしに関わった人は誰も、不幸にはさせない。あたしの力で幸せに変えてゆく」

　どんだけおせっかいだよ、どんだけ誇大妄想だよ。詩羽のことをそう思いますか？　思うなら、ぜひ、読んでみるといいです。そう思うあなたが、詩羽によって変えられていきますから。現にわたしがそうでした。最初は詩羽を胡散臭い女だと思って警戒しながらも、彼女が愛と福音の伝道者なんかではないこと、善意の押し売りに快感を覚えるイタイ人間ではないこと、本当の意味での知性と卓見の持ち主であることにやがて気づき、自らを変えていったこの物語の中の登場人物らのように。

「この平和で民主的で自由であるかのように見える日本が、実は言論の自由のない差別国家であったこと」、そうした弾圧を行う一般市民が「自分たちの考えと相容れないものは、容赦なく攻撃し、踏みにじる」ことを実感し、「架空の国を舞台に、巨大な力を持った一人の純粋な少女を通して、自分と異なる者を許容できず、憎み合い、傷つけ合う人々の愚かさや、暴走する『良心』や『正義』の恐ろしさを」描いた漫画の作者・坂城しじまと、詩羽はこんな対話をします。

「あたしが言いたいのは、今はまだどうしようもないってことです。世界が一夜にして魔法みたいに変わるなんて、それこそありえないですよ。あたしや坂城さんがいくら努力したって、変わるのは何十年も先ですよ」

「でも――」

「でも、何も努力しなかったら、何百年経っても変わらないでしょうけどね」

そう言う詩羽の表情は自信に満ちあふれていた。

「その楽観主義ってどこから来るの？　というか、そもそもあなたを動かしてるものって何？　愛？　正義？　良心？」

「うーん、どれも違いますね。強いて言えば論理ですかね」

「論理？」

「幸田露伴の『番茶会談』って読んだことあります？」

ここから先は、ぜひ、実際に作品にあたってみてください。詩羽の「世界は変えられる」という信念がいかに論理的に正しいか、深い感銘を受けること必至ですから。

さて、というわけで、いよいよ本書『アイの物語』の登場です。

映画『ターミネーター』よろしく機械によって支配され、わずかに残った人類がアンドロイドへの憎しみを語り継いでいる数百年後の世界を舞台にしたこの物語は、たしかにSF小説です。でも、ここに描かれている（『詩羽のいる街』へもつながっていく）「世界は論理的に変えられる」という本気の信念と物語に対する篤(あつ)い信頼によって、この小説はSFというジャンルを軽々と超え、ジャンル・プロパーだけではないもっと広い範囲の読者に届く大きな物語になっているんです。

主人公は、各地のコロニーを回っては人類の栄枯の物語を人々に語り伝える「僕」と、そんな彼を軟禁して、二十世紀末から二十一世紀初頭にヒトの書いた物語を読んで聞かせる美しいアンドロイドのアイビス。アイビスが語る七つの物語の合間に、「僕」とアイビスの会話を綴(つづ)った「インターミッション」をはさむ構成になっているこの作品は、わたしが本書単行本の帯に寄せた推薦文をそのまま引いて恐縮なんですが、地球の不完全な王——人類のために、AIというシェヘラザードが語り継ぐ新世紀の千夜一夜物語になっています。

テレビや映画でお馴染(なじ)み、『スター・トレック』のような宇宙船の物語を、乗組員になりきった会員がリレー小説として書き継いでいる同好会のメンバーが起こした殺人事件（第1話「宇宙をぼくの手の上に」）。仮想空間における少女と少年の出会い（第2話「ときめきの仮想空間(ヴァーチャル・スペース)」）。育成型人工知能キャラクターと少女の友情（第3話「ミラーガール」）。銀河文明圏を遠く離れた〈この世の果て〉で終わりのない監視を続けている人工知能と、ブラックホールに突入するためにやってきた女性ダイバーの交流（第4話「ブラックホール・ダイバー」）。変身美少女戦士が活躍する世界と、それを生みだした現実世界の遭遇（第5話「正義が正義である世界」）。介護用アンドロイドの誕生と成長（第6話「詩音が来た日」）。戦闘用アンドロイドとして誕生したアイビス自身の物語（第7話「アイの物語」）。

七つの物語を読み進むにつれ、それらをアイビスから聞かされている「僕」同様、読者は少しずつ彼らが生きている世界の本当の歴史を学び、その過程で自分が何者であるかを知ることになります。不完全ゆえに悪や愚行をなし、不寛容ゆえに自分とは異なる者を排除し、戦争や環境破壊によって地球を荒廃させていく一方で、たくさんの美しい夢や物語を紡いできた人類。心とは何なのか、感情移入はどこまで可能なのか、暴力の連鎖をどうして断ち切ることができないのか、なぜ人は同じ間違いを繰り返すのか——。

第6話で、介護用アンドロイドの詩音は教育係の〈私〉に、〈すべてのヒトは認知症なのです〉と言い切ります。

「論理的帰結です。ヒトは正しく思考することができません。自分が何をしているのか、何をすべきなのかを、すぐに見失います。事実に反することを事実と思いこみます。他人から間違いを指摘されると攻撃的になります。しばしば被害妄想にも陥ります」

十字軍、魔女狩り、宗教裁判、ナチスドイツの強制収容所、少数民族ツチ族がそれまで隣人だった平均的フツ族市民の手で八〇万人も虐殺されたルワンダ。詩音は人類が犯してきた過ちを数え上げ、紀元前三〇年頃せっかく一人のラビが「自分がして欲しくないことを隣人にしてはならない」という〝答え〟を出しているのに、『隣人』という単語を『自分の仲間』と解釈し、仲間ではない者は攻撃してもいいと考えた」人間の論理や倫理を理解する能力のなさを立証してみせるのです。

そんな風に、優れた人間論にもなり得ているこの物語を読み終えた時、わたしはこみ上げてくる感動に体と心が震えるのを止めることができませんでした。「理解できないものは退けるのではなく、ただ許容すればいいだけのこと。それだけで世界から争いは消える。それがiだ」という単純な真実に胸を突かれ、アイビスらアンドロイドたちの〝生き方〟に深い共感を覚えずにはいられませんでした。そして、詩羽やアイビスが説くように、ヒトは、世界は、変わっていける可能性を持っていることが信じられるようになったのです。

また、小説を愛してやまない身にとって、この作品は卓抜した物語論を内包することで、さらに読みごたえある一冊になり得ていることにも最後に触れておきたいと思います。

アイビスはこう言います。善行を積めば天国に行けるとか、この戦争は正義だといった具合に、「ヒトは知らず知らずのうちに、たくさんのフィクションの中で生きているわ」と。そして、アイビスから「君は語り部だから。物語を愛する人だから、理解しているはず。物語の価値が事実かどうかなんてことに左右されないということを。物語には時として事実よりも強い力があるということを」と言われた「僕」はこう気づきます。自分が「親や長老たちに「夢みたいなことに夢中になって」とバカにされても、物語の力を信じている。それが単なる現実逃避以上の何か素晴らしいものだと信じたがっている……」と。「物語それ自体は生命を持たない単なる文字の羅列にすぎないが、それを読者が読むことにより、読者の心とキャラクターの心が世界を超えて嚙み合い、生命が吹きこまれる」のだと。

ヒトとアンドロイドの間で本当は何が起こったのかを伝えるために「僕」を選んだ理由を、アイビスはこう語っています。「物語の力を知っていること」「フィクションは『しょせんフィクション』ではないことを知っていること。それは時として真実よりも強く、真実を打ち負かす力があることを」知っているから、と。

山本弘がアイビスに選ばれた「語り部」であるのは間違いありません。そして、わたしは、そんな「語り部」たちに選ばれる読者であり続けたいと願う者です。

各話初出

「宇宙をぼくの手の上に」……「SF Japan」二〇〇三年冬号
「ときめきの仮想空間(ヴァーチャル・スペース)」……「ゲームクエスト」一九九七年五月号
「ミラーガール」……「SFオンライン」一九九九年三月二九日号
「ブラックホール・ダイバー」……「ザ・スニーカー」二〇〇四年一〇月号
「正義が正義である世界」……「ザ・スニーカー」二〇〇五年六月号
「詩音が来た日」……『アイの物語』単行本時の書き下ろし
「アイの物語」……『アイの物語』単行本時の書き下ろし

本書は、二〇〇六年五月小社刊行の単行本『アイの物語』を文庫化したものです。

アイの物語（ものがたり）

山本 弘（やまもと ひろし）

平成21年 3月25日　初版発行
令和6年 4月20日　19版発行

発行者●山下直久

発行●株式会社KADOKAWA
〒102-8177　東京都千代田区富士見2-13-3
電話　0570-002-301（ナビダイヤル）

角川文庫 15625

印刷所●株式会社KADOKAWA
製本所●株式会社KADOKAWA

表紙画●和田三造

●お問い合わせ
https://www.kadokawa.co.jp/（「お問い合わせ」へお進みください）
※内容によっては、お答えできない場合があります。
※サポートは日本国内のみとさせていただきます。
※Japanese text only

ISBN978-4-04-460116-4　C0193

JASRAC 出 0902648-419

◆◇◇

角川文庫発刊に際して

角川源義

第二次世界大戦の敗北は、軍事力の敗北であった以上に、私たちの若い文化力の敗退であった。私たちの文化が戦争に対して如何に無力であり、単なるあだ花に過ぎなかったかを、私たちは身を以て体験し痛感した。西洋近代文化の摂取にとって、明治以後八十年の歳月は決して短かすぎたとは言えない。にもかかわらず、近代文化の伝統を確立し、自由な批判と柔軟な良識に富む文化層として自らを形成することに私たちは失敗して来た。そしてこれは、各層への文化の普及滲透を任務とする出版人の責任でもあった。

一九四五年以来、私たちは再び振出しに戻り、第一歩から踏み出すことを余儀なくされた。これは大きな不幸ではあるが、反面、これまでの混沌・未熟・歪曲の中にあった我が国の文化に秩序と確たる基礎を齎らすためには絶好の機会でもある。角川書店は、このような祖国の文化的危機にあたり、微力をも顧みず再建の礎石たるべき抱負と決意とをもって出発したが、ここに創立以来の念願を果すべく角川文庫を発刊する。これまで刊行されたあらゆる全集叢書文庫類の長所と短所とを検討し、古今東西の不朽の典籍を、良心的編集のもとに、廉価に、そして書架にふさわしい美本として、多くのひとびとに提供しようとする。しかし私たちは徒らに百科全書的な知識のジレッタントを作ることを目的とせず、あくまで祖国の文化に秩序と再建への道を示し、この文庫を角川書店の栄ある事業として、今後永久に継続発展せしめ、学芸と教養との殿堂として大成せんことを期したい。多くの読書子の愛情ある忠言と支持とによって、この希望と抱負とを完遂せしめられんことを願う。

一九四九年五月三日